불굴 3

이원호 신작장편소설
3권 建國건국

목차

9장 무국적자 33년 _ 7

열 번째 Lucy 이야기 _ 56

10장 분열된 조국 _ 66

열한 번째 Lucy 이야기 _ 134

11장 분단 _ 142

열두 번째 Lusy 이야기 _ 210

12장 대한민국 _ 214

13장 6 · 25 _ 268

마지막 Lusy 이야기 _ 327

연보 _ 331

9장
무국적자 33년

상해 임정은 내분과 각 계파간의 갈등으로 인해 만신창이가 되었고 주요 인사들은 뿔뿔이 흩어졌다. 김구는 1926년 12월에 의정원 원장 이동녕 등의 지지를 받아 임정 국무령이 되었는데 재정상태가 궁핍해서 집세도 밀려 소송을 당한다고 했다.

내가 머물고 있는 하와이 사정도 나을 것이 없다. 파벌로 나뉘어 서로 원수가 되는 경우가 흔했고 상대를 일본놈보다 더 증오하는 것이었다.

내가 조선말 계몽운동을 하던 때부터 겪어 온 일이었다. 국적 없는 방랑자, 국제미아, 보다 정확히 표현하면 빌어먹는 독립선동가(獨立煽動家)가 되어있는 내 현재의 처지에서 동포들의 갈등은 가장 큰 상처가 되었다. 자의건 타의건 내가 개입된 상태에서의 갈등과 분란은 더욱 그렇다. 사람은 각양각색이어서 일괄적 기준을 긋고 상대하면 꼭 반발이 일어난다. 그렇다고 위, 아래 다 맞추면 극심한 혼란이 발생된다. 기준을 아래로 놓거나 위에다 놓는 것도 그렇다.

법(法)이 그래서 필요하다고 하겠지만 주의, 주장, 방침에 어떻게 법을 정하는가? 그래서 나는 빌어먹는 독립선동가가 되면서부터 스스로 결심을 한 것이 있다. 그것은 내가 마음을 비운 상태에서 결심을 한 일에는 절대로 타협이나 양보를 하지 않겠다는 것이다. 내가 떳떳하다면 좌고우면 하지 않고 밀고 나가기로 결심했다.

나는 자부심이 강한 사람이다. 성취욕도 강하고 학식과 자질도 갖췄다고 생각했다. 내가 왕가(王家)의 혈족임을 단 한 번도 내세운 적이 없었지만 이씨 조선 태조(太祖) 자손으로서의 긍지는 숨기듯이 지니고 있었다. 그래서 나는 이 말 많고 분파 좋아하는 백성을 이끌기 위해서는 민중 바닥의 삶을 이해하면서 강한 지도력을 발휘해야 한다고 믿었다. 그래야 이 난세를 극복할 수가 있는 것이다.

자고로 난세의 지도자는 친절한 인간이 아니다. 일본 식민지가 된 조선을 친절한 독립선동가가 구해낼 수는 없는 것이다. 강력한 기운으로 민중을 끌고 나아가야 한다.

"박용만이 죽었습니다."

하고 김만수가 나에게 말했을 때는 1928년 10월 중순 쯤 되었다.

나는 하와이의 한국인학교 사무실에 앉아 있었는데 처음에는 잘못 들었다. 그래서 눈만 껌벅였더니 김만수가 손등으로 이마의 땀을 닦으면서 다시 말했다.

"박용만이 베이징에서 이해명이란 의혈단원의 총을 맞고 죽었습니다."

"어허."

내 입에서 저도 모르게 신음이 터져 나왔다.

동포의 손에 죽다니.

그때 김만수가 말을 잇는다.

"방금 베이징에서 연락을 받았다는 동지한테서 들었습니다. 박용만은 그동안 일본 총독부와 결탁해서 독립군 정보를 빼내 주었다는 것입니다. 그 증거를 잡고 의혈단에서 처치했다고 합니다."

이제 나는 잠자코 김만수의 얼굴을 보았다. 문득 박용만의 나이가 떠올랐다. 박용만은 나보다 여섯 살 연하였으니 1881년생으로 올해 만 47세로 죽었구나. 나하고 한성감옥서에서 같이 지내던 때는 갓 스무 살이었지. 출옥한 박용만은 내가 옥중에서 쓴 '독립정신' 원고를 트렁크 밑바닥에 숨겨서 미국으로 가져왔었다. 일곱 살짜리 태산이 손을 잡고 미국 대륙을 횡단하여 나한테 데리고 온 사람도 박용만이다. 그가 왜 그렇게 되었는가?

"믿을 수가 없어."

생각에서 깨어난 내가 머리를 저으며 말했지만 가슴 속에 돌덩이가 든 것 같았다. 인간은 환경의 지배를 받는다는 사실도 나는 겪어 보았다. 주변에서 수많은 사람들이 변절하고 배신하는 것도 겪었다.

그러나 박용만에 대해서는 믿고 싶지가 않았다.

그래도 미국 땅, 그 중에서도 동포가 6천여 명이나 거주하는 하와이 땅은 빼앗긴 조국에 대한 열망이 가장 자유롭고 활기차게 치솟는 장소일 것이다.

수십만이 옮겨간 만주 땅은 일본군 치하에 들었으며 중국 본토는 조선조 말기보다 더한 내분과 빈곤으로 황폐해져 있었기 때문이다.

1929년, 미국의 대공황으로 시작된 전 세계의 세계공황은 해외 독립운동가의 삶도 더욱 곤궁하게 만들었다. 이미 내 나이도 50대 중반의 장년이 되어 있었고 머리는 반백이다. 1912년 조선을 탈출하듯 떠나 어느덧 20년 가깝게 무국적자 신분으로 살아가는 중이다.

"박사님, 러시아만이 조선의 우방입니다."

1931년 5월 쯤 되었다. 하와이 한인 모임의 간부들과 점심을 먹고 났을 때 교민 총단의 간부 이수환이 불쑥 말했다. 모두의 시선이 모여졌고 테이블 주위는 갑자기 조용해졌다. 하와이 내에서도 나에 대한 반대세력이 있다. 임정에서 쫓겨난 내가 아직도 구미위원부를 관리하고 하와이 교민들에게 영향력을 행사하는 것을 못마땅하게 여기는 것이다.

나는 시선을 들어 이수환을 보았다. 40대 중반의 이수환은 한때 흥사단에 가입했다가 탈퇴하고 상해 임정에서 김립(金立)의 측근으로 활동했다. 김립은 이동휘(호 誠齋) 계열로 러시아에서 준 독립운동자금 2백만 루불 중 40만 루불을 유용하다가 김구가 보낸 독립단원에게 사살되었다. 이수환은 김립이 죽자 다시 미국으로 돌아와 샌프란시스코에서 공산당 활동을 하더니 작년 초에 하와이로 옮겨왔다. 언변이 청산유수인데다 김규식을 따라 러시아 공산당회의에도 참석한 터라 경륜과 인맥도 대단하다.

내가 웃음 띤 얼굴로 이수환을 보았다.

"나는 러시아를 싫어하는 것이 아니라 그 주변의 버러지들을 싫어한다네."

순간 모두 긴장한 듯 테이블 주위에는 기침소리도 들리지 않았다.

이수환도 얼굴을 굳히고는 묻는다.

"무슨 말씀입니까?"

"성재(誠齋)가 그랬어. 나는 공산주의가 무엇인지 아무것도 모르는 사람이라고 말이네. 성재는 나를 반대했지만 나는 그의 애국충정을 존경하고 있어."

그리고는 내가 똑바로 이수환을 보았다. 이수환이 온갖 험담을 한다는 것을 들었다. 그러나 파리를 칼로 때릴 수가 있겠는가? 하고 무시했지만 오늘 같은 경우는 이수환이 나에게 파리채를 쥐어준 셈이 되었다. 이수환도 벼르고 말했겠으나 나 또한 기다리고 있었다.

"그러나 성제 휘하의 김립이나, 김립한테서 술값을 받아 여자를 샀던 부류는 용납할 수가 없어. 러시아의 지원금을 유용한 사이비 독립운동가, 사기꾼들을 말이야."

한마디씩 나는 잘라 말을 이었다.

"다음 주 중에 상해에서 떠난 오세만, 최말득이 하와이에 도착한다는 연락을 받았어. 그들이 오면 김립의 잔당들이 소탕 될 거야. 이곳에도 있다면 말이지."

그 순간 모두의 시선이 이수환에게로 모여졌다. 지금까지 이수환은 자신이 김립의 수하였다는 것을 숨겨왔던 것이다. 그 사실은 나만이 안다.

그때 이수환이 헛기침을 하고 말했다.

"여기는 미국입니다. 미국 법에 의해서 잘못이 있다면 벌을 받는 겁니다."

놀란 김에 이수환은 잘못 말해버렸다.

그때 동지회 간부 김만수가 이맛살을 찌푸리고 묻는다.

"이보시오. 갑자기 미국 법을 왜 찾습니까? 뭐 죄 지은 것이라도 있습니까?"

"아니, 이선생. 그, 오세환, 최말득이라는 사람들을 아십니까?"

다시 누가 물었고 이수환은 얼굴을 굳힌 채 대답하지 않았다.

그로부터 이틀 후에 이수환은 하와이에서 사라졌다. 뉴욕에서 옷 장사를 한다는 소문도 났고 블라디보스토크에서 소련군 군복을 입고 지나가는 것을 보았다는 말도 들렸지만 내 앞에는 다시 나타나지 않았다.

그리고 다음 주에 온다고 했던 독립단 처형자 오세만, 최말득도 나타나지 않았다. 왜냐하면 내가 지어낸 말이었기 때문이다. 물론 그 둘은 실존 인물이며 처형자다. 그리고 이수환도 알고 있는 자들인 것이다. 그렇지 않다면 기절초풍을 하고 도망칠 리가 있겠는가?

독립운동가도 인간이며 의식주가 필요하다. 보통 사람인 것이다. 나 또한 희로애락을 느끼는 보통 사람인터라 자주 극심한 스트레스에 시달렸다.

특히 1919년 임정 대통령이 된 후부터 조선 동포의 기대에 부응해야 되겠다는 강박감에 머리끝이 곤두설 때가 많았다. 그것을 극복해낸 것은 내 낙천적이며 긍정적인 자세 때문이라고 믿는다. 끝까지 희망을 잃지 않겠다는 오기, 일이 틀어지면 다른 기회를 주기위한 신의 배려로 돌렸으며 절망하게 되었을 때는 기도했다. 그러면 마음이 가라앉았다.

조선 땅에서는 1926년 6·10 만세사건이 터지고 1929년에 광주학생 독립운동이 일어났지만 일제의 기세는 더욱 드세어졌다. 아시아 정복을 노리는 일제는 1931년 7월, 마침내 만보산사건(萬寶山事件)을 일으켜 관동군 출병 구실을 삼고 9월에 만주사변(滿洲事變)으로 만주 땅을 완전 점령했다. 일본 제국으로서는 거침없는 국력(國力)의 상승 가도를 달리는 중이다.

그해 7월, 동아일보 사주 김성수(金性洙)가 하와이를 방문했다. 그것이 나와 김성수의 첫 인연이다. 인촌(仁村) 김성수는 1891년생이니 당시 40세요, 나보다 16년 연하다.

"내가 밖에서 고생 안하고 놀기만 하는 것 같아서 부끄럽소."

한인학교와 교회를 둘러보고 나서 둘이 마주보고 앉았을 때 내가 말했다.

"나는 용기 있는 사람들이 고국 땅에 남아있다는 생각이 듭니다."

"아닙니다."

인촌이 정색하고 머리를 저었다.

"여러분들이 밖에서 이렇게 이뤄놓지 않으신다면 우리는 식민지에서 헤어나지 못할 것입니다."

인촌은 와세다 정경학부를 졸업하고 곧 중앙학교를 인수하여 교장이 되었다. 그리고는 1919년 경성방직을 설립했고 1920년에는 동아일보를 창간하여 조선의 교육과 산업, 언론 발전에 큰 족적을 남긴 인물이다.

나는 인촌의 젊은 모습을 보면서 가슴에 찬바람이 지나는 느낌을 받는다. 마치 낙엽이 덮인 오솔길을 바람이 스쳐가는 것 같았다. 내가 지금까지 이룬 것이 무엇인가? 하고 회한이 일어났기 때문이다.

"식민지 생활이 참 어렵습니다."

인촌의 말에 나는 생각에서 깨어났다.

내 시선을 받은 인촌의 얼굴에서 쓴웃음이 번져졌다.

"총독부에서 하와이에 들리지 못하도록 했지만 겨우 허가를 받았습니다."

인촌이 차분하게 말을 잇는다.

"이곳에서도 영사관 직원이 계속 감시를 하는군요. 지금도 밖에 지켜서 있는 것 같습니다."

"우리는 그놈들을 경호원이라고 부르지요."

내 머릿속에 문득 한성감옥서가 떠올랐다. 사형당한 애국지사들의 얼굴도 차례로 눈앞을 스치고 지나간다. 벌써 30년 가깝게 지났는데도 조선의 자주독립은 더욱 요원해진 것 같다. 그 당시에도 일본 공사의 승인이 있어야 감옥서에서 나올 수 있지 않았던가?

그때 인촌이 문득 머리를 들고 말했다.

"부디 건강하셔서 우리 민족을 이끌어 주시지요."

아마 내 모습이 초라하게 보여서 그랬던 것 같다.

50대 후반이면 그 당시에도 노인 취급을 받는다. 그 나이가 되도록 혼자 살고 있었으나 결혼하여 가정을 이루고 싶다는 생각은 들지 않았다. 한번 실패한 경험도 있는데다 그 실패를 반복할 가능성이 많기도 했다. 조국을 떠난 이국땅에서 수시로 떠도는 생활을 해야만 되었기 때문이기도 했다. 조선 땅에 살면서도 가정을 돌보지 못했는데 독립선동자가 되어 동가식서가숙을 하는 입장이니 지금은 더 하지 않겠는가?

더욱이 학교에서, 교회에서 강의로 겨우 먹고사는 형편이다. 군식구까지 데리고 살면 그야말로 독립 선동 벌이꾼이 되지 않겠는가?

그런데 내 그런 의식도 가끔 흔들렸다. 나에게 안정(安定)과 정착을 권하면서 아내감을 소개시켜주는 이들도 많았다. 하와이 교민동지회의 간부 김만수가 그런 사람이다. 김만수는 여류사업가 안명희와의 결혼을 추진한 사람 중의 하나였는데 이번에는 중학교 교사인 교민의 딸을 소개했다. 30대 중반으로 아직 미혼이라는 것이다.

"박사님을 존경한다는 말을 제가 직접 들었습니다."

교회 보수공사를 둘러보는 나에게 김만수가 열심히 말했다.

"교민 안응경 씨 장녀이니 집안도 좋고 인물도 뛰어납니다. 뉴욕대학 경제학부를 나와 지금 뉴욕에서 교사로 있습니다."

"내가 그런 재원을 낭비하면 쓰겠소?"

부드럽게 말한 내가 발을 떼자 김만수가 옆을 따라 걸으면서 말을 잇는다.

"박사님, 교민들도 박사님이 가정을 이루시기를 바라고 있습니다. 이 일은 조선독립과 전혀 상관이 없는 일이올시다."

"누가 상관이 있다고 했나?"

되물은 내 얼굴에 쓴웃음이 번져졌다. 혹시 그렇게 생각하는 교민이 있을지도 모른다는 생각이 들었기 때문이다. 가정을 이루면 돈이 드는 법이다. 그 돈이 다 어디서 나오는가? 내가 사업가였다면 진즉 결혼했을 지도 모르겠다.

그때 김만수가 말했다.

"안응경 씨도 박사님이시라면 두말 않고 사위로 삼으실 것입니다. 잘 아시지 않습니까? 더구나 그 분은 박사님의 후원자시니까……."

"그만하시게."

김만수의 말을 자른 내가 얼굴을 펴고 웃어 보였다. 갑자기 가슴이 허전해졌기 때문이다. 자존심에 상처를 받았을 때는 내색은 안하지만 가슴이 허전해지는 버릇이 있다. 안응경은 늦은 나이에 이민을 와서 60대 후반의 나이였으나 성공한 사업가가 되었다. 뉴욕에 무역회사와 큰 도매상을 두 곳이나 운용하고 있는데다 호놀룰루에도 호텔과 식당을 소유하고 있다. 나는 처갓집 덕으로 호의호식하기는 싫다. 차라리 혼자 살겠다. 모르고 만났다면 모를까 그것을 전제로 하다니. 김만수는 너무 서둔 것 같다.

"안선생께 내가 직접 말씀 드리도록 하지."

웃음을 지운 내가 걸음을 멈추고는 김만수를 보았다.

"내가 따님하고 결혼하지 못하는 이유를 설명 드리려는 거야."

눈만 껌벅이는 김만수를 향해 내가 말을 이었다.

"난 잘못된 결혼으로 자식까지 죽인 사람이야. 자신 없는 일에는 나서지 않겠어. 자네의 호의는 눈물겹도록 고맙지만 말이네."

내 말을 들은 김만수가 어깨를 늘어뜨리면서 길게 숨을 뱉는다.

우리는 다시 나란히 발을 떼었고 내 눈앞에 죽은 태산의 얼굴이 떠올랐다. 태산이 살았다면 지금은 30대 초반이 되었을 것이다. 그런데 내 눈앞에서는 여전히 7살이다.

피가 마르고 뼈가 깎이는 것 같다는 말이 있다. 모질고 독한 고통을 표현한 것이겠지만 나는 가만있을 때, 그것도 사무실이나 침실에서도 문득 그런 느낌을 받는다. 감옥서에서 고문을 받을 때도, 그 열악한 환경에서 콜레라 환자와 함께 있을 때조차 이보다 심하지 않았다. 내가 지금 어디에서 뭘 하고 있는 것인가?

식민지가 된 지 20여년. 허깨비처럼 해외를 떠도는 자신을 생각하면 그렇게 된다. 그렇다고 맨날 이렇게 자신을 돌아보며 고통을 받는 것은 아니다. 나도 인간이어서 밥도 먹고 맛을 볼 줄도 안다. 가끔 이렇게 자책하면 정신이 번쩍 드는 것이다.

1932년 12월, 내가 임시정부 대표 자격으로 스위스 제네바에서 열리는 국제연맹회의에 참석했을 때도 그런 상황이 되었다. 계속해서 매를 맞으면 매에도 이골이 날법한데 더 모질게 아픈 것이다. 1919년 이후부터 나는 외교적 협상에 실패만 거듭해왔다. 1919년 파리강화회담, 1921년의 워싱턴 군축회의 등에 청원서를 접수조차 시키지 못했으며 거슬러 올라가면 1905년에 시어도어 루즈벨트 대통령을 면담까지 했지만 성과는 없었다. 우드로 윌슨 대통령과 각별한 인연이 있었으나 조국에 대해서는 전혀 도움을 받지 못했다. 그것을 예상하고 있었으면서도 나는 매달렸고 동포들은 내 이상으로 기대했을 것이다. 그 결과는 참담한 비난과 좌절로 돌아왔다.

제네바에 도착한 나는 중국 대표 안혜경(顔慧慶)부터 만났다. 제네바 국제연맹 회의에서는 19인 위원회를 소집하여 만주에 일본이 세운 만주국 문제를 토의 시켰는데 당사자인 일본과 중국은 제외된 상태였다.

"만주국을 국제연맹에서 부인(不認) 시키는 것이 일본이 침략국임을 인정하는 것이나 같습니다. 그러니 그것을 목표로 각국 위원을 설득해 나갑시다."

내 말에 안혜경은 뛸 듯이 기뻐했다. 안혜경이 둔한 사람은 아니다. 그러나 나처럼 온갖 수단을 강구하며 20년간 국제회담에 매달려온 독립선동가와 같겠는가?

　미국인 기자들도 나를 도왔고 국제연맹 사무국 직원들도 호의적이었다. 그러나 하와이에서 내 반대파인 교민단 간부들이 중국의 또 한명의 대표 고유균에게 이승만이 대한민국의 정식 대표가 아니라는 편지를 보내 왔을 때는 다리에 힘이 풀렸다. 모두 내가 부덕한 탓이다.

　"그 편지는 찢어버리도록 하지요."

　중국대표 안혜경이 말했다.

　"이 편지는 읽지 않겠습니다."

　다 읽었으면서도 고유균이 외면한 채로 그렇게 말했다.

　나는 연맹 사무총장 에릭 드러먼드(Eric Drummond)에게도 편지를 썼는데 일본인이 세운 만주 괴뢰국에는 조선인의 인권이 유린당하고 있다는 사실도 주지시켰다. 결국 19개국 위원회는 만주국 문제에 대한 보고서를 국제연맹에 제출했고 만주국은 국제연맹에서 41:1이라는 표결로 부인(不認) 되었다. 1표는 일본의 찬성표였다.

　"모두 박사님 공입니다."

　흥분한 중국 대표 안혜경이 상기된 얼굴로 말했지만 나는 웃기만 했다.

　국제연맹에서 만주국이 부인된 것은 일본국의 야만성과 침략국임을 증명한 것이나 같다. 그리고 조선의 참담한 실상에 대한 내 편지를 국제연맹 사무총장과 각국 대표단이 읽기는 했을 것이다. 그러나 조선 땅은 그대로 일본 식민지가 되어있다. 드러난 공적은 아무것도 없는 것이다. 내가 임시정부 대표가 아니라면서 함께 일한 중국 대표단 앞으로 편지를 보낸 반대파들을 떠올리자 일본 총독의 밀사가 되었다는 박용만의 심정을 알 것 같았다. 나는 아직도 박용만의 변절을 믿지 않는데도 그렇다.

그렇게 내 제네바 일정은 무의미한 성공으로 끝냈다.

"감사합니다."
인사를 한 나는 테이블에 앉았다.
드루시 호텔의 식당 안이다. 빈자리가 없었기 때문에 나는 두 여자가 차지한 테이블에 합석을 한 것이다. 그래서 합석을 허락해 준 인사를 했다.
웨이터에게 주문을 한 나는 식당 안을 둘러보았다. 오후 6시경이어서 이른 시간이었지만 손님이 많다. 국제연맹이 오늘 개막식을 했기 때문에 외국 손님들이 대부분이다. 그러나 나는 이번에도 철저히 무시당했다. 그들로서는 당연한 일이겠지만 나는 또 상처 받았다. 물잔을 든 나는 문득 상처에 둔감해지지 않는 자신을 깨닫고 다행이라는 생각을 했다. 만일 둔감해져서 아픔도 느끼지 않는 상태가 되었을 때에는 조선 독립에 대한 의욕 또한 사그라져 있을 테니까 말이다.
"어디서 오셨죠?"
옆에서 묻는 소리에 나는 생각이 깨어났다. 머리를 든 나는 두 여자 중 젊은 쪽과 시선이 마주쳤다. 선한 인상이다. 서양인이면서도 동양인의 차분하고 은근한 분위기가 풍긴다.
"코리아입니다."
영어로 그렇게 대답하면서 나는 여자가 일본인이냐고 묻지 않은 것이 고맙게 느껴졌다. 열에 일곱은 그렇게 묻는다. 양복장이 동양인은 다 일본인인줄로만 아는 것이다.
"아, 여행 잡지에서 코리아에 대해서 읽었어요."
하고 여자가 말을 이었는데 옆에 앉은 중년여인이 낮게 말했다. 독일어서 알아듣지 못했지만 주의를 준 것 같다. 중년 여자는 어머니처럼 보였다.

"전 승만이라고 합니다."

내가 정식으로 부인과 아가씨를 향해 머리를 숙여 인사를 했다.

"코리아를 알고 계신 것에 감사드립니다."

"전 프란체스카 도너, 그리고 이분은 우리 엄마시죠."

중년은 영어를 모르는 것 같았고 아가씨가 밝은 표정으로 말을 잇는다.

"우린 빈에서 온 관광객입니다."

"오스트리아에서 오셨군요."

나는 잠깐 젊은 프란체스카의 밝은 분위기에 빠져들었다.

프란체스카는 흰 레이스가 달린 연분홍색 원피스를 입었다. 우리가 시킨 음식이 각각 날라져 왔으므로 식사를 하면서도 프란체스카는 이야기를 계속 했는데 나는 머리만 끄덕이거나 웃어주기만 해도 되었다. 프란체스카가 제 말에 제가 대답하는 경우도 많았기 때문이다.

무슨 이야기를 했는지 다 기억나지 않지만 모처럼 편안하고 안정된 분위기였다. 식당 안은 혼잡한데다 소음도 심했으나 나는 집안 거실에서 식사하는 것 같은 느낌을 받았다.

그것이 프란체스카와 처음 만났을 때의 기억이다.

"다음에 또 뵙기를 바랍니다."

먼저 식사를 마친 내가 자리에서 일어서서 말했을 때 프란체스카가 따라 일어섰다.

"제 연락처 드릴 테니까 연락 주세요."

그러더니 손가방에서 명함을 꺼내 내밀었다.

놀란 나는 먼저 어머니부터 보았다. 내 시선을 받은 도너 여사가 눈을 가늘게 뜨고 웃는다. 명함을 받아 든 나는 몸을 돌렸다. 모녀의 따뜻한 분위기가 고마웠고 내 나이에 구애받지 않는 프란체스카의 태도가 인상 깊었다.

나는 내 나이가 58세라고 밝혔던 것이다. 프란체스카는 당시에 33세였으니 나이차가 25년이다. 그리고 내가 강한 인상을 받은 또 한 가지가 있다. 그것은 프란체스카가 첫 번째 결혼에 실패했다고 당당하게 말하던 태도였다. 나는 그 나이가 되도록 한 번도 그렇게 말해 본 적이 없다. 그래서 당당하게 실패를 인정한 그 태도가 부럽기까지 했다.

제네바 국제연맹 회의가 끝난 후에 나는 러시아행을 추진했다. 한, 중, 러, 3국의 연합으로 일본을 견제하자는 구상을 했기 때문이다. 러시아는 이미 조선독립군을 지원한 전력이 있는데다 조선 국내에서는 김재봉, 박헌영을 중심으로 조선공산당과 고려공사청년회까지 조직 되었었다. 그러나 일제의 가혹한 탄압으로 1928년 이후에는 해체된 상황이다.

나는 비엔나의 중국대사관에서 러시아 입국 비자를 받았다.

"정 그렇다면 외무성의 빅토르 국장을 만나시는 것이 나을 겁니다."

비엔나 주재 중국 대리공사 동덕건(童德乾)이 안타깝다는 표정을 짓고 말했다.

동덕건과 나는 미국에서부터 친교가 있던 사이였다. 우리 둘은 대리공사의 집무실에 마주앉아 있다.

동덕건이 긴 숨을 뱉고 나서 영어로 묻는다.

"이박사, 모스크바에 있는 조선인 인사하고 연락이 되었습니까?"

"모스크바역으로 마중을 나온다고 했습니다."

"누굽니까?"

"허덕수라고 조선 의열단의 간부급이 되는 사람이오."

"조심하시오."

조선 내부뿐만 아니라 임정 사정까지 정통한 동덕건이 쓴웃음을 짓고 말한다.

"모스크바에는 조선 독립군을 가장한 강도단이 횡행한다고 합니다."

그러나 허덕수는 조선의열단의 대표 김원봉의 수하로 내가 아는 사람이다. 비엔나를 출발한 내가 모스크바에 도착했을 때는 1933년 7월 9일이다. 역에는 약속한대로 허덕수가 마중을 나와 있었는데 나를 반갑게 맞는다.

"잘 오셨습니다. 임정에서 뵙고 12년만이군요."

당시에 허덕수는 이동휘의 수하로 몇 번 얼굴을 보이더니 사라졌다. 시베리아로 들어갔다는 소문을 들었는데 이제 다시 만난 것이다.

허덕수가 안내한 곳은 역 근처의 허름한 호텔이다.

"이곳에도 일본 밀정들이 버글거리고 있습니다."

방으로 들어선 허덕수가 커튼을 들추고 창밖을 살피며 말했다.

"요즘은 조선인 피살 사건이 늘어나고 있지요. 물론 우리도 일본놈들을 놔두지 않지만 말입니다."

작년인 1932년 1월 8일, 김구의 지시를 받은 애국단원 이봉창(李奉昌)이 도쿄에서 히로히토 천황에게 수류탄을 투척했고 4월에는 윤봉길(尹奉吉)이 상해 홍구(虹口)공원에서 폭탄을 던져 시라카와(白川)대장 등을 폭사시켰다. 국내의 반일 활동이 일본군의 가혹한 탄압으로 억눌려있는 반면에 국외에서는 저항이 강해졌다. 창에서 몸을 뗀 허덕수가 나를 보았다.

"그럼 내일 빅토르 국장과의 면담을 알아보고 오겠습니다. 그동안은 밖에 나가시지 말고 여기서 기다리시지요."

"부탁하오."

나로서는 지리도 모르는 터라 따르는 수밖에 없다.

조선의열단(朝鮮義烈團)은 좌파계열로 김원봉이 대표인데 작년인 1932년 11월 상해에서 조직된 '한국대일전선통일동맹' 단체 중 하나인 것이다. 일본군의 만주침략으로 우파와 좌파 등 거의 모든 단체가 모인 셈이었다.

나는 호텔 방에 박힌 채 모스크바의 첫날밤을 맞는다. 가방 속에는 국제연맹에 제출하려고 준비했던 독립청원서와 내가 특별히 작성한 러시아 정부에 보내는 청원서까지 서류가 두통 준비되어 있다. 거의 뜬 눈으로 밤을 샌 내가 다음날 아침에 호텔의 작은 식당에 앉아있을 때 허덕수가 서둘러 들어섰다. 허덕수의 안색이 좋지 않았으므로 나는 가슴이 서늘해졌다.

내 앞으로 다가선 허덕수가 말했다.

"돌아가라고 하는군요. 오늘 즉시 말입니다."

나는 그날 모스크바를 떠났다. 나중에 알게 되었지만 모스크바에는 일본 고위층 손님이 와 있었던 것이다. 러시아가 건설한 만주의 동청철도(東淸鐵道)를 매입하려고 왔다고 했다. 만주 땅이 일본군에 점령된 마당이니 비싸게 받으려면 비위를 맞춰야 될테니까. 나는 그토록 많은 실패와 좌절을 겪었어도 '외교독립론'이 당시의 가장 현실적이며 유용한 해결책이라고 지금도 믿는다. 무력(武力)에 의한 독립과 교육과 인재 양성의 방법으로는 현실성이 떨어진다. 조선의 가치를 어떻게든 상승시켜 일본제국의 손아귀에서 빼내는 것은 강대국의 이해에 달려있는 상황이었다. 보라. 노일전쟁으로 원수가 되었다가도 철도 운영권을 팔아먹으려고 칙사 대접을 하지 않는가? 강대국의 이해와 상관되게 만들면 일본은 목구멍에 거북하게 걸려있는 조선 땅을 뱉어내게 될 것이었다. 그 방법이 최선이며 가장 빠르다. 그 후에 서둘러 힘을 갖추는 것이다. 제네바에 도착했을 때는 지쳐서 눈을 뜨는 것도 힘이 들었다.

"박사님, 쉬셔야겠습니다."

역으로 마중 나온 김재훈이 말하더니 나를 부축했다.

"이 사람아, 놔두게."

쓴웃음을 지은 내가 그를 밀치고는 발을 떼었다.

"내가 70이 되려면 아직 멀었어."

지난번에 투숙한 드·루시 호텔에 방을 잡은 내가 1층 식당으로 내려갔을 때는 오후 6시 정각이다. 오늘은 식당에 빈자리가 반이나 되었는데 기둥 옆 테이블에 앉아있던 여자가 활짝 웃는 얼굴로 손을 들었다. 프란체스카다. 모스크바를 떠날 때 연락을 했던 것이다.

"좀 쉬셨어요?"

앞쪽 자리에 앉은 나에게 프란체스카가 부드럽게 물었는데 3년쯤 알고 지낸 사이처럼 느껴졌다. 그동안 전화는 세 번을 했고 만나는 것은 오늘이 두 번째인 것이다.

내가 지그시 프란체스카를 보았다.

"당신하고 있으면 편안해져. 그 이유가 뭘까?"

"날 사랑하는 것 같군요."

프란체스카가 웃음 띤 얼굴로 말을 받았으므로 나는 입맛을 다셨다.

그런 말은 정색하고 표현하는 것이 아니지 않는가? 하는 생각이 들었기 때문이다. 그런데 잠깐 후에는 가슴이 가벼워졌다. 내 선입견, 내 굳어진 사고(思考)가 일순간에 풀려졌다.

"그렇군."

맞장구를 치는 내 목소리도 가볍다.

"당신은 그런 재주가 있어, 프란체스카."

"재주보다는 천성이죠, 박사님."

"박사 호칭은 빼, 프란체스카."

"네, 리."

"나, 내일 뉴욕으로 돌아간다."

내가 말했을 때 프란체스카의 얼굴에서 천천히 웃음기가 지워졌다. 둥근 얼굴, 깊고 짙은 눈. 나는 프란체스카의 얼굴에 빨려들었다.

"그럼 언제 오세요, 리?"

"난 무국적자야. 그리고 돈도 없어서 긴 여행은 힘들어."

"내가 갈까요?"

"사업은 어떻게 하고?"

프란체스카는 어머니와 함께 공장을 운영하고 있는 것이다.

내 시선을 받은 프란체스카가 한마디씩 차분하게 말했다.

"리, 당신이 원한다면 가고 싶어요. 공장은 엄마한테 맡기면 돼요."

"내 나이가 몇인 줄 알지?"

"예, 할아버지."

나는 웃었다. 이렇게 찔러도 아프지 않는 분위기가 있구나.

심호흡을 한 내가 한마디씩 차분하게 말한다.

"프란체스카, 잘 들어. 앞으로 편지나 전화로 조금씩 더 알아가도록 해. 이 할아버지는 시간이 많아."

내가 프란체스카와 결혼한 것은 1934년 10월 8일이다. 뉴욕 몽클레어 호텔에서 오랜 친구인 윤병구 목사와 존 헤인즈 홈즈 박사의 주례로 결혼식을 올렸는데 내 나이 59세, 프란체스카는 34세였다. 렉싱턴 애버뉴에 위치한 몽클레어 호텔은 내 프린스턴 동창인 킴벌렌드 대령 소유서서 여러모로 편의를 제공해 주었다. 60객이 그것도 30대의 서양여인을 아내로 맞이하는 것에 대한 편견이 꽤 심했었지만 나와 프란체스카는 극복할 수 있었다.

다음 해인 1935년 1월 25일 하와이로 돌아온 나는 다시 교육사업과 교회 활동, 그리고 잡지 출간에 열중했다. 당시 상해 임정은 1923년의 분열로 크게 위축되어서 김구가 겨우 꾸려가던 실정이었는데 1930년대에 들어 대전환기를 맞았다. 김구가 한인애국단(韓人愛國團)을 조직하여 적극적인 테러 활동을 개시했기 때문이다. 이봉창과 윤봉길의 의거가 임정과 김구의 명망을 높였고 곧 한국독립당의 기반을 굳히는 계기가 되었다.

만주 땅에 괴뢰정부인 만주국을 세운 일본은 중국 대륙을 석권하려는 야욕을 감추지 않고 드러냈지만 서구 열강은 방관했다. 러시아 견제용으로 일본이 필요했기 때문이다.

"일본이 곧 중국대륙을 먹습니다."

나에게 자주 찾아오는 김덕수가 어느 날 오전에 그렇게 말했다.

1937년 3월이다. 조선 땅은 1936년 부임한 총독 미나미 지로(南次郞)에 의해 내선일체(內鮮一體), 동조동근(同祖同根) 정책을 강력히 시행하는 중이다. 즉, 조선과 일본은 같은 민족이며 뿌리도 하나라는 정책이다. 그래서 천황을 조상신으로 참배토록 강요했고 학교에서 조선말 사용을 금지시켰다. 또한 이름도 일본식으로 바꾸도록 했기 때문에 민족 말살정책이나 같다.

김덕수가 길게 숨을 뱉는다.

"일본이 점점 강해지고 있는 것은 분명합니다. 박사님."

"그렇군."

내가 머리를 끄덕이며 말했더니 김덕수가 의아한 표정이 되었다. 반발을 예상했던 모양이다.

내가 김덕수에게 웃음 띤 얼굴로 물었다.

"곧 중국에서 전쟁이 일어나겠지. 일본은 마치 가속도가 붙어 달려 내려가는 자동차 같지 않은가?"

"그렇긴 합니다만."

"브레이크가 없는 자동차일세."

내가 말했더니 김덕수가 길게 숨을 뱉는다.

"결국에는 어딘가에 부딪쳐 산산조각이 나겠군요."

"군국주의(軍國主義)의 말로는 같아. 더구나 지금은 20세기야. 미국과 영국이 지금은 일본을 이용하고 있지만 머지않아 배신당하게 될걸세."

내가 입버릇처럼 하던 말이어서 김덕수는 시선을 탁자 위에 둔 채 대답하지 않았다. 이제는 그렇게 말하는 나에게 대놓고 비난하는 사람도 많아졌다. 내가 주장하는 외교독립론은 말잔치일 뿐이라는 것이다. 강대국은 강대국끼리만 이권을 챙겨올 뿐 지금까지 단 한번이라도 약소국인 조선 입장을 들어준 적이 있느냐고 대들었다. 나는 그런 비난에는 일일이 대꾸하지는 않았다. 다만 이렇게 강대국 주변에서라도 맴돌지 않았다면 조선은 잊혔을 것이다. 김구가 애국단을 시켜 폭탄을 던지는 것이나 내가 미국 신문에 끊임없이 투고와 인터뷰를 쏟는 것이나 같은 독립운동이다.

내가 혼잣소리처럼 말했다.

"내가 조선을 떠난 지 올해로 25년이야. 25년을 기다렸는데 조금 더 기다리지 못하겠나?"

그리고 벌써 내 나이가 63세가 되었다. 조국이 식민지가 된 지는 27년이 되었구나.

"일본이 전쟁을 일으켰습니다!"

그렇게 소리치며 들어온 사람은 한인회 간부 박기옥이다. 한인학교 사무실에 앉아있던 내 앞으로 박기옥이 서둘러 다가서며 말했다.

"박사님, 일본군이 베이징 근처의 노구교(盧構矯)에서 사건을 일으킨 다음에 천진을 점령하고 남경으로 진군하고 있답니다."

예상하고 있었지만 내 가슴이 거칠게 뛰었다. 이것은 하와이의 동포 대부분도 예상하고 있던 일이었다. 그것을 미국이 예상하지 못했겠는가? 만주국을 세운 뒤에 철저히 준비해 놓은 일본군이 전쟁을 시작한 것이다. 그것이 1937년 7월 7일의 중일전쟁이다. 일본은 교활하게도 전쟁이란 단어까지 숨기고 그것을 노구교 사건, 또는 지나사변(支那事變) 등으로 축소 시켰지만 1937년 12월에는 중국 국민정부의 수도 남경(南京)을 점령하고 약 30만 명의 남경 주민을 학살한다.

내가 혼잣소리처럼 말했다.

"유럽에서도 군국주의(軍國主義)가 기세를 부리니 일본이 기회가 왔다고 생각하겠군."

아돌프 히틀러가 독일 총리가 된 것은 1935년 8월이다. 히틀러는 군축회담을 무시하고 독일군을 급격하게 무장시키고 있다. 그때 방안으로 오세환이 들어섰다. 오세환은 한인학교 교사로 서울 YMCA에서 내 강의를 받은 제자이기도 하다.

"박사님, 한인교회 앞에서 김동술 씨가 조선인들한테 맞고 이곳으로 피신해 왔습니다."

눈을 크게 뜬 오세환이 가쁜 숨을 가누고 말을 잇는다.

"지금 숙직실에 누워 있는데 피를 많이 흘립니다. 병원에 가자고 해도 조선인들이 쫓아올 것이라면서 움직이지 않습니다."

나는 서둘러 일어섰다. 김동술은 미국에서 대학을 졸업하고 하와이에 정착한지 10년째다. 그는 살해당한 박용만의 지지 세력으로 적이 많았다. 우파는 물론 좌파도 마찬가지였다. 자신하고 파벌이 다르면 원수가 된다. 숙직실로 들어선 나는 벽에 기대앉은 김동술을 보았다. 얼굴이 피투성이였지만 나를 보더니 주르르 눈물을 쏟는다.

"박사님, 조선에 있는 동생한테 돈을 보내려고 일본 영사관에 들어갔다가 나왔더니 이렇게 되었습니다."

"이 사람아, 그러니까 배나무 밑에서는 갓끈을 매지 말라는 말이 있지 않는가?"

먼저 그렇게 나무랐지만 내 가슴이 부글부글 끓었다. 김동술만한 애국자가 없다. 만일 김동술이 박용만 추종자가 아니었다면 이러지는 않았을 것이다.

그때 밖이 소란스러워지더니 숙직실 문이 벌컥 열렸다. 그리고는 서너명이 마룻방 안으로 들어선다. 모두 낯이 익다. 좌익 계열로 김원봉(金元鳳)이 대표인 조선민족 혁명당원들이다.

그 중 앞에 나선 최영순이라는 자가 나에게 말했다.

"박사님, 저놈은 일본놈 첩자올시다. 일본 영사관에 들어가 정보를 주고 나오는 현장을 잡았습니다. 우리한테 넘겨주시지요."

"나쁜놈들!"

내가 버럭 소리쳤더니 모두 조용해졌다. 눈을 부릅뜬 내가 더 목소리를 높였다.

"너희들이 어찌 감히 박용만을 평가한 단 말이냐! 비록 그가 죽을죄를 지었다고 해도 나는 그가 설계한 무장독립론은 존경한다! 그런데 박용만을 지지했다고 무조건 친일파로 몰다니! 이러다 너희들하고 생각이 다르다면 다 친일파 반역자로 몰 셈이냐!"

목소리가 컸기 때문인지 모르겠다. 마룻방으로 선생들이 들어왔고 박기옥이 밀어내는 바람에 최영순은 동료들과 함께 물러났다.

내가 가장 상처를 받은 것은 나에 대한 비난보다 동포들의 분열이다.

"도대체 당신이 지금까지 이룬 일이 뭡니까?"

교민회 총무 하정섭이 나를 손가락으로 가리키며 물었다.

1939년 초, 나는 교민 장태연의 생일파티에 초대받아 마악 저녁을 마친 참이었다. 테이블에는 20여명의 남녀 교민이 둘러앉아 있었는데 다행히 프란체스카는 몸이 아파 집에 남았다.

갑작스런 일이어서 모두 숨을 죽였고 나도 긴장했다. 하정섭은 좌파 계열로 중국에서 전쟁이 일어나자 미국으로 건너온 무리중 하나다. 30대 중반으로 달변인데다 적극성이 뛰어나 하와이에서 금방 두각을 나타내었다. 나는 자식 또래의 하정섭에게 선생한테서 꾸지람을 듣는 것처럼 질책을 받았지만 어쩐지 화가 나지가 않았다. 왠지 가려운 곳을 와락 긁어준 느낌이 들었다.

내가 가만있었더니 그 순간 다시 하정섭이 소리쳤다.

"미국을 등에 업고 대미외교위원부만 장악한지 몇 십 년입니까? 그동안의 성과에 대해서 비판을 받아야 됩니다!"

벼르고 있었던지 추궁이 신랄했고 정연했다.

그때서야 한인회 간부 김덕수가 버럭 소리쳤다.

"이 애비 없는 호래자식 같으니! 이놈아! 네놈이 태어나기도 전에 박사께서는 독립운동을 하셨다! 이 상놈아!"

"나가!"

하고 벌떡 일어선 주인 장태연이 삿대질을 했고 당장 테이블은 난장판이 되었다. 손님 두엇이 하정섭에게 그릇을 던졌으며 여자 손님 하나는 달려들었기 때문이다. 그러나 하정섭 일행은 둘이 더 있었다. 말린답시고 일어나 같이 소리 지르고 대든다.

그때 내가 두 손을 들고 소리쳤다.

"자, 모두 앉읍시다."

서너 번 소리치고 나서야 하나씩 앉았고 내가 아직도 서있는 하정섭 일행에게도 말했다.

"그대들도 앉게나. 내 이야기를 듣게."

1939년이니 내 나이가 65세다.

셋이 자리에 앉았을 때 나는 주위를 둘러보며 말했다.

"조선민족전선연맹(朝鮮民族戰線聯盟)도 애국 독립단체인 것은 분명합니다. 지금은 좌, 우를 가릴 때가 아니오."

하정섭은 조선민족전선연맹 예하의 조선의용대 소속이다. 김원봉이 중심이 된 조선혁명군 단체가 확대 개편된 조직으로 좌익의 강력한 항일투쟁 세력인 것이다.

내가 하정섭을 바라보며 말을 이었다.

"이보게, 나는 지금보다 더 심한 수모를 당하고 지내왔다네. 항일 전선에서 총에 맞아 죽는 것과 이 일과 비교를 하면 어떤 것을 택하겠는가?"

모두 숨을 죽였고 내 말이 이어졌다.

"24년 전인 1905년에 나는 시어도어 루즈벨트 대통령을 만나 고종의 탄원서를 주었네. 그것을 읽은 루즈벨트가 대한제국 대리공사 김윤정한테 줘서 국무부로 올리게 하라고 하더군. 나는 춤을 출 듯이 기뻐 밖으로 나왔다네. 그리고 화장실에 들렀더니 밖에서 루즈벨트 보좌관들이 말하는 소리가 들리더구만. 그 바보 같은 놈들은 우리가 필리핀하고 조선을 맞바꾼지 모르는 모양이라고 말이네."

갑자기 눈시울이 뜨거워졌으므로 나는 심호흡을 하고 나서 말을 이었다.

"그런데 밖에서 동포들은 가슴을 태우며 기다리고 있었지. 그래서 나는 그 말을 못하고 말았다네. 동포들을 실망시킬까봐서 말이네."

나는 번져나오는 눈물을 손끝으로 닦고는 하정섭을 향해 말을 이었다.
"그렇지만 끊임없이 우리 조선인이 잊히지 않도록 나는 문전축객을 당하면서도 이렇게 지내왔네. 나에게는 그 실패의 기록이 상처이며 성과일세."
이제 하정섭은 시선을 떨어뜨리고 있었다.

히틀러는 1938년 오스트리아를 합병하더니 1939년에는 체코슬로바키아까지 합병했다. 유럽의 전운(戰雲)이 짙어지는 한편 중일(中日)전쟁은 장기전의 양상이 되어가고 있었다. 국공합작(國共合作)으로 장개석의 국민당과 모택동의 공산당이 항일(抗日) 통합전선을 구축함에 따라 일본군은 광범한 전선에서 점과 선을 유지하는데 그쳤다. 광주성에서 산서(山西)성까지 10개 성에 중국 대부분의 도시를 점령했지만 오직 점과 선, 즉 도시와 도로만을 장악한 상태가 된 것이다.
그런 전황(戰況)이 되었을 때 나는 하와이를 떠나 워싱턴으로 옮겨왔다. 1939년 4월이다. 허버트 스트리트의 저택에 입주한 나와 프란체스카는 다시 본격적인 대미 외교위원부 활동을 시작할 작정이었다.
"폭주기관차가 곧 부딪쳐 올 거야."
10월 초순, 밖에서 돌아온 내가 프란체스카에게 말했다.
신문사에 낼 내 원고를 타자하고 있던 프란체스카가 얼굴을 펴고 웃는다.
"리, 언젠가는 일본이 브레이크가 풀린 자동차라고 하셨어요."
"그런가?"
국무부 관리를 만나 상해 임정의 승인 문제를 상의했지만 여전히 부정적인 입장이다. 항일(抗日) 전선의 중국군을 미군이 지원하고 있지만 그것도 비밀리에 하고 있다는 것이다.
내가 말을 이었다.

"그 기관차가 마지막으로 부딪칠 곳이 어디겠어? 프란체스카?"

"멍청한 곰이겠군요."

나는 얼굴을 펴고 웃었다.

멍청한 곰은 곧 미국이다. 시어도어 루즈벨트가 곰에 대한 애착이 강하다고 들은 이후로 나는 그렇게 부른다. 루즈벨트가 미국의 뛰어난 대통령인지는 몰라도 나에게는 상처를 안겨준 곰이었다.

"그래, 그 곰이 기관차에 상처를 입겠지만 가만두지는 않겠지."

"그럼 미일(美日)전쟁이 난다는 건가요?"

타자 치던 손을 멈춘 프란체스카가 물었으므로 나는 정색하고 머리를 끄덕였다.

"그것을 멍청한 곰만 모르고 있는 것 같아."

"방심하고 있는 것일까요?"

"아니, 오만해서 그런 것 같기도 해."

미국의 국력은 1차 세계대전 이후로 급격히 상승했고 경제공황을 극복한 후에는 자신감이 넘쳐흘렀다. 이때 중국 임정에서는 김구와 이동녕 등 임시정부 고수파가 설립한 한국국민당(韓國國民黨)이 중일전쟁에 대비하여 좌익계인 조선민족전선연맹과 연합해서 전국연합진선협회를 조직했다. 7개 단체가 가입한 이 조직은 우익의 김구와 좌익의 김원봉이 이끌었다.

"자, 보세요."

하고 프란체스카가 타이프 된 원고를 내밀었으므로 나는 받아들었다. 잘 정돈되었고 오자도 없다.

"리, 한길수가 누구죠?"

프란체스카가 낮게 물었으므로 나는 원고에서 시선을 떼었다.

내 시선을 받은 프란체스카가 부드럽게 웃는다.

"신문에서 읽었어요. 당신을 공격했더군요."

공격은 점잖은 표현이다. 내가 임정의 대표권이 없는 무허가 로비스트며 사기꾼이라고 했다. 분개한 교민들이 한길수를 찾아 간다는 것을 말렸는데 그러기를 바라고 있는 것 같았기 때문이다. 한길수는 중경(重慶)의 좌익 계열로 미주지역에서 기반이 약했기 때문에 과격한 행동으로 일단 교민들의 주목을 받으려고 했다.

올해 초에 장태연의 생일 파티에서 만났던 하정섭은 그날 이후로 나에 대한 태도가 달라졌지만 한길수는 집요했다. 나도 미국 땅에서 김구처럼 좌우 합작을 해야 될 것인가?

이번에는 프랭크린 루즈벨트다. 1905년에 내가 가져간 청원서를 읽었던 대통령은 제 26대 시어도어 루즈벨트(Theodore Roosevelt), 그리고 지금 내가 제출한 임정 승인 요청서를 거부한 대통령이 제 32대 프랭클린 루즈벨트(Franklin Delano Roosevelt)다.

프랭클린 루즈벨트는 1933년 대통령에 당선되어 1940년에 3선되었지만 루즈벨트 두 분과 조선, 특히 나하고는 악연(惡緣)이다. 루즈벨트는 임정 승인은 물론 일본과의 독립전쟁에 필요한 무기 지원도 거절한 것이다. 중국은 지원해도 대한민국은 안 된다고 했다. 그때가 1941년 6월쯤 되었다. 국무부에서 통보를 받은 내가 담당 보좌관 맥밀란에게 말했다.

"역사는 돌고 도는 것이라고 했소. 나는 36년 전에 시어도어 루즈벨트 대통령을 만나 오늘과 비슷한 일을 겪었습니다."

"36년 전입니까? 시어도어 루즈벨트를 만나셨다구요?"

맥밀란이 놀란 표정으로 나를 보았다.

"제가 5살 때였군요. 박사님이 시어도어 루즈벨트를 만나셨다니 놀랍습니다."

"조선 황제의 특사로 밀서를 가져와 보여드렸지요."

"그렇습니까?"

더 놀란 맥밀란이 의자를 바짝 당겨 안는다. 그저 호기심이 일어났을 뿐 대한민국 임정을 인정하건 말건 관심도 없는 것이다. 나는 소리죽여 숨을 뱉었다.

미국 국무부에서 나를 모르는 사람이 없다. 청소부까지 다 나를 안다. 매일 들락거린 데다 끊임없이 내 기사와 원고가 신문 지면에 보도되었기 때문이다. 그것으로 정책을 입안하는 관료보다 미국 시민을 움직여 여론을 결집시키는 것이 내 바람이었다. 그것이 30년 동안 내가 미국에서 닦아온 방법이었다. 그러나 그때는 지쳤던 것 같다.

맥밀란의 시선을 받은 내가 말을 이었다.

"그때, 시어도어 루즈벨트는 조선을 일본의 합병에서 막아달라는 조선 황제의 청원서를 읽고 나서 나에게 고려 해보겠다고 했지만 이미 육군장관 테프트를 일본으로 보내 가쓰라·테프트 밀약을 맺었지요. 미국과 일본이 필리핀과 조선을 각각 나눠 갖기로 밀약을 맺은 겁니다."

"아, 그런가요?"

정색한 맥밀란이 머리를 끄덕였고 나는 쓴웃음을 지었다.

"지금까지는 미국이 러시아를 견제하기 위해서 일본 뒤를 밀어준 것 같았는데."

말을 그친 내가 맥밀란을 똑바로 보았다. 맥밀란은 젊고 유능한 관리였지만 아직 세상 물정을 모른다. 조선인, 대한제국인, 대한국인의 고통을 어찌 알 것인가?

길게 숨을 뱉은 내가 차분하게 말했다.

"지금은 러시아에게 조선을 내주기 위해서 임정을 승인하지 않고 무기 지원을 거부하는 것 같소."

"아니, 그것이 무슨 말씀입니까?"

놀란 맥밀란이 눈을 둥그렇게 떴다.

"러시아에게 조선을 내주다니요?"

"일본을 견제하려고 말이요. 그러려면 러시아의 힘이 필요하니까."

"……"

"그것 밖에는 이유가 없습니다. 조선인을 무장시켜야 별 도움이 되지 않는다고 판단한 것 같단 말입니다. 차라리 러시아에게 조선을 내주고 일본을 견제시키려는 것이 낫다고 생각한 것 같습니다."

"박사님, 그럴 리가 없습니다."

고위급 정책 회의에는 들어가 보지 못하는 맥밀란이 손까지 저으며 말했으므로 나는 청원거절서를 들고 자리에서 일어섰다. 수십 번 당하는 일이었지만 가슴이 미어졌고 이젠 머리가 어지러웠다. 그러나 맥밀란은 다시 만나야 할 담당 보좌관이었으므로 나는 머리를 숙여 인사를 하고 몸을 돌렸다.

1912년에 다시 조선 땅을 떠나 1941년이 될 때까지 30년 동안 나는 무국적자였다. 미국 시민권은 언젠든지 획득할 수 있었으며 그것이 고국으로 돌아가는데 지장을 줄 이유도 없었지만 나는 무국적자로 남았다.

그것은 고집 때문이다. 언젠가는 고국이 독립을 찾을 것이니 그때까지 기다리겠다는 고집이다. 자랑할 것도 없었지만 내가 죽을 때 미국 시민 이승만으로 기록되기는 싫었다.

나는 1941년 7월에 2년 동안 집필했던 원고를 책으로 출간했는데 제목이 Japan inside out(일본 내막기)이다. 나는 일본제국의 야망을 밝혔고 일본을 먼저 제압하지 않으면 미국이 공격을 받을 것이라고 썼다.

책이 출간되자 대다수의 미국인은 전쟁을 선동하는 무책임한 조선인의 글이라고 비방했다. 다만 유명한 여류소설가 펄·벅 여사 등 몇 명만이 일본 내부를 심도 있게 파헤친 섬세한 소설이라고 격려해 주었다.

그리고 넉 달 후인 12월 7일, 일본군이 진주만을 공격했다. 대번에 나는 예언자 취급을 받았고 책은 베스트셀러가 되었지만 나는 그보다 조국 독립이 눈앞으로 다가온 것을 처음으로 실감하게 되었다. 일본 군국주의 정권은 무모했다. 내가 표현한 대로 브레이크가 고장 난 자동차가 비탈길을 질주한 것이나 같다.

1937년 시작된 중일전쟁에서 일본은 중국 땅에 1백만 병력을 투입해 놓은 채 지금도 지지부진한 상태인 것이다.

1942년 1월, 나는 워싱턴에서 중경(重慶)의 임정 주석 김구가 보낸 이언식을 만났다. 이언식은 미국에서 대학을 나온 후에 중국으로 건너가 10여년 동안 임정에서 일했다. 나하고 여러 번 만난 사이였는데 이번에도 김구의 심부름으로 온 것이다.

외교위원부 사무실에서 마주보고 앉았을 때 이언식이 입을 열었다.

"임정은 좌우합작 체제가 굳어져가고 있습니다. 올해 상반기에는 김원봉의 조선군의용대가 광복군에 편입 될테니까 그때는 군대까지 합작이 되겠지요."

"모두 송자문(宋子文)의 농간이야."

입맛을 다신 내가 이언식을 보았다. 이언식도 어깨를 늘어뜨리며 숨을 뱉는다. 송자문은 광동 출신으로 중국 4대 재벌 가문이다. 지금까지 장개석(蔣介石)의 국민당정부 중심인물로 재무부장, 협상대표 등을 맡고 있었는데 공산당 세력인 모택동에게 호의적이었다.

송자문은 재력을 바탕으로 인맥도 화려했으니 송자문의 여동생 송미령(宋美齡)은 국민당정부 수반인 장개석의 부인이며 누나 송경령(宋慶齡)은 중국의 국부 손문(孫文)의 부인인 것이다. 그 송자문이 김구에게 공산당 세력과의 좌우합작을 강권했던 것이다. 국민당 정부로부터 각종 지원을 받고 있던 임정 입장에서는 거부할 수가 없는 노릇이다.

그때 이언식이 입을 열었다.

"곧 송자문이 외교부장이 될 것 같다고 합니다."

"이제 루즈벨트가 동지를 하나 더 얻은 셈이군."

내가 자꾸 김구에게 공산주의자와 관계를 끊으라고 했지만 현실은 그렇게 되지가 않는 것이다.

이언식이 말을 이었다.

"주석께서 그 말씀을 전하라고 하셨습니다. 송자문이 외교부장으로 임명된다면 한국 독립에 부정적인 입장을 취할 것이라고 하셨습니다."

"당연하지."

"위원장께서도 대비를 하셔야 합니다."

"독립만 된다면 소련 공산당의 도움도 받아야겠지. 하지만 소련이나 미국 또는 중국의 개입은 안돼. 그것은 대한제국 말기로 돌아가는 거야."

그렇게 말한 순간에 내 가슴이 미어졌다. 힘없는 나라의 운명은 언제나 같다. 힘을 길러야 하는 것이다. 그것도 단합된 힘을. 그래야 무시 받지 않는다.

"미국은 런던에 있는 유럽의 망명정부를 원조해주고 있습니다. 한국의 망명정부도 미국의 지원을 받아야 합니다."

내가 말했더니 알저 히스가 머리를 들었다.

미 국무부 안의 특별보좌관실에서 나는 국무장관 특별보좌관 알저 히스를 만나고 있다. 코델 헐 국무장관은 알저 히스에게 전후 한국 처리문제까지 맡겼다는 소문이 있다.

"박사, 박사께서 한국 임정의 대표자가 아니라고 하던데, 어떻게 된 일입니까?"

그리고는 알저 히스가 책상 위에 놓은 내 명함을 집더니 보는 시늉을 했다. 임정 구미위원부 위원장 겸 임정 외교 대표 명함이다.

갑작스런 일이어서 말문이 막힌 나에게 알저 히스가 말을 잇는다.

"최소한 한국의 대표자만이라도 단일화 시킬 수는 없습니까? 어제도 한국 망명 정부의 대표라는 사람이 다녀갔단 말이오."

한길수다. 한길수는 중한민주동맹단(中韓民主同盟團)의 대표자 명함을 들고 한국 대표라고 찾아왔을 것이다. 나는 이 젊은 장관 특보를 물끄러미 보았다. 나와 마주친 두 눈에 적의(敵意)가 덮여진 것 같다.

내가 차분하게 말했다.

"곧 단일화가 되겠지요. 하지만 모두 목적은 같습니다. 망명정부를 인정해주시고 지원을 부탁합니다."

"소련한테서도 지원금을 받아내고는 임정 간부들이 착복을 했다던데. 그 돈으로 첩을 두고 유흥비로 썼다고 들었습니다."

알저 히스가 시선을 준채로 말을 잇는다.

"그러니 우리가 믿을 수 있겠습니까?"

"그 말은 누구한테 들었습니까?"

"소련의 외교부 관리한테서 들었습니다."

그러더니 입술 끝을 올리며 웃는다.

"저만 들은 것이 아닙니다. 여럿이 같이 들었거든요."

사실이다. 그래서 김구가 지원금을 유용한 김립(金立)을 의혈단을 시켜 거리에서 사살하기까지 했다.

소리죽여 숨을 뱉은 내가 알저 히스를 보았다.

"일본이 제거되면 다음에는 아시아에서 소련이 군림하게 될 것입니다. 소련을 견제해야 됩니다."

"아니."

머리를 저은 알저 히스가 정색하고 말을 이었다.

"소련은 미국의 동맹국입니다. 동맹관계인 우방을 모욕하거나 모함하면 안됩니다."

국무장관 특보한테서 직접 이런 주의를 받자 내 가슴은 쇳덩이가 든 것처럼 무거워졌다. 알저 히스 뿐만이 아니다. 국무장관, 대통령인 루즈벨트까지 일본의 견제 세력으로 동맹국인 소련에 대한 기대와 호의가 넘쳐나는 분위기였다. 불과 1년 전만 해도 소련에 대한 견제 세력으로 일본을 얼마나 우대 했던가? 강대국의 자국(自國) 이기주의는 이렇게 뻔뻔하다.

망신만 당하고 사무실을 나왔더니 내 친구인 프레스턴 M 굿펠로 대령이 로비에서 기다리고 있다가 말했다.

"리, 표정을 보니 일이 잘 안됐군. 전쟁도 곧 끝날테니까 그렇게 실망 할 건 없네."

다가선 굿펠로가 손바닥으로 내 어깨를 가볍게 두드리며 말을 잇는다.

"일본이 망하면 한국 땅은 해방이 될 것 아닌가? 아무도 다시 뺏어가지 못할 거네."

"그렇게 될까?"

지방신문 발행인인 굿펠로는 낙천적인 성품이다. 내 시선을 받은 굿펠로가 빙긋 웃었다.

"우선 일본이 망하는 것이 순서네. 그 다음이 독립이고."

그런데 어떤 독립이 될 것인가? 소련을 등에 업은 공산주의 체제의 국가로써 독립할 것인가? 아니면 좌우 합작이 될 것인가? 현재로써는 그 두 가지뿐이다.

제2차 세계대전으로 빠져든 세상은 적과 동지로 나뉘었다. 일본은 독일, 이태리와 동맹을 맺고 아시아를 석권하려는 대야망을 품었는데 초기에는 승승장구해서 그것이 이루어질 것처럼 보였다. 필리핀, 싱가포르, 동남아 지역에다 오스트레일리아 북방까지 진출했으며 중국 대륙까지 석권한다면 가히 세계 최대국(最大國)이 될 것이었다.

전쟁이 격렬해진 1943년 7월, 미국 대통령 루즈벨트가 중국 국민당 정부의 외교부장 송자문의 방문을 받는다. 백악관의 접견실 안에는 국무장관 코엘 헐과 국무장관 특보 알저 히스까지 참석해 있다.

그때 루즈벨트가 송자문에게 말했다.

"장관, 일본과 전쟁이 일어나고 나서 미국 내의 일본인들은 모두 격리 수용시켰는데 한국인들은 일본에 강제 합병된 상태이니 일본인으로 취급되면 안된다는 법적 청원이 들어왔더군. 그것을 주도한 한국인이 누구였지요? 내가 와이프한테서 들었는데."

루즈벨트의 시선을 받은 알저 히스가 우물쭈물 했을 때 코넬 헐이 대답했다.

"예, 이승만 박사입니다."

"맞아, 닥터 리야."

코넬 헐이 힐끗 알저 히스를 보았다. 알저 히스가 이름을 모를 리가 없는 것이다. 직접 만난데다 청원서 때문에 짜증을 내기도 했으니까.

그때 루즈벨트의 말이 이어졌다.

"그래서 한국인은 격리 수용에서 빼냈는데 이번에는 무기 공급에다 임정의 승인과 지원을 요구하고 있어요. 비공식적인 채널을 통해서까지 말이요."

루즈벨트의 얼굴에 웃음이 떠올랐다.

"해리스 목사가 강력히 추천을 하는구만. 말에 조리가 있고 이치에도 맞아서 나한테 직접 만나보라고 한단 말이요. 프린스턴 박사로 윌슨 전(前) 대통령하고 친교가 깊다고 하더군."

그리고는 정색한 루즈벨트가 송자문에게 물었다.

"어떻게 생각하시오? 장관이 중국에 있는 한국 임정을 지원해주고 있으니 그들 사정을 잘 아실 것 아니오? 내가 닥터 리를 만나 이야기를 들어줘야 할까? 닥터 리는 한국 임정의 외교 전권대사라고 하던데."

그러자 송자문이 심호흡을 했다. 송자문은 1894년생이니 당시에 50세의 장년이다.

"한국인 독립운동가들은 분열이 심해서 서로 물고 뜯는데 상대를 적인 일본보다 더 중오합니다."

송자문의 말이 이어지는 동안 방안은 조용해졌다.

"그래서 누가 임정 대표인지 누가 실권을 쥐고 있는지 아침저녁으로 변하는 터라 저희들도 당혹할 때가 많습니다."

"허어, 그것 참."

루즈벨트가 입맛을 다셨을 때 이번에는 알저 히스가 나섰다.

"이승만이 임정의 대표가 아니라면서 찾아 온 사람이 있었습니다. 그도 한국 대표라는 증명서와 추천서를 갖고 있었기 때문에 저도 혼란스러웠습니다."

그때 송자문이 거들었다.

"그, 이승만이란 사람. 적이 많습니다. 그가 임정의 대표라고 보기가 어렵습니다."

"내가 알기로는 임정 김구 주석이 추천한 유일한 대표인데 그렇지 않소?"

하고 코델 헐이 겨우 나섰을 때 송자문이 쐐기를 박듯이 말한다.

"한국 임정 간부들이 소련의 공산당한테서 지원금 2백만 루불을 받아서는 여자를 사거나 횡령을 해서 내분이 일어난 적이 있었지요. 그것으로 임정이 한때 붕괴 직전까지 간 적이 있습니다. 그들은 자력으로 정부를 세울 능력이 부족합니다."

루즈벨트는 이제 눈만 껌벅이고 있다.

"좌우합작은 성립될 수가 없는 사상누각이오."

내가 말하자 임병직과 장기영 등은 머리를 끄덕였다.

워싱턴 구미위원부의 사무실 안이다. 1944년이 되면서 전황은 연합군측에 유리하게 전개되었다. 국력(國力)의 차이, 즉 미국의 전력(戰力)이 드러나기 시작한 것이다. 그러나 일본은 발악적으로 대응했고 식민지 한국은 그 피해를 고스란히 받는다.

1944년부터 일본은 한국인 1백여만 명을 징용, 징집해갔는데 노예나 같았다. 탄광, 군수공장, 철도, 비행장 건설 등에 끌려갔다가 공사가 끝나면 비밀을 유리하려고 대량 학살을 당하기도 했다. 수십만의 여자가 정신대(挺身隊)로 끌려가 군인 상대의 위안부로도 보내졌다. 천인공노할 만행이었다. 방금 한국 땅 실상을 듣고 난 후여서 방안 분위기는 어둡다. 이러다 한국 백성이 일본과 함께 멸망당할 것 같다는 불안감도 든다.

내가 말을 이었다.

"소련은 이미 공산당 조직을 한국 땅에 다 만들어 놓았지만 미국은 전혀 관심이 없어."

"한국 땅을 소련에 내줘도 일본 땅을 먹게 될테니까요."

나하고 생각이 같은 임병직이 말을 잇는다.

"미국 정부 관리, 의원들을 만나면 친소파가 너무 많습니다. 사람들이 순진한지 무식한지 알 수가 없습니다."

"우리 한국 땅처럼 외세의 핍박을 당해보지 않은 사람들이어서 그럽니다."

장기영이 맞장구를 쳤다.

"미국 관리 중에 소련과 내통한 스파이가 여럿 있을 것입니다. 이러다가 한번 발칵 뒤집히겠지요. 미국은 언론이 발달 된 나라여서 곧 발각이 날테니까요."

공감이 갔으므로 나는 머리를 끄덕였다.

1930년대 이후 한국 내부의 공산주의자들은 일본의 탄압을 피해 지하로 잠적했지만 끈질기게 이어졌다. 그러다 1939년 박헌영(朴憲永)이 서울에서 경성코뮤니스트 그룹을 조직했다가 다시 해체 되었지만 기회가 오면 불 일어나듯 타오를 것이었다. 따라서 일본이 패망하면 공산당 조직을 이용한 소련은 순식간에 한국 땅을 지배하게 된다.

그런데 좌우합작(左右合作)이라는 말만 그럴듯하게 만들어놓고 우(右)의 모체인 미국은 자유 민주주의를 근간으로 하는 자본주의 조직을 지원해줄 준비가 되어 있는가? 아니다. 미국은 전혀 준비가 되어있지 않다. 아니, 좌우합작이란 미명 하에 우파를 속여 소련에게 한국 땅을 내줄 생각인 것 같다. 그것이 나와 내 동지들의 생각이었다. 우리가 직접 미국 내에서 겪었기 때문이다.

"한국 땅을 다시 러시아에 넘겨줄 수 없어."

혼잣소리처럼 내가 말했지만 모두 들었을 것이다.

모두의 시선을 받은 내가 낮게 말을 이었다.

"이렇게 되면 다시 러일전쟁 이전의 세상으로 돌아가는 것이 돼."

1896년, 고종이 러시아 대사관으로 피신한 아관파천이 일어났다. 일본의 압력을 더 이상 받지 않겠다는 것이다. 그 결과가 무엇인가? 러일전쟁으로 러시아가 패퇴했고 결국 미국의 중재로 조선 땅은 일본에 맡겨졌다. 이제 다시 미국의 중재로 한국 땅이 소련에 맡겨지는가? 미국은 그 댓가로 무엇을 얻을 것인가? 아마 소련군의 일본군 공격일 것이다.

그때 임병직이 말했다.

"미국은 중국 국민당 정부한테도 국공합작을 요구하고 있는 형편이니까요."

방안에는 다시 무거운 정적이 덮여졌다.

하긴 국민당 정부 외교부장 송자문이 모택동에게 호의적이고 임정에 좌우합작을 요구하는 세상이다.

국민당정부 수반인 장개석은 처남의 행태를 알고 있을까?

1945년 2월 초, 독일의 패망이 가까워지면서 얄타에서 루즈벨트와 처칠, 스탈린이 모여 회담을 연다. 이른바 '얄타회담'이다.

주로 동유럽의 전후(前後)처리문제에 대해서 토의했지만 나는 2월 8일 루즈벨트와 스탈린의 양자 회동에 대해서 의심을 품었다. 한반도 문제가 거론되었을 가능성이 많았기 때문이다.

그리고 두 달여가 지난 4월에 샌프란시스코에서 연합국이 유엔창립총회를 개최한다. 나는 샌프란시스코에 달려가 유엔창립총회 사무총장이 되어

있는 알저 히스에게 한국 대표단의 옵서버로서의 참석을 요청했지만 거절당했다. 누가 진정한 한국 측 대표단인지 알 수가 없다는 것이 거부 이유 중 하나였다.

대표단은 임정을 대표한 구미위원부의 나와 김원용의 재미한족연합위원회 그리고 한길수의 중한민중동맹단으로 나뉘어져 있었기 때문이다.

김원용과 한길수는 연립정부를 찬성했는데 나를 격렬하게 비난했다. 내가 임정의 대표자가 아니라고 말했을 뿐만 아니라 미국의 꼭두각시라고까지 했다.

그런데 5월 중순, 유엔창립총회가 열렸을 때 내가 묵고 있던 호텔로 송자문이 찾아왔다. 송자문과는 몇 번 만나 인사를 나눴지만 이렇게 정식으로 만난 것은 처음이다.

호텔 특실을 빌려 수행원 하나씩을 대동하고 넷이 마주앉았는데 내 옆에는 임병직이 앉았다.

송자문이 웃음 띤 얼굴로 입을 열었다.

"지난번 중경에서 김주석을 만났습니다. 이대표 말씀을 많이 하시더군요."

송자문은 하버드와 컬럼비아에서 학위를 받은 터라 영어가 유창하다.

나는 이 대국(大國)의 귀공자(貴公子)를 물끄러미 보았다.

송자문이 2년 전 루즈벨트에게 한 말을 나는 우연히 듣게 되었는데 놀라지도 않았다. 장개석의 국민당 정부는 부패했고 무능했다. 미국이 지원해준 엄청난 자금과 무기가 그대로 공산당 진영으로 넘어가고 있다는 것이다. 누구는 8할이 새나간다고까지 했다.

그 정부의 제 2인자가 바로 이 인간이다. 공산당 동조자. 나는 송자문을 바라보면서 문득 위안을 얻고 있는 자신을 깨달았다. 이런 인간이 있는 중국 국민당 정부보다 비록 좌우로 갈려 싸우지만 한국에 더 희망이 있는 것 같았기 때문이다.

그때 다시 송자문이 입을 열었다.

"중국 국민당 정부도 국공합작을 시행하고 있느니만치 한국도 좌우합작을 하는 것이 어떻겠습니까? 천년 우방인 중국과 한국이 같은 방향으로 나가시지요."

"훌륭하신 말씀입니다."

내가 말했더니 옆에 앉은 임병직이 놀라 시선을 주었다.

내가 웃음 띤 얼굴로 말을 이었다.

"그렇지 않아도 임정 김구 주석과 상의를 한 끝에 내일 기자회견을 하기로 했습니다. 지켜봐 주시지요."

"아, 그렇습니까?"

송자문의 얼굴이 활짝 펴졌다.

나는 나보다 19살이나 연하인 송자문을 향해 머리를 숙여 예를 차렸다. 송자문은 그때 52세요, 나는 71세가 되었다.

"그럼 내일을 기대하겠습니다."

웃음 띤 얼굴로 자리에서 일어난 귀공자가 내 손을 두 손으로 감싸 안는다.

"제가 만찬에 초대하겠습니다. 꼭 와 주시면 영광으로 생각하겠습니다."

"꼭 가지요."

그리고 다음날 오전 나는 기자들을 모아놓고 기자회견을 했다.

"지난번 얄타회담에서 루즈벨트와 스탈린 둘이 회동한 것은 한반도를 소련에게 양도한다는 비밀 협약을 맺기 위해서입니다. 한반도는 소련 참전 대가로 넘겨졌습니다."

내가 거침없이 말하자 놀란 기자들은 특종을 얻고 뛰어 나갔다.

다음날 신문에는 그 기사가 대서특필이 되었는데 유엔 총회장은 난리가 났다. 물론 그 후에 송자문의 만찬 초대는 오지 않았다.

당시의 한반도에 대한 미국 측 정책은 좌우합작 연립정부를 겉으로 표방하되 안으로는 신탁통치를 추진하고 있었으니 내 폭탄발언은 충격을 주었을 것이다. 루즈벨트가 병사한 후에 대통령직에 오른 트루먼도 당혹했을 것 같다. 병사한 루즈벨트로부터 한반도 정책에 대한 처리과정을 자세히 들었을 리가 없기 때문이다. 그 발언으로 가장 분노한 조직이 바로 미국무부의 알저 히스 무리였다. 나중에 소련 스파이로 밝혀져 처형된 알저 히스는 미국무부의 최고 실세로 국제연합 창립까지 주도한 친소파여서 나를 그 전부터 눈엣가시로 여기던 인물이다. 그 알저 히스 앞에서 소련의 위험성을 설득하던 때를 생각하면 지금도 쓴웃음이 나온다.

독일이 무조건 항복을 하고 일본의 운명도 풍전등화 상태가 되어가던 1945년 7월경에 나는 중경(重慶)에 있는 임시정부 주석 김구의 전화를 받았다.

"형님, 이곳 공산당 조직에서 형님을 미제국주의의 앞잡이라고 성토하고 있습니다. 지난번 기자회견 때문인 것 같소."

하고 김구가 말했으므로 나는 어깨를 늘어뜨렸다.

그러나 백범이 나를 형님이라고 부를 때 어떤 분위기인지를 알만큼 우리 둘은 20년이 넘도록 서로 의지해 왔다. 다툴 때도 있었지만 나는 백범을 임정의 기둥으로 믿었고 백범 또한 나를 의지했다. 그리고 가장 중요한 것은 외세의 배격에 둘의 뜻이 일치한다는 것이다.

백범이 말을 이었다.

"중국 국민당 정부에서도 좌우합작 정부를 받아들이라고 나한테 압력이

옵니다. 미국과 소련이 손발을 맞추고 있는 상황에서 양측 모두를 공격하면 재미가 적지 않겠습니까?"

"이보오, 아우님."

내가 전화기를 고쳐 쥐고 말했다.

"그 소련 앞잡이 놈들 말을 믿지 마시오. 내가 미국 국무부, 정계 사무실을 굶은 쥐처럼 수십 년 돌아다녀봐서 이젠 짐작할 수가 있소."

사무실 안에는 나하고 임병직 둘 뿐이었는데도 나는 목소리를 낮췄다.

"미국은 한반도에 관심이 없소. 소련은 부동항을 얻으려고 1백 년 전부터 조선을 노리고 있었지 않소? 이제는 그 기회가 온 것이오."

백범이 한 살 연하였지만 포용력과 조정력은 나보다 월등한 사람이다.

내가 말을 이었다.

"이제 일본이 패망하면 바로 소련군이 진주할 것이오. 그리고 바로 조직을 갖춘 공산당 세력이 소련의 지원을 받고 정부를 장악하게 될 것이고, 그럼 우리는 좌우연립정부라는 명분만 갖춰주는 허수아비가 될 것이오."

"저도 그것 때문에 우파의 단결과 연합을 추진하고는 있습니다만."

백범의 목소리가 딱딱해졌다.

"그렇게 되어서는 안되지요. 하지만 중차대한 시기에 분열된 지도부를 드러내면 각국의 신뢰를 잃을 테니 임정은 중립을 지키는 모양새를 하겠습니다."

"아우님은 그렇게 하시오. 나는 이곳에서 할수 있는 한 소련의 위험성을 경고 할테니까 말이오."

"형님, 조심하시오."

불쑥 백범이 말하더니 잠깐 뜸을 들였다가 잇는다.

"이곳 공산당 조직에서 형님을 제거해야 독립이 순조롭게 된다고 떠드는 자들이 있어요. 이놈들이 암살대를 조직했다는 소문도 있습니다."

"아우님, 고맙소."

통화를 끝낸 내가 웃음 띤 얼굴로 임병직을 보았다. 왠지 개운해진 것이다.

그래서 혼잣소리처럼 말했다.

"일본이 패망이나 되고나서 암살되면 좋겠다."

1945년 8월 6일, 히로시마에 원자폭탄이 투하되었다. 사흘 후인 8월 9일에 다시 나가사키에 원자폭탄이 투하되었고 8월 10일에는 그때까지 뜸을 들이고 있던 소련군이 일본령 만주를 공격하면서 곧장 북한으로 진입했다. 그리고 8월 15일에 일본은 무조건 항복을 했다.

일본은 항복하기 전까지 20여만 명의 조선인을 징집해 갔으며 1백여만 명을 노동자로 끌고 갔으니 조선 땅의 폐해도 일본 못지않았다. 그래서 나는 8월 15일, 일본 천황의 항복 방송을 들으면서도 기쁨보다 울분이 치밀어 올랐다. 그 당시 조국에서는 만세 열풍이 일어나고 있었는데 나는 순진한 그들이 부러웠다. 그들 사이에 섞여 목이 터져라고 독립 만세를 부르며 울부짖고 싶은 충동이 일어났다. 미국 땅, 워싱턴의 내 주변 분위기는 차갑다 못해 적대적이기까지 했던 것이다.

나는 미국에서 대한민국 임시정부의 구미위원부 위원장직을 해방 전까지 수십 년간 맡아오면서 수많은 미국인 친지를 만났으며 그들로부터 도움을 받았다. 미국 정관계 인사와 교분이 많았고 우드로 윌슨 대통령과는 특별한 인연도 있었지만 단 한 번도 미국의 정책이 자국의 이익을 벗어나 집행된 것을 본 적이 없다. 미국을 예로 들었을 뿐이지 서구 열강의 행태도 예외가 없다.

"오키나와에 주둔한 미 24군단이 한국으로 진입한다는군요."

8월 16일, 서둘러 사무실로 들어선 이원순이 말했다.

이원순의 얼굴은 상기되어 있었다. 존. R. 하지(John. R. Hedge) 중장이 한국 진주군 사령관이 된 것이다.

의자에 앉은 이원순이 얼굴의 땀을 손수건으로 닦으며 말을 잇는다.

"38선 이남의 땅을 맡게 되겠지요."

소련군의 급속한 한국 북반부 진입에 맞서 동경의 맥아더가 일반명령 제1호를 내렸기 때문이다. 만일 더글러스 맥아더(Douglas MacArthur)의 이 명령이 없었다면 소련은 미국과의 협약을 무시하고 남하했을 지도 모른다. 2월의 얄타회담에서 병든 루즈벨트가 스탈린에게 한반도를 소련에게 양도해 주기로 밀약을 했다고 터뜨린 내 말이 그것으로 증명 되었을 것이다.

"다 한국으로 떠나고 있습니다."

머리를 든 이원순이 나를 보았다.

"위원장님 여권은 곧 나온다고 국무부 담당한테 약속을 받았습니다."

그러나 좌익 세력은 재빠르게 소련군과 함께 북한 땅으로 진주했다는 것이다.

그때 사무실로 로버트 올리버(Robert Oliver)가 들어섰다. 로버트는 1942년부터 내 정치 고문으로 일해 온 충실한 동지이자 조언자다. 에드워드 장킨 목사의 소개로 로버트를 만난 나는 그의 성실함과 외교적 안목을 존중했다.

서둘러 내 앞으로 다가온 로버트가 말했다.

"박사님, 될 수 있는 한 빨리 한국에 들어가셔야 될 것 같습니다. 미국무부에서 중국 정부와 합의해서 한국의 연립정부안을 밀어 붙인다는 정보가 있습니다."

나는 듣기만 했고 로버트가 말을 잇는다.

"김구 주석도 어쩔 수 없이 김규식이나 조소앙 등 공산주의자들의 주장에 합의를 할지도 모릅니다."

"김주석이 그럴 리는 없어."

내가 머리를 저으며 말했지만 나도 모르게 얼굴이 굳어졌다.

그때 이원순이 말했다.

"남한에서는 이미 여운형과 박헌영이 조선건국준비위원회를 조직했다고 합니다."

박헌영(朴憲永)은 이미 1939년 서울에서 '경성콤그룹'을 조직한 기반이 있는 것이다. 또한 1930년대에 공산주의자의 지도를 받아 조직된 농민조합의 기반도 갖춰져 있다. 나는 저절로 어금니를 물었다. 해방이 되고나서 이제 좌우 갈등인가?

9월 초에 미국무부에서 여권을 발급해 주었지만 군으로부터 한국 입국 허가증을 받아야만 했다. 맥아더 사령부는 즉시 입국 허가증을 발급했는데 여권 소지자의 신분에 '주미 한국 고등판무관'이라고 기재했다. 내가 제출한 서류상 신분이 '한국 임시정부 구미위원부 위원장'이었으니 군당국의 표현이 맞다.

그러나 그것을 본 미국무부는 내 여권을 취소시켰다. '주미 한국 고등판무관'은 군 당국의 행정 실수라는 것이다. 한국 임시정부를 인정 안해 온 터에 '주미 한국 고등판무관'은 있을 수가 없다는 이유였다.

이렇게 꼬투리를 잡는 이유는 뻔했다. 내가 한국에 들어가야 미국 정책에 해가 된다고 판단했기 때문이다. 그렇게 시간이 지났다. 나는 피가 마르는 심정이었다. 로버트를 비롯한 미국인 친지들이 백방으로 뛰었지만 그렇게

9월 한 달이 지나갔다. 그 한 달이 나에게는 방랑자로 떠돌던 10년이나 같았다. 그 사이에 북한 땅을 점령한 소련군은 38선에 경계초소를 만들고 남한과의 교류를 막았다.

그리고 남한에서는 9월 8일에야 인천에 상륙한 하지 중장이 남한의 모든 정당을 대표하고 있다는 건준(조선건국준비위원회)의 지도자 여운형을 만났다. 건준은 일본의 패망이 가까워지자 중도우파를 끌어들여 건국 작업을 했는데 좌파의 행태에 반발한 우파가 대거 탈퇴하여 좌파만의 조직이 되었다. 다급해진 여운형이 서둘러 1945년 9월 6일, 미군이 진주하기 직전에 조선인민공화국(朝鮮人民共和國)을 선포한 상태였다.

9월 말의 어느 날 오후였다. 워싱턴의 사무실에 있던 나에게 구미위원부 직원 송병일이 바쁘게 다가와 말했다.

"위원장님, 서울에서 전화가 왔습니다."

놀란 내가 눈을 둥그렇게 떴다. 그 당시에는 서울과의 직통전화가 어렵던 시절이다. 군이라면 가능했지만 서울은 아직 점령지 상태다. 사무실로 온 전화여서 옆방으로 간 내가 전화기를 귀에 붙였다. 송병일도 놀라서 누군지 잘못 들었다고 했다.

"예, 이승만입니다."

했더니 이초쯤 있다가 잡음 끝에 제법 선명하게 목소리가 들렸다.

"예, 저 여운형입니다."

놀란 나는 숨을 들이켰다.

몽양(夢陽) 여운형은 경기도 양평 출신으로 1886년생이니 나보다 열한 살 연하로 당시 60세가 된다. 몽양은 1919년 상해 임정의 임시의정원 의원을 지내다가 1920년 고려 공산당에 가입했는데 1921년 모스크바에서 열린 피

압박민족대회에도 참석하는 등 활발한 애국 활동을 했다. 나하고는 상해 임정에서 안면을 익혔을 뿐 교류는 없었던 상황이다.

"아니, 웬일이시오?"

내가 물었더니 여운형의 차분한 목소리가 울렸다.

"위원장님, 언제 귀국하십니까?"

"가고 싶은 마음은 급하지만 이 사람들이 못 가게 막는구려."

내가 듣고 있을지도 모를 이들을 겨냥하고 말을 이었다.

"내가 가면 미국 정책에 방해가 된다고 생각하는 것 같소."

"저희들이 조선인민공화국을 선포하였습니다. 들으셨지요?"

"들었소."

"저희들이 위원장님을 인공의 주석으로 추대했습니다. 받아들여 주시겠지요?"

그 말을 들은 나는 조금도 놀랍지가 않았다. 문득 26년 전인 1919년이 떠올랐을 뿐이다. 3·1운동이 일어나 독립의 운동이 거세지면서 국내외의 6개 단체가 모두 나를 대통령, 주석 등으로 임명했다. 다시 26년 전의 전철이 되풀이 된단 말인가?

아니다. 이제는 그렇게 되면 안된다.

1945년 10월 16일, 마침내 나는 김포 비행장에 도착했다. 1912년 3월 26일, 38살 생일이 되던 날 조국을 떠나 33년 만에 71세의 노인이 되어서 귀국한 것이다. 무국적자로 떠돌다 해방된 조국으로 돌아왔지만 현실은 감개를 느낄 형편이 아니다. 비행기가 착륙하고 나서 계단을 내려올 적에 비행장 땅바닥에 얼굴을 비벼대고 싶은 충동이 일어났지만 억제했다.

나는 비밀 귀국을 한데다 미군용기에 탑승했기 때문에 규정상 미군복을 입었다. 마중 나온 사람도 미군정사령부의 장교 몇 명뿐이었다.

숙소인 조선호텔로 달리는 차 안에서 연락장교 스미스 중위가 말했다.

"박사님, 내일 오전에 사령관께서 방문하실 것입니다. 그러니 그 전에 기자회견이나 외부인사 접견은 삼가 해주시기 바랍니다."

나는 잠자코 스미스를 보았다.

남한에 진주한 하지 중장은 즉각 군정을 실시했는데 여운형이 선포한 조선인민공화국은 인정하지 않았다. 또한 중국 정부의 조종을 받는다고 의심한 중경(重慶)의 임시정부도 인정하지 않았는데 미국무부의 입장이 전달된 것이다.

내가 스미스에게 물었다.

"중위, 한국을 어떻게 생각하시오?"

젊은 스미스의 푸른 눈동자가 한동안 내게 부딪쳤다가 떼어졌다.

"아직 모르겠습니다."

외면한 채 말했던 스미스가 나에게 결례라고 생각했는지 덧붙였다.

"좀 복잡합니다. 박사님."

"뭐가 말이오?"

"한국 정당을 대표한다는 사람들이 너무 많습니다."

그리고는 머리를 저어보였다.

"제 생각입니다만 한국에 지도자가 빨리 나서야 합니다."

나는 쓴웃음만 짓고는 대답하지 않았다.

이제 조선 땅은 38선으로 나뉘어졌다. 북쪽 땅은 이미 8월에 소련군이 진주한 후에 8월 24일, 평양에 소련군 사령관 치스차코프가 사령부를 설치하였고 각 지방별로 인민위원회를 구성하여 간접통치를 시작했다. 그리고는 9월 중순에 소련군 휘하에서 조선공작단 대장이던 34세의 김일성을 앞세워 전지역을 장악해나가고 있는 것이다.

　나는 김일성의 이름을 최근에야 들었다. 그리고 남한 땅은 좌우로 나뉘어 혼란 상태다. 그 중 가장 잘 짜인 조직이 박헌영이 재건한 조선공산당이며 조선인민공화국이 중심인 것이다. 한반도는 가만 두면 소련령이 될 것이었다.

　하지의 배려로 나는 조선호텔 3층의 귀빈실에 투숙했는데 대여섯 명이 모여 식사를 할 수 있는 식당에다 큰 회의실도 하나 사용할 수 있게 되었다. 그리고 나를 안내한 스미스 중위가 내 부관이 되었다.
　그날 밤, 내가 혼자 방에 남았을 때는 밤 10시 반쯤 되었다. 갈증이 났으므로 전화로 룸서비스를 불러 물을 시킨 내가 창가로 다가가 밖을 내려다보았다.
　1945년 10월 16일 밤이다. 창밖으로 소공동 거리가 보였고 오가는 행인도 남녀 구분이 된다. 33년 만에 보는 서울 거리다. 조선호텔은 내가 조국을 떠난 후인 1914년에 건축 되었으니 나로서는 처음 보는 건물이다.
　그때 방문에서 노크 소리가 들렸으므로 나는 다가가 문을 열었다. 종업원이 쟁반에 물병과 잔을 받쳐 들고 서 있다가 나를 보더니 허리를 굽혀 절을 했다. 단정한 제복 차림의 젊은 청년이다.
　나는 잠자코 비켜서면서 갑자기 눈물을 쏟았다. 왜 그때 눈물이 났는지 모르겠다. 눈물이 그치지가 않기에 몸을 돌리고 서있었더니 문이 닫히는 소리가 났다.
　33년 만에 귀국한 첫날 밤 일이어서 지금도 생생하게 기억난다.

열 번째 Lucy 이야기

　그렇다. 1912년 3월 26일, 자신의 38세 생일이 되던 날 도망치듯 조선 땅을 떠난 이승만은 33년이 지난 1945년 10월 16일, 미국 점령지가 된 조국에 불청객처럼 돌아왔다. 조국은 일제 식민지에서 해방이 되었지만 노(老) 독립운동가는 금의환향(錦衣還鄉)한 것이 아니었다. 조국은 이제 열강의 도마 위에 놓인 고기나 같았다.
　순진한 조국의 민중들은 해방의 기쁨으로 환호했지만 이승만의 가슴은 해방 전보다 더 무겁고 어둡다는 것이 느껴졌다. 험난한 산이 여러 겹으로 가로막고 있는 것이다. 지난번에 만난 최영선은 자신의 부친이 이승만의 암살 작전에 참여했다고 하지 않던가?
　밤을 꼬박 새우고 이승만의 수기를 읽은 터라 나는 늦잠을 잤고 오전 10시 경에야 일어났다. 호텔 식당으로 내려가 늦은 아침 식사를 하고 있던 내가 김태수의 전화를 받았을 때는 11시경이었다. 그리고 한 시간쯤 후에 우리는 커피숍에서 마주앉았다.

"그 후로 내 선조 이야기는 없지?"

불쑥 그렇게 묻는 김태수의 얼굴은 굳어져 있다. 그리고 내 시선을 받지 않고 비스듬히 옆쪽을 본다.

"응, 없었어."

내가 부드럽게 말을 이었다.

"나는 1945년 해방이 되어서 이박사가 귀국하는 장면까지 읽었거든? 테드 선조는 한국에 계셨던 것 같으니까 다시 만나실지도 몰라."

"내 증조부는 1874년 생이셨어. 이승만보다 한 살 위라구. 그 사람이 귀국했을 때 내 조부는 72세였는데 74세에 돌아가셨지."

"수기 읽고 난 감상이 어때?"

이번에는 내가 물었더니 테드가 다시 외면했다.

"수기란 주관적일 수밖에 없어서 말야."

그러더니 마지못한 듯 덧붙였다.

"대단한 사람이긴 해."

"1945년부터 1948년 대한민국 정부가 수립될 때까지가 가장 혼란스럽고 격변의 시기라고 하던데."

고지훈한테서 들었기 때문에 내가 조심스럽게 말했을 때 아니나 다를까 테드의 표정이 굳어졌다.

이제는 시선이 똑바로 부딪쳐온다.

"누가 그래? 같이 있는 친구가 그래?"

내가 쓴웃음만 지었더니 테드가 말을 잇는다.

"우습군. 며칠 사이에 그놈한테 세뇌당한 것 같군. 아니, 이승만 수기를 읽었기 때문인가?"

나는 대답하지 않았다.

그러나 1945년 10월 16일, 이승만이 귀국했을 때부터 1948년 8월 15일, 대한민국이 건국을 선포하기까지의 3년 동안이 33년의 방랑 투쟁기보다 더 어렵고 힘드리라는 것은 알 수 있겠다.

그때 테드가 머리를 들더니 나를 보았다.

"루시, 그 친구를 좋아하니?"

"응, 좋아해."

거침없이 대답한 내가 똑바로 테드를 보았다.

"당신하고는 모든 면에서 대조적인 사람이야. 그 사람은 이승만을 존경해."

"그런 사람도 있지."

"오늘 만나보지 않겠어?"

불쑥 그렇게 물은 나는 심호흡을 했다.

내가 고지훈을 만나는 것에 부담을 느낄 필요가 없는 것이다. 그래서 이런 말이 나왔지만 후회되지 않았다.

테드가 내 시선을 받더니 머리를 끄덕였다.

"저녁이나 같이 할까?"

"그 사람한테 당신 이야기도 했어."

"그래? 그럼 자연스럽게 신구(新舊) 교대식이 이뤄지겠구만 그래."

그래놓고 멋쩍은 듯 테드가 쓴웃음을 짓는다.

나는 따라 웃었지만 말을 잇고 싶지는 않았다.

선택은 내가 하는 것이다.

로스엔젤리스의 김동기 씨가 전화를 해왔을 때는 오후 3시경이다. 나는 저녁에 고지훈, 김태수와 만날 약속을 정하고 나서 방으로 돌아와 쉬는 중이었다.

"루시 양, 벌써 열흘이 되었군요."

인사를 마친 김동기가 웃음 띤 목소리로 말했다. 하루에 1장씩 보내온 수기가 이제 9장까지 모아진 것이다.

김동기의 말이 이어졌다.

"내가 하루에 1장씩 보내드린 건 밤에 읽고 낮에는 한국 물정을 익혀 보시라는 의도였는데 루시 양은 선생님을 잘 만난 것 같더군요."

고지훈을 말한 것이다. 그래서 내가 물었다.

"고지훈 씨를 아세요?"

"루시 양의 교사가 된 후에 내가 조사를 시켰더니 자료가 나왔습니다."

김동기는 이곳에도 정보원을 두고 있는 것이다. 하긴 VIP 택배로 하루 1장씩 나에게 수기를 보내는 것부터 심부름 하는 사람이 있어야 될테니까.

김동기가 부드러운 목소리로 말을 잇는다.

"팩스로 보냈으니 곧 루시 양에게 전달 될 것입니다."

"먼 곳에 계시지만 저를 다 보고 계시는 것 같아요."

"우린 다 인연으로 얽혀져 있습니다."

김동기의 목소리가 차분해졌다.

"제가 그 말씀을 드리려고 전화를 한 겁니다."

"어떤 인연 말씀인가요?"

"고지훈의 증조부 고복만은 일제 시대에 한의사였는데 뱀한테 물려 다 죽은 어린 애를 살려냈지요. 그 사건은 신문에도 보도 되었는데 팩스로 복사해 보냈으니 읽어 보시지요."

"……"

"그런데 그 살아난 아이가 누군지 아십니까?"

"누구죠?"

"김태수의 조부 김만기입니다. 이름까지 다 신문에 나왔습니다."

나는 숨을 참았다. 나는 우연이란 없다고 믿어왔다. 인연이 얽히고 나서 우연처럼 만들어진다고 믿은 것이다. TV나 소설을 보면 주인공끼리 자꾸 길에서 만나거나 은밀한 부분을 들키는데 그것은 게으른 작가와 성급한 관중이 만들어낸 싸구려 야합일 뿐이다. 주인공끼리 길에서 만났을 때는 각각 그 길과 그 시간대에 피치 못할 인연이 있어야만 하는 것이다. 그래서 나는 김만기와 고복만의 피치 못할 인연이 무엇인가가 궁금해졌다.

그때 김동기가 내 궁금증을 풀어주었다.

"고복만과 김만기는 서울 용산에서 살았습니다. 주소를 보니 바로 같은 동네더군요."

그렇다면 고지훈과 김태수의 조상들은 같은 동네 사람으로 알고 지냈을 것이다.

김동기가 웃음 띤 목소리로 말을 맺는다.

"좁은 땅이니 몇 대만 거슬러 올라가면 다 얽혀져 있습니다. 그럼 루시양, 오늘은 이만 끊습니다."

나는 오늘 오후에 고지훈과 김태수가 만나기로 했다는 말을 전하려다가 참고 끊었다. 통화가 끝난 지 얼마 되지 않았을 때 호텔 종업원이 팩스를 가져왔다. 소파에 앉아 팩스를 펼쳐 본 내 얼굴에 웃음이 떠올랐다. 김동기는 신문기사까지 복사해서 보낸 것이다.

만일 고지훈의 증조부 고복만이 김태수의 조부 김만기를 살려내지 않았다면 어떻게 되었을까? 당연히 김태수는 이 세상에서 존재하지 않을 것이다. 그리고 또 만일, 이 증거를 보여도 김태수는 제 증조부 김재석이 이승만의 경호원인 것을 무시했듯이 조부와의 인연도 무시할 것인가?

소파에 등을 붙인 내가 긴 숨을 뱉었다. 김태수라면 그럴 만하다.

오후 6시, 호텔 2층의 일식당 방 안에서 세 남녀가 둘러앉았다. 인사를 나눌 적에 김태수와 고지훈은 다소 멋쩍은 표정들을 지었지만 곧 정상을 회복했다. 둘 다 교양과 지성 면에서 최고 수준의 한국인들이다.

주문을 하고 술도 시켰는데 문득 나는 이 순간을 즐기고 있는 자신을 깨닫고 등이 서늘해지는 느낌을 받는다. 이것이 내 성품이란 말인가? 좀 뻔뻔스럽다는 생각도 들었다.

이제 둘 다 나와 육체관계까지 맺었고 미래를 기대하는 사이가 되었다. 그리고 그 결정권은 내게 있는 것이다. 나는 식탁 건너편에 나란히 앉은 두 사내를 시선 속에 넣고 생각했다. 지금 내 시선은 둘 사이의 빈 공간에 향해져 있다. 공평하게.

이런 상황에서 고지훈과 김태수 가계의 인연이 전해진 것은 모든 것이 짜여진 각본에 의해 움직인다는 증거일까? 김동기보다 또는 이승만과의 인연보다 더 큰 신(神)의 조작인 것 같다.

그때 먼저 김태수가 말했다. 그럴 줄 알았다.

"우리가 이렇게 모인 건 이승만 때문이지. 그 수기가 전해지지 않았다면 이런 분위기가 되지 않았고 셋이 모이지도 않았을 테니까."

그러자 고지훈이 빙그레 웃는다. 둘의 나이는 동갑이다.

"노 전(前)대통령 때문이기도 하죠. 그분이 돌아가시지 않았다면 루시 양이 이곳에 오지 않았을 테니까."

둘은 지금 영어로 말하고 있다. 나 때문이다. 그러자 김태수가 머리를 돌려 고지훈을 보았다. 얼굴에 웃음기가 떠 있다.

"루시는 내가 데려온 거요. 미스터."

"대통령이 죽지 않았다면 당신이 오지 않았을 테니까 말요."
"아픈 상처를 건드리는군. 실례지만 분향소에 가셨소?"
"안갔습니다. 당신은 이승만 전(前)대통령 묘소에 가본 적 없지요?"
"내가 왜 갑니까?"
"나도 마찬가지."

그러더니 둘이 서로의 얼굴을 마주보며 웃는다. 대화 내용은 삭막했지만 둘의 표정은 부드러워서 떨어져서 보면 날씨 이야기나 하는 것 같았을 것이다.

그때 방문이 열리더니 음식이 날라져 왔고 식탁이 정리되는 사이에 내가 말했다.

"난 1945년까지의 수기를 읽었는데 그 다음 장면을 바로 내 눈 앞의 두 분이 펼쳐 보이고 있는 것 같네요."

둘은 시선만 주었고 나도 웃음 띤 얼굴로 말을 이었다.

"지금이 2009년이니까 거의 70년 가깝게 갈등이 계속되고 있는 셈이죠."
"모두 이승만 때문이야."

김태수가 바로 말을 받았고 고지훈이 뒤를 잇는다.

"그런 말을 하는 자들은 배은망덕한 반역자지. 대한민국으로부터 온갖 혜택을 다 받으면서 체제를 부정하고 반역질을 하고 있으니까 말야."

고지훈이 퍼붓는 것처럼 말을 잇는다.

"수백만을 굶겨 죽인 실패한 공산주의국가. 이제는 1인 독재 왕국에 충성하는 반역무리가 아직도 이 땅에서 숨 쉬고 있는 것은 그자들이 그토록 증오하는 민주주의 국가이기 때문이라는 것. 그 자들은 그것을 알면서도 역이용하는 역적들이지."

이제 고지훈의 얼굴은 굳어져 있다.

그때 김태수도 눈을 치켜떴다.

"좌우합작 정권으로 통일되었다고 해도 우리는 지금처럼 잘 살 수 있었어."

"그럼 김일성, 김정일 왕조를 쿠데타로 몰아냈을까?"

하더니 고지훈이 쓴웃음을 짓고 머리를 젓는다.

"현실을 부정하고 억지로 가설을 세워 맞추려고 들지 마시오. 통일 핑계도 제발 그만 대시고. 이젠 초등학생도 넘어가지 않아."

부질없다. 둘 사이의 논쟁을 들으면서 내 머릿속에 떠오른 생각이다. 둘 사이의 인연을 알려주려고 나는 김동기가 보낸 팩스 카피를 가져온 것이다. 둘의 갈등은 바로 한국 내부의 모습이 아니겠는가? 이승만 수기를 읽은 터라 한국인의 분열과 갈등, 분파주의의 실상을 알겠다.

송자문(宋子文)이 루즈벨트에게 한국인들은 파벌 간 분열이 심해서 독립국을 운용할 능력이 없다고 모함했지만 근거 없이 그런 말을 했겠는가? 나도 한국인의 피를 이어받은 한국계다. 더구나 이승만과 인연이 있는 가문인 것이다.

그때 내가 불쑥 말했다.

"이것 좀 보세요."

그리고는 내가 식탁 밑에서 김동기가 보낸 팩스 카피를 그들 앞에 한부씩 내밀었다. 식탁에 회정식 요리가 차려져 있었지만 우리는 깨작거리기만 했다. 팩스 카피를 받아든 둘이 제각기 굳은 표정으로 읽는다.

내가 해설자처럼 감정 없는 목소리로 말을 잇는다.

"우연히 둘 사이의 인연을 찾아낸 거야. 나하고 김태수 씨는 이승만과 인연이 있었지만 김태수 씨는 고지훈 씨와 얽혀져 있었어. 좁은 땅에서 오랫

동안 함께 부딪치며 살다 보니까 일어날 수 있는 일이라고 생각해."
 나는 팩스에서 시선을 들지 않는 둘을 번갈아 보았다.
 "고복만 씨는 고지훈씨 증조부이고, 김만기 씨는 김태수 씨 조부야."
 그때 김태수가 머리를 들고 말했다.
 "그렇지. 이런 인연은 흔하지. 이런 식으로 찾다보면 다 얽힌 것이 드러나지."
 "하지만 모르고 있다가 알게 되면 감동이 일어나지 않아?"
 내가 물었더니 김태수는 외면했다.
 대신 고지훈이 말했다.
 "그러네요. 내 증조부가 김태수 씨 조부를 살려냈다니. 기묘한 인연이군요."
 "김태수 씨는 이런 인연이 흔하다고 하는군요. 당신처럼 감동하지 않는 것 같네요."
 내가 말했더니 김태수가 얼굴을 일그러뜨리며 웃는다.
 "루시, 날 몰아붙이지 마."
 "넌 틀렸어."
 정색한 내가 김태수를 똑바로 보았다.
 "이승만은 미국을 이용하려고 했던 사람이야. 오히려 미국 정부로부터 끊임없이 견제를 받았던 사람이었어. 그 수기가 주관적이었다고 해도 역사적 사실이 증명해."
 내 기세에 놀란 듯 김태수가 정색했고 내 말이 이어졌다.
 "이승만은 독선적이었고 자존심이 강했으며 타협하지 않았고 고집불통이었지만 외세를 배격하고 자주독립을 이루겠다는 의지는 어느 누구도 비판할 수 없어. 너는 이승만이 미국의 주구였다고 아무것도 몰랐던 나에게 말했는데 모르고 말했다면 공부를 더 해야 되고 알고 말했다면 나쁜 놈이야."

그때 김태수가 소주잔을 들면서 웃었다.

"역시 독립운동가 자손은 다르군."

"너도 마찬가지야. 테드."

술잔을 든 내가 말했을 때 고지훈이 김태수에게 물었다.

"한의사 자손은 어떻습니까?"

"그것이."

한 모금에 소주를 삼킨 김태수가 고지훈과 나를 번갈아 보았다.

"솔직히 말하죠. 내가 고형 증조부 덕분으로 이 세상에 태어났다는 사실이 조금씩 가슴속에 젖어들고 있단 말이오."

그러더니 길게 숨을 뱉는다.

"나도 생각이 끊임없이 생성되는 인간이란 말입니다."

나는 숨을 죽였다.

이 좁은 땅에 이런 인연의 얽힘을 찾아 서로 풀어 주는 것이 새로운 화합의 방법인지도 모르겠다.

10장
분열된 조국

　해방이 되고나서 내가 서울에 도착한 1945년 10월 16일까지 두달 동안 한반도는 38도선으로 남북한이 분리되었으며 각각 미군과 소련군이 진주했다. 점령군인 것이다. 남한은 미 제24군단장 하지 중장 휘하의 아놀드 소장이 군정장관(軍政長官)으로 취임했지만 혼란했다. 군정사령부에 등록된 정당수가 54개나 될 정도였다. 나는 내가 동의하지 않았는데도 여운형 등 좌익 세력이 주도한 조선인민공화국의 주석으로 임명되어 있었다. 귀국한 내가 거부함으로써 나중에 없었던 일로 되었지만 그만큼 혼란했다는 증거가 될 것이다.

　귀국한 다음날 나는 미군정청의 회의실에서 기자회견을 했다. 오전 10시 경이다. 내가 귀국했다는 소문이 퍼지면서 수백 명 인파가 조선호텔로 밀어닥치는 소동이 일어났는데 기자회견장도 만원이었다. 기자회견장에 선 나는 수백 쌍의 시선을 받으면서 그때서야 내가 조국 땅에 서 있다는 것을 실감했다. 그 순간 내 머릿속으로 지난 33년간의 망명 생활이 주마등처럼 스치고 지나갔다. 모두 다 선명했다. 필라델피아에서 죽은 내 외아들 태산의 얼굴도 보였다. 박용만, 안창호의 모습도. 그러나 해방된 조국은 남북으로 분단되었고 내가 선 남한 땅만 해도 좌우, 또는 중도로 나뉘어져 있다. 이를 어찌한단 말인가?

나는 입을 열었다.

"친애하는 3천만 동포 여러분."

그리고 나는 이번에 찾아온 자주독립 기회를 놓치면 안된다고 말했다. 그것을 위해서는 언제든지 싸우겠다고 했다. 분열은 우리에게 가장 큰 적이라고 했다.

"어떤 단체나 정당에 가입하실 겁니까?"

기자 하나가 그렇게 소리쳐 물은 것이 기억난다.

그때 내가 말했다.

"나는 아직 어떤 정당에도 가입하지 않습니다. 그러나 통일과 자주 독립을 위한 조직이라면 언제든지 동참할 용의가 있습니다."

기자회견을 마치고 내 숙소로 돌아왔더니 정오 무렵에 송진우, 장덕수, 조병옥, 허정, 김도영, 김병조 등 한민당 간부들이 찾아왔다.

"이대로 가면 남한도 좌익 세상이 됩니다."

먼저 송진우가 말했다.

맞는 말이다. 해방 후 가장 빠르게 움직인 조직이 공산당 조직이다.

이미 북쪽은 소련군 진주와 함께 이른바 연안파(延安派)로 불리는 좌익 조직이 소련군의 배후 지원을 받고 기반을 굳혀가는 상황이다.

그리고 남한에서도 여운형과 박헌영의 조선인민공화국, 즉 인공이 미군이 진주하기도 전인 9월 6일에 선포되었다. 미군정청이 인공은 물론 중경 임시정부도 정부로 인정하지 않았기 때문에 혼란은 더 가중되었다.

송진우가 말을 잇는다.

"박사님께서 우리들의 지도자가 돼 주십시오. 그럼 좌우 세력의 지지를 받게 되는 유일한 지도자가 되시는 것입니다."

내가 인공의 주석으로 임명되었으니 겉으로는 그럴 듯 했다. 그러나 조선공산당을 재건하여 인공의 중심인물이 된 박헌영이 받아들일 것인가?

쓴웃음을 지은 내가 우익 지사들을 둘러보았다.

"그렇게만 된다면 내가 신명을 바쳐 남은 생을 조국에 바치지요. 오늘 오후에 그 사람들이 온다고 했으니 상의 해보겠습니다."

모두의 얼굴에 착잡한 표정이 떠올랐다.

인공, 즉 조선공산당 세력은 송진우 등의 한민당 세력을 친일로 공격하고 있는 것이다. 식민지에서 해방된 직후여서 친일은 곧 역적, 매국노로 매도당하는 상황이다. 조선공산당은 한민당까지 끌어안은 나를 받아들이지 않을 것이었다. 한민당 또한 마찬가지다.

그때 장덕수가 말했다.

"박사님, 미군정청에 의해서 임정, 인공이 다 부인된 상황이니 우파 정당의 설립이 시급합니다. 일단 박사님을 중심으로 우파 정당이 통일되어야 합니다."

그것도 맞는 말이다. 그러나 한민당은 그렇다고 해도 다른 우파 조직은 합류해올 것인가? 지난 30여 년 동안의 일이 다시 눈앞을 스치고 지나갔다. 그러고 보면 좌익 세력의 단결은 놀랍다. 그 원천이 과연 무엇일까?

"박사님!"

외치는 소리가 너무 컸고 울림이 강했기 때문에 나는 걸음을 멈췄다. 조선호텔 현관 밖에는 수백 명 군중이 모여 있었는데 내가 몸을 돌렸더니 일제히 함성을 질렀다. 백의(白衣)민족. 그렇다. 우리 민족은 흰 옷을 잘 입는다. 외국을 떠돌며 양복 차림만 눈에 익었던 나는 환호하는 군중의 흰 옷이 너무도 선명해서 지금도 뚜렷이 기억난다.

그 환호소리에 조금 전 애타게 나를 불렀던 남자의 외침이 묻혀 버렸다. 나는 지금 1층 로비에 서서 현관 밖에 운집한 군중을 바라보고 있다. 호텔 직원과 미군 병사들이 제지하지 않는다면 군중은 쏟아지듯 안으로 밀려올 것이었다.

그때였다. 미군 병사를 젖히고 40대쯤의 사내가 달려왔지만 현관 유리문 밖에서 잡혔다. 미군 병사에게 목덜미를 잡힌 사내가 악을 쓰듯 외쳤다.

"제가 박무익의 아들 박기현입니다!"

그 순간 내 머리칼이 곤두 선 느낌을 받았고 서둘러 현관문으로 다가갔다. 뒤를 따라온 스미스 중위에게 그를 안으로 들이라고 지시한 내가 로비에 서서 기다렸다. 곧 스미스가 사내를 데려왔는데 과연 박무익과 닮았다. 앞에 선 사내는 나를 보더니 말문이 막힌 듯 눈동자만 흔들렸다.

"자네 부친이 박공인가?"

내가 물었더니 사내가 주르르 눈물부터 쏟고 나서 말했다.

"예, 박사님. 아버님이 박무익입니다."

"지금 어디 계신가?"

"돌아가신지 10년 되었습니다."

"아아, 어디서 돌아가셨는가?"

"만주에서 가셨습니다."

손등으로 눈을 씻은 박기현이 말을 이었다.

"저는 17세 때인 1915년에 아버님이 미국으로 보내주셨습니다. 그래서 지금까지 미국인으로 살다가 돌아왔습니다."

나는 박기현을 데리고 내 거처로 돌아와 마주 앉았다.

의병장 박무익은 역사에 기록되지는 않았지만 독립운동가요 애국자다. 지금도 인정받지 못한 채 무명(無名)으로 산화한 독립운동가들이 많은 것이다. 박무익은 나보다 다섯 살 연상으로 65세인 1940년 7월에 만주 땅에서 일본군과 전투 중에 총에 맞아 전사했다는 것이다. 전투중이어서 시체는 황야에 버려졌고 찾지도 못했는데 죽을 때 옆에 있었던 부하가 나중에 박기현에게 유언만 전해주었을 뿐이었다. 그것은 조국이 해방되면 꼭 이승만 박사를 찾아가라고 했다는 것이다.

"잘 왔어."

내가 박기현의 어깨를 손바닥으로 두드리며 말했다.

"자네가 할 일이 많아. 지금은 조국이 일어나느냐 다시 노예 상태로 되느냐가 결정되는 가장 중요한 시기일세."

"제가 대학에서 심리학을 전공했고 이번 전쟁 때는 미육군 특수부대 소속으로 중국 군민당군의 고문단에서 일하다가 제대했습니다."

정색한 박기현이 말을 이었다.

"제가 미국인 신분이니만치 겉으로 드러나지 않게 일하는 것이 낫겠습니다."

"잘 되었다."

기쁜 내가 다시 박기현의 어깨를 두드렸다.

"이제 부자간이 날 돕는구나. 내가 인복(人福)이 있는 모양이다."

그때 내 비서 역할을 하고 있는 스미스 중위가 방으로 들어서더니 말했다.

"박사님, 손님들이 기다리고 계십니다."

나는 벽시계를 보았다. 오후 2시가 되어가고 있다. 이번에는 여운형 등

조선인민공화국 대표단들이다.

　머리를 끄덕인 내가 자리에서 일어서며 박기현에게 말했다.

"이제부터 너는 내 특별보좌관이다."

　나는 귀국도 하기 전인 1945년 9월 14일에 남한에서 선포된 조선인민공화국의 주석으로 임명되었다. 조선인민공화국, 즉 인공은 8월 20일에 서울에서 결성된 박헌영의 조선공산당이 주도권을 장악한 상태였는데 좌우 합작을 명분으로 내세웠지만 설득력이 약했다. 조직이 없는 나로서는 1919년 상해 임정의 창설시에도 대통령으로 임명되었던 아픈 과거가 있다. 명분용 또는 간판용으로 이용하려고 했던 것 같다.

　2시에 찾아온 조선인민공화국 대표단은 여운형, 최용달, 이강국, 허헌 등 인공의 핵심요인들이었다.

"주석님 귀국을 진심으로 환영합니다."

　회의실에 둘러앉았을 때 여운형이 먼저 인사를 했다.

　나를 주석이라고 부른 것이 마음에 걸렸지만 인사는 받았다.

"이렇게 와 주셔서 고맙습니다. 여러분들의 독립 열기에 감동을 받고 있습니다."

　모두가 애국자이며 독립운동가인 것은 맞다.

　그때 이강국이 말했다.

"주석께서 취임 인사라도 해 주시면 전 조선 민중이 기뻐할 것입니다."

　이강국에 이어서 허헌이 말을 받는다.

"미군정당국은 중경 임정도 인정하지 않았습니다. 지금 남쪽 조선에서는 우리 인공이 가장 합법적이며 조직력이 강한데다 민중의 지지를 받고 있는 정부라고 볼 수 있습니다."

"북쪽은 어떻습니까?"

내가 불쑥 물었더니 잠깐 멈칫하는 분위기가 되더니 대답은 여운형이 했다.

"그쪽도 활발하게 정부조직을 갖추고 있습니다. 남쪽의 좌우 합작 정부가 들어서면 북쪽과도 합작 통일이 될 것입니다."

"잘 되었습니다."

머리를 끄덕인 내가 웃음 띤 얼굴로 좌우를 둘러보았다.

"조금 전에 한민당 대표들이 다녀갔는데 이런 이야기를 해주면 기뻐할 것입니다. 그럼 한민당과도 인공이 합작할 수 있는 것입니까?"

"그것은."

쓴웃음을 지은 여운형이 말을 잇는다.

"잘 아시겠지만 한민당 안에 친일 매국노들이 많습니다. 매국노부터 청산하고 합작을 하든지 해야 될 것 같습니다."

"지금은."

말을 멈춘 내가 긴 숨을 뱉었다. 덮어놓고 뭉치자는 말을 하려다가 말았다. 드러난 매국노는 청산해야 옳다. 그러나 친일파 청산 작업으로 국론이 분열되고 서로 죽이는 상황이 되면 안된다. 먼저 자주 독립이다. 좌건 우건 덮어놓고 통일된 한반도의 독립인 것이다. 그러고 나서 체제를 정비하고 친일파를 가려내어 죄를 물어도 늦지 않다.

그때 이번에는 최용달이 말했다.

"송진우 씨 등이 주석님께 지도자가 되어달라고 했을 것입니다. 그 사람들, 주석님을 앞으로 내세우고 이용하려는 수작이지요. 일제 치하에서 온갖 혜택을 다 받으면서 호의호식하던 자들이 한민당에 끼어들어 또다시 권세를 유지하려고 합니다."

"미군정당국이 한민당에 대해서 호의적인 것도 문제입니다."

하고 이강국이 거들었다.

그것은 맞다. 미군정 사령부가 가장 호의적으로 접촉하는 단체가 한민당이다. 그것은 한민당의 체질이 자본주의 체제인 미국과 가장 가까운데다 38선 북쪽의 북한에서 소련의 지원을 받은 공산당이 일사불란한 체제를 구축하고 있는 데에 대한 반사작용이다.

내가 입을 열었다.

"우린 뭉쳐야 삽니다."

나는 그렇게 완곡한 결론을 내었지만 그날 인공 중앙위는 주석 이승만이 귀국했다는 성명서를 발표했다. 참으로 열렬한 성명서여서 내가 미안할 정도였다.

나는 철저히 중립 입장을 취하면서 귀국한지 1주일째가 되는 날인 10월 23일, 전국의 65개 정당 대표들을 내가 머물고 있는 조선호텔로 모이도록 했다. 그리고는 2백여 명 대표들의 합의로 독립촉성중앙협의회, 즉 '독촉'을 발족시켰다. 국민당 대표 안재홍이 제안하여 나는 '독촉'의 의장을 맡았는데 좌우 세력의 절대적인 지지를 받은 셈이다.

당시의 정당은 우파인 한민당이 9월 16일 발족되었으며 극좌파인 조선공산당도 박헌영의 주도로 9월 16일, 안재홍이 주도한 중도우파의 국민당은 9월 26일 창립했고 11월 24일 귀국한 백범 김구의 한국독립당도 중도우파에 속하겠다. 또한 여운형이 11월 2일에 중도좌파 계열의 조선인민당을 창설했기 때문에 미군정당국이 한국인은 셋만 모이면 당을 만든다고 투덜댈 만 했다.

나는 10월 24일, 돈암동의 일명 돈암장으로 거처를 옮겼는데 송진우가 장덕수에게 부탁해서 마련된 사택이다. 그날 밤 늦게야 내가 혼자되었을 때 박기현이 그림자처럼 소리 없이 응접실로 들어섰다.

"박사님, 군정사령부에서 얻은 정보인데 미·소가 한반도를 신탁통치할 것 같다고 합니다."

"난 올해 2월 얄타에서 루즈벨트가 스탈린에게 한반도를 넘겼다고 기자회견을 했었다."

그래서 유엔 총회장은 난리가 났고 미국무부는 진땀을 흘리며 해명을 해야만 했다.

나는 친구 박무익의 아들 박기현에게 이젠 해라를 한다.

"미·소 양국의 신탁통치라면 그 보다는 나은 셈이다."

"군정당국은 한국인의 자치 능력이 부족하다고 생각하는 것 같습니다."

"이런 미련한 사람들."

저도 모르게 나는 버럭 화를 내었다. 나에게 미련한 사람이란 표현은 가장 심한 욕이다.

"한민족의 우수성을 내가 기어코 입증시켜 보일 테다. 그 미련한 놈들한테 말야."

박기현이 꾸중을 듣는 아이처럼 시선을 내렸다.

1943년 12월 1일, 카이로에서 루즈벨트와 처칠, 장개석의 회담 후에 발표된 선언이 떠올랐다.

"우리 3대 열강국가는 한국인의 노예 상태에서 해방이 적당한 절차를 밟아 해결되도록 정한다."

이 '적당한 절차'라는 말이 그때도 마음에 걸렸던 것이다. 그리고 하지 중장은 남한 땅에 진주할 적에 최고 사령부나 국무부로부터 확실한 지침을 받지 않은 것이 드러나고 있다. 군정장관 아놀드 소장이 나한테 미국의 진주 목적은 한국인의 불안감을 해소시키고 기아와 질병에서 구해내는 것이라고 했는데 그 말이 사실인 것 같다. 북쪽의 소련군이 김일성을 앞세워 공산당 조직을 일사천리로 굳혀 나가는 것과는 대조적이다.

그때 박기현이 말했다.

"박사님, 제가 중국에서 겪어봐서 압니다. 공산당 조직력은 강합니다. 장개석의 국민당은 곧 망할 것이고 이제 소련과 중국까지 공산진영이 되면 한반도가 떨어지는 것은 시간문제입니다."

박기현은 중국 국민당군의 미군 고문단이었던 것이다.

다시 박기현의 말이 이어졌다.

"좌우합작은 말 뿐이지 우익의 결집력은 마른 모래나 같습니다. 미국이 중국을 국공합작으로 일본에 대항시켰지만 결국 공산당만 강화시켰을 뿐입니다."

"그렇다면 어떻게 되겠느냐?"

내가 어린아이처럼 물었더니 박기현이 거침없이 대답한다.

"38선 북쪽은 이미 공산당 국가가 되었습니다. 그런데 남쪽 땅에 좌우합작이라니요? 미군정청이 한민당을 밀긴 하지만 지금 상황으로는 남쪽도 공산당 국가가 됩니다."

그래도 나는 미련을 버리지 않았다. 11월 2일, 조선공산당 대표이며 조선인민공화국의 실세인 박헌영이 돈암장을 방문했을 때 내가 물었다.

"박비서장. 친일, 반일 가려내는 일보다 뭉쳐서 독립과 통일을 이루는 것이 먼저라고 생각하지 않으시오?"

"제가 그 일 때문에 왔습니다. 주석님."

내가 인공 주석을 사양했는데도 박헌영이 버릇처럼 주석이라고 부른다.

박헌영이 말을 이었다.

"한민당과 일제 부역자들은 우파 정당의 그늘에 숨어 주석님을 앞세워서 시간을 벌고 있습니다. 만일 그대로 놔두고 독립을 추진한다면 그놈들은 어느새 권력을 쥐게 될 것이고 우리는 기회를 놓치게 됩니다."

이때 내 입에서 곧 미·소의 신탁통치가 시작될지도 모른다는 말이 밖으로 터져 나올 뻔 했다. 이런 분열과 갈등이 미·소의 신탁통치에 대한 명분이 될 것이었다. 그러나 이것은 아직 발설할 때가 아니다. 확실치 않은 정보를 내놓았다가 혼란만 가중시킬 수가 있다.

나는 소리죽여 숨을 뱉었다. 박헌영은 1900년생이니 당시 나이 46세. 나보다 25세 연하였지만 대단한 경력의 소유자다. 1919년 경성제일고등보통학교(경기고 전신)을 졸업하고 1920년 상해로 망명, 1921년에 고려공산청년단 책임비서가 된다. 그리고는 그 해 5월에 고려공산당 이루크츠크파에 입당했으나 곧 일제에 체포되어 1924년에 출옥했다. 그리고는 동아일보사에 입사했다가 동맹파업을 주도한 혐의로 해고되고 조선일보사에도 입사했다가 일제의 압력으로 퇴사했다.

1928년에 소련으로 망명한 후에 모스크바의 국제레닌학교에 입학하여 1930년에 졸업했다. 코민테른(국제공산주의동맹) 조선 문제 트로이카 위원이 되어서 활동 중에 상해에서 다시 체포되어 1934년에서 1939년까지 6년 동안 옥중 생활을 한 후에 서울에서 '경성 콤 그룹'을 설립, 지도자가 되었다. 그리고는 1941년 검거를 피해 광주의 벽돌공장에서 인부로 일하다가 해방이 되자 상경하여 조선공산당을 재건한 것이다.

내가 박헌영에게 말했다.

"친일분자는 반드시 색출해낼 것이오. 그러니 우선 독촉을 중심으로 통합된 대한민국의 힘을 만방에 과시합시다. 그러면 미·소도 우리를 만만하게 보지 못 할 것이오."

내 말에 열기가 띄워졌다.

"이제 마지막 기회가 왔습니다. 러시아, 일본, 중국의 먹이가 되었던 한반도가 독립할 기회란 말이오. 미국을 이용해 러시아의 야욕을 막아야 하고 막을 수가 있습니다. 박 비서장."

그때 박헌영이 정색하고 나를 보았다.

"주석님, 소련은 우리들의 은인입니다. 우리가 독립운동을 할 수 있었던 것도 이렇게 해방을 맞은 것도 소련이 없었다면 불가능한 일이었습니다."

"그렇소?"

"소련은 미국하고 다릅니다. 소련은 한반도에 야욕을 품고 있지 않습니다."

나는 길게 숨을 뱉었다.

고종이 아관파천을 했던 때가 1896년, 내 나이 21세 때였다. 물론 그때 박헌영은 태어나지도 않았다. 일본과 러시아가 조선 땅에서 힘겨루기를 하던 때여서 나는 속속들이 알고 있다.

박헌영은 그 당시를 어떻게 해석하고 있을까? 러시아 혁명 전이었기 때문이라고 할 것인가?

내가 다시 입을 열었다.

"나는 미국에서 30여 년 동안 외교 활동만을 했지만 미국을 믿지 않소. 그리고 의지하지도 않소. 그들은 힘이 없고 싸울 의사가 없는 국민은 무시하는 강대국일 뿐이오. 그러니 우리는……."

덮어놓고 뭉쳐야 한다. 뭉쳐야 산다. 그리고 나서 청산하자. 그렇게 말을 이으려다 나는 갑자기 목이 메었다.

백범(白凡) 김구가 귀국한 날은 1945년 11월 23일이다. 중경 임시정부를 인정하지 않는 미군정 사령부의 정책 때문에 김구 일행도 개인 자격으로 C47 군용기를 타고 귀국했다. 나는 김구가 귀국한 그날 저녁에 경교장으로 찾아갔다. 김구는 임정의 주석인 것이다.

"아우님, 고생하셨네."

경교장 현관에서 김구와 나는 부둥켜안았다. 온갖 감회가 일어났지만 우리 둘은 부둥켜안기만 했고 눈물을 보이지는 않았다. 아마 둘 다 눈물이 말랐었나보다. 집세를 못 내어 쫓겨날 뻔 했을 때도 있었고 식비가 없어서 교민 집을 찾아다니며 밥을 얻어먹었던 김구다. 그래, 내가 1920년, 상해 임정 주석이었을 때 김구는 가장 믿을만한 동지였다. 나이는 나보다 한 살 연하이니 김구도 올해로 70객이다.

경교장의 응접실에 둘이서 마주앉았을 때 김구도 감회가 밀려왔는지 지그시 나를 보며 말했다.

"형님도 늙으셨소."

"이사람, 아우도 올해 70이네."

"그래도 우리가 식민지에서 해방된 조국에 와 있네요, 형님."

"오래 산 덕분이네, 그려."

"형님, 이봉창이, 윤봉길이가 생각나오."

그러더니 김구가 손수건을 꺼내며 눈물을 닦는다. 갑자기 둘이 떠오른 모양이다. 이봉창은 일본 히로히토 천황에게 수류탄을 던졌고 윤봉길은 상해 홍구(虹口)공원에서 일본군 시라카와(白川) 대장 등에게 수류탄을 던져 폭사시켰다. 둘 다 김구의 지시를 받은 의사(義士)들이다.

"아우님, 며칠 전에 조선공산당이 독촉에서 공식 탈퇴를 했네."

내가 말했더니 김구가 쓴웃음을 지었다.

"들었습니다. 예상했던 일이지요."

나를 찾아왔던 박헌영은 11월 2일의 첫 독립촉성중앙협의회에 참석했지만 의견의 일치를 보지 못했다. 오히려 박헌영은 미국과 소련의 분할 점령을 비난하는 나에게 도전하듯이 러시아는 은인국이라고 선언했다.

러시아가 독립운동을 도운 것은 틀림없지만 북한 땅을 공산당 체제로 만들고 있는 것은 일제의 식민지 지배 방식보다 교활했다. 그렇게 러시아를 옹호하던 박헌영의 조선공산당이 독촉에서 탈퇴한 것이다.

김구가 말을 이었다.

"좌우 합작을 했던 임정도 이제는 이곳에서 다시 분열을 하겠습니다."

그리고는 정색하고 나를 보았다.

"형님, 저는 한국독립당을 결성하기로 마음을 먹었습니다."

"그런가? 잘했네."

"형님, 저하고 같이 하십시다. 이제는 임시정부가 아닌 참정부에서 형님이 대통령을 맡으시고 저는 임정 초기처럼 경호처장을 맡지요."

"이 사람아, 나는 이미 조선인민공화국 주석이네."

"농담하실 때가 아니요, 형님."

나는 한없이 진중하기만 한 백범을 보면서 다시 목이 메었다.

나는 아직도 당파가 없다. 해방된 지 두 달 만에 60여개의 정당이 생겼고 하루에도 한 개씩 지금도 생기는 중이었지만 나는 지금도 간판만 들고 다닌다. 그랬더니 내 간판만 필요한 이곳저곳에서 모셔가려고 한다.

내가 입을 열었다.

"아우님, 곧 대한민국이 미·소의 신탁 통치를 받을 것 같네"

놀란 김구가 얼굴을 굳혔고 내가 말을 이었다.

"죽은 루즈벨트가 스탈린에게 대한민국을 넘긴 줄 알았는데 트루먼이 정책을 바꾼 것 같네. 하지만 우리가 신탁통치를 받아들여야 되겠는가?"

"안되지요."

단호한 표정이 된 김구가 머리까지 젓는다.

"이보시오, 장군."

내가 부르자 하지(John R. Hedge) 중장이 몸을 돌렸다. 미 제24군단장 하지는 전형적인 야전형 무장으로 전투에는 용명을 날렸으나 정치는 서툴렀다. 한반도는 이제 전장(戰場)이 아니다. 수많은 정파와 협상하고 타협하며 강력한 리더십으로 이끌어 가야만 한다. 그러기 위해서는 무엇보다도 뚜렷한 주관이 필요한 것이다. 그런데 하지는 그 주관이 부족했다.

신탁통치를 미리 귀띔 받았는지 하지는 인공은 물론 임정까지 억압했고 인정하지 않았으며 무시했다. 그것은 결국 공산세력의 확장을 의미했다. 북한 땅이 소련 점령군 사령관 이반 치스차코프(Ivan Chistiakov) 대장의 적극적인 지원 하에 공산당 일당 체제로 굳혀가고 있는 것을 보면 그렇다.

이곳은 군정청사로 사용되는 조선호텔 별관 앞이다. 이미 딱딱하게 굳어진 표정의 하지 앞으로 내가 다가가 섰다.

"장군, 임시정부, 조선인민공화국을 모두 인정해주시오. 그러면 혼란이 가라앉습니다. 지금 당신은 점령군 사령관이 아니고 한국인도 패전국민이 아니지 않소? 무조건 부인하고 거부해서 나치 점령군처럼 행동하자는 것이오?"

나치 점령군이란 표현은 뱉고 보니 조금 과한 것 같았지만 벼르고 있었기 때문에 후회하지는 않았다. 하지의 얼굴이 나무토막처럼 굳어졌다. 옆에 서 있던 두 대령도, 내 뒤의 스미스 중위도 얼어붙어 있다.

그때 하지가 말했다.

"박사, 말씀 삼가시오. 난 당신들의 분열과 모략에 벌써 지친 사람이오."

1945년 12월 초순경이었으니 하지가 한국 땅을 밟은 지 석 달이 되었다. 다시 화가 난 내가 말했다.

"석 달 동안에 한민족을 평가 하신 거요? 한민족 역사는 5천년, 수많은 왕조가 이어졌고 수많은 외침을 받았지만 이렇게 단일민족으로 살아남았소. 식민지에서 억압받던 한민족을 위로하고 고무시키지는 못할망정 겨우 석 달 동안 겪고 나서 분열과 모략에 지쳤다니? 그것이 사령관으로써 할 말씀이오?"

부하 장교들 앞에서 천하의 군단장, 사령관이 이런 수모를 당했으니 하지는 허리에 찬 권총이라도 뽑고 싶었으리라. 허나 나도 군인의 생리쯤은 안다. 눈을 치켜떴던 하지가 몸을 홱 돌리더니 참모들을 끌고 멀어져 간다. 나는 길게 숨을 뱉었다. 아직 말은 다 하지 못했지만 자극을 주었으니 송진우를 통해서라도 반응이 올 것이었다. 그때 뒤쪽에서 이철산이 다가왔다. 이철산은 박헌영의 비서 중 하나로 자주 군정청에 들락이고 있었는데 미국 유학을 다녀와서 영어가 유창하다.

이철산이 굳어진 얼굴로 나에게 말했다.

"주석님, 감동했습니다."

아직 40대 중반의 이철산은 눈에 눈물을 머금고 있다.

"점령군 사령관을 그렇게 몰아붙인 민간인은 없을 것입니다."

"이 사람아, 저자는 점령군 사령관이 아니라 진주군 사령관이네. 그리고……."

호흡을 가눈 내가 말을 이었다.

"난 이제 인공의 주석이 아냐. 주석이라고 부르지 말게나."

"예, 박사님."

머리를 숙여 보인 이철산이 몸을 돌렸다.

하지 중장은 1893년생으로 당시 53세가 되었으니 장년이다. 민간인으로부터 더구나 식민지 백성한테서 그런 수모는 처음 받았겠지만 나하고의 악연은 계속되었다. 이제는 공개적이 아니라 비공개적으로, 게다가 상관에게 충성하는 부하들의 과잉 반응까지 겹쳐 악재가 계속 되었다. 하지 대 이승만의 싸움이 된 것이다.

1945년 12월 28일 모스크바에서 미, 영, 소 3국의 외상이 모여 합의한 이른바 '모스크바 3상회담' 결과는 AP통신에 의해 그날 저녁에 한국에도 발표되었다. 그 내용을 요약하면 이렇다.

"한국은 향후 5년간 미국과 소련의 신탁통치를 받는다"는 것이었다.

나는 그날 저녁에 즉각 반박 성명을 발표했는데 그 내용은 다음과 같다.

"나는 미국무성 관리들로부터 이에 대한 정보를 듣고 한국인과 더불어 대비를 해왔다. 따라서 미·소의 5개년 신탁통치 안에 불복, 전국민과 함께 궐기하여 3국의 결정이 얼마나 잘못되었는지를 세계만방에 보여줄 것이다."

김구의 중경 임정세력도 즉시 신탁통치 반대 투쟁에 돌입했고 좌익 세력인 조선공산당도 마찬가지였다. 이로써 전국은 하나가 되어 뭉쳤다.

나는 이것이 또 하나의 대통합 대통일의 기회가 되기를 진심으로 바랐다. 위기가 기회라는 말도 있지 않은가?

"박사님."

돈암장의 내실로 박기현이 서둘러 들어섰을 때는 12월 29일 오후 5시쯤 되었다.

내 시선을 받은 박기현이 말을 잇는다.

"하지가 화가 단단히 났습니다. 보좌관한테 박사님을 체포, 군법으로 처리할 수 있을지를 검토하라고 했다는데요."

"무지한 생각이야."

저도 모르게 쓴웃음을 지은 내가 말을 잇는다.

"그럼 대번에 나는 순교자가 되고 남한은 통일이 될 거다."

그리고는 덧붙였다.

"임정의 백범이 정권을 위임 받을테니 제발 덕분으로 그렇게 해준다면 좋겠다."

오늘 김구는 국민총동원위원회를 발족시켜 반탁투쟁에 돌입했는데 미군 정당국에 다음 세 가지를 국민의 이름으로 요구했다.

첫째, 임정을 즉시 한국 정부로 인정해 줄 것.

둘째, 신탁통치를 절대 배격하며 이에 반대하는 자는 민족반역자로 처단하라.

셋째, 군정청은 임정 외의 모든 정당을 해체하라.

반탁의 열기가 뜨겁게 달아오르고 있었지만 군정당국으로서는 화가 날 만한 요구였다. 그래서 하지는 그 희생양으로 나를 고른 것 같다.

다시 박기현이 말했다.

"박사님, 잠시 몸을 피하시는 것이 어떻겠습니까? 하지가 무슨 짓을 저지를지도 모릅니다."

"그, 일리노이 시골놈이."

그때 집사 이덕현이 들어와 말했다.

"경무부장께서 오셨습니다."

그 순간 몸을 돌린 박기현이 옆쪽 문을 열고 나갔고 문이 닫히자마자 조병옥이 앞쪽 문으로 들어섰다.

조병옥은 군정청 경무부장을 맡고 있는 것이다.

"박사님, 하지가 당황하고 있습니다."

인사를 마친 조병옥이 앞쪽 자리에 앉자마자 말했다.

"박사님과 백범이 반란을 선동하고 있다는 말까지 합니다."

"반란이라고 했나?"

입맛을 다신 내가 머리를 저었다.

"군인이라 표현력이 부족하군. 이보게, 우리가 일제 36년에 이어서 다시 미·소의 신탁통치를 받을 만큼 미개한 민족인가?"

내가 엄한 조병옥을 향해 목소리를 높였다.

"내가 수없이 말했지 않는가? 이 한반도는 소련한테 내주기로 한 땅이었는데 결국 스탈린의 주장대로 38선 이북을 소련 위성국으로 만들 작정을 하고 신탁통치 합의를 본 것이 아닌가?"

"그러나 하지를 너무 몰아붙이면 안됩니다. 그자도 국무성이 시키는 대로만 하는 인간이니까요."

조병옥이 말도 맞다.

대통합의 기회일지도 모른다는 내 생각은 하루도 안 되어서 산산조각이 났다. 다음날인 1945년 12월 30일 새벽, 한민당의 수석부총무이며 우파의 거목인 송진우가 원서동 자택에서 암살 된 것이다. 저격범은 체포되었는데 청년단원으로 송진우가 미국의 위세를 빌어 소통을 방해했기 때문이라고 저격 이유를 대었다. 그것은 순진한 생각이었고 나는 큰 기둥을 잃은 충격을 받았다.

송진우는 우익 인사로 일제치하에서 조선 땅에 남아 견딘 사람 중의 하나다. 12월 중순경에 중경 임정 요인들과 한민당 간부들과의 저녁식사 자리에서 말다툼이 있었다는 이야기도 들었다. 중경 임정의 내무부장 신익희가 국내에 남았던 인사는 크거나 작거나 모두 친일파라고 한 것이 발단이었다.

그것은 잘못된 발언이다. 나는 오히려 국내에서 남아 견딘 사람들이 더 애국자라고 믿는 사람이다. 그때 송진우가 신익희 등 임정요인들에게 너희들은 밖에서 손이나 벌리고 다녔지만 우리는 갖은 핍박을 받으면서 이렇게 만들고 견디었다. 너희들이 이렇게 지금 밥 먹고 모인 것이 도대체 누구 덕분이냐? 하고 일갈을 했다는 것이다.

하지는 송진우를 신임해서 좌파나 우파에게 연락 할 일이 있으면 불러시켰고 상의도 했다. 그러니 하지의 화가 폭발한 것도 당연했다. 더욱이 그 다음날인 12월 31일, 반탁시위대 수만 명이 모인 자리에서 임정은 다시 정식 정부로 인정해 줄 것을 군정청에 강력히 요구했다. 그리고 임정 내무부장 신익희는 전국의 행정청 소속 경찰기구와 한인 직원을 임정 내무부에 인계하라고 주장했다.

그날 밤 군정청에 다녀온 박기현이 나에게 말했다.

"하지는 송진우 선생을 암살한 한현우가 백범의 지시를 받았다고 믿는 것 같습니다."

나는 길게 숨을 뱉었다.

송진우는 1889년생이니 올해 57세. 중앙학교 교장을 지냈고 동아일보에서 30여 년간 사장, 고문, 주필을 지냈다. 1936년, 일장기 말살사건으로 동아일보가 무기정간 되면서 송진우도 사직을 했다. 그러다 1945년 해방이 되었을 때 좌익의 건준에 맞서 우익을 규합하여 한민당을 창립했으니 우익의 공신이다.

내가 혼잣소리처럼 말했다.

"고하(古下), 조국의 해방은 보시고 갔구려. 그러나 참으로 원통하오."

내가 귀국했을 때 가장 먼저 맞아주고 거처할 집까지 주선해준 사람이 송진우인 것이다.

"그래서."

박기현이 서재에 둘이 있는데도 목소리를 낮추고 말했다.

"임정의원 전원을 전에 인천에다 일본군이 세워놓은 미군 수용소에 수용했다가 중국으로 추방할 계획을 세웠는데 조병옥 경무부장이 강력히 만류해서 겨우 취소시켰다고 합니다."

"허, 날 체포한다더니 이제는 임정 요인들인가?"

기가 막힌 내가 쓴웃음을 지었을 때 박기현이 말을 이었다.

"하지는 격노해 있습니다. 곧 무슨 조치가 있을 것입니다."

박기현의 말이 맞았다.

다음날인 1월 1일, 조선호텔의 하지 사령관 사무실에서 열린 군정 당국과 임정 측의 회의에서 눈을 치켜 뜬 하지가 말했다.

"난 송선생의 배후를 끝까지 캐내어서 책임을 물을 겁니다. 이건 개인의 암살 사건이 아니라 당신들 국가, 국민에 대한 모독이고 반역적 행동이오."

그리고는 덧붙였다.

"이런 상황에서 임정을 인정하고 정권을 이양하라니, 당치도 않소. 이것은 경고요. 나는 그럴만한 권한과 힘이 있다는 것을 기억하시오."

그리고 다음날인 1946년 1월 2일, 조선 공산당은 성명을 발표했다.

"우리는 신탁통치를 찬성한다"는 것이었다.

그야말로 느닷없는 발표여서 전 국민은 물론이고 군정청까지 경악했지만 놀람이 가라앉자 곧 이해가 되었다. 소련이 지시를 내린 것이다.

"부럽다고 합니다."

군정청 경무부장 조병옥이 저녁 무렵에 지나다 들렀다면서 찾아와 나에게 말했다.

지금 군정 당국자들 이야기를 하고 있는 것이다.

"북한은 반탁시위가 깨끗하게 없어질 것이라고 합니다. 그것을 남한의 미군정 당국이 부러워하는 것이지요."

"그게 미국과 소련과의 차이지만."

저절로 어깨가 늘어진 내가 말을 이었다.

"북한은 이미 공산당 위성국으로 굳어지고 있는 것 같군."

소련은 일제에 항거하는 조선 독립군을 도운 유일한 우방국이었다. 따라서 북한 땅에는 소련군이 진주하기도 전에 소련군의 지시를 받은 중앙인민위원회가 설립되어 있었다. 그래서 해방 후에 진주한 소련군이 중앙인민위원회를 휘하에 두는 것으로 정권 장악은 끝나버렸다.

머리를 든 내가 조병옥을 보았다.

"민심은 어떤가?"

"조선공산당은 민심 따위는 생각하지 않는 것 같습니다."

그리고는 조병옥이 쓴웃음을 지었다.

"소련 지시만 따르면 되니까요."

손목시계를 본 조병옥이 자리에서 일어서면서 말을 잇는다.

"해방 후에 정국이 이렇게 뒤틀릴 줄을 누가 상상이나 했겠습니까?"

그렇다. 조병옥을 문 밖까지 배웅하고 돌아온 내가 길게 숨을 뱉는다.

또다시 강대국의 먹이, 또는 인질이 되어있는 조국을 보게 될 줄을 과연 몇 명이나 예측하고 있었겠는가?

하루가 멀다 하고 대형 폭탄이 떨어지는 것 같은 상황이 계속되고 있다. 이렇게 가다가 과연 남한 땅덩이라도 건질 수가 있을 것인가?

이제 남한의 조선공산당이 신탁을 찬성했으니 북한과 함께 남한의 우익을 몰아붙일 것이었다. 그런데 남한을 실질적으로 지배하는 미군정 당국은 국무부의 지시에 따라 신탁통치를 밀어붙이고 있다. 그야말로 고립무원이다. 이대로 두면 남북한은 신탁통치가 되면서 미·소의 식민지로 굳어질 것인가?

그때 집사 이덕현이 서둘러 들어오더니 말했다.

"박사님, 이철산이란 분이 오셔서 면회를 신청했는데 지난번 군정청에서 하지 중장을 꾸짖으실 때 옆에 계셨던 분이라면 아실 것 같다는데요."

"그런가?"

금방 그때를 떠올린 내가 머리를 끄덕이며 쓴웃음을 지었다.

"들어오시라고 하게."

박헌영의 비서다.

곧 문이 열리더니 이철산이 들어서서 허리를 굽혀 절을 했다.

"박사님, 갑자기 찾아와 죄송합니다."

"아니, 웬일인가?"

자리를 권하면서 물었더니 이철산은 머뭇거리다가 입을 열었다.

"이번 신탁 찬성의 지시는 북한의 소련군 사령부에서 내려왔습니다."

"그걸 모르는 사람이 있겠나?"

긴장을 풀어주려고 가볍게 대답했지만 이철산의 표정은 여전히 굳어져 있다.

"조선공산당은 소련의 꼭두각시입니다. 그것을 만천하에 알려야 합니다."

한마디씩 말한 이철산이 나를 똑바로 보았다.

"저는 전향했습니다. 그것을 박사님께 제일 먼저 알려드리고 싶었습니다."

"고맙네. 자네는 신생 대한민국의 인재가 될 것이네."

내가 격려했지만 가슴이 미어졌다. 아직 험난한 앞길이 펼쳐져 있기 때문이다.

내 나이 71세, 38세 때인 1912년 조국을 떠나 33년 만에 해방을 맞아 노인이 되어 귀국했다. 1945년에 71세면 오래 산 노인 축에 든다. 한국인은 꼭 유교사상 때문이 아니라 어른을 존중하고 노인을 공경하는 풍습이 몸에 배인 선한 민족이다.

내가 여러 단체나 정당에서 나이 때문에 어른 대접을 받는 경우도 있었을 것이다. 그래서 1946년 2월 초, 중경의 임시정부가 비상국민회를 개최하여 최고정무위원 선정 위원으로 나와 김구를 선출했을 때 여럿을 향해 물었다.

"나한테 나이대접을 해주는 것이오?"

내가 정색하고 물었더니 1백여 명의 대의원이 조용해졌다. 옆에 앉은 주석 김구도 긴장한 듯 몸을 굳히고 있다.

내가 다시 말했다.

"내 나이가 많다고 이런 고위직을 시켜주는 것이냐고 물었소."

"아닙니다."

누군가가 커다랗게 소리쳤고 십여 명이 따라 외치는 바람에 회의장은 떠들썩해졌다. 내가 손을 들자 모두 입을 다문다. 그때 문득 도산 안창호의 얼굴이 떠올랐다. 안창호는 나보다 세 살 연하인 1878년생으로 7년 전인 1938년에 61세의 나이로 병사했다. 안창호의 연설을 듣고 나는 여러 번 감동했다. 그는 머리보다 가슴으로 말하는 사람이다.

그러나 나는 지금 냉정하게 머리로 말한다.

"좋소. 여러분이 나와 백범을 나이로 우대 한 것이 아니라면 여생을 조국과 국민을 위하여 바치리라. 여러분의 기대에 어긋나지 않는 사람이 되겠소."

그러자 좌중에서 박수가 터졌고 일부는 함성을 질렀다.

회의가 끝나고 김구와 둘이 되었을 때다. 김구가 웃음 띤 얼굴로 물었다.

"형님, 왜 그리 몰아붙이시오? 누가 형님을 나이만 보고 우대한답니까?"
"내 자신한테도 한 말일세."

이제는 시선만 주는 김구를 향해 내가 말을 이었다.

"나이 70이 넘었다고 어른 행세만 했다가는 이 땅은 다시 식민지가 되네. 아니, 그보다 더한 소련의 위성국이 될 것일세."

"공산당도 사람이요. 사람 사는 세상에 통할 수 있는 길이 있을 테지요. 형님, 너무 서둘지 마시오."

"이것 보게. 그 공산당이 소련의 지배를 받는 꼭두각시인 것이 문제일세."

이미 북한은 소련이 내세운 소련군 소령 김일성이 조선공산당을 장악하여 조선인민위원회 대표가 된다는 소문이 돌고 있었다. 그러면 북한에 소련의 위성국인 단독정부가 성립되는 것이다.

내가 말을 이었다.

"나는 남한 땅만이라도 공산당으로부터 지켜야겠네. 그런데 가장 큰 문제는 하지가 공산당 동조자인 것 같다는 것이네."

"하지가 말이오?"

눈을 크게 떴던 김구가 쓴웃음을 지었다.

"에이, 형님. 설마 그러겠소?"

"미국무부에도 소련 동조자 놈들이 수두룩하네."

이제는 김구가 입맛만 다셨으므로 나는 자리에서 일어섰다.

이로써 나는 김구와 함께 임정을 관리하는 위원에 선출 되었지만 군정 당국으로부터 승인을 받지도 못한 조직이다.

미군정 당국의 강경한 압력으로 반탁의 기세는 물론이고 임정의 의욕도 위축된 상황이었다. 그러나 그날 나는 임정 대의원과 김구에게 내 자세를 확실하게 알려준 셈이었다.

내 비록 71세의 고령이지만 적극적으로 투쟁하겠다는 것, 그리고 조선공산당은 소련의 위성국으로 만들기 위한 전지 작업이라는 것을 밝혔다.

이 혼란과 분열을 극복하기 위해서는 어떻게 해야 할 것인가?

하지는 소련과의 협력 관계를 아직도 중시하는 미 국무부의 지시를 충실히 이행했다. 그도 북한이 어떻게 돌아가고 있는지 뻔히 알고 있었지만 남한 땅에서 미국무부의 지시에 어긋나는 일을 할 이유도 없었고 할 마음도 없었던 것 같다. 하지의 경직된 자세를 볼 때마다 나는 송진우의 죽음이 안타까웠다. 송진우는 공명정대(公明正大) 한 사람이다. 일제가 항복했을 때 조선총독부에서 일본인의 무사 귀국과 국내 치안을 맡길 적임자로 송진우를 고른 것이 그 증거가 될 것이다. 일제하에서 갖은 핍박을 받았지만 공평하게 처리해 줄 인물로 판단했기 때문이다. 그리고 미군이 진주하자 하지는 송진우를 의지했다. 패전국과 승전국 최고지휘관으로부터 존중을 받은 인물인 것이다.

하지가 나를 부른 것은 2월 10일쯤 되었다. 군정청의 하지 사령관실에는 나와 하지, 그리고 군정장관 아놀드(A·V Anold) 소장까지 셋이 둘러앉았다. 미국에서 귀국한 윤병구는 대기실에서 기다리고 있다.

오전 11시쯤 되었을 것이다. 딱딱한 인사가 끝났을 때 먼저 하지가 말했다.

"박사, 남한에도 정식 정당이 있어야 될 것 같습니다. 어떻게 생각하시오?"

나는 잠자코 하지를 보았다. 하지는 일리노이주의 골콘다라고 불리는 작은 시골 마을 출신이다. 고등사관양성소를 졸업하고 장교가 되었지만 야전 군인으로 명성을 쌓았다. 전쟁은 다른 세상의 젊은이에게 기회를 주기도 한다.

하지의 시선을 받은 내가 입을 열었다.

"당연하지요. 장군. 북한은 소련군이 진주하기도 전에 공산당이 조직되었고 일사분란하게 국가의 체계가 세워지는 중이오. 남한은 너무 늦었습니다."

그것은 당신들 때문이다. 미국무부의 근시안적 사고, 루즈벨트의 소련 의존, 진주군 사령부의 책임 회피와 오만, 무식 그리고 선입견.

나는 어금니를 물었다가 풀고 나서 말을 이었다.

"허나 지금이라도 당장 될 수가 있지요. 그것은 중경 임시정부와 한민당을 통합한 민주 정당을 만드는 것입니다. 우리는 그럴 능력이 있습니다."

"임정은 인정 할 수가 없습니다."

내 말을 자른 하지가 가라앉은 목소리로 말을 이었다.

"군정청에서 곧 남한민주의원 기구를 발족하겠습니다. 그 민주의원 의장을 박사께서 맡아 주시지요."

군정청이 당을 만든다는 것이니 이것은 소련의 방식이나 같다.

긴장한 나에게 하지의 말이 먼 곳에서 울리는 것처럼 들렸다.

"부의장에 김규식, 총리에 김구 선생이 어떻습니까?"

나는 심호흡을 했다.

김규식이 어떤 인물인가? 한때 내 후임으로 구미위원부 위원장을 지냈으며 1940년에는 임정 부주석을 역임했고 1904년에는 프린스턴 석사, 1923년에 로노크대에서 법학박사 학위를 받았다. 그러나 김규식은 좌익 지도자들과도 연계가 있는 중도 좌익에 속한다. 소련과의 협력을 중시하는 미국무부, 군정당국 입장으로는 남한의 지도자로 가장 적합한 인물일지도 모른다.

이윽고 나는 머리를 끄덕였다.

"좋습니다. 합시다."

칼자루를 쥔 쪽은 미군정당국이다. 뒤늦게나마 남한에 정당을 구성하여 북한과 균형을 맞출 생각을 했으니 일단은 받아들이자.

좌건 우건 우선 뭉쳐놓고 볼 일이다. 아직도 소련과의 협력에 매달리는 미국 안의 공산당세력에 저절로 이가 물려졌지만 어쩔 수 없다.

나는 받아들였고 곧 김구도 군정청 제의를 수락했다. 그때가 1946년 2월 25일이다.

"한반도의 운명은 지난번 얄타회담에서 결정이 되었어."

내가 자르듯 말했더니 김규식이 잠자코 시선만 주었다. 돈암장의 서재 안이다. 오후에 불러낸 김규식과 나는 둘이서 오랜만에 마주앉아 있다. 1946년 2월 말 경, 하지가 제안한 민주의원회가 발족된 지 몇일 후다.

내가 말을 이었다.

"그때 내가 루즈벨트와 스탈린이 한반도를 소련에게 양도한다는 비밀 협정을 맺었다고 성명을 발표했더니 국무부가 즉각 부인했지만 이 현실을 보게."

내가 똑바로 김규식을 보았다.

김규식은 1881년생이니 나보다 여섯 살 연하인 65세가 되었다. 나와 조금 다른 길을 걸었지만 역시 파란만장한 삶을 겪은 애국자요 독립운동가다.

잠자코 내 시선을 받던 김규식이 물었다.

"의장께선 이미 한반도는 소련령이 될 것처럼 말씀 하시는군요."

"이대로 간다면 분명해지네. 북한 땅은 이미 공산당이 장악했는데 남한은 미국무부의 공산당 세력이 좌우합작 정책으로 소련의 비위만 맞추고 있지 않는가?"

"남한의 민주의원회에서는 제가 좌측 인사로 되겠군요."

부드럽게 말한 김규식이 쓴웃음을 짓는다.

"의장님이 절 잘 아시지 않습니까? 제가 공산당 회의에도 참석했고 여운형 등과도 친했지만 소련 추종자는 아닙니다."

나는 길게 숨을 뱉고 나서 자리에서 일어나 문을 열고 집사 이덕현을 불렀다. 다시 소파에 돌아와 앉았더니 방 안으로 이철상이 들어섰다. 이철상을 본 김규식이 놀란 듯 눈을 크게 떴다.

"자네가 여기 웬일인가?"

"내가 불렀네."

대신 대답한 내가 이철상을 끝 쪽에 앉히고 다시 김규식을 보았다.

"이군이 평양에 들어갔다가 어제 돌아왔네. 김 부의장한테 북한 사정을 알려주는 것이 나을 것 같아서 내가 초대한 것일세."

김규식은 박헌영의 비서 이철상이 행방을 감췄다는 소문도 들었을 것이다. 그 이철상이 평양을 다녀왔다니 더 놀란 듯 숨을 죽이고 있다.

그때 이철상이 입을 열었다.

"북한은 이미 김일성의 공산당 단독 집권체제로 굳어져 있습니다. 공산당 외의 어떤 정당도 끼어들 여지가 없습니다."

한숨에 말한 이철상이 나와 김규식을 번갈아 보면서 길게 숨을 뱉는다.

"북한은 이미 단독정부를 수립한 것입니다. 이제 시간이 지날수록 그 체제는 더욱 굳어집니다."

"이 사람아, 단독정부라니?"

쓴웃음을 지은 김규식이 나무랬다.

"임시 정부겠지. 더구나 남북한은 지금 신탁통치 예정으로 되어있지 않은가?"

"신탁통치가 되더라도 북한은 김일성 정부로 운용됩니다. 그것은 인민위원회 위원인 제 친구한테서 직접 들었습니다."

"그렇다면 남한은 어찌 되겠는가?"

내가 김규식에게 이어서 물었다. 김규식의 시선을 잡은 내 말이 이어졌다.

"신탁통치를 전 국민의 역량을 모아 부결시킨다고 하세. 그럼 북한과 남한이 동등한 조건으로 통일 정부를 구성할 수 있을까?"

"의장님, 저에게 하시고 싶은 말씀이 뭡니까?"

이제는 정색한 김규식이 물었으므로 내가 긴 숨을 뱉고 나서 말했다.

"우사(尤史)가 나와 백범을 도와 우리도 공산당에 대적하는 우익이 되세. 그래야만 공평해지지 않겠는가?"

그리고 한민당 등 기존 우익 정당까지 다 합쳐 힘을 모아야 할 것이다.

김규식이 잠자코 나와 이철상을 번갈아 보기만 한다.

그러나 김규식은 좌우합작을 주장하고 나와 합류하지 않았다. 미군정의 정책에 따른 것이다. 그로부터 1년 후에 그 좌우합작이란 정책이 부질없고 오직 소련의 비위를 맞추기 위한 루즈벨트 정권의 임시방편적 정책이라는 증거가 드러났지만 1946년 당시에는 가장 합리적인 조치로 보였다. 내가 소련의 위협과 야욕을 경고할수록 외톨이가 되어가는 것이 느껴졌다. 그것을 진주군 사령관 하지가 잘 이용했고 이승만은 고집불통이며 제 욕심만 챙기는 야심꾼으로 부각시켰다. 스탈린이 지배하는 소련은 2차 세계대전이 끝나자마자 거대한 군사력을 바탕으로 유럽을 적화시키기 시작했다. 전(前)의 러시아 제국에 비할 바가 아니었다. 독일이 몰락하고 프랑스가 전후(前後) 복구에 여념이 없는 사이에 소련은 동구 유럽으로 세력을 확대시켰다. 1946

년 당시만 해도 유고슬라비아는 1943년에, 폴란드가 1945년, 불가리아와 알바니아가 위성국이 되었으며 헝가리와 루마니아, 체코슬로바키아가 적화되는 중이었고 또한 독일 동쪽을 소련군이 지배하고 있었던 것이다. 실로 광대한 지역이었고 2차 세계대전이 끝나고 보니 유럽에 소련 대제국이 등장한 셈이었다. 반대로 서구 열강은 몰락했다. 세계는 미·소 양대국이 지배하는 상황이 된 것이다.

나는 북한 땅이 이미 소련 위성국이 된 현 상황에서 남한의 좌우합작기구는 소련에 대한 굴복적 자세라고 생각했다. 따라서 남한에는 우익 기구가 세워져야 남북한간 대등한 평화통일이 이루어 질 것이었다. 그러나 미국무부 친소파와 그 주구인 하지는 결국 남한의 좌우합작기구를 밀어붙였다.

"남한 만이라도 단독정부를 세워야만 합니다."

1946년 6월 3일의 전라북도 정읍(井邑) 연설에서 내가 주장했다.

"그래야만 북한과 대등한 통일이 이루어질 수가 있습니다."

이미 북한은 공산당의 수중에 장악되어 있는 것이다. 좌건 우건 덮어놓고 뭉치자고 했지만 공산당 체제로써의 통일은 아니다.

나는 제국주의의 화신(化身) 같은 역대 미국 대통령과 미국무부 관리, 그리고 진주군 사령관으로부터 온갖 무시와 박해를 받아왔긴 해도 미국의 민주주의 이념과 자본주의 체제를 신생조국의 모델로 삼겠다는 신념을 품고 있었다. 어떤 일이 있더라도 양보할 수 없는 신념이다.

나는 정읍에서 목청껏 소리쳤다.

"북한은 이미 공산당 단독체제가 굳혀져 있는데 남한만 좌우합작 체제를 만들면 안됩니다! 우리는 외세의 간섭을 배격한 자유민주주의 체제의 정부를 수립해야 하는 것입니다!"

대세라는 것이 있다. 그것이 때로는 인간의 열정과 진실까지 무시하고 흘러가 개인을, 또는 국가까지 몰락시키는 것 같다. 그 당시의 내 느낌은 내가 사랑하고 믿어왔던 한민족이 좌우합작의 방향으로 몰려가는 것 같았다. 나는 점점 외톨이가 되어가는 느낌을 받았다. 그래서 그림자처럼 내 뒤를 따르던 박기현에게 언젠가 혼잣소리처럼 말한 기억이 난다.

"민중이 원한다면 따르겠지만 그 전에 내가 죽어야겠다."

박기현이 놀란 듯 눈을 크게 떴지만 입을 열지는 않았다. 그 당시 내 나이가 72세였으니 생에 대한 미련도 없다. 그러나 조국이 독립하고 통일되어 잘 살도록 천년대계의 기초만 닦아준다면 더 여한이 없을 것이었다. 내 몸이 그 거름이 되리라.

내가 다시 잇사이로 말했다.

"나는 민주주의 체제의 국가가 성공한다는 신념이 있는 사람이다. 그 어떤 놈도 내 의지를 꺾지 못한다."

그렇다. 그러다가 죽을 작정이었다.

1946년 3월 20일부터 덕수궁 석조전에서 열린 신탁통치 문제에 대한 미·소 공동위원회는 두 달 가깝게 끌다가 5월 6일에 결렬되었다. 그러나 하지는 여운형과 김규식을 좌우 대표로 삼아 각각 5명씩의 좌우 인사들로 구성된 합작위원회를 구성했다. 이른바 중도 정부를 지향하는 기구였는데 실제로 우익과 좌익의 대표격인 한민당과 공산당의 격렬한 반발을 받았다. 그렇다고 한민당과 공산당이 제휴한 것도 아니다.

김구의 한독당은 반탁운동을 임정 승인 운동으로 연결시키다가 군정당국의 제재를 받고 있는 중이었으며 나는 반공, 반소의 주장이 너무 강해서 군정당국은 물론 미국무부의 기피 인물이 되어있는 상황이다. 그러던 어느 날, 1946년 8월 중순경쯤 되었다. 7월 하순에 여운형과 김규식의 좌우합작

위원회가 구성된 지 얼마 되지 않았을 때다.

늦은 밤에 김구가 수행원 한명만 데리고 나를 찾아왔다. 나는 응접실에서 김구와 둘이 마주앉았는데 프란체스카도 나오지 말라고 했다.

김구가 입을 열었다.

"공산당이 폭동을 일으킬 준비를 하고 있습니다. 그자들은 조직이 잘 되어있고 단결력이 강해서 정국이 혼란해질 것 같습니다."

나도 박기현과 이제는 내 비서 역할을 하고 있는 이철상한테서도 들은 터라 머리만 끄덕였다.

김구가 불쑥 묻는다.

"형님, 남한만의 단독정부를 세우면 북한은 영영 떼어지지 않겠습니까?"

"이미 떼어졌네."

내가 자르듯 말했고 김구도 잠깐 침묵을 지켰다.

1945년 9월 8일 미군은 인천에 상륙했지만 소련은 일본이 항복도 하기 전인 8월 9일에 두만강을 넘어 북한 땅에 들어왔다. 8월 24일에 진주군 사령관 치스차코프는 평양에 사령부를 설치하고 각 지방에 인민위원회를 구성하여 간접통치를 했다. 그리고는 1945년 9월 중순, 소련군 소령출신 김일성을 데려와 국내 좌익을 누르고 주도권을 장악시켰다. 1945년 10월 중순에는 "조선공산당 북조선분국"이 구성되어 김일성이 책임비서로 임명되었고 11월 중순에는 '북조선5도행정국'이 설치된다.

그리고 1946년 4월에 '조선공산당 북조선분국'을 '북조선 공산당'으로 바꾸고 독립된 체제로 발족시켰다. '북조선임시인민위원회'라는 정부로 직을 설립하여 '인민민주주의' 독재정권을 세워 3월에는 전국의 토지개혁을 실시했다. 이로써 지주계급은 격심한 타격을 받았으나 빈농이 중농의 수준이 되면서 혜택을 입은 농민들이 대거 공산당에 입당하여 처음에 4천5백 명이었던 당원이 27만 명으로 늘어났다. 급속한 개혁이었지만 김일성 정권의 기반은 단단하게 굳어지고 있는 중이다. 그야말로 일사불란한 행동이었는데 소련의 지원이 없었다면 불가능한 일이다.

이윽고 다시 김구가 입을 열었다.

"사람들은 형님이 정권욕 때문에 단독 정권을 주장한다고 합니다."

"신념 때문일세, 아우님."

내가 거침없이 말을 받았으므로 김구가 빙그레 웃었다.

"형님은 고집이 너무 세시오."

"그건 아우님도 마찬가지 아닌가?"

그래놓고 내가 길게 숨을 뱉었다.

"그래, 난 욕심이 있네. 이 나라를 꼭 민주주의 체제로 탄생 시키겠다는 욕심. 그리고……."

머리를 든 내가 같은 70객이며 온갖 풍상을 같이 겪은 이 노 애국자를 보았다. 고생은 김구가 더 많이 했으리라.

"그 나라의 명실상부한 지도자가 되어서 통치하고 싶은 욕심이 있네. 오늘 아우님이 나한테 그 말을 들으려고 오신 것 아닌가?"

하고 웃어 보였더니 김구도 따라 웃는다.

"하긴 형님은 이름만 주석이었고 대통령이셨지요. 욕심부릴 만 하십니다."

남한의 조선공산당은 1946년 5월 7일 이른바 정판사사건(精版社事件)을 일으켰는데 공산당 기관지 해방일보사를 발행하던 권오직, 이관술이 조선정판사 사장 박낙종과 서무과장 송언필에게 지시하여 1300만 원 상당의 위조지폐를 만든 사건이다. 공산당은 그 돈을 활동자금과 남한 경제를 교란시킬 목적으로 사용할 작정이었다고 수도경찰청장 장택상이 발표했다. 그것으로 공산당은 미군정당국으로부터 강력한 제재를 받기 시작한다.

군정당국은 9월 7일 박헌영, 이강국, 이주하 등 공산당 간부 검거령을 내렸지만 박헌영과 이강국은 피신하여 체포되지 않았다. 그리고 10월 1일, 김구의 정보대로 대구에서 폭동이 일어났다.

"수백 명이 죽었다고 합니다."

밖에 나갔다가 돌아온 이철상이 말했다.

"달성군수하고 직원 10여 명은 공산당이 불을 질러서 불에 타 죽었다고 합니다."

공산당의 폭동이다. 물론 이런 폭동의 원인을 거슬러 올라가면 미군정당국의 무능 때문이다. 북한에서 소련이 공산당 일당 체제로 일사분란하게 질서를 확보한 것과는 달리 미군정당국은 좌우익정치를 허용했다. 미국만 소련 눈치를 살핀 꼴이다. 그러다보니 정권을 쥐려는 좌익이 선동하고 기세를 올린 것이다. 대구 폭동도 9월 24일의 전국 철도 파업에 성공한 공산당이 다시 대구에서 노동평의회를 시켜 철도동정파업을 하려다가 경찰과 충돌하여 폭동으로 번진 것이다. 앞쪽 자리에 앉은 이철상이 나를 보았다. 이철상은 박헌영의 비서 출신이라 지금도 그쪽 정보는 빠르다.

"박사님, 북한은 지난 8월에 연안파를 통합시켜 "북조선노동당"으로 단일화시켰습니다. 이로써 북한은 일당 독재체제로 굳혀졌습니다."

한 달 전이다. 이철상의 말이 이어졌다.

"이제 곧 남한에서도 공산당, 조선인민당, 남조선신민당을 합당시켜 '남조선공산당'으로 통일시키려고 합니다."

"그럼 그 지도자는 박헌영이 되겠군?"

"예, 박사님."

시선을 내린 이철상이 길게 숨을 뱉는다.

"그러면 남북한은 '남로당,' '북노당'의 두 공산당 세력이 기반을 굳히게 되는 것입니다."

이대로 간다면 한반도는 공산당 국가가 되는 것이다.

미군정당국이 뒤늦게 공산당을 억제한다고 해도 그렇다.

보라. 전국에서 폭동과 시위가 일어나고 있다. 그런 상황에서 좌우합작 기구로 정국을 운용하다니.

내가 이철상에게 물었다.

"이군, 자네는 박헌영의 비서였으니 잘 알 것이다. 한반도가 공산당으로 통일된 국가가 되는 것이 낫다고 생각하는가?"

그러자 이철상의 얼굴에 쓴웃음이 떠올랐다.

"저도 일 년 전까지는 그것이 목표였습니다."

내 시선을 받은 이철상의 얼굴에서 웃음기가 지워졌다.

"그런데 소련이 주장하는 노동자, 농민의 세상이 허상 같습니다. 특히 지도자들의 행태를 보면 볼수록 그렇습니다."

"자네와는 다르게 생각하는 사람도 있을 거야."

혼잣소리처럼 말한 내가 긴 숨을 뱉었다.

"훗날 역사가 증명 해주겠지."

내 가슴에 다시 찬바람이 스치고 지나는 느낌이 들었다. 대세론(大勢論)이 떠올랐기 때문이다. 대중이 원한다면 그것을 따르는 수밖에 없다. 그것이 그 대중, 그 민족의 운(運)이다.

그때 내가 머리를 들고 말했다.

"끝까지 밀고 나갈테다. 그래서 민족이 나를 따른다면 그것도 내 민족의 운이 되겠지."

그것이 또한 지도자의 운이 될 것이다. 신념이 있다면 길이 있는 법이다.

"김일성을 잘 아시오?"

내가 물었더니 김구와 김규식이 서로의 얼굴을 보았다. 1946년 10월 중순경의 늦은 저녁, 둘이 내 거처로 찾아와 응접실에서 이야기를 나누던 중이었다.

둘의 대답이 늦어서 내가 다시 물었다.

"보신 적이 있소?"

"없습니다."

김구가 먼저 말했다.

"저도 이름만 들었습니다."

하고 김규식이 대답했다.

당시의 김일성의 본명이 김성주(金成柱)로써 1912년생으로 소개 되었는데 그러면 35세다. 그때 내 나이가 72세, 김구가 71세, 김규식이 66세였으니 셋의 아들뻘이다.

그때 김구가 말했다.

"중국 동북항일연대에서 활동을 하다가 보천보 전투에서 활약했다고 합니다."

"중국공산당원이라고 하더군요."

이번에는 김규식이 거들었다.

중국군에 가담하거나 소련군 소속으로 항일 활동을 한 애국자가 많다. 김일성도 항일투사인가. 머리를 든 내가 김구와 김규식을 번갈아 보았다.

"고당(古堂)의 소식은 들으셨소?"

"요즘은 듣지 못했습니다."

김규식이 말했고 김구가 머리를 끄덕였다.

고당(古堂)이란 조만식을 말한다. 1883년생인 조만식은 당시에 64세가 되겠다. 메이지대 법학부를 졸업하고 1932년에는 조선일보 사장을 지낸 조만식은 북한 땅의 거목이다. 전혀 이름도 생소한 소련군 소령 김일성에 비하면 조만식은 북한 땅은 물론 전 조선민중에 굳게 뿌리를 내린 인물인 것이다. 그 조만식이 해방 후에 북한에 조선민주당을 창당하여 당수가 되었는데 반공과 반탁을 주장했다가 결국 공산당에 의해 와해되었고 본인은 연락이 끊긴 것이다.

내가 길게 숨을 뱉으며 말했다.

"연금 상태라고 들었지만 나도 자세한 내막은 모르겠소."

이것은 박기현을 통해 들은 정보다. 조만식은 간디의 무저항국민운동을 이상으로 삼았으니 폭력적 저항을 했을 리는 없다.

그때 김규식이 말했다.

"조선민주당은 부당수인 최용건이 접수했다고 들었습니다. 최용건은 김일성과 공산당 동지라고 하는군요."

"북한은 하루가 다르게 체제를 정비해가고 있는데 남한은 이렇게 되어있으니 큰일이오."

내가 본론을 꺼냈고 둘의 얼굴은 긴장 한 듯 굳어졌다. 나는 지난 6월 정읍에서 남한만이라도 단독정부를 수립해야 한다는 연설을 한 후로 미군정당국은 물론이고 좌우합작을 지지하는 대중들로부터도 비난을 받고 있다.

내가 말을 이었다.

"군정당국의 시대착오적인 좌우합작위원회 주장과 미국무부의 친소정책은 결국 남한 땅까지 소련 위성국으로 만들고야 말 것이오."

좌우합작위원회 위원장을 맡은 김규식이 쓴웃음을 지었으나 김구는 묵묵히 듣는다. 김구는 군정 당국으로부터 임정을 인정받지 못한 채 1년이 넘도록 투쟁해왔다. 군정은 나와 김구가 '대한독립촉성국민회'를 결성하여 우익을 통합시키자 곧장 좌우합작위원회로 기세를 꺾었다. 내가 하지를 공산당 첩자라고 비난할 만 했다.

길게 숨을 뱉은 내가 두 지도자를 보았다.

"내가 미국에 가야겠소."

놀란 듯 둘이 눈을 크게 떴지만 입은 열지 않는다.

"가서 의회 지도자들을 만나야겠소. 가능하다면 트루먼도 만날 거요."

이제는 그 방법밖에 없다. 미국은 의회 민주주의 국가다. 가서 부딪치리라. 그러나 고종 특사로 초대 루즈벨트를 만나러 갈 때보다 더 암담했고 절박했다.

돈암장(敦岩莊)은 1939년에 지은 전통 한식 건물로 나는 물론이고 프란체스카도 좋아하는 집이었다. 장덕수가 마련해준 집이었는데 그것을 주선해준 송진우는 이제 암살을 당해 이 세상 사람이 아니다. 테러와 암살이 횡행하는 시기였다. 30여 년간 무국적자로 해외를 떠돌면서 급박한 상황을 셀 수도 없이 겪은 터라 박기현이 돈암장 경비를 늘려야겠다고 건의했지만 나는 보류시켰다. 미군정 당국에서 보내준 병사 세 명과 박기현과 이철상 등 대여섯 명도 과분하다고 생각했기 때문이다. 이곳이 내 조국이라는 선입견도 작용했던 것 같다. 내가 미국행을 결심한 지 며칠 후에 밖에 나갔던 이철상이 서둘러 응접실로 들어오더니 말했다. 오후 5시쯤 되었다.

"박사님, 공산당에서 박사님을 암살 대상 1순위로 결정했다고 합니다. 이 정보는 당 특위 요원한테서 제가 직접 들었습니다."

"결정을 늦게 했구나."

쓴웃음을 지은 내가 힐끗 주위를 살피고는 목소리를 낮췄다.

"그 말이 프란체스카한테는 들어가지 않도록 해. 나는 그것이 걱정이야."

프란체스카는 이제 한국어를 조금은 알아듣는다.

그러자 여전히 정색한 이철상이 말을 이었다.

"박사님이 미국에 가신다는 소문이 퍼지고 나서 작업을 서둔다고 합니다. 그러니 당분간은 외출을 삼가도록 하시지요."

"알았어. 조심하지."

이철상을 안심시킨 내가 응접실을 나와 옆쪽 대기실로 들어섰다. 회의실로도 쓰이는 방이었는데 손님인 노인 한분과 앉아있던 박기현이 함께 자리에서 일어섰다.

나와 시선이 마주친 노인이 허리를 꺾어 절을 했다.

"이제 뵙게 되어서 소원을 이루었습니다."

쓴웃음을 지은 내가 자리에 앉았더니 박기현이 어리둥절한 표정을 짓는다. 노인이 나보다 더 연상으로 보였으니 윗사람을 공경하는 풍습 상 박기현에게는 의외로 보였으리라. 아직 박기현과 노인은 그 자리에 서있다.

그때 내가 불쑥 노인에게 물었다.

"지금 연세가 어떻게 되오?"

말투가 거칠어서 박기현의 얼굴이 더 굳어졌다.

그때 노인이 대답했다.

"예, 올해로 78세가 되었습니다."

"나보다 여섯 살 위였지, 참."

그리고는 길게 숨을 뱉는 내가 노인을 보았다.

"참 그대는 추하게 늙는구려."

이제는 박기현이 눈을 치켜떴지만 노인은 시선을 내린다.

내가 말을 이었다.

"그래, 주미공사를 그만두고 조선으로 돌아올 때 여장을 하고 숨어 왔다던데, 맞소?"

노인은 주미공사를 지낸 김윤정(金潤晶)이다. 내가 시어도어 루즈벨트를 만나 고종의 청원서를 건넸더니 국무부를 통해 정식 절차를 밟으면 검토해보겠다고 해서 만세까지 불렀지 않았던가. 그러나 역적 김윤정은 본국의 훈령이 없으니 청원서를 받지 못하겠다고 했다. 김윤정은 고종황제의 신하가 아니라 이미 일본의 내통자가 되어있었던 것이다. 귀국 후 김윤정은 승승장구하며 충청북도 지사, 고등관 1등, 중추원칙임참의, 해방되던 작년에는 중추원 고문까지 올랐다. 그 김윤정이 나를 찾아온 것이다.

그때 김윤정이 허리를 숙이며 말했다. 간절한 표정이다.

"각하, 목숨만 살려주시면 은혜를 잊지 않겠습니다. 부디 옛날 정의를 생각하시어……."

"이 자를 끌어내라."

내가 박기현에게 소리치듯 말했다.

"역적, 매국노다. 그것도 참으로 비열한 인간이다."

그리고는 내가 몸을 돌렸다.

그렇다. 고립무원(孤立無援)이다. 제각기 자신의 입장과 명분만을 추구하는 바람에 한반도는 격랑 속으로 빠져들었고 내 주변에는 아무도 없다. 역사는 승자(勝者)의 기록이다. 그 예로 백제를 보라. 찬란했던 문명, 일본과 중국 땅에까지 진출했던 그 웅대한 기상과 역사가 신라에 패망하면서 의자왕과 삼천궁녀, 황음무도의 기록만이 남았다. 패자(敗者)는 입이 없는 법이다.

나는 다급했다. 이대로 두면 한반도는 공산화가 된다. 이것을 김구도, 김규식도, 하지도 간과하고 있다. 나는 그때 미국행을 결정하면서 이것으로 파란만장한 내 70 인생이 끝날 것 같은 예감이 들었다. 그만큼 절박했던 것이다. 조선 말기, 그 암울했던 시기보다 해방 후의 그 당시가 더 처절했으며, 분열에 절망했고 각 지도자들의 반목에 치가 떨렸다. 그때 내가 스스로 자위하던 단 한 가지 명분이 있다. 그것은 내가 아니면 자유민주주의 국가인 대한민국을 누가 건국할 수 있겠는가 였다. 당시의 북한은 이미 소련 위성국이었다. 철부지 김일성은 스탈린의 꼭두각시였다. 북한은 북조선노동당, 즉 북로당이 통일했으며 남한도 박헌영에 의해 남조선노동당, 남로당이 가장 조직적 정당으로 자리 잡았다.

그런데 보라. 남한의 분열상을. 남한의 지도자 중 과연 누가 자유민주주의 체제의 국가를 건설할 수 있겠는가? 남북한이 공산국가로 통일 된다면 김일성이 통일 대통령으로 될 것이다. 그리고 김일성과 가장 대척점에 있는 사람이 바로 나다. 나는 그렇게 교육 받았으며 40여 년 전 한성감옥서에 갇혀있을 때부터 '독립정신'을 집필하면서 오늘에 대비했다. 애송이 김일성이 태어나기도 전에 만들어 놓았다.

내가 군정당국에 도미 신청을 한 것은 11월 하순이었다. 그런데 신청을 한 다음날 사령부에서 보좌관 스튜어트 대령이 나를 찾아왔다. 스튜어트는 하지의 보좌관으로 군정청의 감독관까지 맡아서 권세가 막강했다.

응접실의 소파에 마침 집에 와있던 윤병구까지 셋이 마주앉았을 때 스튜어트가 정중하게 물었다.

"박사님, 미국에는 무슨 일로 가시려고 합니까?"

예상하고 있었지만 내 목소리가 굳어졌다.

"친지들을 만나러 가는 거요. 그런데 왜 그것을 묻소? 내 나라에서 입출국도 자유롭게 못한단 말이오?"

"군정청에서 출국 비자를 발급 해드릴 수가 없을 것 같습니다."

그러자 내 대신 윤병구가 물었다.

"왜 그렇소?"

기가 막힌 윤병구의 목소리도 높아졌다.

"이건 일제 식민지 시절보다 더 심하군 그래. 일제 때도 어지간하면 출국을 시켰소. 대령."

"하지만 지금은 어렵겠습니다. 그 말씀을 드리려고 제가 온 것입니다."

"그 이유를 들읍시다."

내가 정색하고 말했더니 스튜어트가 외면한 채 말했다.

"첫째, 반미 성향의 인사는 출국할 수 없습니다."

나와 윤병구가 서로의 얼굴을 보았다.

그때 스튜어트의 말이 이어졌다.

"둘째 소련과의 우호적 관계에 해를 끼치는 인사도 출국할 수 없습니다. 박사님은 그 두 가지 이유에 해당됩니다."

"그것이 하지 장군의 생각인가?"

내가 물었더니 스튜어트가 다시 시선을 내렸다. 그러나 대답을 하지 않은 것은 시인이나 같다.

쓴웃음을 지은 내가 천천히 머리를 끄덕이고 나서 물었다.

"해외로 전화도 못하게 하실 거요?"

"전화는 됩니다."

서두르듯 말한 스튜어트가 그때서야 나를 보았다.

그때 내가 윤병구에게 영어로 말했다.

"동생, 동경의 맥아더한테 전화를 걸어주게."

놀란 스튜어트가 우두커니 나를 보았다. 맥아더(Douglas MacArthur)가 누구인가? 일본 점령군 총사령관이며 육군 원수로 하지의 직속상관이기도 하다. 1880년생이었으니 당시 67세. 웨스트포인트를 수석으로 졸업한 후에 1930년, 우드로 윌슨 대통령 시절에 미육군참모총장을 지냈으며 1937년에 퇴역했다가 1941년에 복귀, 1944년에 미국에서 두 번째로 육군 원수에 오른 인물이다.

당시 일본 점령군 총사령부 총사령관과의 통화는 하지도 쉽게 하지 못했으리라. 윤병구가 전화로 군정의 교환원에게 한국의 이승만이 동경 총사령관 맥아더와의 전화를 신청했더니 놀랐는지 기다리라면서 끊었다.

"이 전화도 진주군 사령관의 허가를 받아야 되오?"

"아마 그럴 것입니다."

"하지 장군이 국익에 해가 된다고 판단하면 통화가 안되겠군?"

"그, 글쎄요."

"소련과의 우호에도 해가 된다면서 통화를 막을 수도 있지 않겠소?"

"그런데 왜 원수 각하께 전화를 하시려는 것입니까?"

"내 방미를 도와달라고 말할 작정이오."

쓴웃음을 지은 내가 말을 잇는다.

"맥아더 원수가 허락하면 하지 장군도 부담이 덜어지지 않겠소? 책임을 맥아더 원수가 질 테니까 말이오."

"원수 각하를 잘 아십니까?"

하고 스튜어트가 조심스럽게 물었으므로 내가 대답했다.

"윌슨 대통령 시절에 몇 번 만났소."

윌슨이 프린스턴 총장 시절에 가난한 동양 유학생인 나를 아껴주었지만 대통령이 되고 나서는 만나지 못했다. 그러나 그 측근 관리들에게 내 이야기는 많이 해준 것 같았고 맥아더도 들었다고 했다. 그래서인지 우연히 만났을 때도 반가워했다. 가끔 인간의 인연이 신의 배려처럼 느껴질 때도 있다. 바로 맥아더와 나, 그리고 한국과의 인연이 그렇다.

맥아더와 통화가 이뤄진 것은 스튜어트가 돌아간 지 세 시간쯤이 지난 후였다. 그동안 스튜어트와 하지 사이에 무슨 이야기가 있었는지 알 수 없지만 통화를 막자니 겁이 났을 것 같다.

"리, 웬일이십니까?"

나보다 다섯 살 아래지만 맥아더는 나를 친구처럼 대한다.

"장군, 부탁이 있소."

나는 대뜸 용건을 꺼냈다.

"내가 미국에 가야겠는데 여기서 날 못 가게 하는구려. 내가 반미 성향의 인사인데다 소련과의 우호관계에 해를 끼치는 인물이기 때문이라는 거요."

맥아더는 듣기만 했고 나는 말을 이었다.

"장군, 다 맞는 말이오. 이곳 미군 고위층과 나는 사이가 좋지 않고 그것이 반미가 되었소. 그리고 북한을 위성국으로 만든 소련을 비판하는 것도 사실이오. 하지만 내가 1941년 7월에 일본의 미국 침공을 예측했듯이 소련도 곧 미국의 적이 됩니다. 미 국무부는 오판하고 있는 거요. 장군."

"국무부에 소련 스파이가 많아요. 리."

맥아더의 짧고 단호한 말에 나는 퍼뜩 정신이 났다. 아마 총사령관의 대화를 도청한 인간들이 있었다면 기절초풍을 했을 것이다.

맥아더가 말을 이었다.

"내가 하지한테 지시하지요, 리."

"장군, 고맙습니다."

"하지는 국무부 지시를 거부할 만한 입장이 아니오, 리."

"알고 있습니다."

"이 전화를 도청하는 놈이 있다면 장군이건 뭐건 다 영창에 넣겠소."

이것이 맥아더 스타일이다. 육군 원수까지 오른 위인이니 뭐가 두렵 겠는가?

다음 날, 돈암장을 방문한 김성수 등 한민당 간부들과 이야기를 마친 내가 대문 앞까지 배웅하고 마당으로 들어섰다. 오후 8시 반쯤 되어서 주위는 어둡다.

11월 하순이었지만 포근한 날씨여서 내가 옆으로 다가선 이철상에게 말했다.

"작년 이맘때는 날씨가 추웠는데 올해는 좀 낫구나."

"북한은 춥습니다."

몇 일 전에 다시 평양에 다녀온 이철상이 말했다.

우리는 잠깐 어둠에 덮여진 마당 복판에 서 있었는데 이곳은 성북구 동소문동으로 조용한 지역이다. 마당으로 어느 집에서 밥 짓는 구수한 냄새가 흘러들었고 아이 울음소리도 희미하게 들렸다. 그래서 내가 숨을 들이켰다가 뱉으면서 말했다.

"조국에 돌아온지 이제 일 년이 넘었는데도 아직 실감이 안나는구나."

"박사님, 저도 미국에 모시고 가고 싶습니다."

그렇게 말했던 이철상이 갑자기 주저앉았으므로 나는 바라보기만 했다. 주저앉았던 이철상이 다시 땅바닥에 비스듬하게 누웠는데 두 손으로 배를 감싸 쥐었다.

"이 사람아, 어디 아픈가?"

하고 내가 허리를 굽혔을 때 옆에서 돌이 튀겨지는 소리가 났다.

"이 사람아, 철상이!"

내가 조금 목소리를 높였을 때 마루에 서있던 박기현이 뛰어 내려왔다.

"박사님! 왜 그러십니까?"

"철상이가."

그때 쓰러져있던 이철상이 안간힘을 쓰면서 소리쳤다.

"박사님! 피하십시오! 제가 총에 맞은 것 같습니다!"

그 순간 박기현이 두 팔을 벌리고 달려들더니 내 몸 위로 엎어졌다. 그리고는 소리쳤다.

"경비원! 경비원!"

마당으로 경비원 둘이 달려들었고 넘어져있던 내가 박기현의 부축을 받아 집안으로 들어갔다.

마루에 오르면서 내가 박기현에게 말했다.

"안사람한테는 비밀로 해라."

아직 프란체스카는 모습을 드러내지 않아서 천만 다행이었다.

응접실에서 숨을 고르고 있었더니 밖으로 나갔던 박기현이 가쁜 숨을 내쉬며 돌아왔다.

"이철상은 총탄이 복부를 관통했습니다. 그래서 안윤택이가 업고 병원으로 달려갔습니다."

손에 묻은 피를 헝겊으로 닦는 박기현의 두 눈이 충혈 되어 있었다.

"암살대가 쏜 것입니다. 그리고……."

박기현이 번들거리는 눈으로 나를 보았다.

"목표는 박사님입니다. 빗나가서 옆에 있던 이철상을 맞춘 것입니다."

나도 짐작하고 있었으므로 박기현만 보았다. 돌이 튀겨지던 소리는 총탄이 날아가 옆쪽 정원석을 맞춘 것이리라.

이윽고 내가 물었다.

"누가 한 짓 같으냐?"

"군정 당국입니다."

자르듯 말했던 박기현이 길게 숨을 뱉는다.

"공산당일수도 있습니다."

이제 공산당은 나를 가장 큰 적으로 매도하고 있다. 공산당의 암살대상 1순위가 이승만이라는 것이다.

박기현이 말을 이었다.

"둘 다 상대편의 짓이라고 떠넘길 수가 있을 테니 박사님은 가장 위험한 상황입니다."

국무부의 지시를 충실히 이행하는 군정당국이 내가 미국에 가기 전에 이곳에서 암살하는 것이 가장 좋은 방법이라고 판단했을지도 모른다.

내가 입을 열었다.

"이 일은 비밀로 해라. 알려져서 좋을 일이 없다."

"출국 허가증이 나왔다고 합니다."

군정당국에 다녀온 박기현이 조급한 표정을 짓고 말한다. 이철상이 저격당한 지 사흘째가 되는 날이다. 생명은 겨우 건졌지만 이철상은 두 달은 더 병원에 누워 있어야만 했다.

박기현이 말을 이었다.

"맥아더 원수가 직접 하지한테 지시를 했다고 합니다. 그래서 하지가 출국 허가증에 사인을 했는데 중간에서 놈들이 통보를 미루고 있는 것입니다."

미군 고문단 소속으로 중국국민군에서 일을 했기 때문에 박기현은 하지 사령부 안에도 정보원이 있는 것이다.

"이번 사건에 대해서는 아직 모르고 있지?"

내가 묻자 박기현의 얼굴이 일그러졌다.

"알고 있어도 모른척 해야겠지요."

암살 사건이 빈번한데다 흉흉한 세상이어서 총에 맞은 이철상이 병원에 실려 갔어도 언론 보도는커녕 이야기꺼리도 되지 않는다.

그때 응접실로 경비원 안윤택이 들어섰다.

"박사님, 스튜어트 대령이 왔습니다만."

안윤택이 말하자 박기현이 쓴웃음을 지었다.

"출국 허가증을 가져온 것 같습니다."

그러나 잠시 후에 들어온 스튜어트가 인사를 마치고 나서 말했다.

"사령관께서 약속을 해주셨으면 좋겠다고 말씀하셨습니다."

내가 시선만 주었더니 스튜어트가 말을 잇는다.

"첫째, 미국무부 정책에 대한 비판을 하지 마실 것. 둘째, 미·소간 우호관계를 깨뜨리는 어떤 행동도 하지 마실 것. 이 두 가지만 지켜주시면 출국 허가증을 발급 해주시겠다고 합니다."

내가 끝쪽에 앉은 박기현을 보았더니 이를 악물고 있는 것이 웃음을 참고 있는 모양이었다. 외교는 정확하고 다양한 정보를 갖춰놓고 시작해야 한다. 그래야 실수 하지 않는다.

내가 박기현으로부터 먼저 허가증에 대한 정보를 받지 않았다면 스튜어트의 말에 길길이 뛰면서 실수를 했을지 모르겠다.

내가 스튜어트에게 말했다.

"미국과의 친선관계에 해를 끼치는 행동은 하지 않을거요. 그리고……."

내가 스튜어트를 똑바로 보았다.

"가는 길에 맥아더 원수를 만나 이런 약속을 해야만 허가증을 받게 되었다고 말씀 드리겠소. 맥아더 원수가 내 허가증 발급에 관심을 갖고 계실 테니까 말이오."

　스튜어트의 얼굴이 나무토막처럼 굳어졌다. 맥아더의 지시로 허가증이 이미 발급한 상황인데 하지가 건방지게 조건을 붙여서 제가 발급한 것처럼 행세한 셈이 될 테니까 말이다.

　"알겠습니다. 그렇게 전하지요."

　군인은 단순하다. 서둘러 일어선 스튜어트가 방을 나갔을 때 내가 박기현에게 말했다.

　"내가 미국에 가면 미국무부의 공산당 첩자들이 바짝 긴장하게 될 것이야."

　"떠나시기 전까지 조심하셔야 합니다."

　박기현이 굳어진 얼굴로 말을 잇는다.

　"지금이 가장 위험한 시기입니다. 박사님."

　그렇다. 이제는 나도 미국무부와 미군정당국의 나에 대한 적개심을 생생하게 느낄 수 있다. 미개한 일본 식민지로만 여기고 진주한 제24군단장 하지와 그 참모들, 그리고 병든 루즈벨트가 작성한 미·소 협력 관계를 내세우는 국무부의 소련 첩자들. 그들에게 한반도는 귀찮은 땅덩어리일 뿐이다.

　길게 숨을 뱉은 내가 혼잣소리처럼 말했다.

　"도대체 이 위급한 상황을 다들 알고나 있는지 모르겠다."

　내가 워싱턴의 칼튼 호텔에 여장을 풀었을 때는 1946년 12월 7일이다. 전에는 한 달 반 쯤 걸려야 한국에서 이곳까지 왔지만 지금은 사흘 걸렸다. 비행기로 날아왔기 때문이다.

　"국무부 관리들의 태도는 비이성적이오."

　그날 저녁, 내 방에는 미국 친지들과 동지들이 모였는데 굿펠로 대령이 말했다. 굿펠로(Goodfellow)는 내 충실한 협력자다. 한국에 있을 때는 대령으로 예편 될 때까지 하지와 나 사이의 연락과 자문 역할을 맡았다. 그러다 이제는 내 후원자를 자임한 것이다.

굿펠로가 말을 이었다.

"박사님에 대한 적대감이 굉장해요. 도무지 내가 이해할 수 없을 정도요."

얼굴이 상기된 굿펠로가 둘러앉은 동지들을 보았다.

"내가 지인한테서 들었는데 아놀드(A·V·Arnold) 군정장관은 박사가 강력한 지도력을 이기적인 목적으로 사용하고 있다고 보고했답니다. 그리고 하지는,"

숨을 고른 굿펠로가 말을 이었다.

"박사가 비현실적인 주장만 늘어놓는 골칫덩어리라고 보고 했다는군요."

"그놈들이라면 그럴 만합니다."

임병직이 말했고 옆에 앉은 임영신이 머리를 끄덕였다.

"자신들의 무능과 무식을 박사님에 대한 비난으로 감추려는 수작이예요."

머리를 든 내가 모두를 둘러보았다.

"번즈 장관을 만나야겠는데 대답은 듣지 못했지?"

"못했습니다."

면담 신청을 했던 내 정치고문 로버트 올리버(Robert T. Oliver)가 대답했다.

올리버가 말을 잇는다.

"면담에 응해줄 것 같지가 않습니다."

국무부가 나를 원수 보듯이 했지만 나는 한국에서 작성한 건의서를 전달할 계획이었다. 건의서에는 한반도가 공산화 되면 한국과 중국에 이어 동북아시아 전체가 공산화 될 것이며 일본 만으로는 방어하기 힘들 것이라고 썼다. 그리고 공산당 지배를 받도록 가만두지는 않을 것이니 한반도에는 내전이 일어나 혼란 상태가 될 것이라고도 했다. 따라서 미국은 대소 유화정책을 폐기 시켜야 할 때가 온 것이다. 대소 유화론자는 소련의 첩자일 가능성이 많으며 곧 매국노나 같다. 그렇게 썼으니 대소 유화론자 번즈가 본다면 기절을 할지도 모른다.

내가 탁자 위에 놓인 건의서를 들어 보이며 말했다.

"자, 내일부터 이걸 의회 위원들, 언론사에 배포하자구. 의원들과 약속시간을 잡하고 언론사 인터뷰도 마련해요."

나는 워싱턴 생리에 익숙하다. 어지간한 미의회 의원보다도 낫다고 자부한다. 미국은 의회민주주의 국가이다. 의원은 곧 국민의 대리인이며 대변자다. 그 잘난 국무부 관리들도 의원 청문회에 불려나오면 사시나무처럼 떠는 것이다.

"아서 반덴버그, 윌리엄 놀랜드, 로버트 태프트 의원과는 약속이 되었습니다."

올리버가 말했고 굿펠로가 거들었다.

"스타크먼 의원도 약속 했습니다."

그리고 우호적인 기자들을 모아야 한다. 언론은 여론을 만드는 중요한 도구인 것이다. 그때 방 안으로 박기현이 들어섰다. 얼굴이 굳어져 있었으므로 내가 영어로 물었다. 미국인 동지들에 대한 배려였고 방 안의 모든 한국인은 영어에 능통하다.

"무슨 일인가?"

그러자 박기현이 어깨를 솟구쳤다가 내리면서 말했다.

"어제 조선독립당이란 단체에서 국무부와 의회, 백악관과 각 언론사 앞으로 이승만이 한국의 어떤 대표권도 갖고 있지 않다는 전보가 왔다고 합니다."

또 왔구나. 나는 별로 놀랍지는 않았다.

"뭉쳐도 통일이 될까 말까 한 판국에."

피를 토하는 것처럼 임영신이 말을 뱉었지만 방 안에는 곧 무거운 정적이 덮여졌다.

조선독립당이란 처음 듣는 단체였지만 하루에도 서너 개씩 당이 만들어졌다가 없어지는 상황이라 기억하지 못 할 수도 있다. 공산당 단체일 수도 있고 중도파, 또는 우파일 수도 있다.

그때 임병직이 말했다.

"국무부가 좋은 핑계거리를 잡았습니다."

다시 모두 입을 다문다.

이런 경우를 여러 번 겪었지만 내 가슴도 미어졌다. 독립운동을 할 적에도 그랬다. 제네바에 갔을 때 하와이의 반대파들은 중국 대표는 물론 국제연맹 총장한테까지 이승만은 조선 대표가 아니라는 편지를 보냈다.

이제 편지를 받은 국무부는 회심의 미소를 띄웠으리라. 미 국무부 입장에서 보면 한국인 중 가장 불편한 인간이 바로 나, 이승만일 것이다.

신탁통치 추진안을 결사적으로 반대하는 것은 물론이고 남한의 좌우합작위원회 구성에도 회의적이며 소련을 노골적으로 비난, 선동함으로써 미국과 소련의 유대관계를 깨뜨리고 있다. 그리고 가장 화가 나는 것은 내가 미국 의회와 언론계의 인연을 이용하여 국무부 정책에 조직적으로 반발을 한다는 것일 게다. 군 원로인 맥아더를 이용하여 한국을 빠져나온 것도 국무부의 울화통을 터뜨렸을 것이다.

이윽고 머리를 든 내가 좌우를 둘러보았다.

"나를 친미주의자라고 부르는 사람들도 있다면서?"

그러자 임영신이 바로 대답했다.

"공산당 동조자나 사리사욕에 빠진 역적, 매국노 일당들일 것입니다."

이제는 임병직이 한마디씩 차분하게 말한다.

"지금 한국에서 박사님처럼 미 국무부, 진주군 사령부 또는 의회에 영향력을 끼칠 수 있는 사람이 어디 있습니까? 박사님이 안계셨다면 누가 이 난국을 헤치고 나갈 수 있겠습니까? 아마 지금쯤 남한은 미국무부의 계획대로 임정도 철저히 무시된 채 좌우합작정부가 성립되어 공산당 박헌영이 주도권을 잡고 북한과 합방을 기다리고 있을 것입니다."

그렇게 되었다면 지금처럼 공산당이 폭동을 일으키고 있지도 않을 것이다. 나는 어금니를 물었다. 그렇다. 때로는 나 스스로도 내 자만심을 의식할 때가 있다. 하지만 그것이 70이 넘은 지금까지 무국적자로 해외를 떠돌며 독립을 기다린 내 버팀목이 되어 주었다. 그 자만심이 나를 버티게 한 것이다. 머리를 돌린 내가 창밖의 하늘을 보았다. 워싱턴의 저녁 하늘이 펼쳐져 있다. 나 외에 누가 이렇게 할 수 있겠는가? 김구? 김규식? 다시 자만심이 일어났고 늙은 몸에 활력이 솟구치는 것이 느껴졌다.

"해 봅시다."

탁자 위에 놓았던 건의서를 다시 집어든 내가 말을 이었다.

"시어도어 루즈벨트를 만났을 때보다는 지금 형편이 나아. 김윤정 같은 반역자도 없고 말이네."

"일본 대신에 소련이 한반도를 집어 삼키려는 상황이 되었습니다."

임병직이 말을 받았지만 외면하고 있다. 그리고는 말을 잇는다.

"이번에는 미국이 도움이 되어야 할텐데요."

이것이 약소국의 운명이다. 스스로 쟁취하지 못하면 이런 수모를 받게 되는 것이다.

내가 천천히 머리를 끄덕였다.

"미국의 대외정책을 바꾸는 건 쉬운 일이 아니지. 하지만 내 말이 맞다는 것이 곧 증명될 것이네."

모두 말이 없다. 그때도 내 자만심이 없었다면 버티지 못했으리라. 미국 무부의 어설픈 정책가 놈들 보다 내가 낫다는 자만심.

승당(承堂) 임영신은 1930년에 미국 서던 캘리포니아 대학과 대학원을 수료하고 1931년에 중앙보육학교장에 취임한 여성 교육자다. 해방이 된 1945년에 임영신은 대한여자 국민당을 창당하고 당수가 되었고, 1946년에는 중앙여대를 설립했다. 나와 함께 워싱턴에 온 임영신은 1899년생이었으니 당시 48세로 신생 대한민국의 여성대표로 나설만한 인물이다. 그 임영신이 미 국무부 극동국장인 빈센트(John Carter Vincent)를 만난 것은 12월 중순쯤 되었다. 빈센트는 조선이 일본의 식민지 통치를 오래 겪었기 때문에 자치정부를 운영할 능력이 없고 따라서 일정기간 신탁통치를 해야만 한다고 망언을 한 인간이다.

그는 또한 소련과의 유화론자여서 번즈 국무장관과 손발이 맞았다. 빈센트와 임영신이 만난 곳은 국무부 건물 안의 조그만 회의실이었다. 그 자리에는 빈센트의 보좌관 한 명과 임영신의 보좌역으로 박기현이 수행했다. 빈센트는 내 면담신청을 거절한 대신 임영신을 부른 것이다. 나 대신으로 만만하게 보이는 임영신을 불러 경고를 하려는 의도였다.

인사를 마치고 자리에 앉았을 때 빈센트가 턱을 조금 든 얼굴로 임영신을 보면서 말했다.

"지금 여러분들은 헛수고를 하고 계시는 거예요. 이 박사가 아무리 언론에 대고 떠들어도 미국 정책은 바뀌지 않습니다."

임영신은 듣기만 했고 빈센트의 말이 이어졌다.

"이 박사가 자꾸 소련의 위협을 말하는데 그것은 단독정부를 세우기 위한 핑계로 밖에 보이지 않습니다. 그리고……."

잠깐 뜸을 들였던 빈센트가 임영신을 보았다.

"진주군 사령관 하지 중장까지 이 박사를 비협조적이며 반미선동가, 비현실적인 불평분자로 지적한 상황이요. 만일……."

심호흡을 한 빈센트가 말을 이었다.

"이런 행태가 계속된다면 미국 정부는 이 박사를 배제시키게 될 것입니다. 그 방법이 얼마든지 있다는 것을 잘 아실 테니 이 박사에게 그렇게 말씀드리시오."

말을 마친 빈센트가 어깨를 펴고 의자에 등을 붙였을 때 임영신이 말했다.

"이 박사와 나는 앞으로 세계가 미-소 양대국의 각축시대로 될 것이라고 믿고 있습니다."

임영신이 유창한 영어로 말을 이었다.

"지금 동유럽이 어떻게 되어 가는지 국장께서는 잘 알고 계실 테니까요. 이제……."

그리고는 임영신이 똑 바로 빈센트를 보았다.

"이박사와 저는 미국 정부내의 소련 유화론자들은 세계 정세를 모르는 무식하고 무능한 인사들이라고 믿고 있습니다."

박기현이 돌아와서 말하기를 그때 빈센트의 얼굴이 하얗게 굳어지더라고 했다. 임영신이 한 마디씩 또박또박 말했다.

"다행히 이 박사를 지지하는 의회 의원들, 언론인들, 장군들이 있습니다. 우리는 미국 정부가 남한에 소련에 대항하는 우익 정부 성립을 지원해 줄 때까지 이곳에 머물 것입니다. 나는 이 박사의 그 결심을 전하려고 왔습니다."

그 때 빈센트의 얼굴이 똥을 삼킨 것처럼 일그러지더라고 했다. 그러더니 뱉듯이 말했다는 것이다.

"소련은 미국의 우방이야, 당신들이 상관할 일이 아냐."

"이것도 이 박사 말씀인데,"

먼저 자리에서 일어서며 임영신이 말했다.

"머지않아서 미 국무부 안에서 소련 스파이로 체포되어 처단 될 인사들이 나올 것이라고 했습니다."

그리고는 예의 바르게 빈센트에게 절을 했다.

"시간을 내주셔서 고맙습니다. 국장 각하."

"바꿔야 합니다."

내가 소리치 듯 말하자 기자 회견장은 잠깐 정적에 덮여졌다. 칼튼 호텔의 소연회장을 빌어 기자회견장을 만들었는데 예상보다 더 모였다. 워싱턴은 미국뿐만이 아니라 세계 정치의 중심지 역할을 한다. 이곳에서 세계 질서가 잡혀지고 국가가 분할되기도 하는 것이다.

워싱턴이 각 국가의 치열한 로비 전쟁터라는 사실을 그 당시의 한국인 중 누가 실감하고 있었겠는가? 그리고 그 로비 방법을 터득하고 정관계 인사들과 인연을 맺고 있는 한국인이 과연 몇 명이나 되었겠는가?

내가 미국으로 가겠다니까, 이승만이 또 실패할 외교를 하려는 모양이라면서 비아냥대는 사람들도 많았다고 들었다.

나는 다시 말했다.

"미국은 소련의 위협에 대비해야 합니다! 지난 1941년 12월 7일의 일본 진주만 침공을 잊어서는 안됩니다!"

그러면서 나는 탁자위에 놓인 책을 들어 흔들었다.

내가 1941년 7월, 일본이 진주만을 공격하기 넉달 전에 쓴 'Japan Inside Out(일본내막기)'이다. 나는 그 책에서 일본이 곧 미국을 침공할 것이라고 썼다. 그러자 이곳 사람들은 전쟁을 조장한다면서 비웃었는데 넉 달 후에 그것이 사실이 되었고, 이 책은 베스트셀러가 되었다.

이제 나는 다시 한 번 예언을 하는 셈이다. 카메라 플래시 섬광이 터지고 기자들이 열심히 적는다. 내가 다시 목청껏 소리쳤다.

"미국은 정책을 바꿔야 합니다! 이제 세계는 미국과 소련의 대결시대가 된 것입니다! 한반도가 소련의 수중에 들어가면 아시아 대륙은 모조리 공산화가 될 것입니다!"

회견장에는 의회 의원들도 몇 명 보였고 호텔 직원, 투숙객도 있었다. 그 중 몇 명은 내 외침에 공감한 듯 머리도 끄덕여 주었지만 어디 내 터질 것 같은 가슴에 비할 수 있겠는가?

머리를 돌린 나는 구석에 서 있는 임병직, 임영신, 박기현 그리고 서너 명의 동포를 보았다. 임영신과 동포 몇 명은 제각기 흐르는 눈물을 닦는다.

회견을 마치고 방으로 돌아 왔더니 로버트 올리버가 따라와 말했다.

"번즈가 신문사 쪽에다 기사를 내지 말라고 압력을 넣었다고 합니다."

"그래서 내가 미리 의원들한테 부탁을 했어. 신문사에 국무부 압력을 막아 달라고 말일세."

목이 아팠으므로 나는 냉수를 따라 갈증이 난 사람처럼 다 마셨다. 그때 문에서 노크 소리가 들리더니 박기현이 낯선 백인 한 명과 함께 들어 왔다.

"박사님, 국무부 직원이라고 하는데요, 여쭤 볼 말씀이 있답니다."

영어로 말한 박기현이 곧 한국어로 낮게 말을 잇는다.

"제가 신분을 확인했습니다. 국무부 차관보실 소속으로 되어 있습니다."

"아담 크림슨입니다."

"크림슨 씨, 이승만입니다."

인사를 마친 우리가 소파에 마주보고 앉았을 때 크림슨이 정색하고 묻는다.

"한국의 정세는 어떻습니까? 특히 북한쪽 말씀입니다."

나는 심호흡을 했다.

이렇게 물어준 국무부 관리는 처음이다. 특히 북한에 대해서는 아무도 묻지 않았다.

회견때 소리 친 목이 아팠지만 나는 북한이 어떻게 소련에 의해 적화되어 있는지를 열심히 설명했다. 비록 크림슨이 말단 관리라도 상관없다. 내가 정성을 다해 이야기를 했더니 크림슨도 정색하고 경청했다.

트루먼(Harry Shippe Truman) 대통령은 1945년 루즈벨트가 사망한 후에 부통령으로서 대통령직을 인계 받은 터라 1947년 초까지의 미국 외교정책은 루즈벨트 시대의 연장선상에 있었다. 미주리주 출신의 트루먼은 1884년생이었으니 1947년 당시에는 한국나이로 64세였지만 활동적이며 적극적 성품이었다.

"이봐요, 제임스, 이거 읽었습니까?"

백악관 대통령 집무실 안에서 트루먼이 탁자위에 놓인 워싱턴 포스트를 눈으로 가리키며 묻자 번즈 국무장관이 머리를 들었다.

번즈(James Burns)는 1882년생으로 트루먼보다 두 살 연상인 66세, 정치 경력도 선배였고 죽은 루즈벨트가 출마할 때 러닝메이트로 지명했던 인물이다. 그러나 번즈의 성격이 강한데다 적이 많아서 트루먼이 부통령으로 지명되었던 것이다. 트루먼은 대통령이 되자 존경했던 번즈를 국무장관에 임명했다. 번즈는 루즈벨트의 국제협력을 중시하는 다변주의 정책을 꾸준히 추진하고 있었는데 차츰 트루먼과 마찰이 일어났다.

요즘은 소련 위성국이 된 동유럽을 '철의 장막'이라고 부른 처칠이 소련의 팽창 억제에 미국이 적극 가담해줄 것을 요구해 오면서 갈등이 심해진 것이다.

'철의 장막' 근처에서 그리스와 터키는 공산당 세력과 투쟁 중이었는데 처칠의 요구에도 불구하고 미국은 소극적이었다. 번즈가 소극적이라고 해야 맞는 말이 될 것이다.

번즈가 시선을 내려 워싱턴 포스트를 보았다. 3단짜리 기사가 붉은 선으로 표시되어 있다.

'한국의 닥터 리가 소련의 위협을 경고하다' 기사 제목이 그렇게 뽑혀 있다.

"정신 나간 동양인의 언론 플레이요, 해리"

"이 사람 프린스턴 박사 출신이던데……."

웃지도 않고 말한 트루먼이 정색하고 번즈를 보았다.

"어제 백악관에 파견되어있는 국무부 직원을 닥터 리에게 보냈었소, 제임스."

번즈의 시선을 받은 트루먼이 말을 잇는다.

"조리가 분명했고 처칠의 의견과 똑 같았습니다."

이제 번즈는 외면한 채 입을 다물고 있다. 번즈의 옆모습을 향해 트루먼이 천천히 고개를 저었다.

"제임스, 우리는 미국 외교원칙을 바꿔야 할 때가 온 것 같습니다. 전쟁시와 전쟁후의 정책은 바뀌어야 합니다."

그때 번즈의 시선이 탁자위에 놓인 신문으로 옮겨졌다.

붉은 줄로 그어진 기사의 첫 단어가 "바꿔야 한다."였다.

머리를 든 번즈가 트루먼을 보았다.

"해리, 국무장관도 바꾸시지요."

이제는 트루먼이 입을 다물었고 번즈가 말을 잇는다.

"당신한테 맞는 새 국무장관이 필요한 것 같습니다."

"유감이오, 제임스"

"아니요. 당신이 맞을지도 모릅니다. 해리"

쓴 웃음을 지은 번즈가 자리에서 일어서며 말을 잇는다.

"이제는 새 시대니까요."

번즈가 방을 나가자 트루먼은 의자에 앉아 길게 숨을 뱉었다. 창밖으로 백악관 정원 이곳저곳에 쌓인 눈이 보인다. 1947년 1월 초순이다.

그때 문이 열리더니 비서관 톰프슨이 들어섰다.

"각하, 상원의원들이 기다리고 있습니다만……."

"잠깐만,"

손을 들어 보인 트루먼이 지시했다.

"방금 번즈가 국무장관직을 내놓았어. 처칠 수상한테 연락을 해. 그리스와 터키에 대한 미국의 원조를 어떤 방식으로 해야 할지 상의해야 되겠어."

트루먼의 목소리에 활기가 띠워졌다.

"물론 비밀이야. 갑자기 소련을 자극할 필요가 없으니까 말이야."

"희망이 있군."

번즈의 사임 기사를 보면서 내가 말했더니 굿펠로가 쓴 웃음을 지었다.

"박사님은 조그만 일에도 희망을 찾아내시는 군요."

"한국 속담에 손가락 한 개만한 틈 때문에 제방이 무너진다고 했소."
"국무부에는 아직도 대소 유화론자들이 가득 차 있습니다."
정색한 굿펠로가 말을 잇는다.
"한국에 하지가 버티고 있습니다. 박사님의 앞길은 아직도 험난합니다."
방안에 모인 동지들의 얼굴에 그림자가 덮여졌다.
번즈의 후임으로는 마셜이 거론되고 있다.
그때 방안으로 박기현이 들어섰으므로 모두의 시선이 모여졌다. 박기현이 앞에 서서 말했다.
"박사님, 김 주석이 한국 전역에서 모인 국민대표자회의를 소집하려고 합니다."
나는 눈만 크게 떴고 박기현의 말이 이어졌다.
"대표자는 2천 명 정도가 될 것 같은데 그들에게 대표자 의장을 선출하도록 한다고 합니다."
모두 박기현의 입만 보았으므로 방안은 잠깐 무거운 정적에 덮여졌다. 난데 없는 일이다. 내가 미국에 와 있는 동안 한국정세는 여전히 불안정했으며 혼란했다. 곳곳에서 폭동과 소요가 그치지 않았으므로 김구도 특단의 조치를 내었으리라. 그런데 왜 하필 내가 밖에 나가 있는 동안 나한테 상의도 없이 그러는가?
내가 입을 열었다.
"대표자회의 소집하는 목적이 무어라고 하던가?"
"대표자회의를 임시정부로 승인하도록 요구하면서 반탁의 중심역할을 하겠다는 것입니다."
박기현이 대답하자 모두 서로의 얼굴을 본다. 그러면 대표자회의 의장이 곧 임시정부 주석이 된다. 아직도 김구는 임정 주석의 신분이었지만 남한 전역의 대표자가 모인 자리에서 의장이 되면 명실상부한 주석이 될 것이다. 내가 천천히 머리를 끄덕였다.

"그렇게라도 단독정부가 세워진다면 오죽 좋겠는가?"

"이럴 수는 없습니다."

갑자기 소리치듯 말한 것은 임병직이다. 눈을 치켜뜬 임병직이 아직도 손에 쥐고 있던 탄원서를 탁자 위에 내동댕이쳤다. 소련의 야욕을 경계해야 된다는 장문의 탄원서다. 나와 임병직, 임영신, 로버트 올리버, 굿펠로까지 이곳에서 며칠 밤을 새워 작성해 놓은 것이다.

그때 임영신이 이어서 소리쳤다.

"이것이야 말로 정권욕이 아니고 무엇입니까? 박사님이 외국에 나가 계신 동안 갑자기 대표자회의를 소집하다니요?"

나는 김구의 애국심, 의지, 그리고 독립에 대한 열망까지를 존경한다. 김구는 내가 갖추지 못한 장점이 많은 사람이다. 그러나 그때 느낀 점이 있었다. 그래서 방안의 동지들에게 말했다.

"김주석이 시기를 잘못 택했어."

머리를 저은 내가 말을 이었다.

"하지가 용납하지 않을 거야. 그리고……."

말을 멈춘 내가 길게 숨을 뱉었다. 김구는 내 워싱턴 활동을 기대하고 있지 않았던 것이다. 그래서 허송세월을 하고 있는 나를 젖혀두고 대표자회의를 소집한 것 같다.

나는 배신감 따위로 좌절하지는 않는다. 그러나 내 능력이 무시당했다는 느낌이 들면 격렬해진다. 동지들의 시선을 받은 내가 말을 이었다.

"한국인들은, 아니, 적어도 남한 국민들은 나, 이승만을 지지하고 있어. 나에 대한 기대를 접지 않고 있다는 말이네."

내 말이 끝났어도 모두 조용했다. 우리는 지금 영어로 이야기 하고 있는데도 그렇다. 모두 공감을 못하는 것일까?

그리고 1947년 3월 2일, 1500여 명이 모인 한국국민대표자회의가 개최되었다. 김구는 의장으로 선출되었는데, 대표자회의는 한국 정부이며 의장이 곧 정부대표임을 결의하자고 했다가 회의에서 부결되었다. 그러자 김구는 의장직을 사임했고, 미국에 있던 내가 의장으로 선출되었다. 김구는 대표자회의에서 한국 정부를 구성해 놓고 그것을 반탁운동과 연결시키려고 했지만, 대의원들의 반발로 무산된 것이다. 반탁이나 정부 수립에 대한 반발이 아니다. 내가 제외된 것에 대한 반발이다.

김구의 대표자회의 소집 소식을 들은 후부터 나는 귀국을 서둘렀지만 한국으로의 재입국 허가가 쉽게 나오지 않았다. 미 국방부와 국무부를 오가는 데 시간이 걸려서 1945년 해방이 되었을 때보다도 더 힘들었다. 3월 초순, 밖에서 돌아온 임병직이 상기된 얼굴로 말했다.

"국무부에서 박사님의 귀국을 방해하고 있습니다."

놀랄 일도 아니었으므로 시선만 주는 내게 임병직이 말을 잇는다.

"하지는 신원확인증을 보냈는데 국무부에서 미루고 있다는 것입니다."

"담당이 누군가?"

내가 물었더니 임병직이 머리를 젓는다.

"다 모른다고 합니다. 개자식들입니다."

나는 임병직이 내 앞에서 욕설을 하는 것을 처음 들었다. 이맛살을 찌푸린 내가 임병직에게 점령국 담당 국무차관보 힐드링 장군에게 전화를 연결시키도록 지시했다.

힐드링은 국무부 내에서 몇 명 안되는 우호적 인사였지만 아직 역부족이다. 그때는 마치 미국무부가 붉은 색 소련 깃발로 휩싸여진 느낌이 들었으니까.

"아, 박사님. 재입국 때문에 연락을 하셨지요?"

내 전화를 받은 힐드링이 부드러운 목소리로 말을 잇는다.

"곧 국방부에서 수송기를 준비 해 놓을 것입니다. 아마 내일쯤 연락이 될 겁니다."

"고맙습니다. 힐드링 씨."

내가 진심으로 사례를 했다. 그리고 다음 날 임병직이 공군수송사령부에 가서 도쿄까지의 항공료를 지불하고 떠날 준비를 했다. 그때가 3월 10일쯤이다. 벌써 열흘 정도나 출발이 지연되고 있었던 것이다.

그런데 출발하기 전날, 호텔에 있던 임병직이 공군사령부 대령이라는 사람한테서 전화를 받았다. 비행기가 취소되었다는 것이다. 놀랍고 화가 난 임병직이 소리쳐 물었더니 대령이 이렇게 말했다고 했다.

"국무부에서 연락이 왔는데 한국인 이승만이 미공군 비행기를 사용하여 귀국할만큼 중요한 임무가 없으니 비행 계획을 취소하시오."라고 했다는 것이다.

그 말을 들은 힐드링 국무차관보도 당황했다. 이것은 힐드링의 윗선, 국무장관 조지 마셜의 묵인이 없다면 불가능한 일이었다.

그리고 다음날 밖에 나갔던 임영신이 뛰어 들어왔다.

"박사님, 오늘 트루먼 독트린이 발표되었습니다!"

흥분한 임영신의 말을 들으면서 내 얼굴에 웃음이 떠올랐다.

새로운 대세(大勢)를 확인했기 때문이다. 트루먼 독트린은 1947년 3월12일 트루먼이 미 의회에서 미국 외교정책에 대한 새로운 원칙을 발표한 것을 말한다. 그것은 공산주의 확대를 저지하기 위해서 소수자의 정부지배를 거부하는 의사를 가진 나라에 군사적, 경제적 원조를 제공하는 것을 말한다. 그래서 트루먼은 소련의 위협을 받고 있는 그리스와 터키에 4억달러의 원조를 제공하겠다고 했다. 바로 '냉전'의 시작이며, 미국 외교정책의 대전환이 된 것이다.

내가 임영신에게 말했다.

"내가 트루먼 독트린이란 선물을 가져가게 되었군. 비행기를 못 타게 하는 바람에 말이네."

지금 생각해도 가소롭고 분하다. 내가 귀국하지 못하도록, 그것이 안되면 가능한 한 귀국을 늦추도록 미국무부는 물론 하지까지 온갖 수단을 다 쓰고 있었던 것이다.

1947년 4월8일, 한 달여 동안 출국하려고 투쟁한 끝에 민간여객기 노스웨스트 편으로 미네아폴리스를 떠나면서 나는 또 자만심으로 내 자신을 위로했다. 내가 아니면 누가 이런 상황 속에서 미국을 탈출 할 수 있겠느냐고 말이다. 비행기는 너무도 쉽게 태평양을 건너 도쿄에 닿았다. 도쿄에 도착했더니 맥아더 원수가 보낸 차가 기다리고 있었다. 점령군 총사령부 총사령관실로 나를 데려 온 맥아더가 웃음 띤 얼굴로 말하던 장면이 지금도 생생하다.

"박사, 국민의 지지를 받는 자가 곧 승자요."

맥아더가 하지와 국무부의 방해공작을 모를 리가 있겠는가? 미국에 가서 알게 되었지만 하지는 직속상관인 맥아더를 거치지 않고 미국무부와 소통하고 있었다. 전시(戰時)라면 있을 수가 없는 일이었지만 점령지 관리에 관한 사항인 것이다. 내가 나보다 다섯 살 연하인 68세의 노병(老兵)에게 말했다.

"장군, 나는 지금 미국과 전쟁을 하고 있소. 이런 아이러니가 어디 있습니까?"

맥아더가 웃지도 않고 말을 잇는다.

"박사가 모스크바에 있었다고 생각해 보시오. 아마 진즉 실종처리 되었을 거요."

이것이 군인인 맥아더의 사고(思考)다. 그리고 맞는 말이다. 나는 갖은 압력과 무시, 탄압을 받았지만 미국이었기 때문에 살아서 이곳까지 왔다.

내 표정을 본 맥아더가 파이프를 입에 물었다. 내가 담배를 피우지 않았기 때문에 맥아더는 내 앞에서 빈 파이프만 물고 있다.

"박사, 한국은 나름대로 독립운동을 했다지만 수백만의 연합군, 수십만의 미군장병의 희생으로 해방이 되고 지금 독립국가가 되려는 거요."

맥아더의 부드러운 목소리가 총사령관 집무실을 울렸다.

"하지만 미국무부 입장에서 보면 남한의 거친 행동은 귀찮고 배신감까지 느끼게 할 수도 있을 거요."

그건 안다. 미국에 있을 때 많이 들은 이야기다. 제 힘으로 독립을 쟁취하지 못한 민족은 나설 자격이 없다는 말은 40년 전에 시오도어 루즈벨트한테서도 들었으니까. 그때 맥아더가 말을 잇는다.

"박사, 하지가 아직 입국 허가를 내주지 않은 것 같소. 그들은……"

맥아더의 얼굴에 희미한 웃음기가 떠올랐다가 지워졌다.

"이번 5월에 한국에서 국무장관 마셜과 소련 외무장관 몰로토프와의 미소 공동위원회가 열릴 텐데 박사가 방해물이라고 생각하는 것 같소."

당연한 일이다. 머리를 끄덕인 내가 맥아더에게 말했다.

"장군, 날 중국으로 보내 주실 수는 있지 않겠소?"

맥아더의 시선을 받은 내가 쓴웃음을 지었다.

"장개석 총통한테 말이오."

"그렇군."

같은 웃음을 지은 맥아더가 머리를 끄덕였다.

"장총통과 박사는 같은 배를 타고 계시지."

"부탁합니다. 장군."

맥아더는 웨스트포인트를 수석으로 졸업한 수재로 1925년인 46세 때 미육군 최연소 육군소장이 되었고, 1930년 우드로 윌슨 대통령 시절에는 미육군참모총장으로 최정상에 오른 인물이다. 그때 맥아더가 말했다. 내 의도를 알아챈 것이다.

"좋습니다. 보내드리지요."

나는 중국을 통해 귀국할 계획이었다.

열한 번째 Lucy 이야기

 열 번째 수기를 덮은 나는 긴 숨을 뱉는다. 긴장이 풀린 것이다. 밤이 깊었다. 탁상시계가 밤 12시 반을 가리키고 있다. 이승만의 측근이 되어있는 내 어머니의 할아버지 박기현이 자주 등장하는 바람에 이번에는 수기 속으로 자신이 빠져드는 느낌이 들었다.
 그리고 또 있다. 나는 탁상시계 밑의 서랍을 열고 서류봉투를 꺼내 들었다. 지난 번, 여섯 번째 수기를 읽고 나서 만난 최영신이 가져온 서류였다. 아버지 최기태가 이승만 암살 작전의 행동대장이었다고 했다.
 이번 10장의 이승만 수기에 돈암장에서 저격을 당한 장면이 있다. 총탄이 빗나가 옆에 있던 이철상이 중상을 입었다고 했는데 그것이 최기태의 저격이었는가?
 이제는 최영신이 가져온 서류를 읽을 때가 되었다. 암살작전의 행동대장 최기태가 쓴 기록이다.

〈최기태의 기록〉

마틴 대위가 나를 불렀을 때는 1947년 2월말 경의 저녁 무렵이다.

추웠다. 나는 남한에 배치된 지 3개월, 제31침투부대 소속으로 유럽 전선에서 활동했는데 종전 후에 귀국했다가 다시 이 춥고 시끄러운 땅으로 배치받았다. 참고로 제31침투부대는 지금의 수색대와 특공대를 혼합시킨 것이나 같다. 유럽전선에서 독일 점령지에 침투되어 요인 암살, 정보 수집이 임무였으니 모두 정예다. 8개월간의 지독한 훈련을 마쳐야 부대원이 되었으므로 계급은 모두 하사관이다.

내 계급은 상사, 1947년 당시에는 26세, 한국계 이민2세로 영어, 프랑스어, 독일어, 그리고 한국어까지 말할 수 있다. 어머니가 프랑스계여서 가능한 일이었고, 한국계 내 아버지는 내가 스무 살 때 돌아가셨지만 애국자였던 것 같다. 아버지 침실에 그 이상한 국기가 붙여져 있었으니까. 내가 한국에 왔을 때 그것이 태극기라는 것을 알았다. 난 애국자가 아니다. 아니, 한국에 대해서 아버지한테 들었지만 금방 잊었다.

왜냐하면 미국 시민이었으며 그것으로 만족했으니까. 아버지가 집에서 꼭 한국어만 썼기 때문에 어쩔 수 없이 한국어를 배웠을 뿐이다. 그것을 인사카드에 써 놓은 것 때문에 이지경이 되었다고 갑자기 한국에 배속되었을 때 후회를 했다니까.

나는 군정청 특별 보좌관 휘하의 '관리대'라는 조직이 뭐하는 곳인지도 몰랐다. 관리대에는 한국계와 일본계 요원이 네명 배속되어 있었는데 모두 나처럼 산전수전 다 겪은 정예였다. 우리들의 상관인 특별보좌관 핸더슨 중령은 국무부와의 연락을 맡았는데 사복을 입었고 우리들도 마찬가지였다.

그리고 우리들 임무는 한국내 정보 수집이다. 요원들은 일본계 놈까지 한국어에 능통해서 업무에 지장은 없다.

자, 나는 마틴 앞에 섰다. 마틴은 핸더슨의 부관, 정보장교 출신이다.

"테리, 임무가 있어."

마틴이 내 이름을 부를 때면 좀 골치 아픈 일을 시킬 때였으므로 나는 이맛살을 찌푸렸다. 마틴과 나는 동갑이었고 군생활도 6년이어서 사석에서는 말을 놓는다.

내 시선을 받은 마틴이 묻는다.

"테리, 이승만을 알지?"

알다 뿐인가? 이승만을 감시하느라고 돈암장을 열 번도 더 찾아갔다. 말도 안되는 말을 물었기 때문에 대답도 안하는 나에게 마틴이 목소리를 죽여 말했다.

"그 자가 곧 미국에서 돌아 올 거야."

"그래서?"

짜증이 난 내가 재촉했더니 마틴이 눈을 가늘게 떴다.

"그 자를 제거하는 거야."

"제거?"

되물었지만 나는 별로 놀라지 않았다.

잠깐 돈암장에서 보았던 이승만의 얼굴이 떠올랐을 뿐이다.

한국에서는 가장 유명한 인간이었지만 나하고는 상관없는 자다.

그렇다. 그때서야 나는 내가 이 시끄러운 나라로 배치된 이유를 알았다. 정보수집 임무가 아니었던 것이다. 나는 독일 점령지에 침투해서 총 17명의 요인을 제거했다. 남자도 있었고 고위직 여자도 있었으며 저격은 물론 교살, 독살, 교통사고를 위장한 살인도 두건이나 해치웠다.

내 시선을 받은 마틴이 빙그레 웃는다.

"테리, 이제 알았다는 표정이군. 속 시원하게 다 말해주지. 지난 3개월은 우리가 널 체크하는 기간이었어, 네가 이번 작전에 거부반응을 일으킬지 어쩔지를 알아 본 거야."

"그래서 합격한 건가?"

"맞아."

그리고는 마틴이 옆쪽 소파로 옮겨 앉더니 나에게 앞쪽 자리를 권했다. 내가 앉자 마틴은 말을 잇는다.

"작년 초부터 우린 이승만 제거작전을 준비했어. 그 놈은 미국 정부에 해충같은 존재야."

"어떻게 제거하라는 거야?"

불쑥 내가 물었더니 마틴이 소파에 등을 붙였다.

"작년 가을에 이승만이 돈암장 안에서 저격을 당했어. 총탄이 빗나가 옆에 있던 수행원이 중상을 입었지."

나는 긴장했다. 그때 마틴이 말을 잇는다.

"공산당 조직에서 보낸 암살자 같아. 아주 사격술도 서툰 아마추어였지."

"……"

"수행원은 병원에 입원 했다가 퇴원했는데 이승만은 그 사건을 발표하지 않았어. 발표해도 도움이 되지 않는다고 생각한 모양이야."

내 시선을 받은 마틴이 빙그레 웃었다.

"이번에는 우리 차례야, 테리. 공산당이 한 것처럼 위장하면 돼."

"총으로?"

"그래."

"언제?"

"그 자가 돌아오면 바로."

지금 남한은 공산당의 테러와 폭동으로 무법천지나 다름없었기 때문에 이보다 더 좋은 환경도 드물다. 머리를 끄덕인 내가 물었다.

"팀원은?"

"넷…… 윌리, 메이슨, 모리까지, 그리고 네가 팀장이야."

"리차드는?"

그러자 마틴이 정색했다.

"이틀 전에 본국으로 전출되었어."

나는 심호흡을 했다. 리차드는 리차드 김을 말한다. 한국인 2세로 역시 나와 같은 특수부대 출신이다. 내 표정을 본 마틴이 말을 잇는다.

"리차드는 이승만에 호감을 갖고 있더구만. 아버지가 이승만 후원자였다는 거야. 팀에 합류 시킬 수 없는 상황이었어."

"그렇군."

그러면 윌리 강, 메이슨 정까지의 한국인 2세는 믿을만 하다는 말이었다. 일본계 미국인 모리는 말할 필요도 없다.

정색한 마틴이 말을 이었다.

"상사, 너희들이 이곳에 파견된 목적은 바로 이거야. 이 임무만 끝나면 즉시 진급을 하고나서 이 시끄럽고 더러운 나라를 떠나면 되는 거야."

그리고는 마틴이 엄지를 굽혀 제 얼굴을 가리켰다.

"나하고 같이 말야."

"좋아, 캡틴."

천천히 머리를 끄덕인 내가 마틴에게 물었다.

"내 경험상 윗선의 확인을 받아야겠어. 핸더슨 중령을 만나도 되겠지?"

"물론."

그러더니 마틴이 이를 드러내고 웃는다.

"매사가 확실한 것이 좋지, 상사."

핸더슨 중령이 나를 부른 것은 다음날 아침이다. 내가 사무실로 들어섰더니 핸더슨이 표정 없는 얼굴로 말했다.

"상사, 마틴 대위한테서 이야기 들었다."

40대 중반쯤의 핸더슨은 웃는 모습을 한 번도 보인 적이 없다. 긴 얼굴에 코도 길어서 우리는 그를 '백말'이라고 부른다. 부동자세로 선 나에게 쉬라고도 안한채 핸더슨이 말을 이었다.

"작전은 사실이다. 책임자는 나, 상사는 현장 책임자, 그리고 마틴 대위는 연락책이다."

"예, 중령님."

부동자세로 선 내가 물었다.

"작전명은 뭡니까?"

"없다."

한 마디로 말한 "백말"이 잿빛 눈동자로 나를 똑바로 보았다.

"하지만 작전이 성공했을 때 진급은 보장된다. 그것도 내 구두약속으로."

"알겠습니다."

비밀 작전이다.

물론 핸더슨의 보고서에는 작전명이 기록되겠지만 행동대는 모르는 것이다. 아마 마틴 대위로 모를 것이다. 따라서 작전 중 사고는 공식 보상을 받지 못한다. 핸더슨의 구두 약속을 믿는 수밖에. 나는 유럽작전에서도 이런 비밀작전을 두 번이나 치른 터라 조금도 꺼림칙하게 생각되지 않았다.

그때부터 이승만 제거작전이 시작되었다.

"월리, 메이슨, 너희들 둘은 이승만의 주변을 체크해. 친지나 자주 가는 장소, 버릇까지 알아보도록."

내가 한국인 2세인 두 놈에게 지시했다. 월리 강은 24세, 메이슨 정은 23세로 각각 군 경력이 4년, 한국어에 유창하다.

"모리, 넌 돈암장 구조를 알아와."

일본계 미국인 모리 케잇은 24세, 통신과 정보분석 요원으로 24군 사령부에서 근무했다고 한다. 그렇게 지시를 한 나는 이승만이 귀국하기를 기다리는 동안 그에 대한 조사를 했다. 자료도 있지만 그를 알고 있는 사람을 찾아 듣는 것도 도움이 된다.

이승만은 지금 미국에 있다. 워싱턴에서 언론인들과 자주 만났고 가끔 신문에 기사도 내는 것 같다.

"이승만 박사가 올해 일흔셋이지?"

옆에서 들리는 말에 내가 귀를 세웠을 때는 일요일 오후. 정동 교회 안이었다.

예배가 끝나고 삼삼오오 둘러앉은 교회당 안은 떠들썩하다. 나는 일요일마다 교회에 나왔는데 이곳이 물정을 알기가 가장 적당한 곳이었기 때문이다. 그러자 누가 말했다.

"맞아, 노인이지. 하지만 아직 정정해."

50대쯤의 양복장이 교인 대여섯 명이 둘러앉아 이야기를 나누고 있다. 다시 누가 묻는다.

"언제 귀국하신대여?"

"글세, 하지가 가로 막고 있는 통에 못 오고 있다던데, 그 무식한 군인 놈들."

"이 일을 어쩌면 좋단 말인가? 일제 놈들한테서 벗어났더니 조선 땅이 이젠 소련 놈들 차지가 되는 모양일세."

하고 그중 하나가 길게 한숨까지 뱉는다.

그 때 다른 하나가 말을 이었다.

"들었나? 공산당 놈들이 이박사한테 총을 쏘았다가 수행원이 맞았다네."

"들었어."

하나가 소리치듯 말을 잇는다.

"역적 놈들, 미국 놈들도 이박사를 암살하려고 한다는 거여."

나는 심호흡을 했지만 얼굴이 굳어지는 것을 막지는 못했다. 소문은 과대 포장 되기 마련이다. 그러나 내 짧은 경험으로 봐도 근거 없는 소문이 없다.

미소 양국으로부터 미움을 받고 있는 터라 그렇게 소문이 만들어질 수도 있을 것이다. 자리에서 일어선 나는 교회당을 나왔다. 그러나 나는 내 임무를 버릴 수는 없다.

나는 거기까지만 읽고 기록을 덮었다. 다음번 수기를 읽고 나머지 기록을 읽는 것이 더 실감이 날 것이었다. 이승만의 수기에도 기록되어 있을 것이다.

나는 전화기를 들고 프런트에 연락을 했다. 예상대로 수기는 도착해 있다. 12장이다.

11장
분단

장개석(蔣介石)은 1887년생이니 1947년 당시에는 61세가 된다.

나보다 12년 연하다. 자꾸 나하고 나이를 비교하여 기술(記述)하는 것은 내가 연상임을 강조하는 것이 아니라 당시의 내 나이를 알려주려는 뜻이다.

그렇다. 나는 73세다. 참 잘도 오래 견디어 왔다.

"박사님, 오랫동안 존경해 온 박사님을 뵈오니 기쁘기 한량이 없습니다."

나를 만난 장개석이 정색을 하고 말했는데 비록 중국어였지만 조선어 통역의 말이 시작되기도 전에 나는 그 표정만으로도 진심을 읽을 수 있겠더라.

이곳은 상해, 장개석이 부인인 그 유명한 송메이링과 함께 나를 만나려고 한구(漢口)로부터 찾아 온 것이다. 내가 장개석의 손을 잡고 진심을 담아서 화답했다.

"주석 각하, 부디 공산당을 몰아내고 대륙을 지키시오."

그만한 덕담이 어디 있겠는가?

내 말을 들은 장개석의 얼굴이 상기되었다. 장개석은 이미 40세 때인 1926년에 국민혁명군 총사령관이 되어 그 1년 전에 죽은 쑨원(孫文)을 계승했다. 1927년에 상해에서 혁명을 일으켜 공산당을 몰아내었고 1928년에 북경을 점령하고 남경의 국민당정부를 수립하여 국민정부 주석이 되었다. 1937년부터는 국공(國共)합작으로 항일전쟁을 수행했는데, 중국 국민정부의 주석이며 국민당 총재, 군사위 주석에 육해공군 대원수를 맡은 중국 대륙의 지도자다.

나는 앞에 앉은 대륙의 지도자 장개석을 보았다. 장개석은 이제 다시 공산당과 결별하고 내전을 시작했지만 전황이 밝지만은 않다.

장개석이 말한다.

"박사님, 하지가 귀국을 방해한다고 들었습니다. 제가 중국 국가주석 전용기를 빌려드릴 테니 그걸 타고 가시면 하지가 착륙허가를 내주지 않을 수가 없을 것입니다."

"고맙습니다. 주석 각하."

해방된 제 나라도 마음대로 돌아갈 수 없는 처지여서 나는 부끄럽기도 했고 분하기도 했다. 장개석에 대한 감사의 마음은 그 다음이다.

머리를 든 내가 장개석에게 말했다.

"주석 각하, 부디 공산당과의 싸움에서 승리하여 민주주주의 국가를 세우시기 바랍니다."

"고맙습니다, 박사님."

장개석이 다시 진심을 담은 표정으로 말을 잇는다.

"저는 공산당과 싸운 경험이 많습니다. 그들은 조직력이 강하고 민중을 현혹하는 재주가 뛰어납니다. 그러나 그들이 주장하는 노동자 농민의 세상은 다 허상이고 거짓말입니다. 인민을 기구처럼 부리는 공산독재 국가를 건설하려는 것입니다."

나는 열변을 토하는 대륙의 지도자 장개석을 바라보았다. 중국도 일본에 대항시키기 위해서 미국은 국공합작을 지원했고 지금은 거대한 공산조직 세력에 밀린 장개석이 고전중이다.

조그만 한반도 남쪽에 좌우연립정부를 세우려는 것과 닮지 않았는가? 내가 손을 뻗쳐 장개석의 손을 두 손으로 감싸 쥐었다.

"주석 각하의 건투를 빕니다. 우리, 대륙과 한반도에서 공산당 세력을 몰아내고 민주주의 정부를 수립합시다."

"감사합니다, 박사님."

장개석도 내 손을 마주 잡고 대답한다.

"나는 대한민국에서 박사님만을 지지합니다."

이 말의 의미가 깊다.

김구의 중경 임시정부에 대한 최대 지원세력은 장개석의 중국 국민당정부였던 것이다.

장개석은 한국에서 공산당과 분명하게 대립하고 있는 나에게 동지의식을 느꼈을 것이 분명했다. 그것이 내 성격이기도 했으니까.

나는 주관이 분명한 사람이다. 공산당 통일은 안된다.

내가 다시 귀국한 날은 1947년 4월21일이다. 1946년 12월4일에 진주군 사령관 하지의 온갖 방해를 무릅쓰고 미국으로 출발했다가 또한 미국무부와 하지의 갖은 공작을 뚫고 중국의 장개석 전용기를 얻어 타고 귀국했다.

이런 나를 공산당 무리들은 친미주의자, 미국의 주구(走狗)라고 선전한다. 하긴 미군이 소련군처럼 점령군 행세를 했다면 나는 진작 총살을 당했을 것이다.

소련과는 달리 하지는 한국땅에 진주하면서 전혀 준비를 하지 못했다. 일제 식민지였던 한국인들이 군의 사병처럼 시키는 대로 따를 줄만 알고 있었던것 같다. 루즈벨트가 소련의 스탈린에게 매달릴 수밖에 없었던 것도 이해할 수 있다.

2차대전이 종반전에 들어가면서 루즈벨트는 일본을 점령하려면 미군 1백만은 희생되어야 한다는 보고를 받은 것이다. 그것을 면하려면 한반도와 사할린에서 국경을 맞대고 있는 소련의 지상군 투입이 절실했다. 그래서 대소 유화정책이 이어졌으며 한반도의 소련군 진주가 용이했던 것이다.

엄밀히 말하면 소련군이 진주한 1945년 8월9일부터 한반도는 이미 분단되었다고 봐도 될 것이다. 나는 그 분단이 한반도 전체의 적화(赤化), 즉 공산화의 순서로 이어지게 된다고 믿었다.

왜냐하면 1947년 4월말 당시, 북한은 이미 김일성을 위원장으로 하는 조선인민민주주의 정권을 세우고 토지개혁, 국유화 등으로 일당독재 체제를 굳혔다. 1947년2월에는 최고행정기관으로 북조선인민위원회를 구성, 국가체제를 확립했다.

그래놓고 '북노당'이 남한의 '남로당'을 독려하여 남한의 공산화에 박차를 가하는 상황이다. 그것을 하지는 피부로 느끼고 있겠는가? 그 상황에서 5월 21일 미소 공동위원회가 개최된 것을 보면 미군정 당국과 미국무부의 무지를 알 수가 있다.

이런 와중에도 공산당의 폭동과 테러가 계속되는 상황이니 남한의 운명도 풍전등화다.

또한 내가 미국에서 반소, 반탁 로비를 하는 동안 김구는 한국국민대표자회의를 수집하고 대한민국 임정을 승인하도록 요청했다. 그리고 자신이 그 임정의 대표자가 되어 미군정 당국으로부터 주권을 위임받고 반탁의 기세로 몰고 갈 계획이었다. 그것은 임시정부 주석으로 투쟁해 온 김구가 당연히 밟아야할 순서였을 것이다.

그러나 전국에서 모인 1500여명의 대표자들은 김구의 요청을 거부했다. 그리고는 의장직을 사임해버린 김구 대신으로 미국에 있던 나를 의장으로 선출했다.

내가 적진으로 들어가 금방 눈에 띄지 않는 로비활동을 하는 동안에 김구는 마치 쿠데타처럼 대의원 소집과 의장취임, 주권요청과 사임 등 일련의 파동을 일으켰는데 이것은 우파간 분열이나 투쟁으로 보일 수도 있겠다. 나는 나도 모르는 사이에 전국국민대표회의 의장으로 되었지만 그런 감투야 어디 하나 둘인가? 이 사건으로 김구는 다시 미군정청으로부터 견제를 받는다. 1945년말, 임정으로 주권을 이양하라는 시위를 벌인 후로 두 번째였다.

돈암장으로 돌아온 나에게 인사차 찾아 온 수도청장 장택상이 말했다.

"박사님, 김 주석 심기가 불편하십니다."

내가 잠자코 있었더니 배석했던 조병옥이 거들었다.

"하지가 화가 잔뜩 나 있습니다."

그때 내가 불쑥 말했다.

"이미 북한은 김일성의 공산당 독재국가가 되었어."

내 목소리가 컸기 때문인지 방안이 조용해졌다. 숨을 고른 내가 소리치듯 말을 이었다.

"이젠 남한도 하나로 뭉쳐 정부를 세워야 하네. 그러지 못하면 남북한은 소련 앞잡이 김일성의 왕국이 되네."

"외출할 수 없습니다."

내 앞에 선 소령이 던지듯 말했을 때는 1947년 5월 초순, 내가 귀국한지 열흘쯤 되었을 때였다. 돈암장의 응접실 안이다.

나는 미군정청 연락관이라고 자신을 소개한 소령을 물끄러미 보았다.

금발의 백인이다. 푸른 눈동자를 보니 영국계 같다. 20대 후반쯤 되었을까. 아마 한국이란 나라는 이곳에 배치받기 전에는 듣지도 못 했겠지. 응접실 안에는 지난 번 총에 맞았다가 퇴원한 이철상과 임병직, 장기영도 와 있었다.

"뭐라구?"

하면서 화가 난 장기영이 이유를 물으려고 하는 것을 내가 손을 들어 저지하고는 소령을 보았다.

"소령, 누구의 지시요?"

"진주군 사령관의 지시입니다."

소령이 주저하지 않고 대답한다. 두 눈이 똑 바로 내 시선에 꽂혀 있었는데 마치 기(氣)싸움을 하는 것 같다. 정색한 내가 다시 물었다.

"그 이유는?"

"사회 혼란을 예방하기 위해서입니다."

"내가 혼란을 일으킨단 말인가?"

"모릅니다. 나는 그렇게 지시를 받았을 뿐입니다."

소령의 거침없는 대답을 듣다 못한 장기영이 버럭 소리쳤다.

"그럼 네 사령관을 이리 오라고 해! 네 사령관이 직접 박사님한테 말하라고 하란 말이다!"

"닥쳐!"

소령이 눈을 치켜뜨며 맞받아 소리쳤다. 두 손을 허리에 붙였는데 벨트에 찬 권총을 위협적으로 보이려는 자세다. 아마 이런 장면도 예상하고 대비했으리라. 방에는 소령 혼자 들어왔지만 밖에는 부하 병사들이 있을 것이다.

소령의 목소리가 응접실을 울렸다.
"이 시간부터 미스터 리는 돈암장 밖의 출입을 금지한다. 특별한 사정이 있을 경우에는 경비대장에게 허가를 받아야 하며 외부인 출입도 금지시킨다. 또한……."
소령의 시선이 탁자 위에 놓인 전화기에 닿았다.
"전화선도 차단한다. 전화할 필요가 있을 경우에는 이것도 경비대장의 허가를 받아야 한다."
연금된 것이다. 아니, 돈암장이 감옥으로 바뀌었다고 봐도 될 것이다.
내가 소령을 향해 여전히 담담한 표정을 짓고 물었다.
"이번 미-소 공동위원회를 방해할까봐 이러는 건가?"
"나는 모릅니다."
차갑게 말을 자른 소령이 방안을 둘러보며 말했다.
"외부인은 한 시간 안에 나가 주십시오."
"어디, 너희들 두고 보자."
이번에는 임병직이 소령에게 소리쳤다.
"내가 장담컨대 국민들이 돈암장을 둘러싸고 너희들을 포로로 잡을 것이다. 이젠 미국 놈들도 우리들의 적이다!"
"닥쳐!"
소령이 다시 소리쳤을 때 장기영이 나에게 말했다.
"박사님, 군중들을 몰고 오겠습니다. 박사님이 갇혀 계시다면 금방 수만 명이 몰려올 것입니다."
"그러면 공산당이 바라는 세상이 되겠지."
내가 영어로 말을 잇는다. 소령이 들으라고 그런 것이다.
"공산당이 기회를 놓칠 것 같은가? 미군 철수를 외치면서 내 지지자들을 선동하여 폭동을 일으킬 것이네. 그럼 미·소 공동위원회도 필요 없는 공산당 세상이 될 것일세."

그리고는 내가 머리를 돌려 소령을 보았다.

"소령, 알겠는가? 미국은 지금도 소련에 끌려다니고 있어. 자꾸 악수(惡手)를 두는 거야."

미·소 공동위원회는 미국무장관 마샬과 소련 외무장관 몰로토프가 대표가 되어 1947년 5월21일부터 덕수궁에서 개최되었다. 하지는 미소 공동위원회가 모스크바 협정에서 체결된 '신탁통치안'을 건드릴 수는 없다고 남북한 정당과 단체들에게 미리 선언했다.

하지와 나의 관계는 이미 최악의 상태로 치닫고 있었다.

나중에 알게 되었지만 하지는 직속상관인 동경의 맥아더를 거치지 않고 미국무부와 트루먼 대통령에게 직보하고 있었는데 그것도 당시의 미국 대외정책이 일관성을 잃은 혼란 속에 스파이들의 반역에 이용당했다는 증거가 될 수 있겠다.

"북한은 신탁통치를 찬성하는 입장이니 남한의 반탁 주동자들만 억누르면 된다고 믿는 겁니다."

어느 날 밤, 박기현이 몰래 나갔다가 들어 와 말했다.

박기현과 이철상은 집사로 임용시켰기 때문에 나하고 같이 거주하면서 바깥 동정을 살피고 온다. 정전이 되어서 촛불을 켠 돈암장 응접실에는 나와 박기현, 이철상까지 셋이 모여 앉았다. 박기현이 말을 이었다.

"소련은 모스크바 협정을 기준으로 협상을 하려고 들기 때문에 미국도 양보만 하지 않는다고 합니다."

"트루먼은 루즈벨트와는 달라."

내가 감옥처럼 보이는 어두운 응접실을 둘러보며 말을 이었다.

"국무장관 번즈를 내보내고 지난 3월 트루먼 독트린을 발표했어. 이젠 소련의 군사력이 위협임을 깨닫게 되었단 말야. 소련의 팽창을 막는 '봉쇄정책'이 필요한 시기란 말일세. 이번 회담도 그런 맥락일 거야."

그렇게 말하면서 나는 문득 40년전 한성 감옥에서 수감자들을 가르치던 때가 떠올랐다. 내 말에 열기가 띄워졌다.

"나는 이번 미국에서 한반도 신탁통치는 곧 '한반도 포기'라고 주장했어. 이젠 트루먼도 그것을 깨달았을 거야."

"하지가 아직도 강경합니다."

이철상이 잇사이로 말했으므로 나는 쓴 웃음을 지었다.

하지는 선택의 여유도 없었을 것이다. 국무부 공산당 스파이의 지시대로 따를 뿐이다. 거기에다 식민지 민족이었던 한민족에 대한 무시, 명령에 불복종하는 것을 못 참는 군인 기질까지 작용했으리라.

내가 혼잣소리처럼 말했다.

"이 회담은 결렬될 거야. 미국은 이제 봉쇄정책으로 소련의 팽창을 막을 것이고, 소련은 한반도의 총선을 어떤 수단을 써서라도 막을 테니까 말야."

"이미 북한은 소련 위성국이 되어있으니까요."

이철상이 말을 잇는다.

"남북한 총선을 하면 김일성 정권이 흔들릴 수가 있지요. 회담 시늉만 하고 결렬시킬 것입니다."

하지가 아직도 남한에서 미국무부 친소 유화파의 꼭두각시 노릇을 하고 있었지만 대세는 트루먼에 의해 변하고 있는 것이다.

나는 진주군 사령관 하지보다 세계정세를 더 멀리 본다는 자부심이 있었다. 그러나 아직 내 연금을 풀지 않았다.

공동위원회 회담이 지지부진 하면서도 한달을 끌어가던 6월 중순 무렵이다. 이젠 연금상태에도 익숙해진 내가 저녁에 마당으로 나왔을 때는 8시쯤 되었다. 이 시간에 프란체스카의 충고대로 걷기 운동을 하는 것이다.

내 운동 상대로 그날은 경비병 잭슨 상병이 나왔다. 돈암장 경비병으로 내가 집 근처를 산책할 때 두어 번 따라 나온 병사다. 물론 감시역이었지만 밝은 성격의 텍사스 출신이다.

"잭슨, 오늘은 한 바퀴만 걷지."

내가 말했더니 잭슨이 빙긋 웃었다. 흰 이가 가지런하게 드러난다. 스무 살쯤 되었을까.

"할아버지가 73세입니다."

잠자코 걷던 잭슨이 불쑥 말했으므로 내가 소리 내어 웃었다. 나하고 동갑인 것이다.

"잭슨, 내가 네 할아버지하고 동갑이다."

"오, 할아버지"

잭슨이 따라 웃는다.

미국 청년들은 성품이 밝은 편이다. 그렇다고 버르장머리가 없는 것도 아니다. 보통 청년들은 한국인처럼 어른을 존중하고 노약자를 보호한다. 돈암장을 나온 나와 잭슨은 나란히 샛길을 걷는다. 이곳 뒷길은 인적이 드물고 아직 빈 땅이 많아서 공기도 맑다. 내가 어둠에 덮여지는 주위를 둘러보며 말했다.

"잭슨, 이 땅이, 이 민족이 메마르고 가난하게 보이지만 5천 년 역사를 간직하고 있단다."

"5천 년입니까?"

잭슨의 놀란 목소리가 크게 울린다.

"그렇게나 길어요?"

"그래. 수많은 왕국이 이어졌지. 고조선, 신라, 고려, 조선, 이렇게 한국인의 혈통을 이어왔다네."

"일본하고는 언제 전쟁을 했죠?"

잭슨은 조선이 일본과 전쟁을 해서 식민지가 된 것으로 아는 것 같다. 왕국들이 다 그렇게 망했으니까.

"40년쯤 전이지."

"그렇군요. 박사님은 그 왕국의 마지막 왕이었다던데, 맞습니까?"

그렇게 아는 미군 병사들이 있다. 그것도 한국 역사를 제법 안다는 미군이 그런다.

쓴 웃음을 지은 내가 말했다.

"아냐, 난 왕을 몰아낸 사람 중의 하나란다. 그런데 잭슨……."

걸음을 늦춘 내가 잭슨을 보았다.

"네 꿈은 뭐냐?"

"난 제대하면 오스틴의 자동차 정비소에서 일하기로 되어 있어요."

잭슨의 목소리에 활기가 띄워졌다.

"라세크 아세요? 오스틴에서 50마일쯤 떨어진 마을인데……."

"모르겠는데……."

"그곳이 내 고향이죠. 마을 인구는 3백 명쯤 돼요. 작은 마을이죠. 거기에 내 부모님, 여동생, 조부모까지 살고 있어요."

"……."

"오스틴에는 내 숙부가 자동차 정비소를 하는데 제대하면 와서 일 하라는 군요. 오스틴은 아시죠?"

"그럼. 그 남쪽 휴스턴도 가 봤지."

"그래요? 아주 좋지요?"

"그래. 따뜻하고."

"여자들이 끝내줘요. 특히 오스틴은……."

그때 앞쪽에서 인기척이 났으므로 우리는 말을 그쳤다.

사내 둘이 다가오고 있다. 어둠 속이었지만 양복 차림의 한국 청년들이다. 이곳은 두 사람이 나란히 걸을 수 있을 만큼의 샛길이었고 좌우는 잡초가 무성한 황무지다.

다가오는 그들을 본 잭슨이 내 앞장을 섰다. 길을 비켜줄 겸 보호하려는 자세였다. 앞에서 다가오던 둘도 어느 덧 앞뒤로 섰다. 거리가 3미터쯤으로 가까워졌을까?

"퍽!"

둔탁한 소음이 울린 순간에 나는 숨을 멈췄다. 눈만 치켜떴던 나는 앞에서 걷던 잭슨이 무엇엔가 발에 걸린 것처럼 땅바닥으로 엎어지는 것을 보았다.

"퍽!"

다시 한 번 소음이 울렸을 때 나는 어금니를 물었다.

그 순간, 내 앞까지 다가 온 사내 하나가 두 손을 휘저으며 옆쪽 풀숲으로 넘어졌다. 총에 맞은 것이다. 둘 다 신음 한번 뱉지 않고 쓰러졌다. 그러나 내 몸은 굳어진 채 움직이지 않는다.

그때 남아있던 사내 하나가 유창한 영어로 말했다.

"박사님, 지금 이 둘은 서로 맞쏘고 죽은 겁니다. 그렇게 말씀하셔야 돼요. 자, 돌아가세요."

나는 홀린 것처럼 돌아섰다. 내가 몇 발짝 떼었을 때 뒤에서 요란한 총성이 울렸다.

돈암장으로 돌아오는 중에 나는 총성을 듣고 달려오는 경비대장 머빈 대위와 박기현 등을 만났다.

"어떻게 되신 겁니까?"

박기현이 소리쳐 물었으므로 나는 잠자코 뒤쪽만 가리켰다. 부하들을 이끈 머빈이 바람처럼 그 쪽으로 달려갔다.

박기현과 함께 돈암장으로 돌아 온 나에게 프란체스카가 겁에 질린 얼굴로 묻기에 오발 사고라고 했다. 돈암장에서도 총성이 들린 것이다.

응접실에 이철상까지 셋만 남았을 때 내가 그 이야기를 했더니 박기현이 대번에 말했다.

"암살자가 마음을 바꾼 것입니다. 그래서 동료를 쏘고 맞쏜 것으로 만들었습니다."

내 생각도 같다. 뒤에서 울린 총성은 잭슨이 차고 있던 권총을 꺼내 쏘았을 것이리라.

잠시 후에 굳어진 얼굴로 돌아 온 머빈이 나에게 물었다.

"박사님, 습격자는 하나였습니까?"

"그렇소."

심호흡을 한 내가 말을 이었다.

"잭슨이 내 목숨을 구해주었소."

"놈이 먼저 쐈습니까?"

"그런 것 같소."

"잭슨의 훈장을 신청하겠습니다."

그리고는 머빈이 몸을 돌렸다.

현장에 다녀 온 고용인 김씨의 말을 들으면 잭슨과 조선인 사내는 각각 권총을 움켜쥐고 죽었는데 조선인은 소음기가 끼워져 있는 소련제 권총을 쥐고 있었다는 것이다.

"공산당 놈들입니다."

박기현이 말했고 이철상이 거들었다.

"암살자 둘 중 하나가 박사님을 구한 것입니다. 돌아가서는 경호원이 맞쏘는 바람에 실패했다고 했을 것입니다."

그들의 말을 들으며 나는 잭슨의 모습을 떠올리고 있었다.

20분 전까지만 해도 오스틴에 돌아가 아름다운 아가씨를 만날 꿈을 꾸던 20살짜리 청년이 지금은 시체가 되어있는 것이다. 아직 어린 나이에 만리타국에서 한국인 노인을 경호하다가 총에 맞아 죽었다.

"나쁜 놈들."

내가 낮게 말했지만 둘은 다 들었다.

잠자코 시선을 내린 둘을 외면한 채 내가 혼잣소리처럼 말했다.

"암살과 테러로 대사를 이룬다는 놈들은 소인배다. 그렇게 이룬 것은 그렇게 망할 것이다."

나로서는 악담을 했지만 속이 풀리지가 않았다. 날 살려준 그 암살범에 대한 감동도 일어나지 않았다. 잭슨에 대한 미안함 때문이다. 할애비 나이인 내가 죽었어야 하는 게 아니냐는 자책감도 들었다.

그런데 그로부터 한 달쯤 후인 1947년 7월19일, 여운형이 차를 타고 가다가 혜화동에서 암살을 당했다. 암살자가 쏜 총에 맞은 것이다. 몽양 여운형은 좌익이었지만 온건파에 속한다. 해방이 되자 여운형은 1945년 9월6일에 선포된 조선인민공화국 부주석이 되었는데 나를 주석으로 추대했다. 1919년 상해 임정의 의정원의원을 지낸 여운형은 독립투사이며 공산당의 원로였다. 1886년생인 몽양은 해방은 제 눈으로 보고 혼란기인 1947년, 62세로 동포의 손에 죽었다. 이 또한 분한 일이다.

"고하(古下)가 죽고 나서부터 정국이 더 혼란스러워지더니 이제 몽양까지 당했으니 극단주의자들만 남았다."

아직도 연금상태였던 내가 돈암장 응접실에서 쥐어 짜내듯이 말했다. 그 자리에는 장택상, 조병옥, 임영신에다 장기영 등이 모여 있었다.

여운형은 극좌 극우 양쪽으로부터 배척을 당한 상태였던 것이다. 내 눈 앞에 해방되던 해 연말에 암살당한 고하 송진우의 얼굴이 떠올랐다. 하지의 신임을 받았던 송진우가 살아 있었다면 다른 정국이 되어 있을지도 모른다.

하지는 나를 연금상태로 묶어 놓고 나를 대신하여 정국을 주도할 대역(代役)을 찾았다. 그것이 서재필이다. 명망 있는 인물을 찾다 보니 하지는 서재필이 적역이었다고 생각한 것 같다.

그런데 서재필이 누구인가?

송재(松齋) 서재필은 1864년생이니 당시 84세가 되었다. 나보다 11년 연상으로 21세 때인 1884년에 김옥균, 박영효등과 함께 갑신정변을 일으킨 조선말의 개혁가다. 또한 서재필은 미국에 망명하여 시민권을 얻고 의학박사 학위를 딴 의사이며 1895년 32세의 나이로 귀국했을 때 독립협회를 창설하여 나와 인연을 맺었다.

그 후로 내가 미국 망명 중에 서재필의 도움을 받은 적도 한두 번이 아니다.

그런데 이런 상황에 갑자기 84세의 미국시민 서재필을 데려오다니, 미국명 필립 제이슨(Phillip Jaisohn)인 서재필은 하지에게 이용당한 셈이다. 하지는 서재필을 전면에 세워 좌우합작 정책을 밀고 나갈 작정이었지만 한국민을 무시한 처사였다. 그것으로 하지의 무지(無知)와 오만이 만천하에 드러난 셈이었다.

미군정 고문으로 임명된 서재필은 중도파, 좌익의 환영을 받았지만 정국을 헤쳐 나가기에는 주관이 분명하지 못했고 하지의 꼭두각시 역할에 서재필 자신의 위상마저 무너졌다. 7월19일 여운형이 암살되자 이 노(老) 애국자는 현실을 피부로 느낀 것 같다. 그때부터 다시 미국으로 떠날 준비를 했으니까.

나는 미소 공동위원회가 개최되는 석 달 동안 돈암장 밖으로 외출이 금지되었고, 대국민 연설은 물론 신문 기고, 전화까지 제한을 받았기 때문에 오직 박기현등이 전해주는 소식만 들었다. 방문객도 통제된 상황인 것이다.

그리고 1947년 8월20일, 소련 측이 더 이상 미소 공동위원회에 참가하지 않겠다고 선언함으로써 미소 대화는 결렬되었다.

그러면 남은 방법이 무엇이겠는가? 남한만이라도 자유정부를 세워야 한다는 내 말이 결국 맞지 않았는가?

미국이 미루고 억지를 부리는 동안에 남한은 무법천지가 되었다. 좌우합작을 미군정 당국이 끝까지 내세우는 바람에 공산당은 '남로당'을 세워 남한 정복 투쟁에 나서고 있다.

지난 3월, 트루먼 독트린이 발표되지 않았다면 미국무부와 하지는 소련과 공산당에 대해서 양보를 거듭했을 것이다. 당시의 미국정부도 정책의 격변기를 맞은 상태여서 융통성 없는 야전군인 하지가 이 미묘한 한반도 문제를 당해내기는 역부족 아니겠는가.

제54차 본회의를 끝으로 미·소공동위원회가 결렬된 며칠 후였으니 8월 하순이 되겠다. 저녁 무렵 돈암장으로 군정청 소속의 제임스 매디슨이란 자가 찾아 왔다. 40대 후반쯤의 사내였는데 수행해 온 미군 대위를 밖에서 기다리게 하더니 나하고 둘이 응접실에서 마주 앉았다. 나와는 초면이어서 마침 집에 와 있던 장기영이 동석했다. 며칠 전에 방문 금지가 풀린 것이다.

메디슨이 말했다.

"박사님, 이젠 소련과의 합의는 불가능하게 되었습니다."

나는 시선만 주었고 매디슨의 말이 이어졌다.

"전 군정청 소속이 아닙니다. 국무부 힐드링 차관보의 지시를 받고 있습니다."

"그러신가?"

머리를 끄덕인 내가 매디슨을 보았다. 존 R. 힐드링은 점령국 담당 국무차관보로 지난 4월 내가 귀국할 때도 도움을 주었다. 장군 출신이지만 정세 판단이 정확한 인물이었다.

매디슨이 말을 잇는다.

"저는 내일 귀국합니다. 차관보께 보고를 해야 될 텐데 박사님께서 하실 말씀이 있다면 전해드리지요."

지금까지 내가 예상했던 대로 정국이 흘러갔던 것이다.

소련과의 회담도 결국 소련의 거부로 결렬될 것이라고 했었다.

내가 입을 열었다.

"현 상황을 그대로 전해 주시기만 하면 정책 담당자들이 평가를 할 것이오."

그리고는 곧 쓴 웃음을 짓고 덧붙였다.

"물론 그 담당자들이 소련 스파이가 아니어야 되겠지만 말이오."

"박사께선 미국에 계실 때 국무부에 소련 스파이가 많다고 말씀하셨더군요."

따라 웃는 매디슨이 말했으므로 나는 정색했다.

"내가 예언자는 아니지만 두고 보시오. 미국은 지난 3월 트루먼 독트린으로 정책이 바로 섰으니 대소 유화파의 본색이 드러나게 될 것이오."

"남한은 앞으로 어떻게 될 것 같습니까?"

"좌우 연립정부가 가능할 것 같소?"

내가 되물었더니 매디슨이 길게 숨부터 뱉는다.

"북한이 좌우연립정부를 세우고 있다면 형평이 맞겠지요."

머리를 든 매디슨이 말을 이었다.

"소련은 북한을 완전히 장악했습니다. 김일성은 소련의 꼭두각시이고 북한에는 공산당 이외의 정당은 위조 정당들이었습니다."

"이제 아셨소?"

"제 정보원 말을 들으면 소련은 북한을 이미 위성국으로 굳힌 것 같습니다. 이제 남한까지 적화시키려고 합니다."

"그것을 그대로 보고하면 국무부 고위층이 받아들일까?"

"힐드링 차관보가 직접 대통령께 보고할 수 있습니다. 마샬 장관도 상관 못합니다."

"그렇다면 아직 희망이 있소."

내가 눈을 치켜뜨고 매디슨을 보았다. 그리고 한마디씩 분명하게 말했다.

"하지는 애국자요. 국무부 지시를 충실히 따르다가 이 꼴이 되었지요. 그렇지만 이제는 이 혼란한 정국을 수습하려면 강력한 지도자가 필요합니다. 그렇게 생각하지 않으시오?"

매디슨이 시선을 준채로 머리만 끄덕였으므로 나는 말을 잇는다.

"대한민국은 가난했고 일본에 36년간 식민지 지배를 당했지만 5천 년 역사와 문화를 간직한 민족이요. 그리고 그 정통성을 이어갈 국가는 소련의 위성국이 되어있는 북한이 아니라 남한이 될 것입니다. 이제 남한만이 한민족의 희망이오."

방안은 조용했다. 장기영도 숨을 죽이고 있다. 갑자기 목이 메었으므로 헛기침을 한다.

"가서 전하시오. 남북한 총선이 나, 이승만의 소원이라고. 전국민 투표가 불가능하면 국민수에 비례해서 대의원 투표도 좋소. 북한이 개방되어 자유롭게 투표만 하게 해준다면 김일성이가 통일 대통령이 되어도 내가 모시겠소."

그렇다. 국민이 투표로 뽑는다면 승복해야만 한다. 그것이 민주주의 원칙이다.

"알겠습니다."

머리를 끄덕인 매디슨이 힐끗 장기영에게 시선을 주더니 다시 묻는다.

"선거는 어떤 방법으로 하는게 낫겠습니까?"

"유엔의 감시가 있어야 하오."

기다렸다는 듯이 내가 말을 이었다.

"남북한 전역에 말이오. 공명정대한 선거가 이루어지도록 감시해야 됩니다."

조직적인 공산당의 방해공작과 테러가 이어질 것이지만 나는 자신이 있었다.

내 상대는 이제 김일성이다. 민심은 곧 천심이다. 나는 타협하지 않고 이곳까지 왔다. 좌우합작이 무엇이란 말인가? 공산당은 합작할 정당이 아니다. 일당독재가 그 당의 근본이다. 그리고 그 공산당과 대적할 인간은 나밖에 없다. 김구도 김규식도 물론 아니다.

머리를 든 내가 매디슨을 보았다.

"하지가 나를 잘못 평가했다고도 전하시오. 나는 권력에 집착하지 않소. 나중에 그것을 알게 될 것이오."

1945년 8월9일 소련군이 북한 땅에 진주한 후로 북한 정국은 그야말로 일사불란하게 공산당 체제로 정비되었다. 그리고는 이제 남한 땅을 넘보는 상황이다. 1947년 9월초가 바로 그렇다. 북한은 순식간에 정돈되고 토지개혁까지 끝내 국가체계를 갖춘 반면에 미군이 주둔한 남한은 혼란이 계속되는 상태다.

테러가 곳곳에서 일어났으며 뜻이 맞지 않는다고 암살을 자행한다. 나도 몇 차례 암살 위기를 면했지만 암살로 정국을 장악하겠다는 발상을 한 자들을 경멸했다.

신라나 고려시대라면 또 모르겠다. 민의가 표출되고 대세의 흐름을 따르는 민주주의 국가를 신봉한다면 권총을 쥐고 암살자를 보내는 노름은 산적 괴수에나 어울린다. 민주주의 국가의 지도자로는 맞지 않다.

정적(政敵)에게 암살자를 계속해서 보내면서 정치를 하겠다는 말인가? 버릇이 되면 그럴 수도 있다.

나는 대한제국 시대에 개화운동을 하겠다면서 만민공동회, 독립협회 회원들을 모아놓고 연설을 했다. 내가 목소리는 떨지만 말에 호소력이 있어서 호응이 꽤 좋았지만 그것이 뭉쳐 세력으로 이어지지 못했다. 조직 지도부의 능력도 부족했겠지만 대한인(大韓人), 아니 그 이전의 조선, 한민족의 속성이 그런 것 같다. 민의(民意)가 뭉쳐서 세상을, 악한 정권을 바꾼 적이 없는 것이다. 동학의 농민란도 일본과 청국군까지 끌어들여 가볍게 진압되었으며, 대한제국 말기의 개화운동은 왕과 수구세력의 방해로 운동이랄 것도 없이 가라앉았다. 그리고 나서 식민지가 되어 버린 것이다.

내가 왜 이런 이야기를 길게 꺼내는고 하니 당시의 북한을 보면서 느꼈기 때문이다. 해방이 되면서 소련군과 함께 입성한 김일성은 완전히 정권을 장악했다. 북한은 이제 평정되었다. 김일성을 배척하고 새 정권이 일어날 가능성은 없는 것이다.

 소련이 배후에 있는 이상 북한 땅은 김일성 체제로 굳어지리라. 이것이 현실이다. 이것이 역사를 참조로 한 북한 땅의 운명이다.

 공산당 세상이 천국이라고 선전을 해대지만 하루에도 수천 명의 피난민이 38선을 넘어오고 있다. 이 순한 백성들은 그저 도망쳐 나오기만 한다. 해방도 우리 힘으로 얻은 것이 아니다. 연합군에게 일본이 패망했기 때문에 얻은 해방이다.

 내가 남한만은 내 고집으로 민주주의 국가를 세워야만 한다고 결심한 것이 이런 선례, 이런 경험, 이런 현실이 있었기 때문이다.

 그래서 1947년 9월17일 미국무부 장관 마샬이 정식으로 한반도 문제를 유엔에 상정했을 때, 나는 떨 듯이 기뻤다. 이것이 남북한 총선의 마지막 기회였기 때문이다.

 이제 미국 정부는 루즈벨트의 유령에서 벗어나 트루먼 독트린을 정립하는 시대가 되었다. 트루먼 독트린이란 곧 공산주의 세력의 확대를 저지하기 위한 미국외교의 원칙을 말한다.

 "그것 봐라. 이젠 되었다!"

 그 소식을 전해준 박기현에게 내가 소리쳐 말했다.

 "어떻게든 북한을 총선에 끌어들여야 한다!"

 마샬이 상정한 제안 내용은 미소의 점령지 내에서 조속히 총선을 실시하고 그것을 감시할 유엔 위원회를 구성하자는 것이었다. 이것은 모두 내가 제안하고 주장했던 내용이다.

 그래서 내가 박기현에게 다시 말했다.

 "김일성만 받아들이면 총선이 된다. 그렇지 않느냐?"

 "그렇지요."

대답을 한 사람은 박헌영의 비서였던 이철상이다.

내 시선을 받을 이철상이 쓴웃음을 지었다.

"김일성이 박사님처럼 반기고 있을지 모르겠습니다."

나는 쓴웃음을 지었다. 맞는 말이다.

나는 상해 임정 때부터 공산당을 겪었다. 러시아 혁명을 일으킨 공산당은 임정의 주(主) 지원세력이기도 해서 임정 내부에도 공산당 간부가 많았는데 고립무원이었던 당시에는 그들이 든든한 배경이었다.

임정 국무총리였던 이동휘가 대통령인 나를 견제하려고 임정 분산안을 꺼냈지만 그것도 독립운동의 방법에 대한 갈등이라고 다 이해했고 다 넘어갔다.

그러나 내가 공산당을 위협세력으로 간주한 것은 정확히 2차 세계대전이 끝나갈 무렵이다. 미국에 있었던 나는 소련의 팽창을 객관적으로 보았다.

일본이 미국을 침략할 것이라는 내 저서 『일본 내막기(Japan Inside Out)』는 일본의 진주만 침공 4개월 전에 출간되었다. 출간 당시에는 펄 벅 여사 같은 문인으로부터 '소름 끼친다'고 할 정도로 찬사를 받았지만, 정계나 군, 일반대중들은 나를 '미친 한국인'이라고 조소했다. 그러나 4개월후에 진주만 침공이 일어나자 내 책이 베스트셀러기 되긴 했다.

나는 내 예지력을 말하려고 이렇게 쓰는 것이 아니다. 일본과 러시아를 조선 말기 대한제국 시절부터 겪어 온 나, 이승만이다. 그들의 국가성향, 그리고 대한국관(對韓國觀)은 러시아 제국이 소련연방이 되어도 변하지 않을 것이라고 믿었기 때문이다. 그래서 소련을 경계, 견제해야 된다고 기회가 있을 때마다 미국 정계, 사회에 대고 외친 것이다.

그런 나를 루즈벨트와 그의 정권은 또 미친 놈 취급을 했다. 내가 1945년

10월에 한국 땅을 밟은 후에 온갖 압력, 박해, 연금, 암살 미수까지 당하게 된 것도 미국의 잘못 된 정책에 반발했기 때문이다.

정신이 혼미했던 루즈벨트는 대일본 전쟁에 소련군을 끌어 들이려는 욕심으로 대소 유화정책을 펴 놓은 채 사망했다. 그러나 뒤늦게야 처칠이 소련의 '철의 장막'을 비난하면서 트루먼에게 지원을 요청하자 그때서야 트루먼 독트린이 발표 되었다. 1947년 3월이다. 그러니 2년 가깝게 한반도는 혼란에 싸여있었던 셈이다. 그리고 아직 끝나지 않았다. 아니, 가장 중요한 문제가 목전에 닥쳐오고 있다.

남북한 총선 문제다. 1947년 9월17일 마샬이 상정한 한반도 총선안은 11월14일 유엔에서 미국이 주도하여 43:0이라는 압도적 찬성으로 가결되었다. 이제 1948년 3월31일까지 선거감독위원회가 설치 되면 즉시 남북한의 총선이 실시될 것이었다. 그리고 한반도에 독립정부가 수립되면 1948년 7월1·일까지 한반도에서 미소 양국군이 철수하기로 결정했다.

장덕수가 나를 찾아 왔을 때는 1947년 11월 하순쯤 되었다.
"박사님께서 말씀하신 대로 총선입니다."
장덕수가 활짝 웃는 얼굴로 말하면서 돈암장 응접실에 앉는다.
사실 이 돈암장도 장덕수가 구해 준 집이다. 1895년생인 장덕수는 나보다 20년 연하이니 당시에 53세가 되었다. 장덕수는 여운형, 김규식 등과 함께 신한청년단을 조직하고 활동했는데 1920년에 동아일보 초대 주필을 지냈다. 1923년에는 나와 함께 미국에서 3·1신보를 발행한 인연도 있으며 컬럼비아 대학에서 철학박사 학위를 받고 1936년에는 동아일보 부사장까지 지낸 김성수의 측근이다. 지금 장덕수는 송진우등과 한민당을 창당하여 정치부장을 맡고 있다.

장덕수가 말했다.

"박사님, 이기셔야 합니다. 공산당과 방해세력들을 누르고 결국 남북한 총선까지 눈앞에 다가 왔으니 기운을 내십시오."

"내가 이기자는 게 아냐, 이 사람아."

나도 밝은 장덕수의 표정을 보자 가슴이 뛰었다. 용케도 공산당에게 넘어가지 않고 여기까지 왔구나 하는 생각도 들었다. 나도 장덕수에게 덕담을 했다.

"장박사, 자네는 나보다 20년 덜 살았으니 대한민국을 20년 더 지키고 살게. 나는 자네의 젊음이 부럽네."

그, 장덕수가 죽었다. 암살을 당한 것이다.

나를 만나고 돌아간 지 며칠도 안되었다. 1947년 12월2일, 설산(雪山) 장덕수는 종로경찰서 경사 박광옥과 배희범이 쏜 총에 맞아 죽었다.

1945년 12월30일 고하(古下) 송진우가 암살당한지 2년 후였다. 동아일보 사장, 부사장을 지낸 두 거목(巨木)은 반탁과 민주정권 수립에 심혈을 바친 애국자들이다.

나는 한성감옥에서 5년 7개월간 갇혀 있으면서 친일 역적들의 폐해를 내 몸으로 겪고 들은 사람이다. 그리고 내일 형장의 이슬로 사라져 갈 독립사들로부터 듣고 깨우친 바가 있다.

그들은 한결 같이 내게 부탁했다. 목표를 위해서는 감싸 안고 나아가자. 그리고 나서 목표를 이룬 후에 가려라. 내가 해방 후 한국 땅에 첫 발을 딛고나서 '덮여놓고 뭉치자'고 한 말이 그런 맥락이 되겠다.

누가, 어떤 잣대로 누구를 평가하고 처단한단 말이냐? 나는 그토록 증오했던 공산당 핵심들에게도 그런 짓은 안한다. 내가 고집 세고 오만하다는 평을 듣지만 인간의 존엄성을 이해하여 내 분수는 안다.

나는 장덕수를 암살한 두 암살자보다 그 배후를 혐오했다.

마지막으로 만났을 때 곧 유엔 주재하에 남북한 총선이 실시될 것이라고 기뻐하던 장덕수의 얼굴이 떠올랐고, 자네는 나보다 20년 젊으니 20년 더 살 것이 부럽다고 했던 내 말도 떠올라 가슴이 미어졌다.

이렇게 거인(巨人)들이 쓰러져 간다. 그리고 1948년 1월 8일이 되자 장덕수가 그렇게 고대했던 유엔 선거관리 위원단이 한국에 도착했다.

9개국의 위원으로 구성된 위원단은 열렬한 환영을 받았는데 환영 열기에 놀란 것 같았다. 한민당의 김성수는 물론이고 김구까지 환영 성명을 발표했고 전국은 축제분위기로 휩싸여서 공산당의 테러도 주춤해졌다.

장택상이 나를 찾아 왔을 때는 그 무렵이다. 돈암장에 손님이 많지만 곧장 응접실로 들어선 장택상이 나하고 만나던 손님이 문 밖으로 나가기도 전에 말했다.

"김 주석께서 남한만의 선거는 절대로 안된다고 환영 성명에서 발표하셨는데 북한이 거부하면 선거는 못하게 될까요?"

"나도 남북한 동시 선거를 바라고 있네. 그리고 남한 백성 모두가."

내가 말하자 장택상이 입맛을 다셨다.

"북한이 아직 유엔 선거관리위원단에 대한 반응이 없습니다."

"김일성의 반응을 말하는가?"

그렇게 물은 내가 곧 내말에 대답했다.

"소련이 곧 반응하겠지."

남한 국민 모두는 김일성의 공산당도 함께 유엔선거감시단을 반기기를 바라고 있는 것이다. 지금이야말로 남북한 통일국가 수립의 마지막 기회다. 문을 열고 총선을 하자. 그래서 공산당수 김일성이 당선 된다면 김일성은 남북한 통일 대통령이 되면 되는 것이다.

"남북한 총선을 하면 공산당은 필패합니다. 하루에도 수천 명씩 피난민이 월남하는 상황인데 총선을 하면 북한 주민들의 원성이 한꺼번에 표출될 테니까요."

장택상이 차분하게 말을 잇는다.

"이런 상황에서 미리 남한만의 선거는 안된다고 강조하면 곤란하지 않습니까?"

나는 잠자코 시선만 주었다. 맞는 말이다.

지금 국민들의 절대적인 지지를 받고 있는 내가 남한만의 선거를 한다면 100% 당선이 될 것이다. 공산당만 빼놓고 대부분의 우파 정당, 우익인사들은 모두 나를 지지한다.

김구는 나한테 말한 것이다.

이윽고 내가 얼굴을 펴고 웃었다.

"백범은 위대한 독립투사야. 임정을 끝까지 지켜 독립운동의 핵심을 잡아 주었어. 그래, 역사에 남는 인물이 되겠지."

머리를 든 내가 똑바로 장택상을 보았다.

1948년 1월22일, 소련 외무상 안드레이 그로미코는 유엔 선거감시위원단의 입북을 거부했다. 소련은 본래 유엔 선거감시위원단의 구성부터 반대해 온 입장이었다. 그 이유야 그럴 듯 했지만 이미 북한은 공산주의체제로 완전히 굳어져 있는 상황에서 모든 것을 다시 허물고 남북한 총선을 받아들일 수 있겠는가?

남북한 대표자가 유엔에 참석하지 않았기 때문에 유엔선거감시위원단을 인정할 수 없고 입북을 허용할 수 없다는 소련의 궤변을 믿는 자들은 공산당뿐이었다. 소련은 북한을 내어 줄 생각이 해방 전부터 없었으며 소련의 꼭두각시 김일성은 아무런 결정권도 없을 것이었다.
　그런데 애초 내가 말한 것처럼 인간에게는 운(運)이란 것이 따른다.
　남한 땅에서 남로당을 창설하고 북으로 올라간 박헌영이 그 명성과 조직력에도 불구하고 중국군과 소련군 부대를 전전한 나이 어린 김일성에게 권좌를 빼앗긴 것을 보면 분명히 인간에겐 운이 따로 있는 것이다.
　그 지도자 운에 의하여 국가가, 민족의 운명이 달라지는 것이다.
　나는 임병직한테서 소련의 입북거부 소식을 들었을 때 쓴 웃음만 지었다. 나뿐만 아니라 김구, 김규식도 다 소련이 그러리라는 것은 예상하고 있을 것이었다. 그런데도 소련의 거부선언 이후까지 그들이 남북한 총선을 줄기차게 주장해 온 것은 지금, 바로 말하겠다. 나를 견제하기 위해서일 뿐이다.
　남한 단독 총선이 되면 내가 지도자가 되기 때문에 성사될 가망이 없는 남북한 동시 총선만 부르짖었다. 북한의 지도자가 누구인가? 스탈린이다. 김일성이 아니다. 스탈린이 북한을 총선에 내주겠는가? 안될 줄 알면서도 남한 단독 선거는 절대로 안된다고 주장하는 것은 이적(利敵)행위나 같다. 그 동안 남한에서 공산당의 테러와 폭동이 갈수록 대규모로 번지는 것만 봐도 그렇다.
　임병직이 잇사이로 말을 잇는다.
　"소련의 유엔 선거감시단 입북 거부로 남한정세는 더 혼란해졌습니다."
　"북한은 어떤가?"
　내가 묻자 임병직이 시선을 들었다. 알면서 묻느냐는 표정이다.
　그렇다. 내가 일부러 물었다. 북한은 평온하다. 그러나 지금도 하루에 수천 명씩 피난민이 38선 이남으로 내려온다. 그들이 다 지주인가? 아니다. 못사는 백성들이 훨씬 더 많다.

"북한에서 남한처럼 했다면 아마 다 죽었을 것입니다."

임병직이 쓴 웃음을 짓고 말했다.

"미국식 민주주의가 이런 무질서, 난동, 이기주의 발호라면 차라리 소련식 압제가 나을지 모르겠습니다."

"아니야."

머리를 저은 내가 정색했다.

"지금 난동을 부리는 건 모두 공산주의자들이네. 국민들이 미국식 대의민주주의에 익숙해지면 저런 폭동은 일어나지 않네."

그때 응접실로 박기현이 들어섰다.

"박사님, 김구 선생과 김규식 선생이 연합하셨습니다."

시큰둥한 표정으로 말한 박기현이 앞쪽 자리에 앉더니 내 눈치를 보았다.

"남북한 동시선거를 촉구하겠답니다."

그러자 내가 머리를 끄덕였다.

"이제 하지도 소련과 북한이 어떻게 해왔는지 알 테니까 두고 보자."

나와 김구는 조금 소원해진 것이 사실이다. 좌우합작론자인 김규식은 젖혀두고 김구와 나는 우익의 기둥역할을 해왔다고 믿는다. 그러나 나는 지금도 생각하지만 그 당시, 해방 직후의 그 격변기에 공산당과 끝까지 선명한 대결을 펼치면서 미군정을 때로는 이용하고, 때로는 미국 정계까지 움직여 남한 정세에 유리하게 해온 내가 김구보다는 대한민국에 득이 되는 인물이었다고 자부한다.

좌우합작 위원회는 1947년 12월 해체되었지만 김규식 등은 미련을 버리지 못했다. 미국이 1947년 3월 트루먼 독트린에 의거, 소련의 일방적인 팽창정책에 제동을 걸게 됨으로써 좌우합작위원회에 대한 기대도 사라졌다.

소련이 남북한 총선을 반대하고 유엔선거감시단 입북을 거부한 것은 명백한 유엔법 위반이며 한반도 통일의 기회를 박탈한 행위였다.

그러나 당시 남한은 공산당의 폭동으로 소련과 김일성 일당을 성토할 정신이 없었다고 할까? 남한 전체가 공산당에 넘어갈 상황인 것이다. 이열치열(以熱治熱), 즉 열로써 열을 다스리고, 성동격서(聲東擊西), 동에서 칠 듯하다가 서쪽을 치는 공산당 전술이다. 북한 땅이 소련 수중에 들어간 것을 의식하지 못할 만큼 남한 땅은 공산당이 혼란에 빠뜨렸고, 지도자들은 뭉치기는커녕 사사건건 내부갈등을 일으켰다.

우익인사들의 잇따른 암살도 정국을 더욱 무정부상태로 빠뜨렸다. 북한은 이미 1948년 초에 인민군을 창설하고 헌법초안을 공포하여 독자정권의 수립준비를 마쳤다. 북한이 남한보다 인구가 적어서 총선에 불리하다는 이유로 유엔의 총선결의를 반대한 소련인 것이다. 북한이 인민군 창설까지 마쳤는데도 남한의 단독 총선은 안된다며 지도자들이 나를 비판하고 있다. 내가 권력을 쥐려고 그런다는 주장이다.

훗날, 역사가 증명해주리라. 대한민국이 굳건해진다면 해방 전후 역사가 미국과 소련의 사료에서 명명백백하게 밝혀진다면 과연 누가 역적 같은 짓을 하고 누가 대한민국의 기틀을 세웠는지 세상은 알리라.

나는 지금도 자신 있게 말할 수 있다. 1948년 당시의 나는 공산당의 마수에서 남한을 지키려고 그야말로 나 혼자서 고군분투했다. 만일 이런 사실이 대한민국 치하에서도 제대로 밝혀지지 않는다면 그것은 죽은 나라가 될 것이다.

1948년 3월12일, 김구와 김규식이 남한만의 총선을 반대한다는 성명을 발표했다. 그러자 북한은 화답을 했고 남한의 공산당 무리들은 환호했다.

정신이 있는 사람이라면 사리분별이 될 것이다.

　북한은 이미 소련의 허수아비 김일성 단독정권이 인민군까지 창설했다. 그런데 유엔감시단 입북도 금지된 마당에 이제는 미-소 양국군대를 철수시킨 후에 남북한 총선을 하자는 것이다. 그것은 공산당 통일도 좋다는 뜻이었고 소련과 김일성 일당과 내통한 것처럼 국민들에게 비치기도 했다. 미국군은 멀리 바다 건너가고 소련군은 두만강만 건너면 되는데…….

　나는 그래서 열흘쯤 후 3월24일에 그 두 김씨에게 사리에 맞는 말을 해야 한다고 조목조목 비판하는 성명을 발표했다. 내부 갈등처럼 보여서 부끄러웠지만 머뭇거릴 시간이 없는 판국이다.

　그러던 4월3일, 제주에서 폭동이 일어났다. 남로당원 350여명이 제주도 군정 경찰을 습격하여 무력충돌이 일어난 것이다. '단독정부 반대'와 '남북총선거'를 외치는 그들의 반란으로 피아간에 사상자가 막대하게 발생하였다.

　기세를 받은 김규식이 다시 성명을 내어 남한 단독정부가 수립되면 미국의 내정간섭을 받게 될 것이라고 비난했다. 소련 위성국이 된 북한을 염두에 두고 말한 것 같았다.

　나는 먼저 남한의 단독정부 수립 방침을 굳히고 유엔 선거감시위원단의 협조를 받아 추진해 나아갔다. 3월29일 동대문(을)구에 국회의원 후보 등록을 했지만, 김구와 김규식은 거부했다. 그때 내가 김규식을 만났을 때 이런 말을 했다.

　"이봐, 동생. 현실을 바로 깨닫기 바라네. 소련이 북한 문을 열어줄 것 같은가? 자네가 김일성 치하에서 견딜 수 있겠는가?"

　김규식은 대답하지 않았다.

"김구선생이 평양으로 떠난답니다."

하고 조병옥이 말했으므로, 나는 머리를 들었다.

남한 총선거가 한 달쯤 남은 1948년 4월 초순경이었다. 내 시선을 받은 조병옥이 말을 잇는다.

"북한에서 김일성과 함께 남북한 지도자대회를 개최하기로 합의 했다고 합니다."

다 알고는 있었지만 막상 김구의 북한행을 듣고 나니 나는 만감(萬感)이 교차했다.

사람들은 김구의 북한행이 남북한 통일을 위한 끈질긴 노력, 애국충성, 또는 결사의 각오라고 할지 모른다.

그리고 그것을 믿는 무리가 있다. 바로 공산당이다. 그러나 보라, 1948년 4월 초순 당시를 보라고 나는 말한다. 북한은 이미 애송이 김일성이 정권을 장악하고 있다.

공산당 일당독재체제, 인민군이 창설되었으며 헌법이 공표되었다. 선거할 것도 없이 북노당 중심의 조선인민공화국이 창설된 것이나 같다. 그러고 나서 철통처럼 단속이 된 북한땅과는 달리 남한에서 저질러지는 일들을 보라.

1) 남한에 남로당(남조선노동당)이 창설되어 거대한 세력을 형성, 군(軍), 관(官)에 세포를 침투시켜 무장폭동, 또는 노동자 폭동을 일으키고 있다. 이들은 모두 북한 정부의 지시를 받지만 아직 반역 세력이 아니다. 왜냐하면 남한에 정권이 수집되지 않았기 때문이다. 남한에 남로당 정권 또는 단독정권이 수립되면 그들은 애국자며 건국 공신이 되리라.

2) U·N의 남북한 통일을 위한 U·N 남북한선거관리위원단은 북한 입국을 거절당했다. 이것이야말로 북한의 통일 방해 작태인 것이다.

U·N을 통한 통일의 기회가 소련에 의해 거부 되었는데 무슨 핑계를 대는가? 제 힘으로 독립도 못한 주제에 미·소 양국 다 물러가고 우리들끼리 해보겠다는 주장은 가당키나 한가? U·N을 이용해야 되지 않는가 말이다.

3) 남한의 우파 분열은 나에게도 책임이 있다. 김구도 마찬가지다. 내 앞에서는 형님께는 충성을 다 하겠다고 해놓고서 밖에 나가면 딴소리를 한다. 주위를 따르는 놈들이 부추키는 모양이나 적 앞에서 왜 분열상을 보이는가? 적은 물론 김일성이다. 나도. 김구는 물론이고 김규식도 보도 듣지도 못했던 애송이, 30대 초반의 소련군 소령이 제 할애비인 스탈린의 재롱둥이가 되어서 이미 북한땅에 조선인민공화국을 세워놓고 있지 않는가 말이다.

그래서 내가 앞에 앉은 조병옥에게 뱉듯이 말했다.

"아, 가려면 모스크바로 가서 스탈린과 담판을 해야지 김일성을 뭐하러 만난단 말인가?"

조병옥은 눈만 크게 떴고 내가 말을 이었다.

"김일성이가 결정할 수 있는 일이란 말인가? 참 한심한 사람들일세."

남한에서 김구와 수십 개의 정당, 사회단체 대표가 몰려가 이른바 남북지도자회의를 한다지만 결정권은 스탈린에게 있는 것이다. 그들은 소련의 각본대로 미·소 양국군을 한반도에서 전면 철수시키고 나서 남북한 총선을 실시하자고 할 것이었다.

이제 한 달 앞, 5월10일로 다가올 남한 단독 총선을 막아보려는 작전이다. 조병옥의 시선을 받은 내가 한마디씩 잘라 말했다.

"5월10일 선거가 끝나고 대한민국이 세워질 걸세, 저자들의 주장대로 따른다면 남한은 곧 적화되네."

지금은 무정부 상태다. 남로당이 기를 쓰고 정부 수립을 막고 있지만 대다수 국민들은 이제 남한 단독정부 수립을 요구하고 있는 것이다.

민심은 천심이다. 민심은 공산당의 테러와 선동, 거짓말에 염증을 내고 민주주의 정부 수립을 열화처럼 요구하고 있다. 민중의 이런 바람이 없다면 내가 나서지도 못했다.

김규식도 김구가 떠난 며칠 후에 뒤따라 월북을 했는데 민중들의 반응은 냉담했다. 내가 주관적으로 말 하는 것이 아니다. 북한에서 내려온 피난민들이 북한 실상을 말해 주었기 때문에 남한 민중들은 알건 다 알았다.

이젠 조선조 말 시대가 아니다. 신문은 말할 것도 없고 방송, 전화 시대다. 정보가 순식간에 전파되어서 옛날처럼 유언비어를 꾸며 댔다간 역풍을 맞는다.

그들이 방북한 첫 번째 이유는 곧 닥쳐올 남한 단독 선거 방해다. 그러고 나서 남북한의 총선을 하자는 것이었지만 이제 민중을 바보가 아니다.

그것이 불가능 하다는 것도, 나 이승만이 남한 지도자가 되는 것을 막으려고 그러는지를 다 아는 것이다.

선거가 다가오면서 나는 내 색깔을 분명히 했다. 남한은 좌우 세력으로 나뉘어져 있는 것 같지만 자세히 보면 불분명했다. 좌우합작위원회를 처음에 군정당국이 남한 주류(主流)로 세워준 때문에 김규식 등 온건 좌파가 한 때 세를 얻었으나 김구와 나는 다르다. 색깔이 분명하다. 김구는 임정 주석을 지낼 때까지 좌익과 공존해왔지만 공산당에 휩쓸릴 사람이 아니다.

미국도, 소련 공산당의 압력도 배재한 독자국(獨自國)의 수립이 목표였다.

훌륭한 이상이다. 그렇지만 미군정치하에서 임시정부 정통성을 주장하며 두 번이나 군정과 정면충돌을 하고 세력을 잃었다.

군정의 압력으로 세가 깎인 것이 아니다. 현실과 마지않는 무력한 행동, 세계정세와 미·소 역학관계를 무시한 정책이 민중들의 지지를 잃게 만들었다. 남한은 미군정 치하에 놓여 있는 것이 현실이다.

또 말하지만 미군은 수십만 인명을 희생하고, 일본을 패망시켜 한반도를 식민지에서 해방시켜준 은인이다. 또한 그 미군이 38선 이남에 주둔하지 않았다면 남한도 이미 소련 위성국이 되었을 것이다.

그 현실을 무시하고 미군을 점령군으로만 취급한 저항적 태도는 옳지 않다. 내가 35년 동안 외교 독립을 외쳤지만 해방 후부터 건국까지의 3년 동안이 한반도에 가장 외교력이 필요했던 시기였다.

그때 내가 그 중심에 있었던 것이 행운이며 신께도 감사드린다. 나는 미군정 당국은 물론 미국부부 정책 담당자들로부터도 수많은 압력, 무시, 암살 시도까지 당했지만 워싱턴 정가(政街)나 언론, 또는 지인(知人)을 적절히 이용하여 남한의 민주주의 정부 수립에 도움을 받았다.

그리고 미국식 자본주의 민주독립국가를 수립하겠다는 목표로 맹진했다. 나는 타협하지 않았다. 공상당이 잘 타협한다. 그리고 금방 배신한다. 1948년 5월 남한정부를 세우면 일단 안정을 시킨 후에 북한과 통일 협상을 하리라.

그것이 내 계획이었다. 김구와 김규식이 북한에서 돌아와 성명서를 발표한 것이 5월 6일 선거 닷새 전이었다.

"남한 단독정부 수립 반대, 미·소 양국군 철수후의 남북한 총선입니다."

밖에 나갔다가 돌아온 이철상이 김구, 김규식의 방북 성과에 대한 성명을 듣고 와서 말했다.

"북한은 남한에서 미군이 철수하면 언제라도 총선을 하겠다는 약속을 받아왔다고 합니다."

돈암장의 응접실에는 장기영과 임영신, 장택상등 여럿이 모여 앉아있었는데 모두 입을 열지 않는다.

예상했던 말이었고 때문에 표정도 담담하다. 그 때 내가 말했다.

"이제 선거가 끝나면 당분간은 뭉쳐서 정부 수립을 해야만 되네."

그, 뭉치라는 말은 40여 년전 조선말 개화운동을 할 적에도 썼다. 그것이 내 입 버릇이 되었다.

다시 내가 말을 잇는다.

"일단은 덮어놓고 뭉쳐서 일해야 되네."

1948년 5월10일 남한에서 실시된 제헌국회의원의 선거인 등록율은 86%였고 투표율은 95.5%였으니 국민의 엄청난 열기가 명명백백하게 표출된 셈이었다.

남로당은 격렬한 선거 반대 투쟁을 벌였지만 국민의 참여를 막지 못했다. 김구, 김규식이 선거 불참을 선언하고 지지 세력의 동조를 받았지만 찻잔 속의 태풍에 그쳤다.

투표율 95.5%는 남한 전체 유권자의 75%에 해당하는 수치인 것 이다. 그러나 공산당은 선거당일 44명을 살해했고 13,000여개의 투표소중 62개가 공격당했다.

정부 수립과 법질서 회복이 긴박하게 필요하다는 것이 그것으로도 증명된 셈이다. 총의석 298석에서 북한 대표를 위해 할당된 100석을 뺀 198석의 제헌의원이 선출되었다. 나도 동대문 중구에서 당선 되었는데 내가 주도한 독립촉성국민회의가 54석, 한국민주당 29석, 대동청년단 12석, 민족청년당

6석, 대한노동연맹 2석, 그리고 나머지 95석이 무소속과 군소 정당이었다.
 나는 만족했다. 민주주의가 실현되고 있는 것이다. U·N선거관리위원단은 5월25일 선거의 합법성과 공정성을 인정한다는 결의안을 채택했다.
 이로써 남한 총선은 국제사회의 인정을 받게 된 셈이다. 국회는 1948년 5월 31일 개원되어 내가 초대 국회의장으로 선출되었고 부의장에는 신익회와 김동원이 임명 되었다. 또한 나는 헌법기초위원회 위원을 임명 하였는데 대한민국 헌법이 시급했기 때문이다.
 체제 정비작업은 공산당의 테러와중에도 일사불란하게 진행되었다. '대한민국' 국호가 정해진 것이 바로 이때다.
 임시정부 시절부터 사용했던 대한민국 국호가 정해지고 정부 체제가 갖춰감으로써 남한이 공산당에게 넘어가는 것을 막을수 있었던 것이다.
 생각해보라. 김구. 김규식이 주장했던 대로 미·소 양국군이 철수하고 남북한 총선거가 이루어질 수 있겠는가?
 아마 그 와중에 남한은 남로당의 테러로 더욱 혼란스러워졌을 것이고 북한에 의해 침식당하지 않았겠는가? 그래서 공산당으로 남북한이 통일 되었을 때의 미래를 생각해보라.
 한반도가 한국가로 통일 되는 것은 한민족의 소망이긴 하다. 그런데 그 국가가 김일성 치하, 스탈린의 위성국인 공산당 국가라도 상관없다는 것인가? 이것도 역사가 판단할 것이다.

 내가 이 글을 쓰는 지금은 1962년이다.
 후대에 김일성의 북한과, 나 , 이승만의 남한이 어떤 과정으로 발전되어 갔는지 드러나지 않겠는가?
 1948년 6월 초순, 내 나이 74세, 해방되고 나서 3년 가까운 세월동안 한국땅에서 쏟은 열정은 내 지난 50여 년 동안 축적된 에너지가 없었다면 불가능 했을 것이다.

그렇다. 나는 감히 말한다. '불굴'의 정신으로 지난 3년을 견디어 1948년 5월10일 남한 총선을 치렀다. 그리하여 '대한민국'이 탄생된 것이다.

6월3일부터 헌법 제정작업이 착수 되었는데 서상일을 위원장으로 한 기초의원 30명이 법조계 전문위원 10인을 선임하여 작업했다. 정부조직도 대통령 중심제로 하되 대통령은 국회에서 선임하도록 하는 내각제 요소가 포함되었다.

국회는 단원제로 결정한 대한민국 헌법이 공포된 것은 1948년 7월 17일이며 7월 20일에 내가 국회의원 투표에 따라 절대다수로 대통령에 선출되었다. 부통령에는 임시정부 원로 이시영(李始榮)을 선출했으며 국회의장은 신익희, 국무총리에 광복군 참모장을 지낸 이범석, 대법원장에 김병로를 임명했다.

그리고 마침내 1948년 8월 15일, 해방된 지 만 3년 후에 대한민국 정부 수립이 선포되었다.

한반도 반쪽만의 정부 수립이지만 한반도 최초의 자유민주국가의 탄생이다. 북한을 포함한 통일 대한민국은 헌법에만 명시했지만 언젠가 국토통일의 날도 오고야 말리라.

그날, 동경에서 대한민국 건국을 축하하려고 날아온 맥아더가 나에게 말했다.

"박사, 절반은 지켜 내셨군요."

그렇다. 분단(分斷)되었다. 북한은 기다렸다는 듯이 한 달도 안된 1948년 9월9일, 조선민주주의인민공화국 수립을 선언했다.

미리 1년도 더 전에 다 갖춰놓고 온갖 핑계를 대며 남북한총선을 거부하면서, 남한의 공산화를 시도하다가 대한민국 정부가 수립되자 바로 조선인민공화국을 선포한 것이다. 이것이 공산당의 진면목이다.
  정정당당하게 나서지 못하고 남 핑계를 대면서 흉계를 꾸민다. 이제 대한민국 정부가 수립됨으로써 가장 급하고 중요했던 과업이 해결될 수 있었다. 그것은 대한민국 헌법에 의거하여 역적과 반역자를 구분, 처단할 수 있었기 때문이다.
  이제 혁명이 일어나 대한민국 헌법을 뒤엎는 정권이 세워지지 않는한 역적과 반역자는 분명하게 드러날 것이었다.
  우선 현재, 대한민국 전역에서 폭동과 암살을 일으키는 공산당 무리가 대한민국의 반역 세력이며 역적이 된다.
  지금까지 남한은 국호도, 헌법도 정하지 못한 무정부 상태였기 때문에 폭도들은 반역범으로 처리하지 못했던 것이다.

  "시급한 일은 정국 안정이요."
  1948년 9월 하순쯤 되었다. 국무회의에서 내가 말하자 모두의 시선이 모여졌다.
  이제 신생 대한민국의 초대 대통령이 되어서 국무회의를 주재하고 있었지만 나는 물론이고 국무위원 누구도 감회에 젖은 얼굴이 아니다. 한 달 반쯤 전에 정부수립이 된 신생 국가인 것이다.
  더구나 공산당의 무장 봉기는 더욱 치밀해졌고 대규모화 되어간다. 내가 내무장관 윤치영에게 물었다.
  "제주도는 어떻소?"
  "아무래도 계엄령을 선포해야 될 것 같습니다."

윤치영이 그늘진 표정으로 대답했다. 제주도의 무장 좌익세력의 폭동은 심해져서 밤과 낮의 주인이 바뀐다고 했다.

낮에는 경찰과 군부대가 치안을 장악했다가 밤에는 무장 공비에게 주도권을 빼앗긴다는 것이다. 나는 소리죽여 숨을 뱉었다.

미군은 9월 15일부터 철수를 시작하고 있었으므로 도와줄 형편이 아니다. 대한민국 경찰과 국군의 힘으로 막아야 한다.

그때 국무총리겸 국방장관 이범석이 말했다.

"반민특위에서 현재 경찰에 친일 분자가 많이 섞여있다면서 경찰부터 조사한다고 합니다"

나는 잠자코 시선을 돌렸다.

해방 후부터 정부수립이 되었을 때까지 3년 동안 무정부상태였기 때문에 일제와 결탁했던 매국노, 친일 분자의 청산을 제대로 할수 없었던 것이다.

그래서 국회는 지난 8월 5일, 정부 수립과 동시에 반민족 행위 처벌법에 대한 기초특별위원회 구성안을 제의하여 통과시켰고 9월22일에는 반민족행위 처벌법, 즉 반민법의 법률을 확정하여 공포했다.

그러나 행정부는 지금 당장 시급한 일은 정국 안정이며 곧 공산당폭동 진압이니만치 선후를 가리자는 입장이었다. 입법부의 의지대로 법률을 공포했지만 민생 현장을 맡은 행정부와는 입장 차이가 있다.

그때 부통령 이시영이 말했다.

"의원 내부에서도 이견이 있으니 만치 입법부에서 완급을 조절해 주었으면 좋겠습니다."

맞는 말이다. 나는 지난 7월 17일 대통령제를 골자로 하는 헌법이 제정된 후에 7월20일 국회에서 정,부통령 선거를 통해 대통령에 당선되었다.

국회의원 198명 중에서 내가 180표, 김구가 13표, 안재홍이 2표, 그리고 서재필이 1표를 받았지만 미국 시민이라 무효표가 되었다. 그리고 곧 부통령 선거가 있었는데 이시영이 113표를 얻어 65표를 얻은 김구를 누르고 당선되었다.

이것이 초대 정,부통령 선거다.

남북으로, 더구나 각각 이념이 정반대인 자유민주주의와 공산주의 체제로 나뉘어 분단된 것이 한민족의 또 다른 비운의 시작이다.

한반도가 신라로 통일된 지 1300년 만에 두 쪽으로 갈라졌다. 그것도 강대국의 이념에 따라서, 비통한 노릇이다.

일제로부터 36년간 식민지 상태로 노예 같은 생활을 하다가 국토의 허리가 동강나고는 공산주의와 자본주의 국가로 나눠지다니, 그러나 누구를 원망할 것인가?

우리 탓이다. 우리는 자력으로 해방을 맞지 못했다. 미국이나 소련을 원망할 수만은 없다. 우리가 그들 입장이 되었다면 더 했을지도 모른다. 한반도는 전리품이었다. 패망한 일본의 식민지였으니 엄격히 말하면 일본보다 더 열등한 민족 아니겠는가?

나는 지금 한반도 안에서의 분열을 자책하고 있다. 한반도 분단은 어쩔 수 없는 외적 요인도 있지만 우리 탓도 있다. 50여 년 전 개화 운동을 할 적에도 뼈에 사무치도록 느꼈지 않은가?

내부 분열은 외침보다 더 참담한 결과를 몰아온다. 아니, 국가와 민족의 패망은 내부 분열로부터 시작되는 것이다.

나는 대한민국 성립 때부터 강력한 대통령 중심제를 추구했고 결국 그것을 성사시켰다. 공산주의와 대응하기 위해서는, 그리고 통일을 위해서는 강력한 지도체제가 필요하다고 생각했기 때문이다.

나는 조선 왕실의 폐혜를 겪어본 사람이다. 무능하고 이기적인 지도자가 국가를 어떻게 파탄 시켰는지 피가 마르고 가슴이 터지는 심정으로 겪었다. 지도자급 인사들이 분열하고 정권욕으로 집착 하는 것을 보았으며 무지한 민중의 욕망과 한계를 경험했다.

조선인에게는 강력한 지도자가 필요하다. 조선인은 잘 이끌기만 한다면 세계 어느 민족에게 뒤지지 않는다. 그러나 한민족 수천년 역사상 민중이 봉기를 일으켜 성사된 적이 없다. 지도자가 민중의 힘을 모아서 대업(大業)을 이룬 경우가 없다는 뜻이다.

나는 강력한 대통령 지도체제로 신생 대한민국을 이끌어갈 결심을 하게 된 배경이 그것이다.

내가 경무대로 국무총리겸 국방장관 이범석을 불렀을 때는 1948년 10월 하순쯤 되었다.

이범석(李範奭)은 1900년생이니 당시 49세, 21세 때 청산리 전투에서 일본군을 격파하여 용병을 떨친 무장(武將), 광복군참모장 출신으로 강직한 성품이다. 응접실에 둘이서 마주보며 앉았을 때 내가 물었다.

"총리, 남쪽 상황이 어떻소?"

내 시선을 받은 이범석이 어깨를 늘어뜨렸다.

"각하, 여수 순천에도 계엄을 선포해야 될 것 같습니다."

나는 잠자코 머리만 끄덕였다. 며칠 전인 1948년 10월 19일, 전라남도 여수, 순천의 군분대에 침투했던 좌익분자가 부대원을 선동하여 반란을 일으킨 것이다. 이른바 여순 반란사건, 며칠 전인 10월 8일에는 제주도에도 계엄령이 선포되었다. 대한민국은 전시(戰時)상태나 같은 것이다.

그 때 이범석이 말을 잇는다.

"각하, 반란군을 꼭 격멸 시키겠습니다. 심려하지 마십시오."

대한민국 국군은 남조선경비대에서 정부수립과 함께 국군으로 개편되었지만 장비가 열악했고 병력도 부족했다.

북한은 조선인민공화국군이 소련군으로부터 절대적인 지원을 받았지만 미군은 남한의 경비대에게는 항복한 일본군이 남기고간 장비만 제공했다.

더구나 일본군의 중요 장비는 미군이 다 파괴시켰기 때문에 남한 경비대에게 제공된 무기는 소총과 탄약뿐이다. 그것이 국군 5만여 명의 장비인 것이다.

내가 입을 열었다.

"대한민국의 공산당 세력부터 제거 하는 것이 선결문제요, 친일파 청산은 그 다음입니다."

내란과 같은 상황인데도 친일분자 청산 문제가 대두되고 있는 것은 대통령인 내가 국론(國論)을 이끌지 못한 때문이다.

책임이 나한테 있다. 이범석을 만난 다음날 내가 내무장관 윤치영에게 말했다.

"장관, 전국 공무원에게 훈령을 만들어 보내시오."

긴장한 윤치영을 향해 내가 말을 이었다.

"악질적인 독립운동 방해 세력외에는 친일 세력이란 존재하지 않다고 하시오."

윤치영이 잠자코 있는 것은 내 말이 미흡했기 때문일 것이다. 민중은 친일 매국노의 처단을 원하고 있다. 내가 다시 입을 열었다.

"일제의 부역자, 친일 행위자를 찾기 시작하면 결국 36년 동안 외국에 나가 있던 자만이 살아 남을 거요, 36년 동안 일제와 접촉 안해본 한국인은 없어, 나중에는 신사에 절 한번 했다는 죄로 잡아가게 될 것이오."

내 목소리가 컸기 때문인지 경무대의 접견실 안은 조용해졌다. 접견실 안에는 외무장관 장택상, 재무장과 김도연, 농림장관 조봉암까지 와 있었다. 주위를 둘러본 내가 말을 이었다.

"내가 친일파 청산을 미루는 이유가 친일파로부터 뇌물을 먹었다든지, 친일파와 비밀 청약을 맺었다는 등 소문이 무성한 모양인데 그 해명은 하지 않겠소. 시간이 지나면 알게 될테니까."

그때 김도연의 시선이 나를 스치고 지나갔다. 지난 총선에서 한국민주당은 198명 의원 중 29명을 당선시켜 12%의 의석율을 차지했다.

예상했던 것보다 낮은 결과였다. 그러나 한민당은 자유민주주의 체제를 지향하는 우익 정당이며 나를 지지했다. 민중들은 한민당에 악덕·지주계급이 포함되어 있는데다 친일 부역자가 다수 끼어들어 있다고 매도했지만 내 생각은 다르다.

중세의 마녀 사냥처럼 공포정치, 강압정치로 민중을 단속하며 한편으로 대리만족을 이끌어 줄 수도 있을 것이다. 한민당은 내각제를 주장했다가 결국 내 주장에 따랐지만 그 대가로 각료에 대거 포함되기를 기대했다. 그러나 내가 임명한 한민당 각료는 재무장관 김도연 한명 뿐이다.

그때 외무장관 장택상이 말했다.

"하지만 정국이 안정되고나면 악질적인 친일 분자는 꼭 잡아 처단하겠다고 말씀 하셔야 됩니다."

"그야 당연한 일이지."

내가 크게 머리를 끄덕이자 윤치영이 메모를 했다. 내가 말을 이었다.

"반민특위는 철저하고도 공정하게 조사를 해야 될 것이오."

이제 여수 순천까지 계엄이 선포된 준(準)전시 상황인 것이다. 각료들이 물러나갔을 때 방안으로 박기현이 들어섰다. 박기현은 본인의 희망에 따라

특별보좌관 역할을 한다. 그것은 비공식 직함으로 내 집사 역할과 비슷하다. 앞에 선 박기현이 정색하고 말했다.

"각하, 민심이 나쁩니다. 공상당보다도 친일 역적이 먼저 처단해야 된다는 사람들이 많습니다."

나는 시선만 주었고 박기현의 말이 이어졌다.

"각하께서 이제 대통령이 되셨으니 공산당만 몰아내고 친일파들하고 남한을 들어먹을 것이라고 합니다."

"그 소문이 잘 먹히겠다."

내가 웃지도 않고 말했더니 박기현은 어깨를 늘어뜨렸다.

"그렇다고 한민당쪽에서 각하를 고맙게 여기지도 않습니다. 지난 개각으로 각하께 배신당했다면서 불만을 늘어놓은 상황입니다."

그러자 내가 쓴웃음을 짓고 말했다.

"그래도 내가 나이먹은 것만 빼고 지난 30년 동안보다는 지금 사정이 낫다."

내가 경교장으로 김구를 찾아갔을 때는 1948년 11월 초순쯤 되었다.

나는 박기현과 경호원 몇 명만 데리고 떠났는데, 경교장 앞에서 기다리는 내무장관 윤치영을 보았다. 이제는 대통령 신분이라 혼자 슬쩍 나갈 수는 없는 것이다.

"어, 장관 오셨는가?"

차에서 내린 내가 그렇게 말했더니 윤치영이 바짝 다가섰다.

"각하, 이렇게 다니시면 안됩니다."

"그렇다고 내무장관까지 떠들썩하게 수행하시면 되나?"

오후 8시였다. 주위는 이미 어두워서 경교장 앞에 대통령이 있는지 지게

꾼이 있는지 분간도 안될테지만 내무장관이 데려온 경관 10여명이 삼엄하게 경계를 펴고 있다.

"어차피 이렇게 되었으니 장관만 아시고 입단속을 해주시게, 백범도 원치 않아서 그래."

내가 경교장 안으로 발을 떼면서 말했더니 윤치영이 뒤를 따르며 대답한다.

"예, 각하, 그렇지 않아도 함구령을 내렸습니다."

안으로 들어서자 미리 연락을 한터라 김구가 한복 차림으로 나를 맞는다. 작년 말에도 비밀리에 잠깐 만났으니 거의 1년만이다. 그러나 이제 나는 대한민국의 대통령이 되었고 김구는 야인이다.

나는 갑자기 감회가 일어났다. 응접실의 소파에 김구와 윤치영까지 셋이 둘러앉았을 때 내가 물었다.

"이보오, 아우님. 내가 찾아온 이유를 아시오?"

나는 무슨 일로 만나자고 하지는 않았던 것이다. 그러자 김구가 입술 끝을 올리며 웃었다.

"북조선 이야기 하시려는 것 아닙니까?"

올해 4월에 김구는 김규식과 함께 평양으로 가서 김일성을 만났던 것이다. 남한의 단독 총선거는 안된다면서 김일성이 미·소 양국군대만 철수하면 남북한 총선을 약속했다고 했다. 그 말을 믿는 남한 국민은 거의 없다고 봐도 될 것이다.

그 증거가 남한 총선거 투표율로 나타났으니까, 그때 내가 지그시 김구를 보았다.

"아우님, 내가 아우님이 김일성을 만나고 돌아와 하신 이야기를 듣고 무슨 생각을 했는지 아시는가?"

"형님 생각을 제가 어떻게 압니까?"

김구의 웃음띤 얼굴을 본 내가 길게 숨을 뱉었다.

그때 나는 김구가 임진왜란 전에 일본에 통신사로 다녀와 일본의 침입이 없을 것이라고 했던 김성일처럼 보였기 때문이다. 그러나 지금 말할 기분은 아니었다. 김구의 초췌한 모습을 보자 가슴이 답답해졌다. 내가 정색하고 물었다.

"아우님, 북한은 앞으로 어떻게 될 것 같은가? 아우님의 고견을 듣고 싶네."

그러자 김구는 눈만 껌벅였고 윤치영은 긴장으로 몸을 굳혔다. 한동안 정적이 흐른 것 같다.

"우린 반란군을 진압하는데도 힘이 드네, 이걸 어쩌면 좋은가?"

"중국을 공산당이 먹는다면 김일성은 양쪽에 날개가 달린 꼴이 될 것입니다."

"그렇군."

"중국이 곧 공산군에 넘어가겠지요?"

"그럴 것 같네."

김구는 대외적으로는 미·소 양국군이 철수하면 전쟁이 일어나지 않는다고 말했다. 평화론이다. 전쟁은 남한만의 단독정부를 세우기 위한 평계, 소심한 증세라고 말했다.

이것도 현실과 동떨어진 발언이다. '같은 민족끼리는 죽일 수 없다.'는 말은 듣기에는 그럴듯하다.

그러나 좌익의 폭동과 테러로 하루에도 수십 명 씩 죽어나가는 마당에 이제 남한의 대통령이 되어있는 나를 비방하는 것으로 밖에 들리지 않는다.

내가 시선을 들어 김구를 보았다. 윤치영은 입을 꾹다문채 듣기만 한다.

"아우님이 김일성이를 만났으니 양국의 수뇌를 놓고 판단 하실 수가 있겠군. 그래, 김일성은 어떤 인물인가?"

"제가 평양 온길에 고당(古堂)을 데리고 돌아가게 해달라고 했지요."

김구가 쓴 웃음을 지으며 말한다.

고당이란 조만식이다. 해방이 되었을 때 국민들은 조선민주주의의 3대(大)거목으로 이승만과 김구, 조만식을 꼽았다고 했던가?

그런데 그 조만식이 김일성에게 잡혀있다. 소문만 났고 몇 년째 보이지 않는다. 내 시선을 받은 김구가 말을 이었다.

"그랬더니 김일성이가 그럽디다. 제가 무슨 권한이 있습니까? 소련군 당국의 허가가 있어야 됩니다, 합디다."

"고당이 소련군에 죄를 지었나?"

"그래서 내가 당신 권한이 그것뿐이오? 그래갖고 어디 자주(自主)정부라고 할 수 있겠소? 하고 말았지요."

"김일성이 성품은 어떤 것 같나?"

"말씀 드렸다시피 소련군 꼭두각시올시다. 제 마음대로는 사람 하나 빼줄 수 없는 인간이오."

나는 잠자코 머리만 끄덕였다. 30여 년간 중국 땅 임정에서 활약했던 김구마저도 김일성에 대해서 모르고 있다. 해방 후에 난데없이 나타났으니 독립운동가들은 물론이고 남북한 백성들도 어리둥절할 수밖에 없다. 김일성이 소련군 핑계를 대고 있는 것은 책임 회피라는 생각이 들었지만 나는 화제를 돌렸다.

"아우님, 내가 미국 생활을 오래해서 미국식 민주주의의 속성을 잘 아네, 그래서 남북한이 미국식 자유 민주주의 국가로 통일이 되어야 한다고 주장하는 것일세."

김구는 앉은키도 큰 거인(巨人)이다. 내가 부드러운 시선으로 김구를 보았다. 북한의 김일성을 중심으로한 지도체제는 확고하다. 인민군은 무장 상태나 병력에서 한국군의 두 배가 넘는다.

이제 건국한지 1년도 안된 신생 대한민국은 제대로 국가 체제나 지켜나 갈 수 있을 것인가?

내가 정색하고 김구에게 물었다.

"아우님은 대한민국이 북한처럼 강대국의 위성국이 되리라고 생각 하시는가?"

"형님은 김일성이하고 다르시지요."

소파에 등을 붙인 김구가 길게 숨을 뱉고 나서 말을 잇는다.

"하지만 미국의 영향력은 벗어나기가 힘들 것입니다."

김구는 미·소 양국에 치우치지 않는 민족 자결의 외교, 국가관을 추구하고 있다. 그리고 내가 미국 위주의 사고에 젖어 있는 것으로 생각하고 있는 것이다.

내가 옆쪽에 앉은 윤치영에게 시선을 주면서 말했다.

"오늘 내무장관도 아우님의 고견을 듣고 크게 깨달았을 것 같네."

자리에서 일어선 내가 김구를 향해 웃어보였다.

"나도 아우님의 진심을 듣고 많은 위안을 받고 돌아가네."

해방 전, 일제 식민지 치하에서 3개 애국세력이 존재했다. 그것은 해외의 독립운동 세력, 국내의 독립운동 세력, 그리고 국내의 저항세력이다.

국내의 저항세력은 살기 위해서는 어쩔 수 없이 일제에 협력하는 '시늉'을 내지만 '애국' 인사라고 나는 간주한다. 결정적인 시기가 왔을 때 이 저항세력이 거대한 분출을 일으켜 대세를 만들어온 것이다.

독립운동가 일부가 국내 저항세력을 무시, 또는 친일로 몰아붙인 경우가 있었는데 그것은 잘못되었다. 고하(古下) 송진우가 암살당하기 며칠 전에 임정 요원들과 회식을 했을 때 신익희가 이런 말을 했다.

"국내에 있던 인사들은 크거나 작거나 다 친일 인사다."

그랬더니 장덕수가 소리쳤다고 한다.

"그럼 난 숙청감인가?"

신익희는 이른바 해외파 독립운동가이고 장덕수는 국내 저항세력으로 분류되겠다. 그때 송진우가 말했다고 들었다.

"여보, 해공, 표현이 맞는지 모르지만 국내에서 발 붙일 곳도 없는 임정을 누가 오라고 했기에 그런 큰 소리가 나오는가? 중국에서 궁할 때 무엇을 해먹고 살았는지 여기서는 모르고 있는지 아는가?"

송진우 또한 국내 저항인사다. 그런데 우연인지 송진우, 장덕수는 둘 다 대한민국 건국을 보지 못하고 암살을 당했다.

나는 공공연히 말했지만 국내에서 부대끼며 견딘 저항세력이 독립에 가장 큰 기여를 했다고 평가한다.

그들이 독립운동 자금을 대었으며 민중들에게 희망을 불러일으키는 매개 역할을 했고 민중들의 삶도 개선시켰다. 그들이 없었다면 해외의 독립운동가들은 그저 집 없는 개꼴이 되었을 것이다.

감히 누가 국내 저항 세력을 친일로 비판하는가? 송진우 말을 비약하면 일제의 압박을 벗어난 해외에서 독립운동 한답시고 무위도식 하거나 허세나 부린 운동가들도 많을 것이다.

더구나 그 독립운동가들의 투쟁으로 독립을 쟁취한 것도 아니다. 만일 그랬다면 그 독립운동가들의 기세로 보아 한국땅에서 살아남은 백성이 몇이나 될까? 신사참배 했다고 처형할는지도 모르겠다.

나는 해외 독립운동가에 속한다. 죽을 고비도 몇 번 겪었고 나라 없는 수모, 돈 없는 수모 당한 것을 열거하면 끝도 없으니 말 않겠다.

다만 해외에서 독립운동 할 때 나를 가장 절망 시킨 것은 같은 운동가의 모함과 음모였다. 파벌이 다르다고 국가 대사(大事)가 걸린 일을 깨부수면서 나를 공격했다.

그래서 나는 친일파 색출이나 숙청 작업에 조심스럽게 접근하고 싶었다. 누구는 친일파 숙청이 먼저고 그 다음이 국가 수립이라고 했지만 탁상공론이고 일고의 가치가 없는 발언이다.

해방 후의 남북의 현실을 보면 더욱 그렇다.

내가 '덮어놓고 뭉치자'고 한 것이 그런 맥락이다. 단칼에 두부 자르듯이 할 수가 있는 일인가? 이상주의 지도자는 국가를 붕괴시킬 가능성이 많다고 한다.

내가 지금 한민당 이야기를 하려고 그런다. 송진우, 장덕수가 다 한민당이다. 가장 고생을 많이 한 국내의 저항 세력이다. 또한 해방 후에 가장 먼저 민주주의 체제의 정치조직을 결성하여 나를 도와준 조직이기도 하다.

그러나 당연히 한민당은 내부 구성원에 친일 행적자가 포함되어있다는 비판을 받는다. 또한 내가 한민당과 야합하여 친일 행적자를 두둔한다는 비난이 일어났다.

그쯤은 예상하고 있었으므로 나는 크게 신경 쓰지 않았다. 친일분자가 섞여 있다고 해도 한민당은 대한민국 건국이념에 맞는 민주주의 이념의 정당이며 국내 저항세력을 대표하는 정당인 것이다.

에둘러 말하지 않겠다. 그 한민당이 나를 밟고 나가려고 했다. 내가 국내 저항세력을 가장 높게 평가했듯이 모든 일에는 앞뒤가 있다. 한쪽만 보고 평가해서는 안된다는 뜻이다.

그러나 내가 대통령제를 주장한 반면 한민당은 내각제를 주장했다. 내가 대통령제를 주장한 이유는 혼란기의 국가를 정돈하자면 강력한 리더십이 필요하다고 믿었기 때문이다.

내 나이 74세, 나는 독서량도 많았고 많이 겪었다. 역사가 판단해 주겠지만 대한민국의 정치 체제는 강력한 리더십으로 이끄는 대통령제이어야만 한다고 나는 확신하고 있었다. 내각책임제로 권력을 분산시켜 남북으로 분단된 데다 테러와 폭동이 일어나고 있는 정국을 어떻게 수습할 것인가? 나는 한민당의 내각제 주장을 권력욕으로 보았다.

나, 이승만의 독재를 견제한다는 핑계는 당치가 않다. 나는 정권을 쥐지도 않았기 때문이다. 나는 대한민국을 내가 세웠다는 자부심이 내 가슴속에 자리 잡고 있었다는 것을 고백한다. 그렇다고 대한민국이 내 개인의 소유물이라는 생각은 언감생심 해본 적이 없다.

내가 물욕이 있는 인간인가? 교회에서 연설을 하고 몇 십 달러씩 받아 살아왔던 나다. 나는 집념이 강하고 꺾이지 않을 뿐, 권력에 집착하지는 않았다.

나는 첫 조각을 하고나서 얼마 되지 않았을 때 인촌(仁村) 김성수에게 그렇게 말한 기억이 난다.

"인촌, 당분간은 내게 맡겨주게, 나하고 한민당하고의 갈등이 드러나면 피차 이로울 것 없네."

"그건 잘 압니다."

김성수가 부드럽게 말했다.

내가 경무대로 옮겨온 지 얼마 되지 않았던 때였다. 조각을 할 때 김성수와도 여러 번 상의를 했지만 한민당에서 장관으로 임명된 것은 재무장관 김도연 한명 뿐이다. 한민당측 에서는 각료 12명중 7명을 요구했던 것이다.

다시 김성수가 말을 이었다.

"이런 때 고하(古下), 설산(雪山)이 간절하게 생각나는군요."

나도 그렇다. 송진우와 장덕수가 살아 있었다면 나에게 처음부터 이렇게 무리한 요구를 하지 않았을 것이다. 김성수는 그 둘이 나를 설득하여 한민당 입장을 관철시켰을 것이라고 생각했을까? 김성수는 한민당의 지도자며 동아일보 사주이기도 하다.

나는 물끄러미 김성수를 보았다. 1948년이었으니 내 나이 74세, 김성수는 나보다 16년 연하니 58세가 되겠다.

30년쯤 전에 김성수가 하와이에 있던 나를 찾아온 적이 있다. 그때 김성수가 했던 말이 지쳐있던 나에게 희망과 활력을 일으켜 주었었다.

"박사님 같은 분이 조선을 이끌어 주셔야 하는데요."

그때는 김성수가 경성방직을 세웠던 때인 것 같다. 그 다음해인 1920년에 동아일보를 창간했었지, 그때 머리를 든 김성수가 불쑥 말했다.

"각하, 한민당이 각하의 뜻을 펼치실 곳입니다. 그리고 한민당만이 각하의 신념과 부합되는 정당입니다."

"알고 있네."

나는 머리를 들고 온갖 역경을 이겨내고 이곳까지 온 김성수를 보았다. 그렇다. 국내외 독립운동세력은 한민당을 친일세력이 섞인 정당으로 보았다. 임정요원과 송진우 등의 말다툼이 그 예다.

그런 상황에서도 내가 한민당을 싸안고 연합하며 때로는 옹호한 것을 정치적 거래로 받아들일 수도 있겠다. 주고받는 거래, 그렇다면 나는 한민당의 신의를 배신한 것일까? 내가 입을 열었다.

"이보게, 인촌. 누가 계산을 한다면 나하고 한민당과의 거래에서 내가 엄청 손해를 보았다고 할 걸세."

이기붕(李起鵬)은 1945년 내가 귀국했을 때부터 비서로 일했는데 미국 아이오와주 데이버 대학을 졸업하고 미국에서 활동하다가 1934년에 귀국했다. 1896년생이니 해방 당시에는 50세의 장년에 내 비서가 된 것이다.

성품이 조용해서 박기현, 이철상 등과 잘 지냈는데 부인 박마리아가 또한 프란체스카의 말동무가 되었기 때문에 내외간에 고마운 인연이다.

비서로 일하게 되면 때로는 분신처럼 느껴지기도 한다. 당사자 역시 내 습성에 익숙해져서 앞질러 행동하는 경우도 있다. 그러나 이기붕이 내 측근이 된 후로 월권을 하거나 내 이름을 빌려 호가호위 했다고 생각하지 않는다. 다 내가 시켜서 한일이고 다 내가 아는 일이다.

나는 이기붕에게 특히 정치에 관계된 일을 시켰는데 그것이 이기붕이 공식적으로 비서직 업무를 수행했기 때문이다. 그 이기붕이 1949년 1월 중순쯤의 어느 날 나에게 보고를 했다.

"각하, 한민당과 대동청년당이 합당할 것 같습니다. 거기에다 무소속까지 끌어들인다고 합니다."

지난 5·10 선거 때 한민당은 29석, 지청천의 대동청년단은 12석을 얻었다. 그것만 해도 원내 제1야당이 된다.

이기붕이 말을 이었다.

"곧 내각제로써의 개헌을 하기 위해서 총력을 기울인다고 합니다."

나는 잠자코 머리만 끄덕였다. 무소속의원 85명중에 한민당과 성향이 같지만 한민당으로 간판을 걸기 거북한 인사가 60명 가깝게 되는 것이다. 만일 반민특위라도 존재하지 않았다면 대놓고 한민당에 들어갈 인사들이다.

내가 악질적인 독립운동 방해자 외에는 친일 세력이란 없다고 한 것이 그들에게 힘을 준 것 같다. 나를 제거할 힘이다. 머리를 든 내가 이기붕에게 물었다.

"내가 반민특위 활동을 적극 지원한다면 어떻게 될 것 같은가?"

뻔히 알고 있는 일이었지만 나는 이기붕의 입을 통해 다시 듣고 싶었다. 그래서 답답한 가슴을 잠시 풀려는 것이다. 그러자 이기붕이 말했다.

"한민당은 위축될 것입니다. 대동청년단과의 연합도 즉시 보류할 것이고 움직이려던 한민당 성향의 무소속 위원들도 다시 기어들어갈 것입니다."

나와 시선이 마주친 이기붕이 가라앉은 목소리로 말을 잇는다.

"백범 선생님도 각하의 용단을 환영하실 것이고 민중들도 지지할 것입니다."

"……."

"반민특위 위원들도 정부 각부처에서 방해와 압력을 받는다고 불평을 하고 있는 터라 적극 환영할 것입니다."

"일석 삼조로군."

"그러나 정국은 공산당과 친일파 색출까지 겹쳐 혼란이 가중될 것입니다."

"……."

"특히 경찰과 군의 혼란이 우려됩니다."

일제 치하에서 근무했던 경찰과 군이 대한민국의 군과 경찰 요직을 차지하고 있는 것이다. 그들은 지금 공산당과 싸우고 있다. 이기붕의 시선을 받은 내가 입술 끝만 올리며 웃었다.

"한민당 사람들도 내 입장을 알고 있겠지?"

"예, 각하."

시선을 돌린 이기붕이 말을 잇는다.

"각하께서 먼저 공산당으로부터 정국을 안정시키신다는 것을 알고 있기 때문에 그런 시도를 하는 것입니다."

나는 하마터면 일제 치하에서도 그런 용인술로 견디어 왔다고 말할 뻔 했다가 심호흡으로 마음을 다스렸다. 아무리 분신 같은 비서라지만 그런 말을 하면 안되는 법이다. 내가 어디 일본 총독인가?

내 이야기는 지난 일을 회상하며 쓰는 자서전 형식이다. 나는 온갖 방해와 모략, 그리고 암살 위협을 무릅쓰고 대한민국을 건국했다는 자부심과 긍지가 있다. 초대 대통령으로 건국을 했으니 나에게 무슨 미련이 남았겠는가?

건국 방해 세력에 대한 한(限)과 분노도 다 가라앉았다. 그러나 분명히 해둘 것이 있다. 내가 1948년 말경에 창랑(滄浪) 장택상에게 불쑥 이렇게 물었던 적이 있다. 경무대 안에서다.

"이보게, 창랑, 이것은 어떻게 생각하나?"

그리고는 내가 장택상에게 서류 한부를 내밀었다. 앞쪽에 앉은 장택상이 잠자코 서류를 받아 읽는다.

유엔한국위원회의 중국대표 유어만(劉馭萬) 중국 공사(公使)가 나에게 보낸 보고서였다. 1948년 7월 11일에 경교장으로 김구를 방문하여 지난 4월에 북한을 방문했던 일을 묻고 대답한 내용이다. 긴장한 장택상이 서류를 읽는 동안 나는 잠자코 기다렸다. 그 서류 내용 중 이런 문답이 있다.

"북한의 군사력은 어떻습니까?"

그러자 김구가 이렇게 대답한다.

"북한군이 지금부터 3년 동안 군비 확장을 중지한다고 해도 남한군은 3년 후에 공산군의 지금 수준에도 닿지 못할 것이오, 북한군은 아주 손쉽게 남진을 할 수 있을 것이고 단시간에 이곳에서 인민공화국을 수립할 수 있게 될 것이오."

다 읽은 장택상이 머리를 들고 나를 보았다. 굳어진 얼굴이다.

"유공사의 보고서라면 거짓일 리가 없습니다. 각하께선 왜 조처를 하지 않으십니까?"

"지난해 말에 경교장에 찾아가 만났어."

장택상은 외부장관이다. 수도청장으로 치안을 맡았던 장택상과 조병욱은 암살 위협에 시달려야만 했다. 나까지 포함해서 모두 좌우 세력의 표적이 되어있었기 때문이다. 내가 말을 이었다.

"이 보고서대로라면 백범은 북한군의 남침 위협을 알고 유공사한테 말한 것이 되는데 나한테는 아무 말 하지 않았어."

"……"

"북한군이 남진하면 단숨에 남한 정권을 전복, 인민공화국을 수립할 수 있을 만한 전력을 갖추고 있다고 했단 말야."

"……"

"그러면서도 평양에서 미·소 양국군이 철수해도 전쟁은 일어나지 않는다는 성명서를 발표했네, 그래서 내가 미심쩍어서 경교장으로 찾아간 것 일세"

"그랬더니 백범은 뭐라고 했습니까?"

"……"

"다른 이야기는 없었네"

장택상은 입을 다물었고 나도 침묵을 지켰다. 사람은 때로 침묵을 지키는 것이 나을 수도 있다. 그러나 김구는 내게 그런 이야기는 해줬어야 한다는 생각이 들었다. 국가의 명운이 걸린 이야기 아닌가? 유어만이 거짓 보고서를 냈을 리는 없다. 이윽고 내가 다시 입을 열었다.

"그래, 남한이 대한민국으로 건국이 되었으니 이 일은 접고 나갈 생각이네, 하지만 언젠가는 이 사실이 밝혀지겠지."

"제가 듣기로는 백범이 남북한 동시 선거를 하면 대통령이 될 것이라고 했답니다. 이북 사람들이 모두 백범을 지지 한다고 했다는 군요. 백범이 북한에 다녀와서 한독당 중앙 간부에게 낸 북한방문 보고서에 그렇게 적혀있다고 합니다."

백범도 인간이다. 임정 주석으로 각고의 세월을 견딘 후에 해방된 조국에 돌아와 뜻을 펼치고 싶은 욕구가 왜 없겠는가? 길게 숨을 뱉은 내가 말했다.

"백범은 소련과 김일성이한테 농락을 당한거야. 차라리 모스크바로 스탈린을 찾아 가 담판했더라면 김일성 자리를 차지할 수 있었을 지도 모르겠네."

"온갖 소문이 다 들립니다."

박기현이 말했으므로 나는 머리를 들었다. 1949년 초, 저녁 무렵이다. 경무대 응접실에서 나는 농지개혁법 초안을 드려다 보는 중이었다.

"미군이 철수하면 남북통일이 된다고 합니다. 남한 정권은 석 달이 못가 붕괴되고 남북한 총선이 실시된다는 것입니다."

"그랬으면 오죽 좋겠느냐?"

했지만 내 가슴은 착잡했다. 1948년 10월 13일, 40여명의 소장파 의원들이 미군철수 긴급동의 안을 상정했다. 소장파의 배후에는 김구가 있는 것이다. 주권국가에서 외국군이 주둔할 이유는 없다. 당연히 나가야한다. 그러나 지금은 미군정 시대도 아니며 미군이 내정에 간섭하는 것도 아니다. 미국 철수를 서두는 것은 한반도에 미·소 양국군을 철수시키고 총선을 실시하자는 것인데 과연 그것이이 현실적인가? 내 눈치를 살핀 박기현이 말을 이었다.

"각하께서는 미군을 끼고 독재정치를 하시려고, 그리고 친일파 세력을 각하와 함께 기득권을 지키려고 미국 철수를 반대한다는 것입니다."

"못된 놈들!"

참지못한 내 입에서 호통이 터졌다.

"내가 지금까지 온갖 모함을 참고 견뎠지만 미국을 끼고 독재를 한다는 말을 지어낸 놈들은 참으로 악한 무리다."

미국과 미군이 나에게 어떻게 대했는가? 미군정 하에서 단독정부를 일으키니 미군과 결탁했다고 몰아붙이는 무리는 공산당뿐이다.

공산당의 적은 김구가 아니고 김규식도 물론 아니다. 나, 이승만 뿐이다. 나만 없었다면 대한민국은 이미 공산당 국가가 되었다. 김구가 남북한 동시 총선으로 통일 대통령이 되었겠는가?

역사가 판단하겠지만 현실을 무시한 이상만 가지고는 국가를, 민족을 파탄시킬 뿐이다. 그때 응접실로 이철상이 들어섰다. 이철상의 표정도 굳어져 있다.

"각하, 조소앙 선생께서 오셨습니다."

"오시라고 해."

6시에 조소앙(趙素昻)과 만나기로 한 것이다. 조소앙의 본명은 조용은, 1887년생이니 나보다 12년 연하인 63세였는데 상해 임정시절부터 균형 잡힌 사고를 지닌 인재다.

메이지대 법학박사 학위를 얻고 임정의 국무위원 외교부장을 지냈다. 해방 후에 귀국하여 한국독립당 부위원장을 맡았으며 지난 4월에 남한 단독정부 수립을 반대하고 김구와 함께 평양에 다녀왔다.

곧 조소앙이 들어섰으므로 나는 반겨 맞았다.

내가 조소앙을 만나자고 한 것이다.

인사를 마친 우리가 마주보고 앉았을 때 조소앙이 웃음띤 얼굴로 묻는다.

"각하, 저한테 무슨 볼 일이 계십니까?"

조소앙은 단독정부 수립에 반대한터라 선거에도 참여하지 않았다. 따라웃은 내가 말했다.

"소앙, 내가 듣기로 지난번 방북은 실패라고 하셨다던데 민족의 미래를 위해서라도 소앙 같은 분이 보시고 느끼신 사실을 듣고 싶소."

"그러실 줄 알았습니다."

이제는 길게 숨을 뱉은 조소앙이 외면했으므로 나는 시선만 주었다.

방북 후에 조소앙은 한독당과 결별했다. 이윽고 조소앙이 머리를 들고 나를 보았다.

"지난번 방북은 우리가 완전히 이용당했던 것입니다. 이북은 이미 김일성이 군대를 다 갖추고 병영화(兵營化)된 체제로 가고 있었습니다. 김일성은 벌써 단독정부를 세울 준비가 다 마치고 있는 상황에 남한 대표가 단독정부 수립을 않겠다는 결의문을 낸 것이니 기가 막힐 일이지요."

나는 이미 듣고 예상도 하고 있었지만 조소앙으로부터 직접 들으니 억장이 무너졌다.

김구는 도대체 무엇을 본 것일까?

"왠 고기야?"

식탁에 앉은 내가 묻자 당황한 프란체스카가 어물거렸다.

"마리아가 가져온 고긴데요."

이기붕의 부인 박마리아다.

마침 프란체스카를 도우려고 물그릇을 들고 오던 박마리아에게 내가 물었다.

"그대는 이 고기를 어디서 가져온 거야?"

그리고는 바로 내 물음이 잘못되었다는 것을 깨달았지만 이미 뱉어진 말이다. 식탁에 스테이크가 놓여 있었던 것이다. 먹음직스럽게 익힌 고기냄새가 식욕을 일으켰다. 그때 박마리아가 대답했다.

"시장에서 샀습니다. 각하."

"그 집에서는 고기 자주 먹는가?"

"아닙니다."

박마리아가 웃음 띤 얼굴로 고분고분 대답했다.

"한 달에 한번 정도나 먹습니다. 각하."

나는 더 이상 캐묻지 않고 나이프를 들었다.

나는 가난하게 자라서 음식 탐이 없다. 다 잘 먹는다. 술 담배를 안하지만 억지로 끊은 적은 없다. 체질이 맞지 않아서도 아니다. 돈이 없어서 그냥 못 피우고 못 마시는 버릇이 되었다고 봐도 되겠다.

나는 또한 재물에 집착하지 않는다. 하와이에서 성금 문제로 분쟁이 일어났을 때 동포들에게 '그럼 내 개인계좌로 성금을 보내시오.' 하고 당당하게 말했을 정도로 자신할 수 있었다. 그랬더니 또 동포들이 내 말대로 해주지 않았는가.

내가 손바닥만한 스테이크를 반쯤 먹고 남겼더니 프란체스카가 가져갔다. 자기가 먹으려는 것이다. 경무대 살림은 간소하다. 내가 절약과 검소를 강조하다 보니까 오늘 저녁 같은 해프닝도 일어난다.

1949년 1월 하순경이다. 저녁 식사를 마쳤을 때 작년 12월에 외무장관으로 임명 된 임병직이 응접실로 들어왔다. 내가 부른 것이다. 임병직은 1893년생이니 당시에 57세, 나보다 18세 연하로 1919년에 27세의 나이로 내 비서가 된지 어언 30년간 나와 고락을 같이한 동지다.

"벤, 정국이 꼭 상해 임정시절처럼 혼란스럽구나."

내가 말했더니 임병직이 쓴웃음을 지었다.

"각하, 그때보다 더 심합니다."

내가 임정 대통령으로 임명되었을 때 임병직이 그때도 수행했던 것이다. 상해에서 나는 6개월밖에 견디지 못하고 돌아왔다. 임병직이 말을 잇는다.

"각하, 미국의 군사 원조는 조금 시일이 걸릴 것 같습니다. 국무부 입장은 전보다 나아졌지만 소련이 예민하게 반응하고 있어서요."

미국은 여론을 중시하는 국가여서 소련의 '미제국주의' 확산 주장에 주춤거리는 상황이다. 그 와중에 미군 철수는 진행되는 중이고 국군의 무장 상태는 나아지지 않는다.

소련은 한반도에서의 미·소 양국군 철수를 주장하면서 그것이 한국국민의 존엄성을 지키기 위한 것이라고 선전하는 상황이다.

"벤, 국방력은 약해졌는데 내부 혼란은 더 심해지니 어떻게 대한민국을 지킬지가 걱정이야."

내가 낮게 말했다. 반민특위의 활동이 본격화 되면서 특히 군과 경찰의 친일파를 집중적으로 색출하고 있다. 더구나 국회에서는 한민당이 중심이 되어 제1야당 창당 작업이 마무리되는 중이다.

그들의 목표는 나를 견제하고 내각제로 개헌을 하겠다는 것이다. 그때 임병직이 말했다.

"각하, 임정시절보다 상황은 더 나쁘지만 각하께선 국민의 지지를 받고 계십니다. 그걸 잊고 계신 것 같습니다."

나는 머리를 들었다. 그렇다. 그것이 나를 지탱해주고 있다.

그렇지 않았다면 벌써 축출되었다는 것을 잊었구나.

내가 첫 개각 때 조봉암을 농림장관으로 임명한 것은 그의 토지개혁에 대한 입장을 높게 평가했기 때문이다. 한반도는 1945년 해방과 동시에 남북으로 분단되었다. 그리고 남한은 1948년 8월 15일에 단독정부를 수립하고 만방에 건국을 공표했지만 북한은 1946년에 정권을 수립한 것이나 같았다.

왜냐하면 1946년 2월에 북한은 김일성이 소위 인민민주주의 독재정권을 세운 후에 3월에 토지분배까지 실시했던 것이다. 이것은 북한 정권이 강행한 정부 시책이다. 미·소 양국군 철수 후 남북한 동시 총선이네, 단독정부 수립 반대네 하고 떠들어 대었지만 북한은 이미 1946년에 김일성의 독재정부를 수립하고 선포만 안하고 있었다는 증거가 되겠다.

그리고는 남한에서 공산당이 테러와 암살, 폭동을 일으키면서 끊임없이 적화 노력을 했다. 북한의 이런 선전 선동 활동에 이용당한 인사도 있을 것이고 다 알면서도 정권을 쥐려고 동조한 인사도 있을 것이다.

북한은 4%의 지주가 전체 농토의 58%를 소유하고 있는데다 소작농이 75% 가깝게 되어서 무상몰수, 무상분배 방식으로 토지개혁을 했다.

이 결과 지주들은 망했지만 소작농이 일시에 중농이 되어 그들이 모두 공산당원이 되었다. 중농이라지만 사실은 국유지 관리인이 된 것이나 다름없다. 또한 8월에는 모든 산업체를 국유화시켜 버렸는데 이것이 전체 산업의 90%를 넘었다. 따라서 국영기업이 75%가깝게 되었으며 개인기업은 20%대에 머물렀다. 소련식 개혁이다.

그러나 나는 조봉암과 함께 유상구입, 유상분배의 원칙으로 농지개혁을 할 작정이었다. 민주주의 국가에서는 개인의 재산을 보호 해줘야만 한다. 그러나 정부수립 후 농지개혁 작업은 더디게 진행되었다. 지주와 소작농 사이의 주장에 차이가 많았기 때문이다.

"한민당측 반발이 심합니다."

하고 조봉암이 말했으므로 나는 쓴웃음을 지었다. 당연한 일이다. 한민당은 지주들의 대변인 역할을 하고 있다.

"이럴 때 북한처럼 무상몰수 무상분배를 하면 절대 다수인 소작농들이 환호할 것입니다."

그러면 정쟁(政爭)따위는 순식간에 사라지리라.

나와 시선이 마주친 조봉암의 얼굴에도 웃음이 떠올랐다.

조봉암은 공산당 출신이다. 공산주의 교육을 깊게 받은 조봉암은 해방 후 조선공산당 간부로 활동하다가 박헌영에게 공개 비판을 하고나서 우익으로 전향했다.

내가 조봉암에게 농림장관을 맡긴 것은 공산주의 방식의 토지개혁도 참고 해보라는 의도였지 다른 생각은 없었다.

경무대의 내 방안이다. 내가 앞쪽에 앉은 조봉암에게 말했다.

"북한식의 급속한 개혁은 부작용이 클 걸세. 그 체제에 반발한 월남민이 벌써 1백만이 넘었어. 민주주의 국가란 시간이 걸리더라도 협상, 절충 과정을 거쳐야 되네. 조 장관."

"알겠습니다."

서류를 챙긴 조봉암이 자리에서 일어서면서 생각난 듯 말했다.

"결국은 각하께서 단안을 내리셔야 될 것 같습니다."

"그래야겠지."

머리를 끄덕인 내가 물러가는 조봉암의 뒷모습에서 시선을 떼었다.

농지개혁뿐만이 아니다. 반민특위법, 국가보안법에 미군철수 및 국방강화에 이르기까지 중요한 국사(國事)가 첩첩산중이다.

그런데 지금 국회는 내각제로 개헌하기 위하여 반(反)이승만 전선을 구축하는 중이다. 그 중심에 선 것이 한민당이다. 농지개혁, 반민특위법등에 자신들의 영향력을 행사하기 위해서는 내각제 개헌이 필수적인 것이다.

내가 문득 쓴웃음을 지었다. 이것이 민주주의 국가라고 조금 전에 했던 말이 떠올랐기 때문이다.

내각제를 추진했던 의원들의 명분은 '이승만 독재'를 방지하자는 것이었는데 아무데나 '독재'를 붙이는 것이 그 시절의 유행이 된 모양이다. 그런데 36년 동안이나 노예 취급을 당했던 일제에 대해서는 '독재'라고 부르는 것을 별로 듣지 못했다. 혹시 노예 의식에 은연중 익숙해진 때문인지 모르겠다.

내가 대통령이 된지 아직 1년도 지나지 않았는데 '독재자'로 부른다. 특히 한민당 의원들이 그러는 것 같다. 그렇다. 나는 미군정 당국과 투쟁했고 공산당을 소탕했으며 어설픈 좌우합작 노선을 비난한데다 현실적이지 못한 민주주의를 무시했다.

친일파 청산보다 공산당 청소가 우선이라고 밀어붙였으며 이 난국에는 대통령제가 최선이라고 주장한다. 이것이 독재냐? 대한민국은 이렇게 해서 건국되었다. 내 고집, 내 불굴의 정신이 독재로 표현되었기를 바란다. 독재가 무엇인지도 모르는 갓난아기 같은 민중들을 현혹시키지 말라.

나는 감히 말한다. 이렇게 하지 않았다면 대한민국은 건국되지 못했다. 신생 대한민국에는 강하고 사욕 없는 지도자가 필요했다. 내각제는 전혀 맞지 않았다. 더욱이 내각제를 밀어붙이는 한민당이 처음의 순수성을 떠나 점점 오염되고 있다. 그것이 나 뿐만이 아니라 일반 민중들도 알고 있으니 다행이다. 1949년 2월10일에 한민당을 중심으로 한 민국당이 창당되어 내각제 개헌을 시도했지만 좌절되었다.

좌절된 후에 경무대에 들렸던 외무장관 임병직이 나에게 말했다.

"한민당은 처음에 해외파 독립운동 세력과 결합해서 국내파 독립운동 세력을 물리쳤습니다."

그 국내파 독립운동 세력이란 공산당 세력을 말한다. 당연하다. 한민당은 자유민주주의 사상에 뿌리가 있다. 다시 임병직의 말이 이어졌다.

"그리고 두 번째로는 각하를 등에 업고 해외파 세력을 제압했습니다."

해외파 세력이란 임정 세력인가? 여기까지는 자연스런 제휴였고 당연하다는 생각이 든다. 한민당은 현실적이었으며 나와 생각이 같았던 것이다. 머리를 든 임병직의 얼굴에 쓴웃음이 떠올랐다.

"세 번째로는 이제 대통령이 되신 각하를 끌어내려 정권을 장악하려고 했던 것입니다."

"허허."

나도 모르게 내가 웃음을 터뜨렸지만 임병직은 따라 웃지 않는다. 소파에 등을 붙인 내가 말했다.

"한민당에 제갈공명이 있는가 보다."

"웃으실 일이 아닙니다."

정색한 임병직이 말했으므로 나는 외면했다.

지난번 내가 김성수에게 넌지시 말한 적도 있다. 그때는 첫 조각을 했던 때였는데 나는 한민당에게 12개 각료 중 재무장관 김도연 한명만 배정했을 뿐이다.

그것을 한민당은 내가 견제 한다고 생각 했겠지만 민심을 모르고 하는 말이다. 한민당임을 감추고 무소속으로 출마 해야만 했던 사실을 잊었단 말인가? 그렇지 않아도 내가 한민당과 결탁하여 반민특위 활동을 탄압한다고 소문이 번지는 중이다. 내가 다시 입을 열었다.

"벤, 민심을 들어본 적 있는가?"

임병직의 시선을 받은 내가 말을 이었다.

"이제는 아무리 덮고 거짓말을 해도 곧 진실이 드러나는 세상이 되었네.

공산당이 남한에서 뿌리를 내리지 못하는 것도 언로가 틔어있기 때문이야."

이것은 내가 미국 언론과의 경험에서 얻은 교훈이다. 언론의 자유가 있는 사회에서는 불의와 부정, 거짓이 자랄 수가 없다. 내가 한마디씩 말을 맺었다.

"내가 정직한 이상 민심은 나에게 있네."

나는 분단된 한반도의 남한을 대한민국이란 이름의 자유 민주주의 국가로 건국했다. 북한이 소련 체제를 모방한 것과는 대조적이다. 건국(建國)! 아무것도 없는 바탕에 새 나라를 세운 것이다.

나는 이것을 신라나 고려, 또는 조선의 개국(開國)보다 더 큰 의미가 있다고 생각했다. 대한민국의 건국은 새 왕조(王祖)로의 이동이 아니라 새로운 체제, 새로운 국민의 탄생이었기 때문이다. 혁명적인 제도와 사고(思考), 그리고 실천력이 필요한 시기였다. 이 초창기의 기반이 굳건해야만 대한민국의 미래가 보장되는 것이다.

나는 준비된 지도자라고 자부한다. 나는 개혁운동을 하던 당시, 한성감옥서에 갇혀 있었던 1904년에 '독립정신'이란 책을 썼다. 그 책의 서술 목적에 나는 이렇게 말했었다.

"나는 민족의 멸망을 예방하기 위하여 낡아빠진 절대군주제 대신 인민들에게 정치적 자유를 허용하는 입헌주의 정부를 도입할 필요성을 느낀다."

국가보안법과 강군육성, 여성해방과 기독교와 종교 보급이 내가 중점적으로 개혁한 과제였다. 그러나 온갖 방해와 난관이 가로막는다. 1949년 3월에는 제헌국회의원중에 공산당 프락치가 잠입하는 사건까지 일어났다. 국회부의장 김약수등 13명이 남로당 간부 박시현등과 접선한 후에 북한의 박헌영에게 보내는 보고서가 발각된 것이다. 이른바 국회 프락치 사건이다.

국회의원 13명이 간첩이었던 것이다.

　1948년 7월, 제헌국회가 헌법을 제정한 후인데도 김구와 김규식은 대한민국을 부정하고 통일독립촉성회를 결성했다.

　그리고는 9월에 파리에서 개최되는 유엔 총회에 남북협상파들을 파견하여 대한민국의 유엔 승인을 저지시킬 계획이었다. 그러나 수석대표 김규식이 출발을 못함으로써 방해 공작은 좌절 되었지만 건국의 부정세력은 끈질겼다. 허나 이제는 온 국민이 북한의 실상을 알고 있는 터라 흔들리지는 않는다.

　1949년 6월 26일 김구가 경교장 2층에서 포병소위 안두희에게 살해되었다. 총탄 4발을 맞고 병원에 실려 갔지만 곧 절명 했다는 것이다. 안두희는 현장에서 자수하고 체포 되었는데 김구와 둘이 면담 중이었다고 했다.

　그 보고를 들은 나는 먼저 김구의 나이부터 떠올렸다. 나보다 한 살 연하였으니 올해로 74세였구나, 그러자 만감이 교차했다. 인간은 어차피 유한한 생명체다.

　내가 1920년, 뒤늦게 상해 임정 대통령으로 부임해 갔을 때 가장 나에게 힘을 실어준 인사가 당시에 경호처장이었던 김구다. 그 후로 맺은 수십 년의 인연, 머리를 든 내가 앞에 서있던 체신장관 장기영에게 물었다.

　"백범은 위대한 독립운동가로 기억될 것이네. 그렇지 않은가?"
　"그렇습니다."

　눈을 가늘게 떴던 장기영이 덧붙였다.

　"위대한 민주주의, 평화주의자로도 불릴 수 있을 것입니다."

　나는 머리만 끄덕이고 더 이상 말을 잇지 않았다. 결국 김구도 암살을 당했다. 장기영이 방을 나갔을 때 나는 길게 숨을 뱉었다.

김구는, 내 아우 김구는 과연 대한민국 국민임을 자랑스럽게 여기고 있었을까? 그때 내가 저도 모르게 말했었다.

"나는 내가 세운 내 나라, 대한민국 국민으로 죽는다니 이 얼마나 행복한 운명이냐?"

열두 번째 Lusy 이야기

수기를 덮은 나는 서둘러 탁자 밑에 넣어둔 최기태의 기록을 꺼냈다. 11장을 읽고 나서 보려고 읽다가 만 부분이 접혀져 있다. 호흡을 고른 내가 최기태의 기록을 읽는다.

거사일이 정해진 것은 6월 17일이다. 행동요원은 나와 모리, 경계를 월리 강이 맡았다. 본래 나와 월리 강이 이승만의 저격을 맡고 오리 케잇이 경계를 맡기로 했는데 작전 다섯 시간 건에 변경된 것이다. 시간은 오후 8시 10분, 장소는 돈암장 뒤쪽의 샛길, 그 시간에 이승만이 경비병 하나와 산책을 한다. 미국에서 돌아온 이승만은 하지에 의해 돈암장에 연금된 상태였으므로 일거수일투족이 드러나 있었다. 따라서 이승만이 돈암장 밖으로 나와 산책을 하는 동안이 절호의 기회였다.

"저기, 신호야."

모리가 말했다.

돈암장 뒷문이 내려다보이는 숲속에서 불빛이 반짝인 것은 8시 5분이다. 월 리가 플래시로 신호를 한 것이다. 그것은 뒷문으로 이승만이 나왔다는 표시다. 플래시 불빛은 길게 한 번, 짧게 한 번 반짝였다. 그것이 세 번 계속되고 꺼졌다. 이것으로 월리의 임무는 끝났다. 길게 한 번 짧게 한 번은 이승만과 경호원 한 명이라는 신호다.

"좋아, 가자."

내가 앞장을 서면서 말했다. 모리가 잠자코 뒤를 따른다. 모리는 내 보좌 역할이다. 내 방해물을 제거하고 내가 실수했을 경우에 대비 하는 것이 임무다. 우리는 앞뒤로 서서 샛길을 걷는다. 지금 우리는 이승만을 향해 다가가고 있는 것이다. 주위는 어둡고 샛길 좌우는 잡초가 무성한 황무지다. 인적도 없는 곳이어서 둘의 발자국 소리만 울린다. 지금까지 다섯 번이나 예행연습을 한터라 나는 4분 후에는 이승만과 마주칠 것이었다. 잠자코 걷던 내가 앞쪽을 향한 채로 낮게 물었다.

"모리, 긴장 되냐?"

"아니?"

모리가 유창한 영어로 말을 잇는다. 목소리가 웃음기가 섞여졌다.

"네가 오히려 긴장하고 있는 것 같은데."

"갑자기 네가 내 보조가 된 이유가 뭔지 모르겠다, 모리."

"글쎄, 아마 월리가 미덥지 않았기 때문일지도 몰라."

"그럴까?"

"내 사격 솜씨가 월리보다 낫기도 하고."

그때 앞쪽에서 말소리가 들렸으므로 우리는 긴장했다. 양복안 권총 홀더에서 소음기가 장착된 콜트를 꺼내 쥔 나는 숨을 골랐다. 이제 앞쪽이 보인다. 군복 차림이 병사가 앞장을 섰다. 병사 뒤로 이승만이 따르고 있다. 나는 등 뒤로 숨겨둔 권총을 겨누었다. 이제 거리가 5미터쯤으로 가까워졌다. 어두워서 저쪽은 내가 쥐고 있는 권총을 보지 못한 것 같다. 나는 방아쇠를 당겼다.

"퍽!"

둔탁한 발사음과 함께 병사가 앞으로 쓰러졌다. 그 순간 나는 몸을 돌리면서 바로 뒤에서 따라오는 모리의 가슴을 쏘았다.

"퍽!"

모리가 쓰러졌다. 몸을 돌린 내가 아직도 영문을 모른듯 우두커니 서있는 이승만에게로 한걸음 다가서며 영어로 말했다.

"박사님, 지금 이 둘을 서로 맞쏘고 죽은 겁니다. 그렇게 말씀하셔야 돼요. 자, 돌아가세요."

그러나 이승만이 홀린 것처럼 돌아섰다. 이승만의 뒷모습을 본 나는 쓰러진 미군 병사의 권총집에서 권총을 빼내 밤하늘에 대고 한 발을 쏘았다.

"타앙!"

요란한 총성이 울렸고 나는 권총을 병사의 손에 쥐어준 후에 어둠 속은 향해 달렸다.

이렇게 나는 이승만 암살 작전을 처리했다. 부대로 돌아오자 핸더슨은 작전 실패 이유를 묻지도 않고 다음날 아침 수송기 편으로 나와 팀원들을 귀국시켰다. 그 후로 팀원들은 만나지 못했다. 내가 왜 그렇게 했는지 말하지 않겠다. 그저 한마디만 하겠다. 난 한국인이었다.

이것으로 최기태의 수기가 끝났다.

수기를 덮은 나는 한동안 어둠에 덮인 창밖을 바라보았다. 그리고는 전화기를 들고 버튼을 천천히 눌렀다. 전화를 받은 프런트 직원이 내가 입을 열기도 전에 말했다.

"마담, 우편물이 와 있습니다."

"그럼 내 방으로 가져와 주실래요?"

"예, 마담."

그리고 5분 후에 나는 묵직한 봉투를 받았다. 이번 수기는 두 배쯤 무겁다. 소파로 돌아온 내가 봉투를 열었더니 먼저 메모지가 붙여져 있다.

"수기는 13장으로 끝납니다."

12장
대한민국

"백범 선생의 암살로 민심이 흉흉합니다."

다음날 중앙청에서 열린 각료회의 때 내무장관 김효석이 보고하자 회의장 안은 무거운 정적에 덮여졌다. 12부처의 장관이 다 모여 있었다. 분위기에 위축된 듯 김효석이 목소리를 낮추고 말을 이었다.

"안두희의 배후를 찾아야 한다는 여론이 높습니다."

이미 어젯밤 비서한테도 들었지만 각료회의 석상에서 그 말을 들은 순간 나는 화가 났다. 그러나 억누르고 입을 열었다.

"40년 전인 1908년에 조선의 일본 통감외교고문으로 있던 스티븐스라는 미국인을 아는 사람이 있는가?"

둘러보며 물었더니 선뜻 대답하는 각료가 없다. 아는 사람이 있다고 해도 입을 열지 않았을지도 모르겠다.

내가 말을 이었다.

"스티븐스는 조선은 일본의 통치를 받아야한다고 떠들다가 샌프란시스코에서 우국지사 장인환, 전명운에게 사살 되었네."

내가 각료들을 둘러보았다.

"그때 모든 조선인들이 그 둘을 칭송했네. 속이 시원한 일이었지. 미국 땅에서 친일 미국 놈을 쏴 죽이다니 장한 일이 아닌가?"

"……"

"허나 나는 그때도 암살이란 방법은 좋지 않다고 말했네. 사람을 보내 정적(政敵)을 죽이는 것보다 외교로 풀어야 한다고 주장했고 지금도 변함이 없어."

회의장 안은 조용하다. 모두 내 말뜻을 알고 있으리라. 더 이상 무슨 말이 필요하겠는가?

내가 결론짓듯 말했다.

"암살의 순환은 백범으로 끝났으면 좋겠네. 지하의 고하(古下), 설산(雪山) 등의 넋도 결코 반기지 않을 테니까."

백범은 설산 장덕수의 암살 배후로도 의심 받았다는 것을 각료 모두가 안다. 내가 암살로 흥한 자는 암살로 망할 것이라고 자주 말한 것을 들은 각료도 많을 것이다.

머리를 든 내가 김효석에게 말했다.

"범인이 자수했다니 다 털어놓도록 하게. 그 자가 숨길 이유가 있겠는가?"

김구의 암살을 이용하는 무리가 있다. 특히 민주주의가 성숙하지 못한 풍토에서는 조작된 소문이 여론을 형성하고 세력을 결집시키기가 좋은 것이다. 그때 교통장관 허정이 입을 열었다.

"각하, 위대한 독립운동가께서 세상을 떠나신 것입니다."

"그렇지."

내가 힐끗 앞쪽에 앉은 장기영에게 시선을 주고 나서 말을 이었다.

"백범은 위대한 독립운동가셨네. 우리는 거인(巨人)을 잃었네."
그리고서 나는 입을 다물었다. 만감이 교차했기 때문이다.

나는 당파에 구속되지 않는다. 상해 임정에 6개월간 머무는 동안 파벌에 싸여 고난을 겪은 후부터 조직의 필요성을 느끼기는 했다.

그러나 지도자는 자신의 파벌만 싸안고 국정을 운영하면 안된다고 믿는다. 모두 내 경험에 의한 산물이다. 그래서 건국 이후로 나는 수시로 각 당파의 응원을 받아 정책을 집행했다. 그것이 독촉, 한민당, 무소속, 대한청년단이나 국민회, 인민구락부 의원까지 다양하다.

당파를 떠나 국민을 위한 정책이라면 호응해 줘야 옳다. 나는 그것을 워싱턴에서 배웠다. 대통령이 정책지지를 받으려고 반대당 위원들에게 로비를 하는 것을 보고는 과연 저것이 민주주의라고 감동했다. 주장이 다르다고 제꺽 제꺽 암살하면 쓰겠는가?

내가 1949년 초에 대마도 반환을 요구했을 때 거의 전원의 의원이 찬성했다. 이견이 있을 리가 있겠는가? 대마도는 조선조 세종 때인 1419년, 삼군도체찰사 이종무에 의하여 정벌되어 한때 조선령이 되었던 땅이다.

"이렇게 모든 의원의 동의를 얻으면 신이 나는 법이지."

내가 경무대에 찾아온 이기붕에게 말했더니 대답대신 길게 숨을 뱉는다. 이기붕은 이제 서울시장이다. 성품이 착실했고 부지런했으니 일을 잘 할 것이라고 보았다.

"각하, 한민당 세력이 개헌을 포기하지 않을 것 같습니다. 이에 대한 대비를 하셔야 됩니다."

"그래야지."

말은 했지만 정황이 녹녹하지 않다. 그러나 그보다 더 급한 것이 있다.

한민당 세력이 개헌 준비를 하는 동안 농지개혁법, 국가보안법, 그리고 반민특위문제까지 정리해야만 한다.

그때 다시 이기붕이 말했다.

"각하, 이제는 각하의 정책을 지원할 확실한 여당이 필요한 시기입니다."

나는 머리를 끄덕였다. 필요성을 느끼고 있었기 때문이다.

"그렇지. 확실한 여당."

내가 한마디씩 힘주어 말했다.

"지금은 강력한 지도력이 필요한 때인 것 같다."

"지금도 너무 늦은 것 같습니다. 각하."

그래도 지금까지는 잘 견디었다. 대한민국은 신생국이다. 인간으로 치면 아직 아이나 같은 존재다. 30년 전인 1919년 필라델피아에서 열린 한인총회에서 나는 이미 이렇게 말했다.

"우리 조선은 아직 교육받은 인재가 부족해서 민주주의에 대한 이해가 부족합니다. 또한 권위를 분배하고 민주 정부의 책임을 질 인재도 부족합니다. 따라서 정부가 수립되고 나면 10년간은 강력하고 전체적인 중앙집권제 정부가 필요한 것입니다."

이것이 내가 대통령이 되기 30년 전에 했던 말이다. 경제가 발전되려면 정치적 안정이 필수적이며 대통령제가 가장 적합하다는 것이 역사적으로도 증명이 되었다. 내각제는 국민이 성숙한 민주시민의 교양을 갖췄을 때 맞는다고 나는 지금도 믿고 있다.

1945년 8월15일 해방을 얻고 나서 1948년 8월15일 건국이 되기까지의 3년은 온갖 사건이 다 어우러진 전장(戰場)속 같은 나날이었다. 좌와 우, 기득권자와 없는 자, 친일과 반일, 독립운동가도 제각각 파벌로 나뉘었으며 그것이 또 남북의 땅덩이로 갈라져있다.

3천만 민중은 환호했지만 곧 그 전장의 안으로 내던져 졌다. 그렇다고 건국 후에 정국이 안정된 것도 아니다. 신생 대한민국은 그래서 여전히 불안했다.

신성모는 윤치영의 뒤를 이어 2대 내무장관이 되고나서 1949년에는 국방장관을 맡았다. 그러나 신성모는 군인 출신이 아니다. 1891년생인 신성모는 당시 58세로 보성전문을 졸업하고 블라디보스토크로 망명, 신채호등과 함께 독립운동을 했다.

그러다가 난징 해양대학을 졸업한 후에 영국으로 건너가 1등 항해사 자격증을 획득하고 나서 상선 선장을 지낸 인물이다. 그래서 경무대 비서관들은 신성모를 마도로스 신이라고 불렀는데 별명이 잘 어울렸다.

단단한 몸에 입을 꾹 다물고 있으면 바다를 보는 뱃사람처럼 보인다. 국방장관 신성모가 중앙청의 내 집무실에 불려왔을 때는 1949년 8월 중순쯤 되었다. 나는 신성모가 소파 앞자리에 앉자마자 바로 본론을 꺼내었다.

"장관, 국군 사기는 어떤가?"

"좋습니다."

예상하고 있었던 것처럼 신성모가 바로 대답했다.

"명령만 내리시면 북진통일을 할 수 있습니다. 각하."

당시의 한국군은 10만 명 수준으로 8개 사단과 2개 연대 규모였다. 북한국은 소련군의 전폭적인 지원을 받아 한국군의 두 배가 넘는다.

나는 화를 잘 내는 편이다. 그날도 신성모의 대답을 듣자마자 버럭 소리쳤다.

"시끄러워!"

놀란 신성모가 눈을 크게 떴고 내 호통이 이어졌다.

"내가 왜 선장인 자네를 국방장관 시킨 줄 알아? 광복군 출신도, 중국군도, 일본군 출신도 아니기 때문이야! 그것은 객관적인 자세로 군을 평가하고 나한테 조언을 하라는 것이었어! 나한테 아부나 하라는 것이 아냐!"

그러자 신성모의 눈에서 눈물이 흘러내렸다. 닭똥 같은 눈물이 뚝뚝 흘러내린다. 그 얼굴로 신성모가 말했다.

"죄송합니다. 각하께 조금이라도 위안을 드리려고 했습니다."

"그만두게."

나는 눈물에 약하다. 나이 들어서 그런지 내 앞에서 우는 것을 보면 자식처럼 느껴지기도 한다. 내가 달래듯이 말하자 신성모는 눈물을 그쳤다. 인재가 부족한 상황이다. 적재적소에 유능한 인재를 기용 하는 것이 국정(國政)의 최우선 정책일 것이니 그 결과는 후일 평가가 될 것이다.

눈이 벌게진 신성모가 나간 후에 비서 윤근수가 시치미를 뗀 얼굴로 들어섰다. 신성모가 울고 나간 것이 한두 번이 아닌 터라 이제는 이야깃거리도 안 될 것이다.

"각하, 해주에서 포목상을 하셨다는 박기순 씨의 손자라는 분이 찾아왔습니다."

"누구?"

내가 되물었더니 윤근수가 되풀이 하고나서 덧붙였다.

"어머님이 꼭 옷감을 떠가지고 가셨다고 합니다. 어머님이 돌아가셨을 때도 찾아 오셨다던데요."

"아아."

내가 벌떡 일어섰더니 놀란 윤근수의 눈이 둥그레졌다. 겁을 먹은 얼굴이 된 것이 결례를 안했나 걱정이 된 것 같다. 어렴풋이 기억이 난다. 술독이 들어서 코끝이 붉었던 분, 아버지와 비슷한 연세로 박생원이라고 불렸던가?

데려오라고 했더니 윤근수가 40대쯤의 사내와 함께 들어섰다.

양복은 입었으나 남의 옷을 빌린 것 같고 눈동자의 초점이 멀다. 정신이 반쯤 나가서 인사도 제대로 못하는 주제에 왜 찾아 왔는지.

"자네가 박생원 손자인가?"

하고 내가 물었더니 갑자기 사내는 털썩 방바닥에 무릎을 꿇더니 큰 절을 한다. 하긴 바닥이 양탄자여서 방으로 착각할 만 했다. 그것을 본 내 눈에 눈물이 고였다. 신성모를 탓할 것도 못된다.

건국이 되자마자 제적의원의 압도적 찬성을 받아 가동되었던 반민족행위처벌 특별위원회는 1년이 지난 1949년 9월 22일에 해산되었다. 임기를 채우지 못했다.

일제시대 고등계 형사로 악명을 떨친 노덕술을 반민특위가 체포했다가 경찰과 갈등을 일으킨 데다 반민특위를 적극 지지했던 소장파 의원들이 공산당 프락치사건으로 구속된 것이 영향을 준 것이다.

내가 반민특위 활동에 미온적이었다는 비난은 견디겠지만 방해했다고 말하는 자들은 세상을 가볍게 보거나 악의에 찼거나 둘 중 하나일 것이다. 내가 친일파를 두둔할 이유가 어디 있는가? 다만 국가의 기틀을 굳히려면 먼저 공산당을 소탕하고 그 다음에 친일파를 숙청해내야 된다고 생각했던 것이다.

깨끗한 바탕의 국가에서 공산당을 물리치자는 자들의 주장은 그럴듯하게 들리지만 음모가 숨겨져 있다. 그 증거중 하나가 공산당 프락치로 구속된 국회부의장 김약수 등이 될 것이다.

그들은 대한민국의 안정은 뒷전이었다. 공산당은 경찰, 군, 행정조직은 물론 국회에까지 침투하여 대한민국을 전복시키려고 했다. 반민특위 특경대는 초법적 위치에서 의심만 가면 잡아다가 고문하고 구속했다.

그래서 6월6일 경찰이 특경대를 습격하여 해체시킨 것이다. 내가 친일파 숙청과 공산당 소탕의 양쪽 일을 동시에 할수 없었다는 비난은 받겠지만 친일파 비호자라는 말은 붙이지 말라.

그 즈음의 국무회의 때인 것 같다. 중앙청 회의실에서 내가 장관들을 둘러보다가 문득 국방장관 신성모에게 물었다.

"국방장관, 부산에서 대마도까지 배로 얼마나 걸리겠소?"

"예, 상선으로 다섯 시간이면 넉넉합니다."

즉각 대답했던 신성모의 얼굴이 굳어졌다. 눈치를 챈 것이다. 상선 선장 출신이라 금방 대답부터 해놓고 보았지만 현재는 국방장관 신분이다. 한가하게 내가 뱃시간을 물어 보았을 리가 있었겠는가?

내가 다시 물었다.

"국군 3사단 하나면 될까?"

3사단은 대구에 위치하고 있으니 부산에서 가깝다. 국무회의장은 숨소리도 들리지 않았고 신성모의 안색은 창백해졌다.

"예, 저, 그것이……."

신성모가 감히 입 밖으로도 말을 내지 못했을 때 내가 다시 묻는다.

"아니면 용산의 수도 사단이나 7사단 두 개 사단을 포함시키던지."

"아, 예."

"3개 사단이면 대마도를 점령할 수 있겠지요?"

그 순간 국무회의장은 말없는 동요가 일어났다. 내가 무모한 성품이라고 믿는 각료가 절반은 넘었을 것이다. 장기영도 반신반의하는 표정을 지었고 김도연은 눈을 치켜뜨고 있다.

그러나 아직 아무도 입을 열지 않았다. 그때 신성모가 대답했다.

"예. 3개 사단이면 됩니다. 각하."

눈을 치켜뜬 신성모가 말을 이었다.

"그럼 즉시 배를 준비 시키겠습니다. 각하."

"배는 몇 척이나 필요하겠소?"

"하물을 세어봐야겠습니다만……."

머리를 든 내가 각료들을 둘러보았다. 신성모는 여전히 긴장하고 있었지만 이제 각료들의 표정은 조금씩 풀려지고 있다.

나는 1949년 들어서 계속해서 대마도의 반환을 요구하고 있다. 삼국시대 이후로 계속된 일본의 한반도 침략 기지인 대마도를 도로 찾아 뿌리를 뽑겠다는 의지였다. 지난 2월에 맥아더의 초청으로 일본을 방문 했을 때도 대마도 반환을 요청했다. 대마도를 점령하면 친일파를 다 그곳으로 보내도 될 것이다.

1949년 4월 21일 양자강을 건넌 중공군은 파죽지세로 4월 24일 남경을 거쳐 5월 27일 상해를 함락했다. 그리고는 마침내 장개석의 국민당군을 대만으로 밀어붙이고 10월1일, 북경에서 중화인민공화국을 수립했다. 공산당 주석 모택동이 중국을 평정한 것이다. 국공합작(國共合作)으로 국민당과 공산당의 함작 노선을 적극 지원하여 일본군에 대항시켰던 미국 정책의 실패였다. 그것이 해방직후 좌우합작을 적극 추진했던 미군정 당국의 행동과 같지 아니한가? 공산당의 중국 대륙 석권에 미국은 시침이를 딱 떼고 물러난 것과 마찬가지로 좌우합작을 밀어 붙였다가 한반도가 공산화 되었을 때도 미국은 눈 하나 깜박 하지 않고 물러났을 것이다.

다행히 한반도의 남쪽은 공산화를 면하고 대한민국으로 건국 되었지만 1949년에도 치열한 내전을 치르는 중이다. 국회 소장파 의원 중에 10여명이 남로당 프락치로 드러난 것이 그 극명한 예가 될 것이다.

"미국을 잡아야 돼."

 1949년 10월의 어느 날 내가 경무대에서 조병옥과 임병직을 앞에 두고 말했다. 혼란한 와중에도 당시의 나는 농지개혁법 통과에 전력하고 있었는데 지주계급을 대변하는 한민당측과 농민측인 소장파 의원과의 대립이 격렬했다. 그러나 소장파 의원들의 프락치 사건으로 지주계급 측에 유리한 조건이 우세한 상황이다. 그런데 갑자기 농기개혁법 이야기를 하다가 화제를 돌렸으니 둘은 눈만 껌벅였다.

 정색한 내가 앞에 앉은 둘을 번갈아 보았다. 나는 기회만 있으면 민국당, 소장파 의원을 가리지 않고 내 신념을 토로했다. 그것이 그들에게 가르치려고 드는 모양새로 보여 거부감을 사기도 했지만, 이해하는 사람도 있다. 나는 좌우를 가리지 않았다. 민주주의는 설득과 다수결로 성립이 된다.

 내가 말을 이었다.

 "대한민국이 단독으로 국방과 교육, 경제발전을 이루려면 굉장한 돈과 노력이 필요한데 지금 상황으로는 불가능하네, 따라서……."

 내가 둘을 번갈아 보았다. 둘 다 상황을 모르겠는가? 그러나 내 입에서 어떤 말이 나올까 긴장하고 있다.

 "어떻게든 미국과 동맹을 맺던지 또는 군사협정을 맺어서 이용해야 되네."

 "각하"

 조병옥이 나섰다. 부리부리한 눈이 나를 똑바로 응시하고 있다.

 "그럼 미국에 나라를 팔아먹는다고 공산당이 선동하게 될 겁니다."

 "공산당이야 당연히 그러겠지."

"국민들이 선동에 넘어갈 수 있습니다."

"지금 삼팔선을 공산당이 기를 쓰고 막고 있지만 하루에 수천 명이 넘어오네."

둘은 시선만 주었고 내가 말을 이었다.

"선전 선동으로 국가를 유지, 발전시킬 수는 없어. 이상만 가지고 국가를 경영할 수도 없는 것이네. 나는 미국을 끌어들여 38선을 지키게 만들겠네. 한반도에서 손을 떼고 공산당과의 방어선을 일본으로 물리려는 미국 정책을 바꾸게 해야겠어, 그러면……."

갈증이 난 내가 냉수를 한 모금 삼키고는 둘을 보았다. 이제 둘의 눈동자도 흔들리지 않는다. 내 말을 머릿속에 넣고 있다는 표시였다.

"그럼 대한민국은 국방비가 대폭 줄어들 뿐만 아니라 미국 원조를 집중적으로 받게 될 것이네, 그 동안에 우리는 교육, 경제, 그리고 민주주의 발전의 토대를 굳히면 되는 것일세."

이것이 내가 40년 전부터 구상했던 신생 대한민국의 발전 청사진이다. 나는 이것이 현실적인 방법이라고 지금은 더더욱 확신한다.

이제 북한은 양쪽에 날개를 단 독사나 같다. 해방된 후부터 공산당 일당 독재 체제를 굳힌지 만 4년, 인민군은 소련의 적극적인 군사 지원을 받아 중화기로 무장되었고 병력도 한국군의 2배가 넘는다. 더욱이 중국과 소련 양대(兩大) 공산국가가 위쪽에 나란히 붙어 있었으니 김일성의 기세는 하늘을 찌르고 있을 것이었다. 그 당시의 북한은 김일성의 공산주의 독재국가다. 그러나 나는 북한을 그저 김일성의 독재국가로만 생각했다. 김일성을 만들어준 할애비 스탈린도 공산주의 사상에 무지했기 때문이다. 북한이 정식 공산주의 국가로 불리려면 남한에서 월북한 박헌영이 북한을 통치해야 옳다. 박헌영은 공산주의 사상에 투철한 독립운동가였기 때문이다.

그러나 대한민국에 대해서는 반역자며 역적이다. 그것도 분명히 해야 대한민국이 성립된다. 1949년 11월 나는 중앙청집무실에서 존 화이트를 만났다. 존은 내가 워싱턴의 대미외교위원회 위원장 시절부터 알고 지내던 지인으로 당시에는 대한민국의 로비스트로 활동하고 있었다. 60대 중반의 존은 또한 스텐포드대 후배이기도 해서 나를 따른다.

집무실에서 둘이 마주보고 앉았을 때 존이 말했다.

"각하, 내년 초에 애치슨이 미국의 극동방위선을 발표할 것 같습니다."

나는 시선만 주었다. 워싱턴 정세를 알려면 존과 같은 로비스트가 필요하다. 나는 천금 같은 국비를 들여 존을 고용하고 있는 것이다. 다시 존의 말이 이어졌다.

"극동방위선에 한반도는 빠져있습니다."

"……."

"군사전략상 도서방위선 전략을 채택하려는 것입니다."

딘 굿더함 에치슨(Dean Gooderham Acheson)은 미국 국무장관이다.

이제 미국 철수는 완료되어가는 중이고 군사고문단 6백여 명만 남게 될 것이었다. 그런 상황에서 미국의 극동 방위선이 알류산열도에서 일본, 오키나와, 필리핀을 잇는 선으로 물러나며 한국과 대만, 인도차이나와 인도네시아는 제외된다.

내 눈앞에 아직 대면한 적도 없는 김일성이 모습이 흐릿하게 떠올랐다. 김일성은 절호의 기회를 만나게 된 것이다. 아니 기다리고 있었다고 해야 맞다. 끊임없이 남한에서 군사반란, 폭동을 일으키던 좌익 세력은 환호할 것이다. 미국이 대한민국을 버렸다고 할 테니까. 내가 존에게 말했다.

"존, 그렇다면 대한민국은 UN에 넘겨졌다고 해야 맞겠군, 그렇지?"

"그렇습니다. 각하."

존이 주름진 얼굴을 펴고 쓴 웃음을 지어 보였다.

"UN 관할이고 미국도 그 UN에 포함되는 형식입니다. 미국 단독 행동은 안된다는 의미이기도 합니다."

"……"

"각하, 이곳 정황은 어떻습니까?"

존이 그렇게 묻는 순간 내 등에 찬바람이 스치고 지나는 느낌을 받았다. 대한민국의 로비스트인 존도 남북한 상황을 자세히 모르고 있는 것이다. 이러니 워싱턴의 관리들은 오죽 하겠는가?

2차 세계대전이 끝난 후여서 전쟁 기피증이 만연된 상황이기도 하다. 나는 급해졌다. 자리에서 일어나 문을 열고 소리쳐 비서를 부른 다음 동경의 맥아더에게 직통전화 연결을 지시했다. 나는 이제 대한민국의 대통령이어서 누구의 허락을 받거나 기다리지 않아도 된다. 긴장한 존이 소파에 앉은 채로 굳어져 있었고 이윽고 통화 연결이 되었다. 전화기를 귀에 붙인 내가 정중하게 말했다.

"장군, 한국의 리올시다."

"아, 각하, 그동안 건강 하시지요?"

맥아더의 목소리가 수화구에서 울린 순간 내 가슴이 어린애처럼 뛰었다. 내 나이 75세, 맥아더는 나보다 다섯 살 연하인 70세가 된다. 심호흡을 한 내가 말했다.

"장군, 국무장관 에치슨이 곧 발표할 미국의 극동방위선에 대해서 알고 계실 겁니다."

맥아더는 대답하지 않았다. 이것은 긍정일 것이다. 내가 말을 이었다.

"그것을 발표한다면 미국의 대한민국 방어 포기 성명서로 믿는 집단이 있다는 것을 장군도 아시지요?"

"압니다, 각하."

짧게 대답했던 맥아더가 잠시 뜸을 들이더니 말을 잇는다.

"그 라인은 정치적인 착상이오, 각하…… 하지만 나로서는 어쩔 수 없습니다."

"장군, 대한민국이 공산화되면 안됩니다, 미국이 일본으로 물러나서 대륙에 마지막 남은 민주국가를 버리면 안됩니다."

내가 절절한 목소리로 말했더니 앞에 앉은 존이 외면했다. 내 모습을 보기가 안쓰러웠던 것 같다.

내가 말을 이었다.

"미국이 어떻게 그럴 수가 있습니까? 수십만 미국인을 살상한 일본을 도와서 공산주의의 보루로 삼겠다는 그 반역자 같은 발상은 지금도 국무부에 남아있는 공산주의 분자들의 착상입니까?"

내가 한마디씩 피를 뱉는 심정이 되어서 말했더니 맥아더가 수화구에 대고 긴 숨을 뱉는다. 나의 한국어 연설은 말끝을 떨고 지난 말투를 쓰는데다 말이 길어서 마침표가 한참 만에 나온다고들 한다. 그러나 내 영어 연설은 한국어보다 능숙하고 내 귀에도 유창하게 들린다. 왜 그렇게 되었는지 모르겠다. 그때 맥아더의 목소리가 수화구에서 울렸다.

"각하, 나는 각하를 존경합니다. 각하의 민주주의에 대한 신념, 그 불굴의 정신을 존경합니다."

나는 그저 잠자코 기다렸다. 맥아더의 말은 진심일 것이다. 나를 대하는 그의 표정을 보면 알 수가 있다. 우리 둘은 70객이다. 산전수전 다 겪었다. 눈빛만 봐도 심중을 읽는다. 다시 맥아더가 말했다.

"각하, 내가 일본에 있습니다. 그것으로 위안을 삼으시지요."

"장군, 한국인은 은인을 잊지 않습니다. 백 년 전에 맺은 한미수호조약의 거중조정 항목 하나만 믿고 내가 조선 황제 특사로 루즈벨트를 만난 것이 40여 년 전이었소. 그때도 시어도어 루즈벨트의 비웃음만 받았지요. 암, 당연하지요."

노인은 말이 많다고 했던가? 감정이 북받친 내가 열에 뜬 목소리로 말을 잇는다.

"조약상의 한줄 문구로 미-일간의 정책적 밀월 관계가 깨어질 수 있겠습니까? 그때 미국은 일본과 필리핀과 조선을 서로 나눠 갖기로 합의를 하는 중이었거든요."

"각하"

하고 맥아더가 말을 자르려고 했고 앞에 앉아있던 존이 한쪽 손을 들어 보였다. 이제 그만 두시라는 시늉이다. 그러나 나는 끝까지 말을 이었다.

"두 번째 루즈벨트가 소련에게 참전 대가로 한반도를 넘긴다는 약속을 하지는 않았겠지요, 그러니 이제야말로 한미 양국은 동맹을 맺어야 합니다."

나는 그때 처음으로 동맹이란 표현을 썼다.

내가 말을 그쳤을 때 맥아더가 차분하고 다부진 목소리로 대답했다.

"각하, 나는 군인입니다. 그리고 다행히 각하 옆에 미군을 지휘하는 사령관으로 있습니다. 또한 미국은 UN의 일원이기도 하구요."

맥아더의 완곡한 표현이 나를 감동시켰다. 맥아더가 옆에 있다는 것이 위안도 되었다.

신생국이니 제도에 익숙한 관료가 드물다. 경찰과 군에서 어쩔 수 없이 채용했던 것처럼 일제 시절에 근무했던 사람들로 채울 수가 없기 때문이다. 내가 농지개혁과 함께 역점 과업으로 추진했던 것은 교육사업이다. 하와이에 있을 때부터 교육의 중요성을 강조하고 학교를 세우고 가르쳤던 나다. 해방이후 한국어 교과서를 제작하는 것에서부터 교사 양성과 학교 건설이 대한민국의 가장 중요한 과업이 되었다.

일제시대에 총독부가 식민지 지배를 위해 가장 공을 들인 과업이 바로 교육사업이다. 초등학교에서부터 한국어 사용을 금지하고 한국 역사와 문화를 부정하는 교육을 시킴으로써 아이들을 친일파로 개조했다.

국방이 밖을 지키는 국가사업이라면 교육은 안을 지키는 국가사업이다. 내가 국민학교 교과서를 읽어 보았더니 교묘하게 위장되고 조작된 부분이 너무 많았다.

1949년 국민학교 의무교육의 영향으로 교육인구가 급속히 늘어나고 있었지만, 교육계에 남아있던 친일파는 다 청산되지 않은 상태였다. 또한 좌우익으로 나뉘어 대립하는 터라 강력한 지도 체제가 필요한 실정이었다.

"이것 보게, 장관, 교육계 인사의 친일 행적자는 분명히 가려내어야 하네."

1049년의 어느 날 내가 교육부장관 안호상(安浩相)에게 말했다.

"경찰과 군부에 남아있던 친일파 무리보다 그들이 더 악질이야"

경찰과 군의 친일파는 거의 소탕되고 있었지만, 교육, 문화계는 뿌리가 더 깊었으며 은밀했다.

드러난 몇 명을 제외하고는 몸 안의 병균처럼 잘 보이지 않는다. 중앙청의 집무실 안이었다. 안호상이 머리를 들고 나를 보았다.

"지난 4년 동안의 혼란기에 교육, 문화계에서 좌익 세력의 활동이 활발해졌습니다. 친일파를 가려내는 작업에만 열중하다가 좌익이 침투한 것입니다."

"가려내야지."

정색한 내가 안호상을 똑바로 보았다.

"현재 대한민국의 주적(主敵)이 누구인가? 북한 아닌가?"

"그렇습니다."

"교육, 문화계에 좌익이 날뛰게 만드는 것은 반역에 공모하는 것이네, 곧 반역자 일당이나 같지."

내 입술이 떨렸으므로 나는 손끝으로 눌러야 했다.

교육 문화계의 좌익 무리는 내란을 일으키는 좌익 폭도보다 더 교활하며 잔인하다. 그들은 국가라는 몸의 내부를 갈기갈기 찢지만 웃음띤 겉모습을 하고 손에는 펜을 쥐고 있다.

안호상이 집무실을 나갔을 때 비서 윤호기가 다가와 나에게 묻는다.

"각하, 양성남 씨 손자라는 사람이 면회를 신청했습니다만,"

"누구?"

"양성남이라고 오산교회의 교인이었다는데 각하께서 YMCA 선교사업을 하실 때……."

"아아."

기억이 난다. 30여 년 전 미국에서 공부를 마치고 식민지가 되어있는 한국땅에 돌아왔을 때 만났었지, 그때 양성남의 안내로 사형당한 독립군 정기군의 집을 찾아갔지 않았던가? 그때 윤호기가 말을 이었다.

"확인해보니까 각하께서 그 사람 조부를 만나신 것은 확실한 것 같았습니다. 그래서……."

"들어오라고 해."

그러자 윤호기가 몸을 돌렸다. 나는 하루에 면회객 서너 명은 꼭 만난다. 대통령을 만나자고 멀리 시골에서 몇 일간을 여행하여 온 사람도 있고 양성남 손자 같은 인연도 있다. 민심을 듣기도 하고 어려운 사정을 풀어주기도 하는 것이다.

 방안으로 들어선 사내는 30대 중반쯤으로 중키에 양복 차림이다. 지난번 해주의 포목상 박씨의 손주처럼 얼이 빠져 양탄자 바닥에 엎드려 절을 하지는 않았지만 잔뜩 긴장하고 있어서 누가 밀기라도 하면 어디가 부러질 것만 같다. 내가 지그시 사내를 보았지만 조부 양성남의 모습이 떠오르지 않았다. 그때 다가선 사내가 허리를 절반이나 꺾더니 절을 했다.
 "양경태라고 합니다. 제 아버지는 양만호라고 조부 양성남의 둘째 아들이십니다."
 "아, 그래?"
 자리를 권한 내가 앞쪽에 앉은 양경태를 물끄러미 보았다. 눈동자는 흔들리지 않는다. 입술도 꾹 닫쳐 있어서 정신을 차리고 있는 것 같다. 지난번 포목상 박생원의 손자는 무학(無學)으로 커가는 자식이 셋이나 달린 마흔네 살의 가장이었다. 해방이 되고나서 월남을 했지만 먹고 살길이 없어서 지게꾼을 하면서 살았다는 것이다. 지게꾼으로 다섯 식구가 어떻게 살겠는가? 그래서 그에게 소원이 무엇이냐고 물었더니 '학교소사'가 되면 죽어도 원이 없겠다는 것이었다. 목이 메인 내가 비서를 불러 서울에서 제일 큰 초등학교의 '일등 소사'를 시키라고 했더니 펑펑 우는 것이 아닌가? 소사가 어디 '일등소사'가 있는가? 다 소사지, 아마 지금 쯤 박생원의 손자 박기돌은 소사를 잘하고 있을 것이었다.
 "그래, 무슨 일로 왔는가?"
 하고 내가 물었더니 뒤쪽에 서있던 비서 윤호기가 수첩을 꺼내 적을 준비를 한다.
 그때 양경태가 말했다.

"제 동생이 지난번 여순 반란사건 때 잡혀 감옥에 있습니다."

거기까지는 또박또박 말하더니 치켜뜬 눈에서 갑자기 닭똥 같은 눈물이 주르르 굴러 떨어졌다. 그러더니 이제는 띄엄띄엄 말을 잇는다.

"반란에 가담해서 20년 형을 받고 지금 용산의 군 형무소에 갇혀 있습니다."

"허어."

탄식한 내가 양경태를 똑바로 보았다.

"네, 조부는 살아 계시냐?"

"돌아가신지 13년 되었습니다."

"너는 지금 무엇을 하느냐?"

양성남의 손자라면 내 손자뻘이다. 내가 꾸짖듯이 묻자 양경태가 시선을 내렸다.

"조선문학가 동맹에서 일을 하다가 지금은 놀고 있습니다."

그 말을 들은 나는 길게 숨을 뱉었다. 조선 문학가동맹은 좌익 문인들이 구성한 단체로 지금은 월북한 벽초 홍명희가 위원장이었다.

머리를 든 내가 물었다.

"너, 글을 쓰느냐?"

"예, 소설을 썼습니다."

"그래, 공산주의가 너희들 이상향이 될 것 같더냐?"

그러자 양경태가 다시 시선을 내리면서 말했다.

"일제에 투쟁하기 위한 방법으로 공산당 조직에 가입했던 것입니다. 솔직히 공산당 공부는 제대로 못했습니다."

대부분이 그렇다. 그러다가 공산당 분위기에 휩쓸려 전사(戰士)가 되고 선동가가 된다.

양경태가 말을 이었다.

"제 동생 영식이가 더욱 그렇습니다. 그놈이 국방 경비대에 들어간 것도 주위에서 홀렸기 때문입니다. 그놈은 머릿속에 든 것이 아무것도 없습니다."

양경태가 눈물이 가득 고인 눈으로 나를 보았다.

"제가 말리지 못한 것을 후회하고 있습니다. 김일성 체제의 공산당에 회의를 느끼면서도 뛰쳐나오지 못하고 동생 놈만을 사지에 몰아넣었습니다. 제발 제 동생을 구해 주십시오. 각하."

이런 사연이 양경태 하나뿐이겠는가?

내가 양경태에게 말했다.

"네 동생은 국가보안법을 어겼다. 대통령이라도 어쩔 수가 없구나."

"사람도 죽이지 않았고 주모자를 따라 다녔다고만 합니다. 첫째로 그놈은 소학교만 겨우 졸업해서 공산주의가 뭔지도 모르는 놈입니다. 각하."

양경태는 보성전문을 나온 지식인에 속했다. 33세에 처와 자식이 둘이다. 지금 용산 제 7사단의 군 형무소에 갇혀있는 동생 양영식은 서른 살로 역시 처와 자식이 셋이다.

양영식은 작년인 1948년 10월19일 전남 여수에 주둔했던 국방경비대 제14연대 소속 중사로 반란에 가담했다가 체포된 것이다. 건국한지 두 달밖에 안된 때여서 나는 그 반란 사건을 듣자 피가 마르는 심정이 되었었다. 제14연대의 좌익계 일부 군인들은 그해 4월3일에 제주도에서 발생한 폭동의 진압군으로 파견 되는 것을 거부하면서 군인들을 선동, 반란을 일으킨 것이다. 그것이 1948년 12월 국가 보안법이 제정되는 계기가 되었다.

양경태가 이제는 절절한 표정으로 나를 보았다.

"각하, 제 조부께서 돌아가시기 전에 각하께서 사형당한 독립군 가족을 은밀히 찾아가신 이야기를 해 주셨습니다. 그리고 그 아들을 거둬 주었다고 들었습니다. 이제 저는 반란군 가족이 되었습니다만,"

말을 그친 양경태가 손등을 눈물을 닦는다.

"제가 책임지고 동생을 대한민국 국민으로 만들어 놓겠습니다. 저희 형제에게 기회를 주시기 바랍니다."

"네 아버지는 무얼 하시느냐?"

불쑥 내가 물었더니 양경태가 헛기침을 했다.

"해방되기 전해에 돌아가셨습니다. 아버지는 조부님과 달리 농사만 짓는 농사꾼이셨지요."

"……."

"그래서 조부께서는 저희 형제를 자주 불러 각하 이야기를 해주셨습니다. 언젠가 각하께서 돌아오시면 꼭 저희 형제를 데리고 가서 뵙겠다고 하셨지요."

"……."

"그런데 이렇게 되어서 돌아가신 조부께도 뵐 낯이 없습니다."

"그렇다면 너는 문학가동맹에서 탈퇴했단 말이냐?"

"예, 이북에서 넘어온 사람들의 이야기를 듣고 완전히 손을 떼었습니다."

"지금 너는 무엇을 하고 사느냐?"

"제가 좌익에 가담한 전력이 있기 때문에 인쇄소에서 교정일을 봅니다."

"그 전에는 뭘 했고?"

"해방 전까지 5년 동안 성신여학교 영어교사로 근무면서 소설을 썼습니다."

점점 양경태의 눈에 생기가 더해지고 있는 것을 보면서 나는 가슴이 무거워졌다. 식민지로 36년이 지나다보니 인간사(人間史)는 덧없기만 하다. 겨우 해방이 되었는데도 민족의 수난은 그치지가 않는다. 약소국의 업보라면서 견디기에는 분하고 부끄럽다. 그 순간 내 가슴은 다시 맹렬하게 들끓었다. 나는 최선을 다하고 있는 것이다. 지금 대한민국이 일어나고 있다. 머리를 든 내가 양경태 뒤쪽에 있는 비서 윤호기를 보았다.

"윤비서, 방법이 있겠나?"

내가 물었더니 눈치를 챈 윤호기가 금방 대답했다.

"국방장관께 연락을 하겠습니다."

연락을 받은 신성모는 대번에 양영식을 빼낼 것이다. 아마 직접 제 차에 싣고 나오려고 들지도 모르겠다. 미국처럼 제도와 절차가 정비된 국가라면 힘들겠지만 아직 신생국이다. 모범이 되어야할 대통령이 또 이런 월권을 한다.

해방 당시에 남한의 자작농 비율은 14%정도였으며 농지의 86%를 소작농이 경작했다. 북한은 이미 해방 이듬해인 1946년 공산당 정권이 무상몰수 무상분배 방식으로 토지를 분배했지만 그 토지가 농민의 소유가 되는 것은 아니었다.

사유재산 개념이 없는 공산당 체제에서 농민이 무상으로 농지를 받는다는 말은 새빨간 거짓말이다. 농지는 다 국가의 소유였고 공동 경작 공동 분배라고 정직하게 말해야 되었을 것이다.

남한은 유상몰수 유상분재의 원칙을 세운 후에 1949년 4월에 국회에서 농지개혁법을 통과시키고 6월에 공포 하였으나 지주와 농민 측의 입장 차이를 조정하는데 시일이 걸렸다.

그러나 그것이 민주주의 체제의 본색이다. 협의하고, 토론한 후에 다수결로 결정을 하는 것이다.

1949년 11월의 어느 일요일 오후, 나는 경무대 본관 옆의 창고에 들어가 도끼와 톱을 챙겨 들었다. 문 앞에 나와 날을 살펴보았더니 잘 갈아 놓았다.

내가 가끔 사용하는 터라 비서들이 신경을 쓴 것이다. 창고 문 옆에 걸어 놓은 낡은 모자를 한 개 집어 머리에 쓰고 도끼와 톱을 어깨에 메었더니 영락없는 농군이다.

나는 휘적이며 경무대 뒤쪽 산으로 올랐다. 뒷산은 몇 년 동안 출입을 금지시켜서 말라죽은 나무가 많다. 이것이 내 운동이다.

머리 식힌다고 경복궁 연못에 가서 낚시를 몇 번 했는데 큼지막한 잉어는 제법 잡히지만 도대체 운치가 없다. 내가 어렸을 적 아버님을 따라 한강 지류에서 하던 낚시 맛이 나지 않는다.

나는 지난주에 베다 만 소나무 둥치 앞에서 멈춰 섰다. 말라죽은 나무였는데 톱으로 넘어뜨리기만 하고 돌아갔던 것이다.

"이놈이면 경무대에서 사흘은 땔감으로 쓰겠다."

손에 침을 뱉은 내가 톱을 고쳐 쥐면서 혼잣소리를 했다. 그때 산 위쪽에서 인기척이 났으므로 나는 머리를 들었다.

지게에 톱과 낫, 도끼까지 얹은 노인 하나가 산길을 내려오고 있다. 저고리 위에 조끼를 걸쳤고 바지에는 낡은 각반을 찼는데 일본군이 신던 군화는 앞이 벌어졌다. 일하러 온 노인 같다.

"아니, 당신도 일 맡았소?"

하고 노인이 버럭 소리치자 메아리가 짧게 울렸다. 그 순간 아래쪽 숲에서 불쑥 머리통 하나가 드러났다.

낯익은 경무대 경호원이다. 경호원이 노인을 향해 입을 벌리려고 하는 것을 내가 서둘러 막았다.

"자네는 멀찍이 가 있게."

경호원이 눈만 크게 떴으므로 내가 힘주어 말했다.

"안 보이는데 가 있으라니깐."

"예, 각하."

하더니 경호원의 머리가 숲속으로 들어갔고 노인이 모퉁이를 돌아 다가왔다.

70대쯤 되었을까? 머리칼은 희고 검은 얼굴은 가뭄에 갈라진 땅처럼 주름투성이다. 반쯤 벌린 입에는 치아가 절반쯤은 빠졌다. 다가온 노인이 나를 보았다.

"나는 길은 뚫어 놓았는데 당신은 베어진 나무로 뭘 하는 거요?"

노인은 산길을 막는 나뭇가지와 나무 덩굴을 치운 것이다. 노인의 시선을 받은 내가 대답했다.

"땔감을 만들라고 헙니다."

"허, 어디 땔감요?"

"경무대"

그러자 노인이 지게를 내려놓고 바위위에 앉았다.

노인이 나를 같은 일꾼으로 본 것이다. 하긴 내 행색도 별로 나은 것이 없다.

30년 가깝게 입던 헌 바지의 밑을 끈으로 묶었고 창고에 버려져있던 작업복을 걸쳤다. 신발도 낡았고, 모자는 옆이 헤어져서 머리칼이 나온다. 그때 노인이 말했다.

"그래, 당신은 이박사 얼굴이나 보았소?"

"아니, 난 본적이 없소."

나는 저도 모르게 그렇게 말해 버렸다.

그러자 노인이 곰방대에 담배를 꾹꾹 눌러 담으면서 말했다.

"난 그 양반이 만민공동회원을 모아놓고 종로에서 연설 하는 걸 들은 적이 있소."

"어이구, 오래전 일이오."

내가 놀란 표정을 짓고 말했더니 노인이 담배에 성냥을 그어 불을 붙이고는 머리를 끄덕였다. 콧구멍에서 연기가 굴뚝처럼 품어 나오고 있다.

"암, 50년도 더 전이지, 내가 열대여섯 살 무렵이니까."

"지금 연세가 어떻게 되시오?"

"딱 일흔이오, 내가 오래 산 편이지, 허지만 이 박사는 아마 일흔 다섯쯤 되었을 거요."

하더니 노인이 나를 보았다. 일흔이라면 나보다 다섯 살 아래인데 내 또래로 보인다. 나보다 고생을 더 한 것 같다.

노인이 나에게 물었다.

"자제분은 몇이나 되시오?"

"하나 있었는데 일찍 죽었소."

"허어, 손주는?"

"여럿이오."

답답해서 그렇게 말했더니 노인이 담배 연기를 뱉고 나서 말했다.

"내 자식은 둘인데 전라도 정읍에서 농사를 짓고 있소."

"아, 그럼 노인장만 서울 올라 오셨구려."

"남의 땅 소작일로 입에 풀칠도 하기 어려워서 온가족이 다 서울로 올라왔다가 재작년에 자식 식구들만 먼저 고향으로 내려갔지요."

"아, 고향이 정읍이시구만."

"그렇소."

다시 연기를 내 품은 노인이 말을 이었다.

"이번에 농지개혁이 되면 나도 다시 고향으로 내려갈 거요. 가서 고향에서 죽어야지."

"개혁이 어떻게 되었으면 좋겠소?"

그러자 노인이 흐린 눈을 치켜떴다.

"아, 지주 놈들이야 땅값을 많이 받으려고 할 것이고 농군들은 적게 내리고 하지 않겠소?"

"북한은 지주 땅을 그냥 다 빼앗아서 무상으로 분배 해주었다던데……."

"모르는 소리 마시오."

쓴 웃음을 지은 노인이 다 탄 담뱃재를 소나무 둥치에 두드려 털면서 말을 이었다.

"그게 다 공산당 땅이라고 합디다. 공산당은 개인땅을 인정해주지 않는다는 것이오."

"허어."

"북에서 피난 온 사람들이 다 말해 주었소. 거긴 공산당이 되어야 살아간다고 합디다. 지주들은 다 맞아 죽었다는 거요."

"허어."

"지주가 다 나쁜 게 아니오. 내 고향 정읍의 김진사 양반은 땅 부자였지만 흉년때는 세도 안 받고 곡식을 나눠 주었소. 나중에는 일본 놈들이 정읍 농지 태반을 다 빼앗아 갔지만 말요."

"좀 땅값이 비싸더라도 빨리 토지를 정리 해야겠지요?"

"아, 그럼요."

"이 박사가 나라를 잘 다스리는 것 같습니까?"

낯이 간지러웠지만 외면한 채 그렇게 물었더니 노인이 엉덩이를 털고 일어서면서 대답했다.

239

"일제시대에는 찍소리도 못하고 박혀있던 놈들이 해방이 되고나서는 이놈 저놈 다 튀어나와서 저마다 애국자라고 떠드는 세상이 되었소."

지게를 등에 맨 노인이 담뱃대를 허리춤에다 꽂으면서 말을 이었다.

"해방되면 다 잘될 줄 알았더니 거 시끄럽고 더 불안하지 않소? 이박사가 얼른 수습을 했으면 좋겠소."

이것이 민심이다. 이 말 속에 다 포함이 되었다.

대한민국 정부 수립 당시에 전문대학 이상의 교육을 받은 사람은 수천 명에 불과했으며 소학교(초등학교) 교육이라도 받은 인구는 전체의 14%였다. 문맹률이 80%가 넘는 상황이었던 것이다. 이러니 정부 기관은 물론 사회는 인력난에 허덕였다. 정부와 사회를 유지 시키던 일본 인력들이 다 빠져나갔기 때문이다.

적재(適材)를 적소(適所)에 배치시켜야 되겠으나 그러지 못했다. 일단 정부는 1949년 1월에 6년제 의무교육 계획을 수립한 후에 남녀 평등하게 의무교육을 실시했는데 교육개혁은 한국민의 치열한 교육열과 잘 맞았다.

대한민국 정부 수립 후에 내가 중점적으로 추진한 세 가지를 꼽으라면 농지개혁, 교육개혁, 그리고 국방강화일 것이다.

"신생국은 기반이 중요해. 이건 마치 집을 지을 때 주춧돌을 크고 단단한 것으로 골라 놓는 것이나 같네."

어느 날 내가 경무대에 찾아온 이기붕과 안호상에게 말했다.

그때는 프란체스카가 모처럼 과자와 수정과를 가져왔으므로 분위기가 부드러워졌다. 안호상은 독일에서 철학박사 학위를 받은 터라 독일 말을 잘한다. 문교부장관이 되기 전에 경무대에 왔다가 우연히 프란체스카가 안호상이 독일에서 공부 했다는 것을 알고 둘이 독일어로 이야기를 했다.

그 후로 안호상이 경무대에 오면 프란체스카가 과자부스러기를 들고 나타났다. 프란체스카는 기회를 봐서 모국어인 독일어로 이야기를 나누고 싶겠지만 독일어를 모르는 나는 언짢다.

안호상은 좌익분자가 많았던 서울대 교수 중에서 반탁에 대한 주관이 뚜렷했고 교육개혁에 나와 뜻이 같았기 때문에 문교부장관으로 임명한 것이다. 프란체스카와 독일어 환담을 나눈 것이 안호상에게 해가 되었을망정 득은 아니다.

내가 응접실 소파에 나란히 앉은 둘에게 말을 이었다.

"6년 동안 남녀 평등하게 의무교육을 시킴으로써 한민족 역사상 처음으로 남녀평등, 신분 평등의 문화적, 사회적 토양이 굳어지게 되는 것이네."

이것은 내가 국회에서도 대국민 연설에서도 말했지만 역사상 처음인 의무교육이다. 의무는 강제처럼 보이지만 권리를 주장할 신분 상승의 효과가 따르는 법이다.

내가 둘을 번갈아 보았다.

"그래서 민주국가의 가치를 사용할 수 있는 능력을 갖게 되는 것이고 현실적이고 합리적인 사고를 할 수 있을 것이네."

그렇다. 이상주의자는 저만 망가지는 게 아니라 주변도 오염시킨다. 만일 그가 지도자가 된다면 나라가 위험해질 것이다.

그 때 안호상이 말했다.

"교과서의 내용과 교육 방법, 그리고 교사 양성이 병행되어야만 합니다. 그리고 가장 중요한 것은."

이미 여러 번 여러 장소에서 이야기 한 터라 안호상의 말도 술술 이어졌다.

"건국이념입니다. 국가에 대한 존엄성 고취가 교육의 첫 과정인 것입니다."

내가 천천히 머리를 끄덕였다.

안호상은 장수(長壽)장관이다. 그것이 프란체스카와 독일말로 회담하는 유일한 장관이기 때문이 아니라는 증거가 바로 이것이다.

그 때 방문이 열리더니 박마리아가 들어섰다. 박마리아는 또 프란체스카의 통역이자 친구, 또는 동생 역할까지 한다. 이기붕이 내 비서 출신이었으니 부부간이 마치 식구처럼 느껴진다.

"사모님, 소스 맛 좀 봐 주시지요."

하고 박마리아가 영어로 말한 순간 내 얼굴에 저절로 웃음이 떠올랐다. 적절한 때에 프란체스카를 데려가려고 온 것이다.

프란체스카가 아쉬운 표정으로 일어섰을 때 내가 못이긴 척 영어로 말했다.

"그래, 안박사가 떠나기 전에 이야기 좀 해."

"북한 분위기가 심상치 않습니다."

내 앞쪽 자리에 앉은 이철상이 말했다. 한 때 박헌영의 비서였던 이철상은 이제 대통령 특별 보좌관 신분이 되어있다.

정색한 이철상이 들고 있던 서류를 읽는다.

"북한은 올해 초 1949년 신년사에서 김일성이 '국토의 완정(完整)'과 조국의 통일을 위해 궐기하자'고 했습니다. 이것은 북한 체제하의 통일을 의미합니다."

나는 잠자코 머리를 끄덕였다. 정부수립 만1년이 지나 1949년 말인 지금, 남한 주둔 미군은 고문단 600여명만 남겨놓고 철수했으며 미국무장관 에치슨의 극동방위선 축소방침도 발표만 남은 상황이다.

남한은 이제 스탈린이나 김일성에게 무주공산처럼 보일지도 모른다.

내가 머리를 들고 이철상을 보았다. 이철상은 38선을 넘어 평양에 다녀온 것이다. 평양에서 상황을 실제로 보고 듣고 온 이철상만큼 정확한 정보원이 있겠는가?

"전쟁이 일어나면 안돼, 지금은 시기가 아니야. 아직 대한민국이 토대가 갖춰지지 않았어."

내가 한마디씩 낮게 말하고는 물었다.

"김일성이가 남침할 것 같은가?"

"지난 8월에 시티코프를 설득했다는 소문이 났습니다."

시티코프는 북한 군정을 맡았다가 1949년 1월 12일에 북한주재 소련대사로 부임한 인물이다.

이철상의 말이 이어졌다.

"지난 3월 5일, 모스크바에서 열렸던 스탈린과 김일성 회담에서는 남침하겠다는 김일성에게 스탈린이 일단 말렸다는 소문이 났습니다. 그건 확실한 것 같습니다. 첫째 북한 인민군이 남한군에 아직 압도적이지 못하고, 둘째 남한에는 아직 미군이 남아있으며 셋째로는 38선에 관한 미·소 협정이 유효하다는 이유를 대었다고 합니다."

서류에서 시선을 뗀 이철상의 얼굴이 어두워졌다.

"그런데 차츰 분위기가 변해지고 있는 것 같습니다. 김일성과 박헌영이 8월에 시티코프를 만나 강력하게 남침을 주장했고 스티코프도 찬성쪽으로 마음이 기울어졌다는 것입니다."

"……"

"평양의 당 간부들도 스탈린도 찬성하리라고 합니다."

나는 소리죽여 숨을 뱉었다. 하반기에 들어서 주변 분위기는 더 나빠졌다. 미군은 6월29일 철수를 완료했으며 소련은 8월 9일 원폭 실험에 성공함으로써 위용을 과시했다. 9월에 들어서 남로당의 빨치산 투쟁이 본격화 되었고 10월 1일 중화인민공화국이 창건하면서 북한은 10월 6일 중국과 국교를 수립했다. 그런 와중에 미국은 에치슨 라인으로 한반도에서 빠져나가려는 것이다.

내 눈치를 살핀 이철상이 말을 이었다.

"시티코프에게 김일성은 전쟁이 나면 남한 전역에서 대규모 반정부 투쟁이 일어나고 빨치산과 연합하면 남한 정부는 순식간에 무너진다고 했다는데요."

"자네 생각도 그런가?"

하고 내가 불쑥 물었더니 이철상이 시선을 내렸다.

그러나 대답은 했다.

"북한 공산당 간부 대부분은 그렇게 믿고 있습니다."

"박헌영이 빨치산에 대한 기대가 크겠군."

"그렇습니다."

이철상이 말을 잇는다.

"8월 달의 시티코프와의 회담에서 장담을 했다고 합니다."

북한이 수시로 소련과 남침 문제를 협의하고 있다는 것은 사실인 것이다. 김일성은 서두르고 있다. 남한이 안정을 찾기 전에 남침을 하여 무력 통일을 하려는 것이다. 나는 어금니를 물었다. 과연 동족상잔의 전쟁이 일어날 것인가?

당시의 남한 육해공군 병력은 8만5천 명에서 9만 명 수준이었으며 장교는 약 4,700명이다. 7개 보병사단과 5개의 독립 보병연대 및 대대를 보유하고 있었는데 소련의 전폭적 지원을 받아온 북한군에 비해 열세다. 그러나 국민의 사기진작을 위해 무적 국군을 과대 포장한터라 겉으로 드러내놓고 걱정 할 수가 없다.

그 때 다시 이철상이 서류를 펼치더니 보고를 계속했다.

"시티코프가 김일성, 박헌영과 회담을 하고나서 모스크바로 휴가를 떠난 다음에 대리 대사로 평양에 온 토운킨과 김일성, 박헌영이 다시 회담을 한 내용을 입수했습니다."

"어, 그런가?"

나는 긴장했다. 이것은 특급 기밀이다. 미정보당국은 이런 정보를 얻을 수가 없을 것이다. 박헌영의 비서 출신에다 공산당 간부들과 인연이 있는 이철상만이 가능한 일이다.

이철상이 서류를 읽었다.

"김일성은 스탈린에게 다음과 같이 제안했다고 합니다. 처음에 옹진반도에 주둔한 남한군 2개 연대에 타격을 가해서 옹진반도와 개성까지를 점령한다는 것입니다. 남한군은 선제공격을 받으면 전의를 상실할 것이고 그 때 남진을 계속한다는 계획입니다."

"……"

"남한은 반격할 전력도 없고 38선을 밀고 올라올 겨를도 없을 것이라고 했습니다. 왜냐하면 남한의 빨치산이 일제히 봉기하여 내란이 일어날 것이기 때문이라고 합니다."

이철상의 시선을 받은 나는 외면했다. 과연 그런 상황이 되었을 때 한국군은 반격을 할 수 있을 것인가? 이 보고서를 동경의 맥아더한테라도 보내야 되지 않겠는가?

만일 이 내용을 대한민국 국민들이 알게 되었을 때 어떤 영향이 올 것인가?

그 때 내 눈치를 살핀 이철상이 묻는다.

"각하, 계속해도 되겠습니까?"

"오, 계속하게."

이철상이 손에 쥔 보고서를 펴 보이며 말했다.

"남한 정치 상황에 대한 시티코프의 보고서입니다. 소련 대사관에서 일하는 타자수가 이것을 빼내어서 김일성한테 보고했고 김일성이 박헌영 등 간부들한테 다시 베껴 나눠준 것을 손에 넣었습니다."

"참 수고했어."

서류를 편 이철상이 다시 읽는다.

"남한의 정치 상황은 대단히 불안정하다. 그들은 좌익 정당이나 정치조직, 빨치산을 공격하고 있지만 인민들의 지지를 받지 못하고 있다. 그것은 우익 진영이 결속하지 못하고 권력을 둘러싼 정쟁만을 일삼고 있기 때문이다."

이철상이 머리를 들었으므로 나는 눈을 감았다.

그러자 이철상의 목소리가 이어졌다.

"그래서 좌익 세력들은 내부 갈등이 심해지고 있는 남한의 정치 상황을 이용하여 영향력 있는 중도파나 권력투쟁에서 밀려난 우익들은 포섭, 접촉하고 있다. 특히 중도 포섭이 성과가 있으며 중도로 위장한 활동이 가장 활발하다."

"……"

"남한의 국회의원 몇 명은 북한의 지시를 받고 남한 정부와 미국의 정책을 비판하는데 앞장서고 있다. 이 결과 62명의 국회의원이 미군의 완전철수, 이승만 정권에 대한 불신임결의, 내각의 퇴진에 대한 청원서를 국회에 제출했고 이 안건은 국회 다수파의 지지를 받고 있다. 이런 상황으로 볼 때 남한 정권은 전쟁이 일어나면 곧 붕괴가 될 것이다……."

이철상이 잠깐 말을 그쳤을 때 나는 눈을 떴다. 나는 눈을 깜빡여 초점을 잡고 이철상을 보았다. 아, 대한민국의 운명은 어떻게 될 것인가?

1949년 한해에만 빨치산들은 남한에 3,000회 이상의 게릴라전을 감행했다. 군 당국의 정보에 의하면 빨치산 병력수는 약 2,000명으로 모두 북한 노동당 중앙위원회의 지시를 받고 있는 것이다.

1950년 1월초의 남한은 준(準) 내전 상태나 같다. 철통같은 공산 독재체제로 온 국가를 집단화, 병영화한 북한 체제에서 보면 남한은 불면 넘어갈 것 같은 국가, 아니, 국가도 아니게 보였으리라.

공산당 무리, 특히 소련군 소령 출신의 사이비 공산주의 독재자 김일성이 민주주의의 다양성, 합리성, 그리고 경쟁에 의한 창조성과 독창성을 이해할 리가 없다. 민중을 짐승처럼 가두고, 먹이를 주면서 따르게 하는 것이 잘 되는 국가인줄 안다. 김일성의 관점에서 보면 남한은 금방 망할 것 같은 나라다.

"이보게, 내가 시티코프의 보고서와 북한 동향에 대한 자료를 보냈으니 장대사하고 잘 상의해서 북한과 소련의 밀착을 언론이나 각국 대표에 알려주게."

하고 내가 뉴욕에 있는 유엔대사 조병옥에게 전화로 말했다.

장대사란 미국 대사인 장면을 말한다. 해방 후에 민군정청 경무부장으로 국내 치안을 담당했던 조병옥은 유엔대사가 되어 미국에 가있는 것이다. 조병옥은 1894년생이니 당시 56세로 컬럼비아대 법학박사 출신이다.

조병옥의 굵은 목소리가 수화구를 울렸다.

"알겠습니다. 각하, 하지만 소련의 팽창 정책이 한두 군데가 아니어서 한반도는 관심에서 멀어지는 것 같습니다."

"그건 알고 있네."

"미국은 극동 방위선을 일본으로 정한 것 같습니다."

에치슨라인이다. 호흡을 가다듬은 내가 말을 이었다.

"그렇게 되면 한반도 방위는 유엔의 역할이 커지네, 조대사."

"이곳은 걱정하지 마십시오, 각하."

국내 치안불안부터 종식 시키라는 말 같아서 나는 입맛을 다셨다.

통화를 끝냈을 때 집무실 안으로 이기붕이 들어섰다. 굳어진 표정이었으므로 내 가슴이 무거워졌다.

"각하, 민국당에서 제출할 개헌안에 무소속 의원이 벌써 9명이나 동참했다고 합니다."

나는 시선만 주었다. 개헌안이란 내각제 개헌안을 말한다. 내 독주를 막겠다는 주장이지만 내가 보기에는 정권욕이다.

1949년 초에 한민당 주류와 대동청년당이 연합하여 민국당을 창당했는데 이제 원내 의원이 70석인 제1야당이 되었다. 나를 지지하는 대한민국당이 71석이니 차이는 1석 뿐이다. 거기에 무소속 의원을 합하면 과반수 확보가 가능하다.

이기붕이 말을 이었다.

"각하, 결단을 내리셔야 될 것 같습니다."

그러나 나는 저도 모르게 풀썩 웃었다.

"무슨 결단? 내가 쿠데타라도 일으키란 말인가?"

눈 밑에 경련이 왔으므로 손끝으로 누른 내가 말을 이었다.

"뜻이 맞지 않는다고 다 청산하고 몰아 낼 수는 없지. 그럼 내가 김일성이하고 똑같은 인간이 되네."
 아마 공산당 프락치가 되어있던 소장파 의원들과 휩쓸려 친일파 소탕부터 했다면 공무원 태반이 잡혀 죽었을 것이다. 아니, 지금 국회에서 나를 몰아내겠다고 큰소리를 치는 한민당 출신 의원 대부분이 사라져있을 것이다. 그래서 대한민국이 어떻게 되었을 것인가?
 나는 김일성도 아니고 김구도 아니다. 이승만이다.
 이윽고 내가 입술만 달싹이고 말했다.
 "이북이 지금 어떤 상황인지 말해도 믿지 않으려고 들겠지. 다 내가 대통령제를 밀어붙이기 위한 음모라고 하겠지."

 나를 지지하는 대한민국당이 71석이지만 나는 여전히 무당파(無黨派), 초당적(超黨的) 입장을 견지했다. 그러나 이제 그것이 현실적인 방법이 못 된다는 것을 절감했다. 아직 신생 대한민국의 상황은 급박했으며 내 행동이야말로 비현실적이었다. 하지만 그것이 그때까지 내가 의도적으로 국회를 장악하려고 들지 않았다는 증거는 될 것이다.
 1950년 1월 27일, 민국당의 서상일이 제안한 내각제 개헌안은 민국당의원 70명, 무소속 9명, 계 79명의 동의를 얻었다. 과반이 되려면 아직 20여 표는 더 얻어야 될 것이다. 그 상황에서 표결을 앞둔 1950년 2월초의 어느 날 나는 용산에 주둔한 수도사단을 방문했다.
 수도사단장 이종찬 대령은 일본육사 출신으로 일본군 대좌를 지낸 정예다. 나는 일본군 출신이더라도 육사특별반, 또는 군사영어학교 과정을 거치게 한 후에 국군 지휘관으로 재임용했다. 그것은 장교를 육성할 시간도 없는데다 좌익의 테러와 반란을 막기에는 다른 방법이 없었기 때문이다. 일본 육사를 나와 대좌까지 승진했으니 친일로 불릴 수도 있을 것이다.

그러나 이종찬은 이제 신생 대한민국의 군인으로 충성하고 있었다. 적어도 내가 보기에는 그렇다. 이종찬의 조부 이하영이 1904년에 외부대신으로 한일협약을 맺은 친일파 가계라도 그렇다. 친일파가 밉다고 신생 대한민국을 공산당에게 바칠 수는 없다. 이종찬은 내 뜻에 부응하고 있다. 이종찬은 1916년생이니 당시 35세의 청년이다.

갑자기 방문한터라 긴장한 채 서 있는 이종찬에게 내가 말했다.

"여기 노영호 소령이 있지? 그 사람을 불러오게."

"예, 각하."

발뒤꿈치를 붙인 이종찬이 회의실을 나가더니 금방 소령 계급장을 붙인 군인과 함께 들어섰다. 소령의 얼굴을 본 내가 머리를 끄덕이며 웃었다.

"그래, 아버지를 닮았구나."

그 순간 소령의 얼굴이 하얗게 굳어졌다가 곧 붉게 상기되었다. 영문을 모르는 이종찬이 눈만 껌벅였고 내 뒤쪽에 서있던 국방장관 신성모, 헌병사령관 채병덕도 어리둥절한 표정을 짓는다.

회의실 안은 잠깐 정적에 덮여졌다. 지금 내 앞에 선 노영호는 내가 박사학위를 받고 귀국하여 YMCA에서 일할 적에 일본총독부의 이구치 대좌 통역관이었던 노석준의 아들이다.

다시 내가 말을 이었다.

"네 아버지가 남한에만 계셨어도 그렇게 공개처형을 당하지 않으셨을 것이다. 아니, 내가 증인이 되어서 네 아버지의 애국적인 행동을 증언하고 애국자로 표창을 받게 해드렸을 것이다."

그 때 노영호의 눈에서 주르르 눈물이 흘러내렸다. 이종찬도 내막을 짐작했는지 숨을 죽이고 있다.

다시 내가 말을 이었다.

"공산당 무리는 이제 네 조국과 네 아비의 원수다. 알겠느냐?"

"예, 각하."

울음기를 없애려고 노영호가 쥐어짜는 것 같은 목소리로 대답했다.

작년 말쯤 노영호가 경무대로 제 아버지 노석준과 자신의 사연을 적은 편지를 보냈을 때 나는 바빠서 만나지 못했지만 바로 국방부장관에게 조치하라고 지시했던 것이다.

노석준의 아들 노영호는 일본육사를 졸업하고 일본군 대위로 관동군에 소속되어 있다가 해방과 함께 귀국했다. 그러다 아버지 노석준이 함흥에서 공개처형을 당하자 가족과 함께 월남했던 것이다. 그리고 지금은 국군 소령이 되어서 내 앞에 서있다.

내가 말을 이었다.

"나는 너를 계속 주시할테다. 노소령."

프란체스카와 가장 친한 사람을 꼽으라면 이기붕의 처 박마리아(朴瑪利亞)가 될 것이다. 박마리아는 1906년생 이었으니 당시에 나이는 45세, 프란체스카는 51세로 6살 연상이다. 박마리아는 교회 전도사로 일한 홀어머니 슬하에서 가난하게 자랐지만 공부에 대한 집착이 강했다. 그래서 고학 하다시피 호수돈여자고보, 이화여전을 졸업한 후에 선교사의 도움을 받아 미국 유학을 갔다.

일제시대에 더구나 여자가 고학을 하다싶이 하며 미국에서 대학을 졸업하는 것은 어지간한 의지 가지고는 힘들다. 박마리아는 마운트호러대학, 스카렛대학을 졸업하고 피바디대학에서 석사 학위를 받은 다음 귀국해서 이화여자대학 강사로 재직했다. 그러다 1935년 29살 때 10살 연상인 이기붕과 결혼한 것이다.

"파파, 마리아가 가져온 과자 좀 드세요."

경무대 2층 응접실로 들어선 프란체스카가 그릇을 내려놓으면서 말했다. 그릇에는 먹음직스런 과자가 놓여 있다. 토요일 저녁이었는데 나는 주미대사 장면에게 영문으로 편지를 쓰고 있던 중이었다.

타자기에서 손을 뗀 내가 프란체스카에게 물었다.

"매미, 어제 마리아가 뭐라고 그랬지?"

"뭐 말인가요 파파?"

소파에 앉은 프란체스카가 나를 보았다.

"서대문에서 술 취한 순경들이 난동을 부렸다고 했지 않아?"

"그랬지요, 참."

프란체스카가 생각이 났다는 얼굴로 말을 잇는다.

"작당해서 몰려다니는 바람에 시민들이 불안해서 도망갔답니다."

"마리아가 직접 보았대?"

"그건 모르겠어요, 파파."

나는 타자기에 걸린 편지를 빼놓고 자리에서 일어나 프란체스카 앞에 앉았다. 그리고는 과자를 집어 들면서 말했다.

"내가 서대문 서장한테 알아보니까 그들은 순경이 아니었어, 훈련을 마친 국군 포병 하사관이 휴가를 가던 길에 술 마시고 저희들끼리 싸웠다는군."

과자는 미제로 맛이 있었다. 전에는 박마리아가 뭘 가져오면 어디에서 샀느냐 값이 얼마냐 하고 꼬치꼬치 물었지만 나는 요즘 그러지 않았다는 것을 깨달았다. 이젠 익숙해져서 그냥 받아들이고 있는 것이다. 내가 웃음 띤 얼굴로 프란체스카를 보았다.

"매미, 하마터면 서대문 서장이 문책을 당할 뻔 했어. 잘못 본 사람의 말 때문에 말야."

"미안해요, 파파."

금방 말뜻을 알아차린 프란체스카가 사과했지만 나는 말을 이었다.

"동양 속담에 여자가 나서면 안 될 일이 있다고 했어, 그것은 남자가 하는 바깥일에 관한 거야 매미."

나는 남녀평등주의자이며 개화된 사람이라고 자부한다. 그러나 이때는 프란체스카에게 못을 박아둘 필요가 있었다. 그렇다고 암탉이 울면 집안이 망한다는 어른들 이야기를 해줄 수는 없지 않은가?

"매미, 마리아가 어떤 이야기를 하던 간에 내가 막을 수는 없어, 온갖 이야기를 다해주는 것이 매미가 한국을 이해하는데 도움이 될 거야."

프란체스카는 머리만 끄덕였다.

"하지만 매미, 그 이야기를 나한테 하면 안돼, 난 한국 대통령이야. 그런 말을 듣고 선입견이 생길수도 있는 거야."

"알았어요, 파파."

착한 프란체스카가 고분고분 대답했다. 그래서 나는 다른 이야기는 더 이상 하지 않았다. 내 몇 명 안 되는 친척들이 찾아오는 것을 싫어하는 것, 너무 내 건강을 챙긴다면서 민원인도 못 만나게 하는 것, 한약을 근본적으로 불신하는 것 따위다.

1950년 2월, 농지 보상과 상환을 각각 년 생산량 150%로 환산하여 5년 분할로 결정한 농지개혁법이 국회를 통과했다. 1948년 8월 15일 정부수립과 동시에 추진했던 농지개혁 법안은 마침내 1950년 3월 10일 법안으로 공포 되었다.

대한민국의 토지개혁은 북한의 무상 몰수, 무상 분배와 반대로 유상 구입 유상 분배 방식을 택함으로써 자본주의 사회의 기반을 굳혔다고 생각한다.

이것을 요약하면 첫째, 경제적 효과로서 자본주의적 시장 경제를 태동 시켰으며, 둘째 평등 사회를 구현했다. 이제 농민이 경제 주체가 될 것이다. 셋째 공산주의자와 달리 토지를 소유한 농민이 주인의식과 함께 자립심을 배양할 수 있게 되었다.

이것을 정치적으로 분석하면 첫째 지주 중심으로 구성된 민국당의 경제적 기반이 붕괴되었으며 둘째 남한 농민에게도 농지가 제공됨으로써 남로당의 정치 공세를 차단시키게 되었다. 그리고 셋째는 정부에 대한 농민의 지지기반이 확고해진 것이다.

그리고 3월 14일, 민국당의 주도하에 국회에 상정했던 내각제 개헌안이 표결에 붙여졌다. 전체 의원 179명중 내각제 개헌에 찬성한 의원은 79명, 그리고 반대가 33. 기권 66, 무표 1표로 개헌안은 부결되었다. 대한민국당 등 나머지가 모두 반대, 기권으로 돌아섬으로써 과반수 획득을 못한 것이다. 이미 민국당이 무소속 의원 9명을 합류 시켰을 때부터 예상은 했지만 씁쓸했다. 한민당은 민국당으로 세를 불려 끝까지 내각제를 밀어붙이고 있는 것이다.

"오키나와에 연합군 기지를 건설하고 있는 것으로 극동의 미군 존재를 부각시키고 있습니다."

존·무초가 말하자 나는 쓴웃음을 지었다. 1950년 3월 중순, 나는 미국대사 무초를 경무대로 초대하여 이야기를 나누는 중이다. 무초 옆에는 유엔대사로 근무하다 귀국한 조병옥이 앉아있다.

무초가 말을 이었다.

"각하, 김일성이 아무리 무모하다고 해도 남침이란 도박은 하지 못할 것입니다. 첫째 스탈린이 허가하지 않을 겁니다."

예상 했던 대로 올해 1월 12일 미국무장관 에치슨은 미국의 극동방위선을 발표했다. 오키나와 미군기지 건설은 항구적인 기지를 건설함으로써 방어선에서 제외된 국가들을 위무하고 공산국가인 소련과 중국에 대한 시위일 것이었다.

그 때 조병옥이 말했다.

"2월 14일 중·소 우호조약이 체결 되고나서 이번 달 말에 김일성이 다시 스탈린을 만나러 간다는 소문이 다 퍼져있습니다. 이것은 뭔가 한 계단씩 준비되고 있다는 생각이 안 듭니까?"

나 하고 조병옥이 상의한 내용이다. 그러자 무초가 가늘게 숨을 뱉는다. 무초는 남북한 실정을 가장 잘 아는 미국인 중 하나일 것이었다.

"물론 대비는 하고 있어야겠지요."

내가 당시에 보고 받기로는 중국의 모택동도 전쟁이 일어나면 돕겠다고 김일성의 대리인으로 방중했던 김일에게 말했다는 것이다. 이런 정보는 포로로 잡힌 빨치산으로부터 나온다. 또 스탈린은 아직 남침은 허락 안했지만 남한의 빨치산을 얼마든지 지원하겠다고 약속했다는 것이다.

내가 무초에게 말했다.

"대사, 김일성이 하루라도 빨리 남침하려는 이유는 대한민국의 기반이 굳어지기 전에 점령하겠다는 의지요."

무초는 정색했고 내가 말을 이었다.

"김일성 옆에 있는 부수상이며 남로당 당수 박헌영이 남한을 잘 압니다. 시간이 지날수록 불리해진다는 것을 말이오."

이제 겨우 내각제 개헌안을 부결 시켰으니 김일성은 더 초조해졌을지도 모른다.

이쪽이 안정되면 저쪽은 불안해진다.

1950년 5월 30일, 제2기 국회의원 선거일까지 대한민국의 역사는 만 2년도 안되었다. 1948년 5월 10일 첫 제헌의원 선거를 하고 그해 7월 17일에 대통령제를 골자로 하는 헌법이 공포 되었으며 7월 20일에 국회에서 정부통령 선거가 실시되었기 때문이다.

그때 196표 중에서 내가 180표, 김구가 13표, 안재홍이 2표였다. 서재필이 1표를 받았다가 미국시민권자라 무효 처리가 된 것이 지금도 기억에 생생하다.

그리고 8월 15일 건국을 선포했으니 내가 대통령이 된지도 1년 10개월 남짓이다. 그 1년 10개월이 나는 11년처럼 느껴졌다. 그리고 해방 후 건국까지의 3년이 마치 30년 같다.

나는 불의와 타협한 적이 없다. 그것이 나를 독재자로 덮어씌우기에 적당한 것 같다. 해방 후 지금까지 나는 독재를 한 적이 없다. 내가 70여년 추구해온 새 국가, 대한민국의 뼈대를 맞추기 위하여 초지일관 고집을 부렸다고 하면 맞는 표현이 될 것이다.

첫째, 나는 자유민주주의 체제의 대한민국을 건국했다. 하와이에 와있는 나를 민족분단의 원흉이라고 부르는 자가 있다면 그 배경을 살펴보기 바란다. 틀림없이 그자는 공산주의자일 것이다. 나는 그런 자에게는 원수가 될 것이고 오히려 그것이 자랑이다.

감히 말하지만 내가 아니었다면 대한민국은 건국되지 못했다. 나는 공산주의자와 견제자들의 온갖 방해를 무릅쓰고 대한민국을 건국했으며 1년 10개월 동안 대한민국의 기틀은 분명하게 굳혔다.

그것은 국가보안법, 농지개혁법, 국민의무교육, 국방, 헌법에 남녀평등의 교육기회와 참정권을 부여함으로써 여성해방, 그리고 종교자유 등의 뼈대다. 이제 이것은 굳히고 다듬는 작업이 남아있을 뿐이다.

"각하, 결과가 나왔습니다."

하고 비서관 민복기가 다가와 보고했을 때 나는 생각에서 깨어났다.

제2대 국회의원 선거 결과다. 민복기가 손에 쥐고 있던 쪽지를 읽는다.

"민국당 24석, 대한민국당 24석, 국민회 14석, 대한청년단 10석, 그리고 무소속이 126석입니다."

나는 머리를 끄덕였다. 민국당과 대한민국당의 패배라고 봐도 되겠다.

누구는 나를 적극적으로 지원해준 대한민국당이 71석에서 24석으로 줄어든 것이 내 패배라고 하지만 틀린 말이다. 한민당의 후신인 민국당도 79석에서 24석으로 줄었고 무소속이 1기 때는 85석이었던 것이 126석으로 늘어났다.

이것은 야당에 뚜렷한 지도자가 없다는 것을 의미한다. 만일 내가 당수가 되어 공개적으로 창당을 했다면 대한민국당은 물론이고 민국당, 그리고 대부분의 무소속 의원을 흡수할 수 있었을 것이다.

"정치하기가 가장 좋은 구도로군."

내가 혼잣소리처럼 말했더니 민복기가 시선을 주었다. 민복기(閔復基)는 1913년생이니 당시 38세, 경성제대 법학부를 졸업하고 일본고등문관시험 사법과에 합격해서 해방 전까지 경성복심법원 판사를 지냈다. 작년에는 법무부 법무국장을 맡았다가 대통령 비서관이 되었다. 법관답게 사리가 분명하고 정도(正道)를 걷는 인물이다.

내가 말을 이었다.

"민주주의는 설득과 합의의 정치를 하는 것이야. 무소속이 많다는 것은 그 가능성이 많다는 의미가 아니겠는가?"

그러나 민복기는 대답하지 않았다. 신성모라면 진심으로 동의했을 것이다. 아마 민복기는 그 반대의 경우를 머릿속에 떠올리고 있었던 것 같다.

한숨을 쉰 내가 민복기에게 말했다.

"이런 때는 마도로스 신이 있어야 되겠구먼."

"각하, 부를까요?"

정색한 민복기가 물었으므로 나는 또 숨을 뱉었다.

"아니야, 놔두게, 그만하면 되었어."

김일성은 1950년 3월 30일 다시 소련을 방문하여 한 달 가깝게 체류했다가 4월 25일에 귀국했다. 그리고는 다시 보름후인 5월 13일 박헌영과 함께 중국을 방문했는데 사흘 후인 5월 16일에 돌아왔다.

남한은 국회의원 선거로 정신이 없었고 나 또한 김일성의 행보에 크게 주목하지 않았었다. 그러나 선거가 끝난 며칠 후에 내가 국방장관 겸 총리서리 신성모에게 물었다.

"신장관, 방위 태세는 충분한가?"

"예, 걱정하실 것 없습니다. 각하."

신성모의 대답은 시원스럽다. 경무대 2층의 집무실에는 신성모와 이철상까지 셋이 둘러앉아있다. 내 특별보좌관격인 이철상은 신성모를 싫어했다.

내 인사에 대해서 왈가왈부 하지는 않았지만 신성모의 말에는 꼭 꼬투리를 잡았다. 신성모도 그 눈치를 알고서 이철상하고는 아는 체도 않는다. 그런 둘을 마주보고 앉게 한 것은 처음이다. 내가 다시 물었다.

"4월 한 달 동안 김일성이 소련에 가 있으면서 스탈린한테 군사 원조를 많이 받아왔다고 하네, 지금 북한군 장비가 대폭 증강되고 있다는 거야. 알고 있는가?"

"예, 저도 압니다."

신성모의 시선이 힐끗 이철상을 스치고 지나갔다. 어깨를 편 신성모가 말을 이었다.

"하지만 대한민국군도 착실하게 군비를 갖추고 있습니다. 적을 경시 하는 것도 위험하지만 두려워하는 것도 군 사기에 큰 영향을 미칩니다. 국군은 싸우면 이긴다는 신념을 갖고 있어야 합니다."

"말은 좋은데,"

그 때 이철상이 헛기침을 하고 나섰다.

"5월 중순에 김일성, 박헌영이 모택동과 만나서 전쟁이 일어나면 지원 해 주겠다는 약속을 받았다고 합니다. 장관은 알고 계십니까?"

"그건 소문이요."

일언지하에 자른 신성모가 나에게 말했다.

"중국군은 오합지졸입니다. 10만 명이 몰려와도 전멸시킬 수 있습니다."

그러나 소련과 중국은 지난 2월 14일 모택동이 소련을 방문하여 스탈린과 중·소 우호동맹 상호원조조약을 체결했다. 소련과 중국은 동맹국이 된 것이다. 김일성에게도 희소식이다.

그때 이철상이 다시 말했다.

"제 정보에 의하면 소련은 군사지원은 충분히 하겠지만 전쟁이 일어나면 중국이 함께 싸우라고 했답니다. 이것은 이미 소련과 중국이 북한의 전쟁계획을 승인한 것이나 같습니다."

"그건 도대체 어디에서 나온 정보요?"

마침내 신성모가 눈을 치켜뜨고 이철상을 보았다.

"이선생은 그 정보원을 밝혀주서야겠소, 그래야 내가 확인해서 조치할 것 아닙니까?"

"믿을만한 정보원입니다. 그러나 밝힐 수는 없습니다."

"그럼 믿을 수가 없소."

"나는 알고 있어."

마침내 내가 이철상 편을 들었다. 이철상은 북한 노동당 간부로 재직하고 있는 고향 선배, 친구들로부터 정보를 받는 것이다. 그러나 나는 이철상은 믿지만 그 정보원은 알 수가 없다. 판단은 우리가 하는 것이다.

내가 말을 이었다.

"대한민국이 선거네, 빨치산 소탕이네, 내각제 개헌이네, 그리고 여러 가지 국가기반을 갖춰가고 있는 동안 이미 공산주의 체제를 갖춘 북한이 전쟁 준비를 하고 있는 것 같네."

"국군도 최선을 다하고 있습니다."

신성모가 억울하다는 표정을 짓고 말했다. 그것도 맞는 말이다.

나름대로 최선을 다하고 있다. 전쟁 준비만 안하고 있을 뿐이다.

집무실로 들어선 노영호 소령이 경례를 했으므로 나는 머리를 끄덕였다. 경무대의 집무실 안이다. 지난 2월 수도사단을 찾아가 노영호를 만난 후에 이번에는 경무대로 부른 것이다. 노영호가 앞쪽 자리에 앉았을 때 데려온 황규면 비서가 조심스럽게 옆쪽에 앉는다.

오후 6시쯤 되었는데도 6월초의 창밖은 밝다. 열려진 창을 통해 서늘한 바람과 함께 땅 냄새가 맡아졌다. 흙과 풀 냄새가 섞인 대기는 향기롭다. 심호흡을 한 내가 노영호를 보았다. 긴장한 노영호는 무릎위에 놓인 손이 주먹으로 변해졌다. 그 때 내가 말했다.

"대한민국은 네 아버지가 세운 나라와 같고 또한 너는 대한민국을 지키는 국군 소령이다. 그래서 나는 너한테 몇 가지 물어보려고 불렀다."

노영호의 몸이 더 굳어진 것 같았고 조용한 방에 침 넘어가는 소리가 들렸다.

내가 말을 이었다.

"네가 군부대에 있을 테니 잘 알 것이다. 요즘 군의 사기는 어떠냐?"

"사기는 높은 편입니다."

노영호가 똑바로 나를 응시한 채 말했다.

그 눈동자를 보면서 나는 노영호가 정직하게 말하고 있다는 것을 알았다. 내가 바라던 바다. 내 시선을 받은 노은 노영호가 말을 잇는다.

"하지만 아직 체제가 잡혀있지 않고 부대 훈련이 부족합니다. 공비 소탕으로 실전 경험은 갖췄지만 중화기가 부족하고 각 부대 간의 연대도 원활하지가 못합니다."

"지휘관의 자질은?"

"예, 그것은."

다시 침을 삼킨 노영호가 나를 똑바로 보았다.

"제 사단장님은 훌륭하십니다."

이종찬 대령을 말한다.

노영호가 말을 이었다.

"저도 장교가 되면서 최고지휘관의 명령에 절대 복종하는 것을 교육 받았습니다. 대부분의 일본군 출신 고급장교는 나중에 친일로 심판을 받을지언정 대한민국에 충성을 할 것입니다. 다만."

"아직도 군에 좌익의 뿌리가 있단 말이냐?"

"많이 소탕 되었습니다만 아직도 하급 장교와 하사관을 중심으로 남아있는 것 같습니다."

"군의 활동에 위협이 될 정도인가?"

"그렇지는 않습니다."

"만일 북한군이 남침을 한다면 네 생각에는 물리칠 수 있을 것 같으냐?"

내가 묻고 싶었던 말이다. 남북한의 전력, 국내외 상황은 내가 노영호보다 몇 십 배 더 안다. 나는 현역 국군 장교의 생각을 듣고 싶었다. 노영호는 전쟁이 일어나면 직접 싸우게 될 군인이다.

그때 노영호가 말했다.

"기습 공격을 당하면 초반에는 밀리게 될 것입니다."

나는 시선만 주었고 노영호의 말이 이어졌다.

"공산당은 대한민국이 금방 넘어간다고 선동하지만 그렇게 안 됩니다. 곧 반격을 하고 오히려 북한을 수복하게 될 것입니다."

"그 이유는?"

또 다른 신성모를 보는가 싶어서 내가 정색하고 물었더니 노영호는 차분하게 대답했다.

"첫째 체제의 우월성입니다. 해방 후 5년 동안 북한 체제는 국민들을 탄압하는 강압 정치를 해왔습니다. 토지개혁도 경작권만 주었을 뿐이지 땅은 공산당 몫입니다. 농민들도 속았다고 합니다."

노영호의 말이 이어졌다.

"둘째 전쟁으로 남한 국민이 뭉치면 인구도 두 배나 됩니다."

그렇다. 그때에도 나를 비롯한 민주세력, 공산당의 실체를 확인한 반공세력, 그리고 일본군 출신 군 지휘관 등은 체제에 대한 자신감, 그리고 우월감을 품고 있었다고 생각한다.

그러나 실상을 파악하면 대한민국의 방심은 소름이 끼칠 정도였다. 역으로 김일성의 남침 야욕은 참으로 악착같았던 것이다. 1949년 3월 7일, 소련을 방문한 김일성은 스탈린에게 남침 승인을 요청한다. 그리고는 평양에 돌아와서도 소련대사 시티코프를 통해 끈질기게 남침 승인을 바란 것이다.

중국 모택동에게 김일을 보내 남침시 적극 지원 약속을 받고나서 다시 스탈린에게 요청을 하는 동안 대한민국에는 제주도 폭동, 여수, 순천의 반란, 국회의원 수십 명이 연루 된 남로당 간첩사건, 빨치산과의 내전, 독재자 이승만을 몰아내자는 국회의원들의 내각제 개헌 소동으로 평온한 날이 없었다.

그 와중에 농지개혁 등 헌법에 명시한 국가의 틀을 갖췄으니 헌신적인 애국 인사와 각료의 공적이다. 1950년 1월 20일, 중국 인민해방군내의 조선족 14,000여명이 북한 인민군으로 편입 되었다는 사실도 아무도 모르고 있었다.

김일성은 3일이면 옹진반도를 점령할 수 있고 전면전이 개시되면 단 며칠 사이에 서울을 점령할 수 있는데 왜 스탈린이 허가하지 않느냐고 시티코프에게 하소연했다는 것이다.

그리고 결국 김일성은 스탈린의 허가를 얻는다. 이철상의 보고대로 물자 지원은 소련이 하되 인적 지원은 중국이 하는 조건이다. 김일성은 북한만의 힘으로도 문제 없다고 장담을 했지만 스탈린과 모택동은 39살이 된 북한 지도자보다 조금은 더 신중했던 것 같다.

"조만식 선생과 김삼룡, 이주하를 바꾸자는 연락이 왔습니다."

서둘러 들어선 조병옥이 말했을 때는 저녁 무렵이다. 이미 비서를 통해 들었지만 나는 물끄러미 조병옥을 보았다.

1950년 6월 10일이다. 김상룡, 이주하는 남로당 간부로 지난 빨치산 소탕 작전 중에 생포되었다.

조병옥이 말을 이었다.

"그 두 놈보다 조만식 선생이 백배는 가치 있는 분 아닙니까?"

갑자기 물건마냥 가치를 따지는 바람에 나는 쓴 웃음을 지었다. 하긴 그렇다. 조만식이 누구인가?

고당(古堂) 조만식은 1883년생이니 당시에 68세가 되었다. 메이지대학 법학사 출신으로 1932년에 조선일보 사장을 지냈으며 해방이 되자 평남 건준위원회 인민정치위원회 위원장이 되었고 조선민주당을 창당하여 당수가 된 거인(巨人)이다.

반공과 반탁을 북한에서 주장하다가 소련군정청에 의해 연금 당한 후에 지금까지 소식이 없었던 터라 나는 김삼룡 백 명을 모아서 바꿀 용의가 있다. 내가 머리를 끄덕이며 말했다.

"모셔와야지, 그런데 그자들이 갑자기 김삼룡과 이주하를 원하는 이유가 무엇일 것 같은가?"

한쪽이 너무 기울면 이상한 법이다. 지금까지 지하 깊숙이 감금시켰던 조만식을 갑자기 끌어낸 것도 수상하다. 그러자 조병옥도 머리를 기울였다.

"저도 수상하긴 합니다만 제의를 거절할 수도 없지 않습니까?"

"그렇지."

"평화 공세라고도 합니다만."

"평화 공세라니?"

"포로 교환으로 대한민국의 경계심을 풀어놓는다는 말씀입니다."

군정시대에 경무부장을 맡았던 조병옥은 반공주의자로 좌익의 전략에도 일가견이 있다. 조병옥이 말을 이었다.

"어쨌든 서둘러 시행 하겠습니다."

조병옥이 조선일보 전무로 근무하던 1932년에 조만식은 사장이었다. 인연은 이렇게 얽힌다.

"각하, 6월 중순부터 군 지휘관 인사이동이 많아졌습니다."

하고 이철상이 말했으므로 나는 머리를 들었다.

6월 중순의 한낮이다. 일요일이어서 나는 경무대 뒷산에 올라 톱으로 넘어진 고목을 자르는 중이었는데 이철상이 따라 나왔다.

이철상이 말을 이었다.

"정기 인사라고 하지만 수상합니다. 이런 때는 야전 지휘관을 옮기면 안 되거든요."

톱질을 멈춘 내가 앞쪽에 앉은 이철상에게 물었다.

"누가 그런 것 같나?"

"나타나지 않습니다."

머리를 저은 이철상이 얼굴을 일그러뜨리며 웃는다.

"오래전부터 계획된 것입니다. 6월 중순의 야전지휘관 대폭 인사는 예정되어 있었기 때문에 누구도 의심하지 않습니다."

"……."

"저는 그것이 더 의심스럽습니다."

"……."

"치밀하게 계획된 냄새가 납니다. 각하."

그리고는 이철상이 주머니에서 접혀진 서류를 꺼내 내 앞에 내밀었다.

"이것 보십시오. 6월 18일, 6월 25일, 일요일에는 전군의 사기 진작 차원에서 부대원의 외박을 허가하라는 행정 보도가 나갔습니다."

"이건 참모총장이 보낸 건가?"

내가 서류를 보면서 물었다. 눈이 흐려서 잘 보이지 않았기 때문이다.

"아닙니다. 이건 참모총장이 결재할 필요도 없는 행정 보도입니다. 총참모부에서 하루에도 몇 건씩 하달하는 행정 보도지만 이런 것을 보고 외출 외박을 안 하는 부대는 없습니다."

"……."

"지난 6월 18일에도 전방 부대원의 절반가량이 외박을 나왔다가 저녁때나 귀대했다고 합니다."

나는 들고 있던 서류를 이철상에게 건네주었다. 이래서 가장 효율적인 방어는 공격이라는 말이 있는가 보다. 적의 위협을 샅샅이 파악할 수는 없는 것이다. 따라서 아무리 방비를 한다고 해도 치려고 작심을 한 상대에게는 허점이 보이기 마련이다.

내가 다시 손에 톱을 쥐면서 이철상에게 물었다.

"북한이 남침해오겠나?"

"예, 각하."

이철상이 기다렸다는 듯이 대답했으므로 톱질을 하려던 내가 움직임을 멈췄다.

"막을 수는 없겠나?"

"없습니다. 각하."

나에게서 시선을 떼지 않은 채 이철상이 말을 잇는다.

"이미 남북으로 분단이 되었을 때부터 예견된 상황이었습니다. 각하."

"………."

"지금까지 공산당이 싫어서 월남한 북한주민이 2백만입니다. 북한주민 1할이 넘게 월남 했습니다. 김일성도 다급해져 있습니다."

그때 내가 길게 숨을 뱉었다.

"김일성, 이놈."

나는 다시 톱질을 시작하며 말을 이었다.

"동족상잔의 만인공노 할 대역죄를 짓겠다는 말이냐?"

소나무는 질겨서 잘 베어지지 않았다. 10여 번 톱질을 했더니 금방 땀이 났고 팔의 힘이 떨어졌다. 우두커니 서서 그 것을 보던 이철상이 다시 입을 떼었다.

"각하, 무리하지 마시지요."

"난 살 거다."

숨을 헐떡이며 내가 말을 이었다.

"월남한 2백만 동포가 안돈을 할 때까지 살아 있어야겠다."

손등으로 이마의 땀을 씻은 내가 이철상을 바라보며 웃었다.

"김일성이 보다 오래 살고 싶은데 그건 욕심이겠지?"

13장
6 · 25

1950년 6월 25일, 오전 8시쯤 되었던 것 같다. 이층 집무실에 앉아있던 나는 아래층이 조금 수선거리는 소리를 듣고는 귀를 기울였다. 그때 문에서 노크 소리가 들리더니 경무대 경찰서장 김장흥 총경이 들어섰다. 김장흥이 이 시간에 들어온 것은 처음이어서 내 가슴이 덜컥 내려앉았다. 김장흥의 안색도 굳어져 있다.

"각하, 북한군이 남침을 했다는 정보를 받았습니다."

"무엇이? 남침? 어디에서?"

놀란 내가 김장흥을 보았다. 언젠가는, 하고 예상은 했지만 방안이 서늘해진 느낌이 들었고 눈앞에 선 김장흥이 멀리 보였다. 그 때 김장흥이 말을 이었다.

"38선 전역에서 남침해오고 있다고 합니다."

김장흥은 경찰정보를 가장 빨리 수집할 수 있는 사람 중의 하나다. 또한 군과 사회에 파견된 정보원으로부터도 정보가 모인다. 내가 김장흥에게 물었다.

"이봐, 옹진반도에서 일어난 전투가 과장된 것 아닌가?"

옹진반도는 북한과 마찰이 끊이지 않는 지역이다. 매일 총격전이 일어났고 밀고 밀리는 소규모 전투가 벌어졌는데 북한이 공격 해온다면 옹진반도나 개성일 것이라고 군에서는 예상하고 있었다. 그러자 김장흥이 머리를 저었다.

"아닙니다! 38선 전역이라고 합니다!"

"국방장관을 불러!"

내가 소리치듯 말했더니 김장흥이 몸을 돌렸다가 아예 내 책상위의 전화기를 집어 들었다. 김장흥이 전화기에 대고 소리쳐 국방장관 신성모를 찾을 때 방문이 열리더니 비서들과 함께 신성모가 나타났다. 전화기를 내려놓은 김장흥이 옆으로 비켜섰다.

"장관, 어떻게 된 것인가?"

내가 물었더니 신성모가 어깨를 펴고 대답했다.

"예, 옹진반도에서 북한군의 반격이 거세진 것 같습니다. 각하."

"북한군이 38선 전역에서 남침하고 있다던데, 아닌가?"

내가 소리치듯 물었더니 신성모가 머리를 저었다.

"그런 보고는 받지 못했습니다. 다만."

"다만 뭔가?"

"38선에서 북한군의 위협이 가중되고 있다는 것입니다."

"군 정보국의 보고인가?"

"아직 정보국의 보고서는 받지 못했습니다. 다만."

"다만 또 뭔가?"

"미 대사관 측에서 북한군 동향이 수상하다는 연락이 왔습니다. 각하."

"경찰은 38선 전역에서 북한군이 침공하고 있다는 거야, 이 사람아."

나는 신성모한테서는 정확한 상황을 들을 수 없다는 것을 깨닫고 곧 비서에게 지시해서 참모총장 채병덕을 바꾸라고 했지만 연결이 안 되었다. 신성모는 상황이 심각한 것은 알고 있었다. 그래서 우선 당장 나에게로 달려온 것이다. 아마 위급하면 나하고 같이 죽으려고 그랬는지 모르겠다.

비서에게 비상 국무회의를 소집할 것을 지시했을 때는 벌써 9시 반이 되어가고 있었다. 그때까지도 정확한 상황이 보고되지 않았다.

"아직 파악이 안 되었습니다."

9시 40분, 동경엽합사 최고사령부의 참모가 말했다. 나는 경무대에서 동경으로 전화를 한 것이다.

"우리들도 정보를 모으고 있습니다. 각하, 조금만 기다려 주십시오."

"알겠소, 부탁하오."

전화기를 내려놓은 내가 주위를 둘러보았다.

신성모로부터 김장흥, 참모총장 채병덕까지 모여와 있었지만 아직 전황은 확실하지가 않다.

"이럴 수가 있나?"

내가 탄식했다.

"전면 남침인지 부분 공격인지도 모르고 있단 말인가?"

그 때 집무실로 소령 계급장을 붙인 장교가 서둘러 들어오더니 채병덕의 귀에 대고 소근 거렸다. 그러자 채병덕이 비대한 몸을 솟구치듯 들면서 말했다.

"각하, 옹진에서 우리 17연대가 북괴군을 격파하고 북진하고 있답니다!"

"만세!"

뒤쪽에서 누군가가 만세를 불렀다가 시선을 받더니 숨었다. 그러나 얼굴을 활짝 편 채병덕이 말을 잇는다.

"우리 국군은 애국심으로 무장되어 있습니다. 적의 어떠한 도발도 물리칠 것입니다."

"그렇다면 다행 아닌가?"

조금 마음이 녹인 내가 신성모를 보았다.

신성모는 전쟁이 일어난다면 점심은 평양에서 먹고 저녁은 신의주에서 먹는다고 호언을 해왔다. 남북한 내막을 아는 사람들한테는 그야말로 과대망상이며 허풍으로 들렸겠지만 국민들한테는 믿음직한 국방장관이었다. 내가 채병덕에게 물었다.

"휴가 나온 군인들은 귀대 조치를 했는가?"

"예, 각하."

오늘이 25일인 것이다. 사흘 전에 들었던 이철상의 말이 김장흥한테서 첫 남침 보고를 받았을 때부터 머릿속에서 지워지지 않는다.

그러고 나서 11시 반에 국무회의가 열렸지만 그때까지도 전황이 불분명했다. 새벽 4시경부터 포성이 들렸다는 보고가 있는가 하면 17연대는 북진 중이라는 보고도 있다.

국무회의에서 참모총장 채병덕이 큰 상체를 세우며 말했다.

"제 판단입니다만 남로당 간첩 김상룡, 이주하를 돌려보내라고 시위를 하는 것 같습니다."

그리고는 좌우를 둘러보며 자신 있게 말을 이었다.

"전면전은 아닙니다. 지금까지 옹진반도에서 해왔던 것처럼 무력시위로 긴장을 고조시키고 내부 단속을 하려는 의도입니다."

아직 정보가 종합되지 않았기 때문에 반론을 제기하는 장관도 없다.

다만 내무장관 조병옥이 채병덕에게 그렇다면 조만식 선생은 어떻게 되었느냐고 따지듯이 물었을 뿐이다.

그 때 국무회의장에서도 비행기의 폭음이 울렸다. 프로펠러 비행기가 아닌 날카로운 폭음이어서 처음에는 포탄이 지나는 소음으로 알았다. 나를 포함한 국무위원들이 일순간 입을 다물었고 잠시 후에 소음이 그쳤을 때 서로를 보았다. 채병덕과 신성모는 내 시선을 받지 않으려고 외면하고 있다.

그때 비서 김시윤이 서둘러 내 옆으로 다가오더니 귀에 입을 가깝게 대고 말했다.

"각하, 미고문관 립튼 대위가 방금 소련 제트기가 지나갔다고 합니다."

그 때 다시 폭음이 울리더니 이제는 기관포 발사음이 울렸다.

국무의원들의 얼굴에 당황한 기색이 덮여졌다. 나는 그때서야 가슴이 무너지는 느낌을 받았다. 그때까지도 남침이 아니기를 기대했던 것 같다.

오후 4시에 이철상이 서둘러 집무실로 들어섰다. 이철상은 아침 8시에 남침 보고를 듣자마자 전선으로 달려갔다가 돌아온 것이다. 경무대 경찰 둘을 데리고 떠난 이철상은 격전이 벌어지는 최전선까지 보고 돌아왔다.

그때까지도 전선 상황은 불투명했다. 그만큼 보고 체계가 혼란에 싸인 데다 정확하지 않았던 것이다.

땀과 먼지에 젖은 얼굴을 들고 이철상이 말했다.

"각하, 황해도 옹진, 개성, 문산, 그리고 의정부와 춘천까지 전(全) 전선(戰線)에서 북한 인민군이 남침해오고 있습니다."

내 시선을 받은 이철상이 길게 숨을 뱉는다.

"전 전선에서 아군이 밀리고 있습니다."

"옹진의 17연대는?"

"예, 그 쪽도 같습니다."

채연덕은 17연대가 북진하고 있다고 했다. 어깨를 늘어뜨린 이철상이 말을 잇는다.

"인민군은 오늘 새벽 4시경에 일제히 전 전선에서 남침을 했다는 것을 확인했습니다. 적의 병력과 장비는 아군을 압도하고 있습니다."

"……."

"아군은 휴가로 병력이 빠져 나간 데다 일요일 새벽에 기습 공격을 받은 터라 전 전선이 무너지고 있습니다."

"자네는 어디까지 다녀왔나?"

"의정부 지역입니다."

잇사이로 말한 이철상의 얼굴이 붉게 상기되었다.

"제7사단을 둘러봤더니 전 병력의 절반이 외출 외박을 나갔기 때문에 부대가 비어 있었습니다."

이철상이 사흘 전에 말한 우려가 사실이 되었다.

나는 숨이 막히는 느낌을 받고는 심호흡을 하고나서 물었다.

"적은?"

"포로를 한명 잡았기에 물어 보았더니 인문군은 의정부 방면에만 수 백 대의 탱크에 수 만 명의 병력을 투입했다고 합니다."

나중에 확인 되었지만 의정부 지역에 투입된 인민군은 2개 전차 연대의 탱크와 2개 사단 병력으로 3만 여 명이었다. 압도적인 장비와 병력이다.

"적은 소련제 T-34 탱크를 앞세우고 있어서 방어선이 쉽게 무너지고 있습니다."

이철상의 목소리는 가라앉아 있었다. 이것도 후에 확인 되었지만 옹진 지역에는 한국군 17연대 3천 여 명을 향해 인민군 6사단과 전차대 등 1만 5천여 명이, 개성 문산 지구에서는 아군 1사단 등 1만 여 명을 향해 인민군 1사단, 6사단, 203 전차연대, 206기갑보병연대 등 2만 1천 여 명이, 의정부 지구에는 아군 7사단 등 1만 여 명을 향해 인민군 3사단, 4사단, 105, 107 전차연대 등 3만 여 명이, 홍천, 춘천지구에는 아군 6사단 등 1만여 명을 향해 인민군 6사단, 7사단, 15사단, 독립전화연대 등 4만 여 명이 일제히 공격해온 것이다.

"각하, 위험합니다."

불쑥 이철상이 말했으므로 나는 머리를 들었다. 이철상이 나를 바라보고 있다.

"서울 방어선이 뚫릴 것 같습니다."

"지켜야지."

던지듯이 말한 내가 전화기를 쥐고 황규만 비서를 부르고나서 이철상을 향해 웃어 보였다.

"이것이 또 기회가 될지도 모르지 않는가? 대한미국의 건국도 얼마나 어려웠는지 자네도 알지 않는가?"

이철상이 대답대신 긴 숨을 뱉었을 때 황규만이 들어섰다.

"동경의 맥아더 사령관을 바꿔주게."

황규만에게 말한 내가 덧붙였다.

"소련 놈들을 38선 이북으로 끌어들인 책임, 그래서 이렇게 만든 책임을 물어야겠네."

그렇게 허세는 부렸지만 내 가슴은 미어졌다. 국운이 경각에 달린 것이다.

"대통령한테 보고를 했습니다."

맥아더의 목소리가 수화구를 울렸다.

"각하, 나도 현 상황을 파악하고 있습니다."

"장군, 인민군은 소련제 탱크를 앞세우고 소련 제트기가 폭격을 하고 있소."

목이 잠겨 있었으므로 나는 침을 삼켰다.

"국군이 용감하게 대항하고는 있지만 밀리고 있습니다."

26일이 되자 인민군의 전면 남침은 분명해졌고 아군의 반격도 활발해졌지만 상황은 좋지 않았다. 개성의 아군 1사단 12연대에서 생포한 인민군 작전장교는 '남조선 점령계획서'를 소지하고 있었는데 그것으로 북한의 치밀한 계획이 드러났다.

'남조선 점령 계획서'는 4단계까지 나뉘어졌고 8월 15일까지 남한을 점령하도록 작성되었다. 그 1단계 계획 중 첫 번째가 38도선 한강 북쪽에 배치된 남한군 주력 격멸이었고 두 번째로 국군 퇴로 차단과 후방에 주둔한 3개 사단의 증원을 차단하며 세 번째가 서울을 점령하고 수원, 원주, 삼척을 잇는 선까지 진출하는 것이었는데 지금 1단계가 진행 중이다.

내가 전화로 그 내용을 읽어 주었더니 맥아더가 소리치듯 말했다.

"각하, 미국은 우방을 배신하지 않습니다. 트루먼이 곧 결정을 내릴 테니 기다려 주시오."

나는 그 순간에도 미국에 대한 고마움보다 약소국의 처지가 가슴이 찢어지는 것처럼 고통스러웠다. 부끄럽고 분했다.

전화기를 내려놓은 내가 머리를 들었더니 국방장관 신성모와 시선이 마주쳤다. 어제 국무회의에서 이번 교전이 이주하, 김상룡을 돌려보내라는 북한의 시위라고 했던 채병덕은 보이지 않았다.

"각하, 국군은 용전분투하고 있습니다."

내 시선을 받은 신성모가 말했다.

"국군은 일당백의 기세로 적을 무찌르고 있습니다."

나는 대꾸하지 않았다. 당시의 사단장 대부분은 일본군 출신이다. 일부 중국군 출신도 섞여 있었지만 국방장관에 일본군 출신을 임명하는 것이 정서에 맞지 않았다. 그래서 신성모의 국방장관 임명을 군 지휘관들도 납득했다.

전쟁이 일어나자 신성모는 내 옆을 떠나지 않으려고 했는데 그것이 또 내 가슴을 아프게 했다. 인간은 역량이 다르지만 나는 순수한 사람을 아낀다. 내가 다 할 수 있다고 자만했기 때문은 아니다. 전시(戰時)와 평상시에 필요한 인재가 각각 다르기 때문일 것이다.

내 눈치를 살핀 신성모가 집무실을 나갔을 때 프란체스카가 들어섰다. 평시에는 근무시간에 들어오지 않던 프란체스카여서 내가 물었다.

"매미, 무슨 일이야?"

"파파, 피하셔야 되는 게 아녜요?"

프란체스카의 말에 나는 순간 말문이 막혔다. 그래서 시선만 주었더니 프란체스카는 말을 잇는다.

"북한군이 벌써 남한 영토로 깊숙이 진입했다는데, 대통령인 당신은 피해야 될 것 같아서요."

나는 심호흡을 하고나서 프란체스카를 향해 웃어보였다.

"매미, 내가 지금 몇 살이지?"

"그건……."

프란체스카는 눈만 깜박였다. 내가 갑자기 나이를 물은 이유를 생각하고 있을 것이었다. 내가 내말에 대답했다.

"76살이야, 늙었지, 오래 살았어. 매미."

"……."

"그런 늙은이가 전쟁이 일어났다고 국민을 버리고 먼저 도망가다니, 그럴 바에는 내가 자결하는 것이 나아."

나는 내 가슴이 거칠게 뛰는 것을 느꼈다. 그렇다. 이제 공산당한테 나라를 빼앗긴다면 그때야말로 죽으리라. 어떻게 건국한 대한민국인데 공산당한테 빼앗기는가?

6월 25일 오후 10시경에 민복기와 함께 조병옥이 들어왔다. 조병옥의 부리부리한 눈은 충혈 되어있었다.

"각하, 전황이 좋지 않습니다."

조병옥이 소리치듯 말했으므로 나는 시선만 주었다. 조병옥도 분할 것이었다.

"국군이 결사 항전을 하고 있습니다만 놈들의 장비와 병력에 밀리고 있습니다."

이렇게 조병옥이 경무대로 찾아와 소식을 전하는 것은 혹시 국방부장관 신성모나 참모총장 채병덕의 낙관적인 보고만 받고 판단을 그르칠까 염려가 되는 것 같다.

"벌써 수만 명이 살상되었겠구만."

문득 내가 말했을 때 내 말끝이 떨려나왔다. 가슴 속에 있던 말이 저절로 뱉어진 것이다. 그러자 조병옥이 이를 갈아 붙이듯 말했다.

"6월 10일에는 조만식선생을 이주하, 김삼룡과 교환하자고 하고, 다시 6월 16일에는 남북한 국회를 단일 입법기관으로 연합하여 헌법을 채택하자는 평화통일 제안을 한 것은 모두 김일성이 그 어린놈의 간계였습니다."

그리고 전방 지휘관의 대폭 교체와 24일의 집단 외박 허가, 안팎에서 공산당 무리는 대한민국을 난도질했다. 내가 입을 열었다.
"조장관, 어서 돌아가 일해. 나는 여기서 딱 지키고 있을 테니까."
"야전지휘관의 보고를 직접 들으셔야 합니다. 각하, 전황이 결코……."
"알고 있네."
"다시 들리겠습니다."
그리고는 조병옥이 서둘러 돌아갔다. 저녁 무렵이 되면서부터 경무대에서도 은은한 포성이 들리고 있다. 시내에 다녀온 비서관은 분위기가 흉흉하다는 것이다.
전라도에서는 이미 빨치산들이 몇 개 도시를 점령했고 형무소가 개방되어 갇혔던 빨치산이 모두 풀려나왔다고 했다. 아침부터 피난민이 서울을 떠나고 있는데 오후가 되면서 부쩍 늘어났다는 것이다.
머리를 든 내가 옆쪽에 서 있는 비서관 고재봉을 보았다.
"이보게, 맥아더 장군을 바꿔주게."
"예, 각하."
고재봉이 전화기를 들고 교환에게 지시했을 때 프란체스카가 우유 잔을 들고 방으로 들어섰다.
"우유 드세요."
늦은 시간까지 내가 2층 집무실에 있는 것이 불안했을 것이다. 그 때 이번에는 포성이 더 크게 울리면서 유리창이 가볍게 떨었다.
"이렇게 분할 수가 있나?"
내가 한국어로 혼잣소리를 했다.
"내가 건국 이후라도 김일성처럼 독재를 했다면 이런 꼴은 당하지 않았을 것이다."
민주주의를 받아들일 토양도 조성되지 않은 곳에 미국식 민주주의를 퍼

뜨려만 놓았더니 이기심과 무질서가 독버섯처럼 자라났다. 그 기회를 이용하여 공산당 무리는 내란을 일으켰고 친일파 세력은 나를 독재자로 비난하며 도태 시키려고나 했다.

그 때 고재봉이 전화기를 나에게 내밀며 말했다.

"각하, 동경 연합군사령부 사령관 부관 휘트니 장군입니다."

전화기를 받아 귀에 붙인 내가 대뜸 물었다.

"장군, 맥아더 사령관을 바꿔 주시오. 급합니다."

"지금 주무시는데요. 각하."

휘트니가 정중하게 말했다.

"제가 내일 아침에 전해드리면 안될까요? 각하."

그래서 내가 한마디씩 또박또박 말했다.

"미국이 이번 전쟁에서 책임을 지지 않으면 대한민국 국군은 지금 대한민국 영토에 남아있는 미국인을 다 사살하고 미국과 단교할 거야. 그렇게 전하시오."

"파파."

질색을 한 프란체스카가 자리에서 일어섰고 고재봉의 얼굴도 굳어졌다. 부관 휘트니 준장도 당황한 듯 얼른 대꾸를 하지 않는다. 내가 마음을 가라앉혔지만 목소리는 떨렸다.

"장군, 대한민국은 동북아 끝에서 기를 쓰고 자유민주주의의 신생아로 태어났소. 미국이 대한민국을 지켜주지 않으면 한민족은 일제시대 이상의 폭압 공산 정권에 시달려 절망하게 될 것이오."

"잘 알겠습니다. 각하."

사령관 부관 코트니 휘트니의 목소리도 정중해졌다.

"꼭 전해드리겠습니다."

전화기를 내려놓은 내가 눈앞에 놓인 식은 우유 잔을 들고 몇 모금을 삼켰다. 이미 프란체스카 앞에서 내 심중을 다 보인 터라 발가벗겨진 기분도 든다. 지금까지 프란체스카 앞에서는 적당히 허세를 부려왔기 때문이다.

포성은 더 크게 울리고 있다. 프란체스카를 달래어 내보냈더니 이철상이 군 정보국원 장윤식 중령과 함께 들어섰다. 일본육사 출신인 장윤식은 정보통이다. 해방 전에는 대위로 관동군 사령부에게 정보장교로 근무하다가 소련군을 피해 월남을 했다.

이철상이 먼저 말했다.

"각하, 김일성이 경무대를 공격하도록 특수부대를 배치했다고 합니다."

이철상은 지친 표정이다. 그때 장윤식이 몸을 반듯이 세운 채 보고했다.

"예. 개성, 문산 지구에서 남하 해오는 인민군 1사단에 제14부대라는 특수부대가 경무대 공격을 맡았다고 합니다. 제 14부대는 1개 연대 규모로 강동민이란 대좌가 지휘하고 있습니다."

"서울이 함락되면 경무대도 마찬가지가 되는 거야."

내가 대수롭지 않다는 표정으로 말했더니 이철상이 나섰다.

"각하, 서울이 함락 되더라도 각하께서는 대한민국을……."

"서울이 왜 함락 당하나?"

내가 버럭 소리쳤더니 이철상은 입을 다물었지만 장윤식이 나섰다. 30대 중반의 장윤식은 부모형제, 처자까지 모두 북한에 있다.

"각하, 그럼 대한민국은 누가 지킵니까? 각하께서 끝까지 지휘를 해주셔야 국민이 의지하고 싸울 것 아니겠습니까?"

"그만해라. 지금도 목숨을 내놓고 싸우는 대한민국 국군이 있다. 그들한테 부끄럽다."

갑자기 목이 메었으므로 나는 말을 멈췄다. 그러자 포성은 더 크게 울리고 있다. 문득 나도 듣는데 서울 시민은 저 포성을 듣고 얼마나 불안할까? 생각이 났고 가만 있기가 힘들어졌다. 그 때 황규만 비서가 다가와 말했다.

"각하, 국방장관 전화입니다!"

내가 탁자위의 전화를 집어 귀에 붙였더니 신성모의 목소리가 울렸다.

"각하! 서울은 저희들에게 맡기고 피신 하셔야겠습니다."

신성모가 작심한 듯 소리쳐 말했다.

"적이 의정부 방어선을 돌파한 것 같습니다. 각하!"

나는 어금니를 물었다. 눈앞에 서있는 민복기가, 이철상이, 장윤식이 멀리 떨어진 것처럼 보였다. 의정부지구는 한국군이 가장 많이 배치되었다. 제7사단과 수도경비사 제3연대, 제16, 18, 25연대, 포병학교 제2교도대대, 육사 생도대대까지 전투에 참여했으며 제5포병대대, 거기에다 전투경찰대대도 가담했다. 신성모가 저럴 정도라면 상황을 최악이라고 봐야 될 것이다.

그 때 내가 신성모에게 말했다.

"내가 너희들에게 맡기고 나만 도망갈 사람 같으냐? 난 안 간다!"

조병옥과 이기붕, 신성모까지 달려온 것은 27일 새벽이다. 나는 마악 잠이 들었다가 깨어 나왔더니 조병옥이 먼저 다급하게 말했다.

"각하, 인민군이 곧 서울로 들어올 것 같습니다. 피하셔야 되겠습니다."

포성이 계속되고 있었지만 귀에 익어서 그런지 감각이 무디어져 있었지만 조병옥과 이기붕의 표정이 절박했다.

"각하, 서울은 저희들한테 맡기시고 피난을 가시지요. 그것이 국가를 위하는 길이기도 합니다."

"허어, 말은 잘한다."

내가 소리치자 방안이 조용해졌다. 창밖은 칠흑 같은 어둠에 덮여졌고 포성으로 유리창이 떨리고 있다. 방안에 둘러선 각료, 비서들의 얼굴은 침통하다.

나는 그날의 장면을 잊지 못한다. 그래서 내가 한 말도 다 기억할 수 있다. 내가 그들을 둘러보며 말했다.

"임진왜란 때 임금 선조가 황망히 한양성을 버리고 떠난 기록을 알고 있나?"

모두 눈만 껌벅였고 나는 말을 이었다.

"백성들이 앞을 가로막고 엎드려 통곡했어. 버리고 가지 말라고 말이야. 그 때 왜군은 겨우 충주를 지나고 있었어."

"……."

"백성을 뿌리치고 임금은 정신없이 도망쳐 평양을 거쳐 명과의 국경인 의주까지 닿고는 겨우 숨을 돌리네."

"……."

"그리고는 거기에서 명에 사신을 보내 입국하게 해달라고 하지. 그랬더니 명 황제는 조선왕이 왜군까지 끌고 들어올까 봐서 100명만 들어오라고 하네, 100명만 말야."

문득 목이 메었으므로 나는 말을 멈추고는 주위를 둘러보았다.

"역사는 되풀이 된다고 하지만 350년 전하고 왜 이리 닮았는가? 그 무능한 임금 선조처럼 땅 끝으로 도망가 대국의 지원을 기다려야만 하다니 말이네."

"각하께선 선조하고는 다르십니다."

이기붕이 겨우 말했지만 시선을 내리고 있다. 그 때 포성이 울리더니 금이 가 있었던지 유리창 하나가 요란한 소리를 내며 떨어져 깨졌다. 그 때 내가 말했다.

"돌아가서 기다리게. 국군은 지금도 싸우고 있네."

그 때 비서관 황규면이 전화기를 내밀었다.

"참모총장입니다."

내가 가만있었더니 신성모가 전화기를 받아서 건네주었다. 전화기를 귀에 붙이자 채병덕의 다급한 목소리가 들렸다.

"각하! 적이 의정부로 진입했습니다! 어서 피하셔야 합니다!"

"막지 못했는가?"

내가 묻자 채병덕은 한동안 말을 잇지 못했다. 그러더니 겨우 말한다.

"예, 각하, 우리 국군은 모두 그 자리에서 전사했다고 합니다. 전투 중에 도망친 군인은 한명도 없습니다."

"……."

"각하! 국군의 희생이 헛되면 안 됩니다! 어서 피하셔서 전세를 만회해야 됩니다."

채병덕의 말은 맞다. 내가 왜란 때의 선조와 비교하면서 버티기 경쟁을 하는 것도 부질없는 것이다. 지금도 말하지만 나는 선조대왕과는 다르다. 그 임금은 8명의 부인한테서 14남 11녀 나 생산했지 않았는가? 그것부터 다르다.

전화기를 내려놓은 내가 방안에 둘러선 사람들에게 말했다.

"모두 준비를 하게. 그리고……."

시선을 든 내가 구석 쪽에 서있는 경무대 경찰서장 김장흥을 보았다.

"자네가 우리 부부만 인도해주게."

더 할 말이 있겠는가? 조병옥과 이기붕, 신성모가 다가와 눈물로 범벅이 된 얼굴로 인사를 했는데 뭐라고 했는지는 기억나지 않는다.

완행열차가 밤길을 달려 내려가고 있다. 27일 새벽 4시에 서울역을 출발할 때 나와 프란체스카, 그리고 황규면 비서에다 경무대 경찰서장 김장흥이 인솔한 경찰관 넷이 우리 일행의 전부였다.

황규면이 경무대 금고를 열고 안에 있던 현금을 다 꺼내 가방에 넣어왔는데 5만 원 정도라고 옆에 앉은 프란체스카가 말해주었다. 5만원이면 그 당시에 쌀 다섯 가마니는 살 수 있는 돈이다.

덜컹이며 기차가 한강다리를 건너갈 때 나는 또 조선조 임금 선조를 떠올렸다. 선조는 비오는 밤에 임진강을 넘어 북으로 도망쳤지만 나는 남으로 도망치는구나. 문무백관에다 후궁, 궁녀까지 거느린 행차여서 더디었겠지. 도중에 굶은 군사들이 왕께 드리려고 지은 밥을 빼앗아먹고 달아나는 바람에 죄를 물을까 두려워진 파주목사와 장단 부사까지 도망쳐 버렸다던가?

깨진 유리창으로 바람이 휘몰려 들어왔고 의자의 스프링이 튀어나와서 엉덩이를 쑤시고 있다.

"파파, 좀 주무세요."

하고 옆자리에 앉은 프란체스카가 말했으므로 나는 프란체스카의 손을 쥐었다.

"우리 아이들이 죽어가고 있어, 매미."

"조국을 지키려고 죽는 거예요. 파파."

내 손을 마주 쥔 프란체스카가 차분한 목소리로 나를 위로했다.

"파파, 우리 아이들의 희생을 헛되게 만들지 않으려면 이겨야 돼요. 침략자를 물리쳐야 된다구요."

나와 프란체스카는 국군을 우리 아이들(Our Boys)이라고 불렀다. 프란체스카는 이런 대답을 준비하고 있었던 것 같다.

상황보고가 불분명했고 기습 공격을 받은 터라 내각이 혼란된 상태에서 내가 일부의 보고만 듣고 피신을 한다면 비겁한 도망자로 낙인찍힐 것이었다. 나는 그것이 가장 마음에 걸렸다.

나는 만용으로 대세를 망치는 성품도 아니지만 비겁자는 더욱 아니다. 포성이 울린다고 일부의 보고만 듣고 도망치기가 싫었을 뿐이다. 내가 피난에 거부 반응을 일으키는 것을 보고 프란체스카는 마음을 졸였으리라.

"파파, 이번 전쟁에서 꼭 이기셔야 돼요. 그래야 파파 인생의 멋진 마무리가 되실 거예요."

"매미, 고마워."

목이 메인 내가 눈을 감았다. 매미는 나의 독립에 대한 열망을 안다. 독립투사는 다 품고 있었던 독립의 열망이겠지만 내가 곡절이 오죽 많았는가? 이 대한민국이 어떻게 세운 나라인가?

공산당 국가로 통일이 될 수는 없다. 소련과 중국의 조종을 받는 김일성은 공산당 독재로 한반도를 다시 일제 식민지 시절보다 더 암울한 땅으로 만들 것이다. 김일성은 준비된 지도자가 아니다. 따라서 정권을 유지하기 위해서는 공산당 독재, 일인독재 체제로 한반도를 장악하게 될 것이다.

나는 어느덧 잠이 들었다. 그랬다가 주위의 수선스런 분위기에 눈을 떴다. 창밖이 환했고 기차가 기적을 울린다.

"이곳이 어딘가?"

내가 물었더니 황규면이 대답했다.

"각하, 곧 대구에 도착합니다."

"대구?"

놀란 내가 시계를 보았다. 오전 10시가 넘어 있었다. 자리에서 일어선 내가 창밖을 내다보면서 황규면에게 물었다.

"전황은?"

"아직 모릅니다. 각하."

"안 돼, 돌아가자."

내가 불쑥 말했더니 황규면이 당황했다.

"각하, 대구에 곧 도착합니다. 그곳에서 상황을 보시고 결정을 하시지요."

황규면은 기관사에게 그냥 곧장 달리라고 했다는 것이다.

대구역에 마중 나와 있던 경북지사 조재천이 내가 앉아있는 객차 안으로 들어서더니 절을 했다.

"각하, 이렇게 뵙게 되어서…."

"그보다, 조지사."

내가 조재천의 말을 끊고 물었다.

"지금 전황이 어떤가?"

"예, 그것이…."

조재천은 내가 열차에서 내리지도 않아서 당황한 것 같다. 밖에는 마중 나온 공무원과 시민까지 백여 명이 태극기를 들고 있었는데 그것이 또 내 가슴을 미어지게 했다. 그래서 부끄러워진 내가 밖으로도 못 나가고 조재천을 부른 것이다.

조재천의 대답을 듣기도 전에 내가 서두르듯 말했다.

"조지사, 나가서 나 마중 나온 시민들을 다 보내게. 더운데 저러고 있으면 안 돼."

조지사가 눈만 크게 떴으므로 내가 목소리를 높였다.

"어서 돌려보내고 오게."

그때서야 조재천이 허둥지둥 몸을 돌리더니 열차 밖으로 나가 사람들을 돌려보낸다. 무더운 날씨였다. 돌아와 내 앞에 앉은 조재천이 이마의 땀을 손끝으로 씻으면서 대답했다.

"아직 서울이 함락된 것 같지는 않습니다. 각하. 하지만 위급하다고는…."

"허어."

내 가슴이 미어졌다. "우리 아이들"이 기를 쓰고 서울을 지키고 있구나. 그런데 나는 대구까지 도망 왔단 말인가? 내가 옆에 선 황규면을 보았다.

"황비서, 돌아가자."

"예, 각하."

"각하, 피곤하실 텐데 대구에서 조금 쉬었다가 가시지요."

조재천이 만류했지만 나는 머리를 저었다.

"내가 최전선에 있을 필요는 없지만 그래도 우리 아이들 근처에는 있어야 도리 아니겠는가?"

그래서 나는 20분 만에 기차를 돌려 대전에 도착했다. 대전역에는 충남지사 이영진과 서울에서 내려온 윤치영, 허정까지 마중 나와 있었는데 인민군은 의정부 춘천 방어선을 돌파했고 개성 문산을 점령한 인민군 6사단이 서울로 남진 중이라는 것이다.

그들과 함께 역장실로 올라가던 내가 문득 머리를 돌려 열차를 보았다. 그 때 열차 기관실 아래로 내려와 서있던 기관사가 나에게 경례를 했다. 머리를 끄덕여 보인 내가 걸음을 늦추고는 옆을 따르던 황규면을 돌아보며 물었다.

"저 기관사는 서울로 돌아가지 못할 것 아닌가?"

물론 황규면이 대답하지 못했고 내가 다시 물었다.

"식구들이 다 서울에 있을 텐데 그럼 여기서 어떻게 지낸단 말인가?"

그 때 옆에서 걷던 윤치영이 버럭 소리쳤다.

"역장! 역장 어디 있나!"

역장은 멀찍이 떨어져 있었던 터라 내막은 모른 채 부르는 소리만 듣고는 질겁을 하고 다가왔다.

그 때 내가 황규면에게 말했다.

"저, 기관사한테 생활비 좀 주게."

"예, 각하."

다가온 역장한테는 윤치영이 지시를 했으므로 나는 다시 발을 떼었다.

내 눈에는 다 피난민이요, 다 내 잘못으로 이 난리가 일어난 것처럼 느껴졌다. 처음에는 김일성에 대한 분노만 치솟았는데 허둥대는 백성, 근심 섞인 표정의 기관사 얼굴을 보았더니 가슴이 미어지는 것이다.

하루 종일 기차를 탄 셈이어서 나는 그날은 충남지사 관사에서 묵기로 했다. 저녁에 그날 처음으로 밥을 먹고 났을 때 황규면이 다가와 보고를 했다. 기관사한테 수고비로 2만원을 줬다는 것이다.

트루먼이 즉각 미군의 개입을 결정했다. 그러나 UN의 일원으로 침략국을 응징한다는 명분을 세웠다. 무초 대사로부터 북한의 전면 남침 보고를 받은 트루먼은 즉시 국무장관 에치슨에게 국제연합안전보장이사회 소집을 지시했던 것이다.

타이완이 중국을 대표하여 안보이사회 의석을 차지한 것에 대해 국제연합을 보이콧하고 있던 소련을 제외하고 안보이사회는 찬성 9표, 기권 1표로 대한민국의 원조를 승인했다.

북한 공산주의자들은 이번에도 어김없이 전쟁은 남한이 유발시켰다는 억지 주장을 폈다. 그러나 한국에 와있던 국제연합 위원단이 북으로부터의 침공이며 비밀리에 준비된 계획적이고 총체적인 공격이라고 국제연합 사무국에 보고함으로써 침략은 확인되었다.

6월 28일 오전, 충남 도지사실에서 소집된 비상 각료 회의에서 내가 그 사실을 각료들에게 말해주면서 덧붙였다.
　"미국이 에치슨라인으로 대한민국을 방위권 밖으로 내놓는 것처럼 보였지만 미국은 국민 여론을 중시하는 민주주의 국가요."
　나는 수십 년간 독립을 위한 외교 로비를 해온 사람이다. 이런 상황에서 미국 정서를 각료들에게 말해주는 내 가슴이 미어졌지만 어쩔 수 없다. 각료들도 인간이다. 사기를 일으켜야 국민을 이끌 것이 아닌가? 내가 말을 이었다.
　"지금 미국 정부는 중국대륙을 그야말로 허망하게 공산주의자들에게 넘겨준 것에 대해서 비난 여론에 시달리고 있소. 막대한 지원을 해놓고는 국공(國共) 합작이라는 괴상한 정책으로 일본에 대항 시켰다가 공산당에 뒤통수를 맞은 것에 대해서 말이오."
　모두 잠자코 듣는다.
　"이번에도 에치슨 라인이네 뭐네 하고 현실과 동떨어진 정책을 내놓았다가 공산당 놈들이 오판해서 남침하게 되었으니 미국 정부는 또 한 번의 정책 실패를 저지른 셈이 되었소. 그러니 서둘러 나선 것이오."
　나는 소리죽여 숨을 뱉었다. 약소국의 설움이다. 언제나 자력으로 국방을 할 수 있는가?
　"다른 한 가지는 대한민국은 국제연합의 지지를 받고 건국되었소. 이번 공산당의 침략을 국제연합이 방관한다면 국제연합 존속의 의미가 없어질 것이오."
　한반도가 공산화 된다면 일본도 무사하지 못할 것이었다. 루즈벨트 시절부터 국무성 등 여러 곳에 박혀서 소련을 돕고 눈치를 보던 자들이 대한민국에 대한 군사적 보장을 미루고 군사 원조를 지연시킨 결과가 이것이다.

6월 27일, 트루먼은 맥아더에게 미군의 한국 파견 명령을 내렸고 미7함대가 대한해협으로 파견 되었다.

6월 28일, 인민군은 마침내 서울에 입성했으며 트루먼은 유엔군 사령관으로 맥아더를 임명했다. 유엔의 안전보장이사회가 대한민국에 파병하는 모든 회원국 군대를 미국 사령관 휘하에 둘 것을 권고했기 때문이다.

회의를 마치고 잠깐 쉬고 있을 때 이철상이 들어섰다. 이철상은 서울에 남아 있다가 조금 전에야 대전에 도착했는데 옷은 겨우 갈아 있었지만 피로한 기색이 역력했다. 내 앞에 선 이철상이 손에 든 메모지를 보면서 말했다.

"김일성이 6월 26일 인민군에게 방송한 내용입니다."

이철상이 메모지를 읽는다.

"파괴분자와 간첩 용의자는 가차 없이 숙청하라. 국군 장교, 판검사는 무조건 사형에 처하고 공무원은 모두 잡아서 인민재판으로 처단하라……."

내가 손을 들었으므로 이철상이 입을 다물었다. 공산당 세상에서 중립이란 없다. 동조 세력이 아니면 다 죽인다.

내가 대전의 충남지사 관저에서 대국민방송을 결심한 것은 6월 27일 오후 7시경이었다. 미국이 주도한 UN의 한국지원이 확실시된 직후여서 그 소식을 한시라도 빨리 국민들께 알리고 싶었기 때문이다.

그때까지 서울은 함락되지 않았다는 보고를 받은 터라 나는 공보 처장 이철원에게 지시하여 서울중앙방송의 아나운서를 대기시킨 후에 전화로 구술, 녹음 방송토록 했다. 국민과 국군 장병들의 사기를 진작시키기 위해서였다.

무엇이라도 하지 않으면 견디지 못할 만큼 조급했고, 분했으며 답답하기도 했다. 그러나 내 방송이 나간 지 네 시간 후에 인민군이 서울로 진입했고 네 시간 반 후에 한강철교가 폭파되었다.

따라서 피난민은 물론이고 후퇴하는 국군 장병과 장비까지 한강을 건너지 못하는 불상사가 일어났다. 한강철교를 너무 일찍 폭파시킨 것이다.

"너무 서둘렀습니다!"

내무장관 조병옥이 소리치듯 말했고 내 집무실이 된 충남지사실에 모인 각료들도 웅성대었다. 군 작전에 대해서 보고받지 못한 터라 나도 분하긴 했지만 같이 비난할 수는 없다. 군통수권자인 내가 책임을 져야만 한다.

"신성모 국방장관을 교체해야 됩니다."

그렇게 말한 각료는 전규홍 총무처장이다. 사무실 안이 조용해지면서 모두의 시선이 모여졌다.

"철기 이범석을 다시 국방장관으로 기용해야 됩니다."

신성모는 전선에 가 있는 터라 이곳에는 없다. 내가 전규홍을, 그리고 각료들을 차례로 보았다.

"지금 신 국방은 전선에 가 있네."

나는 내 말끝이 떨리는 것을 들었다.

"채병덕 참모총장도 전선에 있고."

방안에는 기침소리도 들리지 않았다.

"그들에게 명예롭게 전사할 기회를 주기로 하세."

지금 국방과 참모총장을 경질해서 전세가 역전 되겠는가? 내 머릿속에서 그 순간에 떠오른 생각은 임진왜란 때 피난을 가던 선조 주위에서도 끊이지 않던 당쟁이다.

350년이 지난 지금 또다시 전철을 밟다니, 서애 유성룡도 위주로 피난 가던 선조로부터 영의정에 임명된 지 하루 만에 직이 떨어졌다. 영웅 이순신을 질투하여 잡아들인 선조대왕 전철을 밟지는 않으리라.

그러나 UN군 참전 소식을 들은 각료, 대전 시민들의 얼굴에는 생기가 돌아났다. 각료들이 나간 후에 황규면이 서둘러 들어섰다.

"각하, 내일 맥아더 장군께서 수원으로 오신답니다."

"어, 그래? 그럼 내가 수원에 가야지."

얼굴을 편 내가 황규면을 보았다.

"내가 마중을 나간다고 전하게."

"각하, 괜찮으시겠습니까? 지금도 소련 야크기가 폭격을 하고 다니는 터라."

황규면의 얼굴에 그늘이 덮였다. 대전에도 여러 번 야크기가 날아와 기총소사를 하고 지나간다.

"이 기회에 국군을 강군으로 육성해야겠어."

내가 혼잣소리처럼 말했지만 황규면은 다 들었을 것이다. 두 주먹을 쥔 내가 다시 말을 이었다.

"UN군과 함께 싸우면서 단련시켜서 정예군으로 양성시킬 거네."

나는 70여 평생을 그렇게 살아왔다. 역경에 빠졌을 때는 꼭 희망의 꼬투리를 잡아내어 버틴다. 노력하는 자에게는 그것이 보인다. 이번 남침으로 전화위복의 기회를 찾으리라. 그리고 놓치지 않으리라.

머리를 든 내가 황규면을 보았다.

"이보게, 이것이 통일의 기회가 될지도 모르지 않는가?"

"각하, UN군이 곧 도착합니다."

비행기 트랩에서 내려온 맥아더가 나에게로 다가오며 큰 소리로 말했다. 내 주위에 둘러선 한국군 지휘부도 들으라고 한 것 같다. 맥아더의 손을 잡은 내가 말했다.

"장군, 결국은 미국, 소련의 대리전이 되겠지만 이번에는 확실하게 공산주의 세력에 대한 응징이 있어야 될 거요."

한마디씩 분명하게 말했더니 맥아더가 파이프를 입에서 떼며 웃는다.

"비행기 안에서 참모들이 그럽니다. 공산군보다 코리아의 노인이 더 무섭다고."

그러자 수행한 참모들이 와아 웃었지만 나는 정색했다.

"내가 미국 시민은 아니지만 어떤 참모보다 미국 민주주의에 대한 공부를 많이 했기 때문일 거요."

"자, 각하, 가십시다."

웃음 띤 얼굴로 맥아더가 내 팔을 끌었고 우리는 비행장에 설치된 임시 사령부 텐트 안에서 다시 모였다.

이제는 정색한 맥아더가 채병덕에게 물었다.

"장군, 앞으로의 전략을 들읍시다."

채병덕은 육중한 체구의 거인이다. 어깨를 편 채병덕이 똑바로 맥아더를 응시하며 말했고 통역관이 통역했다.

"남한은 북한보다 인구가 두 배 많습니다. 지금은 밀리고 있지만 곧 청년 2백만 명을 소집, 훈련시켜서 북한을 단숨에 점령할 것입니다."

목소리도 우렁찼고 태도에 자신감이 드러났다.

채병덕은 평양 출신으로 일본 육사를 졸업하고 육군 소좌로 인천 조병창 공장장을 맡고 있다가 해방을 맞았다. 1946년 남조선 국방경비대 창설에 기여했고 1948년에 국군이 탄생되면서 준장으로 진급, 지금은 소장으로 육해공군 총사령관이다.

맥아더가 머리를 끄덕이며 말했다.

"훌륭한 기개요, 믿음직합니다."

통역의 말을 들은 채병덕이 어깨를 폈다. 그 때 채병덕은 1916년생이었으니 35세가 되겠다.

이제 맥아더가 미군 군사고문관으로부터 보고를 받았으므로 나는 잠자코 경청했다. 옆에 앉은 미국대사 무초가 자꾸 시선을 보냈지만 외면했다. 그러나 잠시 휴식 시간이 되었을 때 맥아더가 텐트 밖으로 나가면서 나에게 눈짓을 했다. 내가 밖으로 나갔더니 빈 파이프를 입에 문 맥아더가 텐트 끝 쪽에 서서 기다리고 있다.

맥아더 옆으로 다가선 내가 물었다.

"장군, 무슨 일이요?"

그 때 뒤에서 인기척이 나더니 무초가 다가와 주춤거리며 묻는다.

"각하, 장군, 제가 들어도 되겠습니까?"

"오시오."

맥아더가 짧게 대답했고 나는 머리만 끄덕였다. 셋이 둘러섰을 때 입에서 파이프를 뗀 맥아더가 나에게 말했다.

"각하, 한국군 사령관을 교체 하시지요. UN군과 협력을 하려면 영어가 통해야하고 또한……."

말을 그친 맥아더가 심호흡을 했다.

"현재 한국군 사령관은 적임자가 아닌 것 같습니다."

나는 어금니를 물었지만 내색 하지는 않았다. 물론 채병덕은 전 각료들로부터 한강철교를 일찍 폭파시켜 엄청난 군민(軍民)의 피해를 입힌 책임, 그리고 6·25 남침에 대한 정보 보고를 받고도 무시한 것 등 여러 가지 과오가 밝혀지고 있다.

그리고 어차피 한국군도 UN군에 편입되어야할 상황이긴 하다. 이윽고 맥아더의 시선을 받은 내가 정중하게 말했다.

"충고 고맙습니다. 돌아가 각료 회의에서 결정한 후에 즉시 통보 해드리지요."

맥아더가 그것이 대한민국의 자존심 때문이라는 것을 모르겠는가? 다 알 것이다.

조종사 이름은 스미스 중위, 젊다. 스물두어살이나 되었을까? 경비행기 안에는 나와 스미스 둘만 타고 있다. 2인승이기 때문이다. 맥아더와 작별하고 오후 6시경에 수원 비행장을 이륙한 비행기는 요란한 엔진소리를 내며 날아가고 있다.

앞좌석에 앉은 나는 진동으로 몸이 떨렸으므로 어금니를 물고 있어야만 했다. 한 10분쯤 비행기가 날아갔던 것 같다. 갑자기 뒤에 앉은 스미스가 소리쳤다.

"적기다!"

놀란 내가 머리를 돌렸지만 아무 것도 보이지 않았다. 그 때 비행기가 와락 급강하 하면서 스미스의 외침이 이어졌다.

"각하, 급강하합니다!"

비행기가 전속력으로 급강하 할 때의 느낌은 겪어본 사람이 알 것이다. 창자가 입 밖으로 품어져 나오는 것 같고 온몸에 가해지는 압력으로 숨이 막힌다. 그리고 눈 앞으로 닥쳐오는 산, 스미스는 적기를 피하려고 비행기를 골짜기로 몰았다.

나는 눈을 감고 싶었지만 그러지 못했다. 눈을 감고 죽기에는 분했기 때문인지도 모르겠다. 그때였다. 뒤쪽에서 철판을 두드리는 소리가 들렸다. 그러자 스미스는 급강하 하면서도 날개를 비틀어 옆으로 난다.

나는 몸이 뒤집히는 느낌을 받으면서 저절로 입 밖으로 말이 터져 나왔다.

"대한민국 만세."

한국말이었고 외침도 아니어서 스미스는 무슨 말인지 몰랐을 것이다. 비행기가 다시 중심을 잡더니 하강이 멈춰지면서 골짜기 안으로 날아 들어갔다. 그때였다.

"탓탓탓탓탓."

이번에는 요란한 기관총 발사음이 울리면서 스미스의 외침이 이어졌다.

"각하! 조심 하십시오!"

다음 순간 비행기가 골짜기 왼쪽으로 충돌 하는 것처럼 붙더니 거의 직각으로 상승했다. 그때 나는 내 오른쪽을 스치고 지나는 소련 제트기를 보았다. 몸체에 별판이 뚜렷했다.

"내가 공산당한테는 안 죽는다."

이제는 몸이 솟구치는 압력으로 숨이 막혔지만 내가 잇사이로 말했다.

"이놈들아, 대한민국의 기운이 날 보호해 줄 거다!"

그 때 비행기가 산마루까지 겨우 올라오더니 다시 골짜기를 타고 밑으로 곤두박질을 치면서 떨어졌다. 내가 조종에는 문외한이지만 스미스의 조종 솜씨는 뛰어났다. 그래서 급강하하는 와중에도 스미스한테 소리쳤다.

"중위! 훌륭하네! 귀관이 한국군으로 편입 해온다면 내가 소령으로 임명 하겠네!"

"정말입니까?"

그냥 칭찬인줄 아는 스미스의 목소리에 웃음기가 섞여졌다.

"영광입니다. 각하!"

골짜기를 넘어 산등성으로 올라왔더니 야크기는 사라져 보이지 않았다. 하마터면 골짜기 벽에 부딪칠 뻔 했던 터라 소련군 조종사는 혼비백산하고 도망친 것 같다. 그러고 나서 대전으로 오는 도중에 또 한 번의 야크기 공격을 받았는데 이번에는 비껴 지나면서 뒤쫓아 오지는 않았다.

스미스의 뛰어난 조종술이 다시 한 번 입증 되었고 나는 한 시간이 넘는 비행을 하고나서 대전 비행장에 착륙했다.

"걱정했어요."

비행장에서 기다리던 프란체스카가 아직도 근심이 풀리지 않은 얼굴로 말하기에 내가 스미스의 어깨를 감싸 안으면서 웃었다.

"스미스하고 산천 구경을 했어."

그러자 긴장이 풀린 내 다리가 서 있지도 못할 만큼 후들거렸다. 내가 직접 적으로부터 공격을 받은 셈이 되었다. 이것은 마치 신께서 현실을 다시 한 번 깨우쳐 주신 것 같다.

6월 30일에 3군총사령관 겸 육참총장에 정일권을 임명했다. 정일권은 1917년생으로 당시 34세, 일본육사를 졸업하고 대위 계급으로 간도 헌병대장을 하다가 해방을 맞았다.

그리고는 군사영어학교를 거쳐 국군에 입대한 후에 지리산지구 전투사령관을 지냈다. 6·25 남침 당시에는 미참모대학으로 유학을 가 있다가 급거 귀국한 상태다.

채병덕은 경남지구 평성군 사령관 직을 줘서 장병을 모집, 편성하는 책임을 맡겼지만 신성모 국방장관 경질은 보류했다. 미국대사 무초가 경질을 강하게 반대했기 때문이다.

다른 때 같았으면 어림 반 푼어치도 없는 일이었지만 미국 주도의 유엔군 산하에 한국군이 포함되어야할 상황이다. 새 국방장관으로 기용하려던 이범석이 반미(反美) 성향이 있다고 판단한 무초의 의견을 무시할 수가 없었다.

"자네 책임이 커."

내가 집무실에서 새 한국군 육참총장이 된 정일권에게 말했다. 집무실 안에는 조병옥과 비서관들이 둘러서 있었고 분위기는 어두웠다.

"예, 각하."

정일권도 막중한 책임을 느낀 듯 목소리까지 굳어져 있다. 내가 말을 이었다.

"한국군이 유엔군의 지휘를 받게 될 테지만 자네는 주관을 갖도록 하게."

이제 정일권은 시선만 주었고 나는 목소리를 낮췄다.

"이곳은 대한민국 영토고 자네는 대한민국 국군사령관이야. 그러니 내 명령도 받아야 되네."

"예, 각하."

정일권이 선뜻 대답했지만 이것은 유엔군 체제를 무시한 행동이 될 것이었다. 목숨을 걸고 도와주는 유엔군 입장에서 보면 배신행위가 될 수도 있다. 그러나 나는 이 전쟁을 유엔군 작전대로 진행 되는 것을 경계하려는 것이다.

유엔군은 틀림없이 정치적 결정에 따라 전쟁을 이끌 것이었다. 유엔군 총사령관 맥아더일지라도 정치적인 결정에 따를 수밖에 없다. 나는 미리 그것을 정일권에게 말해주고 싶었지만 내 명령을 받으라는 선에서 끝냈다.

나는 다시 대전에서 목포를 거쳐 경비정을 타고 부산으로 이동했다. 7월 1일 새벽에 출발해서 목포에 도착했을 때는 오후 2시, 내 일행은 우리 부부와 공보 처장 이철원, 황규면, 그리고 경무대서장 김장흥까지 다섯이었다.

"김일성은 2년 전부터 전쟁준비를 했어."

500톤급 경비정이었지만 풍랑이 심해서 나뭇잎처럼 흔들렸다. 내가 선실에서 혼잣소리처럼 말했더니 이철원이 대답했다.

"각하, 김일성은 평화통일 제의를 하면서 인민군을 대거 38선 부근으로 남진시켜 놓았습니다."

또 정적에 덮여졌다. 배가 흔들리는 바람에 프란체스카의 얼굴로 하얗게 굳어져 있다.

나는 이를 악물었다. 내가 대한민국을 세우지 않았다면 김일성의 침략은 없었을지도 모른다. 내가 없었다면 남한은 어떻게 되었을 것인가? 김구가 또 임정 남한주석이 되어서 북한과 공존 했겠는가?

여러 가능성이 있겠지만 훗날 역사가 판단해줄 것이다. 잘잘못은 조금 덮여질지 몰라도 결과는 명명백백해질 테니까. 20시간 가깝게 풍랑에 시달렸던 경비정 두 척이 부산에 도착한 것은 7월 2일 오전 11시경이 되었을 때였다.

나는 이번에도 두 경비정 함장인 주철규 소령과 김남교 소령, 그리고 50여명의 승무원들을 향해 인사를 했다.

"그대들이 날 무사히 이곳까지 데려다주었으니 그 신세를 공산군을 격퇴시키고 통일 하는 것으로 갚겠네. 고맙네."

경비정 장병들을 떠올리면 지금도 가슴이 메인다.

7월 3일 한강 방위선이 무너졌다. 그러나 부산에 상륙한 미군이 대전을 지나 오산까지 북상했다. 1개 대대 병력이었지만 그 의미는 크다.

부산의 경상남도지사 양성봉의 관사를 숙소로 정한 내가 김장흥과 경관 두 명만 데리고 숙소를 나왔을 때는 7월 4일 오후 두어 시쯤 되었을 때였다. 점심을 마치자마자 시내로 나온 것이다.

전쟁에 휘말린 백성들을 만나고 싶었기 때문이다. 내가 지프에서 내린 곳은 동래구의 어느 학교 앞이었다. 그곳에서는 모병을 하고 있었는데 운동장에 젊은 청년들이 가득 찼고 군복을 입은 군인들이 이곳저곳에서 지휘하고 있다.

소란스러웠지만 활기찬 분위기다. 내가 운동장 안으로 들어섰더니 힐끗거리는 젊은이들이 있었지만 모두 바쁘다. 운동장 구석 쪽에 자리 잡은 모병관 앞으로 수백 명의 청년이 늘어서 있다.

등록을 마친 청년들은 운동장 중앙에 열을 지어 주저앉았고 또 그곳에서 불리워가 다른 무리로 옮겨간다. 오가는 청년들 사이로 부모, 형제가 섞여져서 우는 사람이 있는가 하면 소리쳐 누구를 찾는 여인도 있다.

나는 이제 운동장 구석에 멈춰 서서 그들을 우두커니 보았다.

운동장은 인파로 가득 차있다. 옷차림도 가지각색이어서 말쑥한 양복 차림도 있고 헌 작업복, 일제시대에 입었던 군복, 거기에다 교복 차림의 중학생 또래까지 보인다.

"이보게."

하고 내가 저도 모르게 부른 것은 앞을 지나는 중학교 교복 차림의 소년이다. 교모에 '中' 표식을 붙이고 있었으니 틀림없다. 내가 부르자 소년은 못 듣고 지나간 것을 경관 하나가 달려가 데려왔다.

김장흥이나 경관들도 사복 차림이어서 표시가 안 난다. 소년은 내 앞에 서더니 나를 빤히 보았다. 경관이 내가 누군지 말해주지 않은 것이다. 그때는 신문에 내 얼굴이 자주 나왔지만 신문도 못 보는 모양이다.

"학생도 국군 지원하러 왔는가?"

내가 묻자 소년은 또랑또랑한 목소리로 대답했다.

"예, 그런데 나이가 어리다고 받아주지 않습니다."

"몇 살인가?"

가슴이 뛰기 시작했으므로 왼손으로 가슴을 누른 내가 물었다.

"예, 열여섯인데요."

"중학 몇 학년인가?"

"삼학년입니다."

아직 다 크지도 않은 소년이다. 눈은 맑고 얼굴에는 솜털이 보송거렸는데 입술은 야무지게 닫혀졌다.

내가 머리를 끄덕이며 말했다.

"그래, 넌 집에 돌아가거라. 부모님이 걱정하실 게다."

"부모님은 여기 안기십니다."

소년이 다시 나를 똑바로 보면서 말했다.

"저 혼자서만 서울에서 피난 왔습니다. 그래서 국군이 되어서 부모님을 찾으러 가야 됩니다."

"부모님 고향이 서울이시냐?"

아무래도 서울 말씨 같지가 않았으므로 그렇게 물었더니 소년은 머리를 저었다.

"아닙니다. 3년 전에 평양에서 월남 해왔습니다. 부모님이 인민군이 오면 위험하다고 저 혼자만 보내셨습니다."

"부모님은 왜 같이 못 왔어?"

"어머님이 허리를 다쳐서 아버님이 옆에 계셔야 합니다."

그러더니 눈에서 닭똥 같은 눈물이 주르르 흘러내렸다. 손등으로 눈을 씻은 소년이 몸을 돌리면서 말했다.

"학도병 모집하는 데가 있다고 했어요. 그래서 거기로 가려고 합니다."

나는 그 소년 이름을 묻지도 못한 것을 지금도 후회한다. 물어서 또 무엇하겠냐만 이름이라도 기억해두고 싶어서다.

나는 7월 9일 부산에서 다시 대구로 올라와 경상북도 지사 조재천의 관사에 머물렀다. 그러나 전황은 불리했다. 압도적으로 우세한 인민군의 남진을 아군은 육탄으로 막는 형국이었다.

인민군은 잔인한 만행을 저질렀는데 서울대 병원의 대학살은 그 시작이었다. 내가 보고를 들은 것은 7월 10일, 조재천의 관사로 찾아온 육군 정보국장 장도영 대령한테서다.

"6월 28일입니다. 각하."

장도영이 내 시선을 받더니 외면한 채 말을 잇는다. 목소리가 떨리고 있다.

"당시 서울대 병원에 민간인과 국군 부상병이 7백여 명 쯤 있었는데 인민군 부상병들이 실려 오면서 국군과 섞이게 되었습니다. 그러자 인민군들은 국군과 민간인, 간호사와 의사까지 포함해서 무차별 학살을 했습니다. 그리고는 병원을 인민군 부상자로만 채웠습니다."

나는 눈꺼풀이 푸들푸들 떨렸으므로 두 손으로 눈을 눌렀다가 곧 두 주먹을 입으로 훅훅 불었다. 한여름인데도 손이 시린 것처럼 자주 불었다. 장도영이 내 행동에 놀란 듯 우두커니 보다가 정신을 차린 듯이 서둘러 말했다.

"학살당한 국군 부상병과 병원 직원, 민간인은 모두 7백여 명입니다. 각하."

"공산당은 같은 민족이 아냐."

내가 마침내 잇사이로 말했다. 이것은 실수가 아니다. 적에 대한 증오심도 그 다음 일이다. 공산당 지도자 김일성이 지시했기 때문에 그 부하들이 따른 것이다. 나는 서울에서부터 김일성이 전(全) 인민군에게 내린 지시를 알고 있었다. 가차 없이 숙청하고 무자비하게 처단하라고 한 것이다. 이러니 인민군이 명령을 따르지 않겠는가? 내가 혼잣소리처럼 말했다.

"이것은 이승만과 김일성의 전쟁이야"

장도영은 잠깐 입을 다물었다. 내가 다시 말을 잇는다.

"각각 미국과 소련을 등에 업었지만 국가의 토양을 누가 얼마나 닦아 놓는지는 역사가 증명 해줄 거야."

피는 피를 부른다. 이제 남침으로 전쟁을 일으켜 6월 28일의 첫 학살은 역사에 어떻게 기록될 것인가? 나는 아직 알 수가 없다. 공산당 세상이 되면 묻힐 것만은 안다. 그 때 장도영이 내 눈치를 살피더니 서류 한 장을 꺼내 내밀었다.

"각하, 국군 6사단 7연대가 인민군 15사단 18연대를 격파했습니다."

서류를 받은 나는 인민군 2천여 명을 사살하고 수천 점의 무기와 군수품을 노획했다는 기록을 보았다. 장도영이 말을 잇는다.

"이 승리로 인민군 남하를 조금 저지시킬 수 있었습니다. 각하."

장도영의 "조금"이라는 단어가 가슴에 못질을 하는 것 같았다. 머리를 든 내가 말했다.

"7연대 전 장병을 일 계급 특진시키라고 정총장한테 전하게."

"예, 각하."

대답하는 장도영의 얼굴은 여전히 그늘져 있다. 그날 밤, 나는 침대에 누웠다가 일어나 앉았다. 서울대 병원에서 학살당한 국군 부상병들이 떠올랐기 때문이다. 갑자기 가슴이 메이더니 눈물이 흘러 내렸으므로 나는 심호흡을 했다.

"파파, 깼어요?"

잠이 들었던 프란체스카가 깨어나 묻기에 나는 침대에서 일어나며 대답했다.

"그래, 먼저 자."

내 아이들이 그렇게 죽어가는 구나. 며칠 전 부산에서 만났던 그 어린 소년의 얼굴도 떠올랐다.

지금은 소원대로 학도병이 되어있을 것인가? 창가로 다가선 나는 손등으로 눈물을 씻었다.

그 순간 모질고 길게 살아왔지만 이 전쟁이 끝날 때까지는 살아야겠다고 결심했다.

1950년 7월과 8월의 두 달은 내 인생에서 가장 분주했던 나날이었다. 지금도 그 두 달간을 떠올리면 지난 수십 년 세월보다 더 많은 영상이 지나간다.

"각하, 오늘은 쉬시지요."

하고 이철상이 말했을 때는 7월 하순 쯤 되었다.

나는 다시 부산으로 내려와 있었는데 국군의 필사적인 방어에도 불구하고 미군 제24, 26사단의 금강방위선이 뚫리면서 인민군은 충청도와 전라도까지 남하하고 있다. 나는 거의 매일 전선 시찰과 국군 모병소, 민생 시찰을 다녔기 때문에 수행한 이철상이 만류한 것이다.

"내가 전장에 나가는 것도 아니지 않는가? 쉬다니, 죽는 것이 낫지."

내가 꾸짖듯이 말했더니 이철상이 잠자코 가방을 챙긴다. 가방 안에는 담배가 들었다. 미군 연락관 피터슨 대령한테 부탁해서 가져온 담배를 내가 나갈 때마다 가방에 담아가는 것이다.

오늘 행선지는 마산의 신병 훈련소, 차로 세 시간 거리였으므로 오전 9시에 출발했는데 12시가 되었어도 도착하지 못했다. 도로가 험한데다가 오가는 군 차량, 피난민으로 제 속도를 내지 못했기 때문이다. 동행한 한국군 연락관 안동진 대령이 제 잘못인 것처럼 시선을 내린 채 말했다.

"피난민이 많아지고 있어서 그렇습니다."

나는 머리만 끄덕였다. 지프에는 앞좌석에 운전사와 안동진, 뒷좌석에 나와 이철상이 앉았다. 우리가 탄 차량 대열이 마산에 거의 닿았을 때였다.

자욱한 먼지를 일으키는 앞쪽 경호차를 피해 길가에 물러나는 두 어린애가 보였다. 내가 탄 차가 옆으로 지날 때 보니까 10살 쯤 되는 사내아이와 그보다 서너 살 아래로 보이는 여자아이였는데 둘은 손을 꼭 잡았다.

"세우게!"

갑자기 내가 소리치자 놀란 운전수가 제동기를 세게 밟으면서 크게 경적을 울렸다. 노련한 운전사여서 앞뒷차에 경고를 한 것이다. 차가 급하게 멈춘 바람에 먼지가 일어나 잠시 아무 것도 보이지 않았다.

내가 차에서 내렸더니 경호를 맡은 경찰들이 뛰어왔다. 길가의 피난 대열도 주춤거리며 나를 보았다.

"미안합니다. 여러분을 고생시켜 드려서 미안합니다!"

나는 저도 모르게 그들을 향해 소리쳤다. 그리고는 이쪽저쪽에다 대고 허리를 굽혀 절을 하고나서 다시 소리쳤다.

"여러분, 제발 희망을 버리지 마십시오! 제발 견디어 주십시오! 여러분의 후손을 위해서라도 살아남아 주십시오!"

내가 힘껏 소리쳤지만 육성이라 주변사람만 들었을 것이다. 그리고는 내가 두 아이에게로 다가갔다. 아이들은 여전히 손을 꼭 잡은 채 그 자리에 서 있었는데 아까부터 나를 바라보고 있었다.

둘 다 남루한 차림이었고 사내아이의 고무신 한 짝은 앞이 찢어져서 끈으로 발에 동여매었다. 여자아이는 여름날이었는데 콧물이 흘러내리고 있다.

내가 다가가 섰더니 둘은 바짝 붙었다. 여자아이가 사내아이한테 매달리듯 붙는다.

"너희들 어디 가느냐?"

내가 물었더니 갑자기 여자아이가 울음을 터뜨렸다. 주위에 나 뿐만 아니라 경찰 복장의 경호원, 군복 차림의 안동진에다 앞쪽 경호차의 군인들까지 달려왔기 때문이다. 그 때 사내아이가 대답했다.

"어머니 찾으러 갑니다."

제법 또렷한 목소리였지만 말끝이 떨렸다. 겁을 참는지 눈을 크게 떴지만 눈물이 고여져 있다.

"네 어머니는 어디 계시느냐?"

"잊어버렸습니다."

그리고는 마침내 사내아이가 입술을 비죽이며 운다. 나는 또 가슴이 미어졌다.

신병 훈련소에서 장병을 격려하고 차로 돌아왔을 때 영수, 민옥 두 남매는 경호차의 뒷좌석에 나란히 앉아 잠이 들어 있었다. 그 동안 경호 경찰이 밥을 먹였고 대충 씻겼기 때문에 사람 모양새가 났다. 아이들을 들여다보는 나에게 경호경찰 하나가 말했다.

"배가 고팠는지 가게에서 가져온 국수 두 그릇을 둘이 국물도 남기지 않고 다 먹었습니다."

그리고는 식곤증으로 잠이 든 것이다. 차에 태워 오면서 들었더니 아이들은 진주에서 부산을 가던 중에 어머니를 잃어버렸다는 것이다. 아버지는 짐을 싸들고 먼저 부산 삼촌한테 갔는데 이름이 박금봉이라고 했다.

"애들을 이곳에다 놔둘 수는 없어."

결심한 내가 말하고는 마침 옆으로 다가온 이철상에 보았다.

"부산으로 데려가서 아이들 아버지를 찾아주도록 하세. 제 어머니도 부산으로 올 테니까."

그래서 두 남매는 나와 함께 부산으로 가게 되었다. 영수, 민옥이는 그래도 운이 좋은 편이겠다. 수만 명의 전쟁고아가 발생하여 도움도 받지 못하고 죽어 나갔다. 전쟁은 군인들만 사상자를 내는 것이 아니다.

수도를 점령당했지만 대한민국 정부는 단 한 시간도 정부 기능을 놓치지 않고 운용이 되었는데 수시로 전황 보고를 받는다. 그런데 군인보다 민간인 피해가 더 큰 것이다.

8월초순의 어느 날 오후에 비서 황규면이 집무실로 들어섰다. 이제 나는 황규면의 얼굴만 보아도 좋고 나쁜 보고를 구분할 수가 있게 되었다. 그런데 황규면의 얼굴은 병이 난 사람처럼 푸르다. 내 앞에 선 황규면이 시선도 들지 않고 손에 쥔 서류를 읽는다.

"각하, 전국에서 주민을 대상으로 살육을 저지르고 있습니다."

나는 시선만 주었고 황규면의 말이 이어졌다.

"도망쳐 나온 주민의 보고에 의하면 빨치산과 인민군이 합동으로 국군가족, 유지, 성분 불량자를 색출하여 무자비하게 살해하고 있습니다. 총알이 아깝다고 죽창, 곡괭이, 도끼로 죽인다고 합니다."

가슴이 메인 나는 마른 입안의 침을 모아 삼켰고 황규면이 다시 읽는다.

"전라도, 충청도, 경상도 지역에서까지 접수된 학살이 50여건이 넘고 추정된 숫자지만 3천명이 넘는 주민이 살해당했습니다. 전라북도 옥구면에서는 수십 명을 때려죽이고 우물 속에 넣었다고 합니다."

"천인공노할 놈들."

마침내 내가 혼잣소리처럼 말했지만 목소리가 떨렸다. 눈에 경련이 일어났으므로 나는 두 손으로 눈을 눌렀다가 손이 시린 것처럼 훅훅 불었다. 그리고는 황규면을 노려보았다.

"아군이 인민군을, 북한 주민을, 도끼로 쳐 죽이고 아이까지 죽인 후에 우물에 쳐 넣었다는 정보는 없는가?"

내 목소리가 떨렸다. 난데없는 말이어서 황규면이 눈만 끔벅였고 내가 꾸짖듯이 다시 물었다.

"아군이 부상당한 인민군이나 병원에 입원한 북한 주민을 학살하여 태워 죽이고 시체를 길가에 버렸다는 정보는 없는가?"

그때서야 말뜻을 알아차린 황규면이 어깨를 늘어뜨리면서 대답했다.

"없습니다. 각하."

당연한 일이다. 국군은 밀리고 있다. 남한 주민은 침략자의 발에 깔린 노예나 같다. 그 때 내가 잇사이로 말했다.

"공산당 놈들은 또 뒤집어씌울 걸세. 만일 우리가 이겨서 그놈들을 잡는다면 우리가 학살을 시작했다고 할 거네."

이런 놈들이 민족 통일을 부르짖는가?

전쟁을 시작한 것도 공산당 무리요, 학살을 시작한 것도 공산당이다. 피는 피를 부른다고 하지 않았는가? 전쟁이 끝나고 부역자와 학살을 자행한 빨치산들에 대한 국군의 보복을 과장한 무리가 있다.

이것이 언론의 자유를 누리는 민주주의 국가라는 증거도 되겠지만 씁쓸했다. 전쟁을 일으켜 학살을 시작한 북한 내부에서는 그런 말이 단 한마디도 나오지 않는다는 사실을 잊고 있단 말인가? 만일 북한 내부에서 남한에서의 학살을 비판하는 자가 있다면 어떻게 되겠는가? 당장에 처형될 것이다. 학살자와 아직도 대치한 상태에서 그런 말을 떠드는 자는 민주주의를 방패로 이용하는 공산주의 세력이 분명하다.

1950년 8월 하순, 유엔군이 참전하면서 낙동강 방어선까지 밀려 내려왔던 인민군과 아군이 일진일퇴를 거듭하던 나날이었다. 전선에 나가있던 육참총장 정일권이 찾아왔다.

저녁 무렵이었지만 무척 더운 날씨여서 우리는 집무실 창가에서 마주보고 섰다. 정일권이 햇볕에 그을린 얼굴을 들고 나에게 보고했다.

"각하, 인민군의 기세가 많이 꺾였습니다. 이젠 유엔군이 반격을 할 기회가 온 것 같습니다."

나는 숨을 참고 정일권을 보았다. 국군은 잘 싸웠다. 그러나 벌써 수십만의 사상자가 발생했다. 국토는 초토화 되었으며 가족과 생활 터전을 잃은 수백만의 피난민이 떠돌고 있다.

"전화위복이라는 말이 있네."

내가 한마디씩 차분하게 말했다.

"나쁜 일이 일어나면 좋은 일도 일어나게 되어있어. 우리는 기회를 놓치지 말아야 하네."

"예, 각하."

"이번 전쟁으로 우리 국군이 강군으로 새롭게 창군 되어야 하네."

"그렇습니다."

"일본군 틀을 벗고 현대전에 익숙한 국군으로 말이네."

"예, 각하."

그 날은 정일권에게 더 이상 말하지 않았다.

그리고 9월 15일, 유엔군사령관 맥아더 원수는 인천 상륙작전을 감행했다. 적의 허를 찌른 것이다. 인천 상륙작전에는 한국군 17연대도 포함되어 있었는데 적의 필사적인 방어선을 뚫고 상륙에 성공했다.

내가 맥아더의 전화를 받은 것은 유엔군이 서울을 향해 진격하고 있을 때였다.

"각하, 곧 서울을 탈환할 겁니다."

맥아더의 목소리는 차분했다. 그러나 나에게 맥아더의 인천상륙작전을 동양의 노르만디 상륙작전처럼 거대하게 느껴졌다. 그 때 맥아더의 말이 이어졌다.

"각하, 워싱턴에서 저에게 연락이 왔습니다."

긴장한 내가 전화기를 고쳐 쥐었을 때 맥아더가 말했다.

"이승만 정권을 그대로 유지 시킬지는 워싱턴의 허가를 맡아야 된다는 것이었어요."

맥아더의 목소리에 웃음기가 띠워졌다.

"아마 국무부에 남아있는 소련 추종자들이 대한민국 정부 기능이 정지된 것으로 보고한 것 같습니다."

나는 어금니만 물었고 맥아더가 웃음 띤 목소리로 말을 맺는다.

"그래서 대한민국 정부는 단 1분도 기능을 멈춘 적이 없고 한국군은 대통령 각하께 철저히 충성하고 있다고 했습니다. 그랬더니 더 이상 말이 없군요."

맥아더가 나에게 이런 말을 해준 것은 나에게 호의가 있어서가 아니다.

맥아더는 나의 한국군에 대한 간섭과 집착을 미리 견제 한 것 같다. 과연 몇 수 앞을 내다본 지장(智將)다운 처신이다.

맥아더가 잘 보았다. 서울을 수복한 것은 1950년 9월 28일, 인민군의 저항이 심했기 때문에 9월 15일 인천에 상륙 하고나서 2주일이 지난 후였다.

그리고 9월 30일, 내가 부산경무대로 참모총장 정일권과 각료들을 불렀다.

일선 사단장들은 움직일 수 없었기 때문에 인사국장 황헌친 대령, 정보국장 장도영 대령, 작전국장 강문봉 대령, 군수국장 양국진 대령, 헌병사령관 최경록 대령 등이다.

지금 국군은 38선에 닿은 채 멈춰서 있다. 38선을 넘지 말라는 유엔군 사령부의 지시가 있었다는 것이다. 그런데 지시를 받은 부대도 있고 받지 않았다는 부대도 있다.

한국군 총지휘관인 정일권은 그런 명령은 받지 못했다는 것이다. 내가 앞에 둘러선 군 지휘관들을 차례로 보았다. 한낮이었지만 이젠 서늘하다. 서울을 수복했으니 응당 기뻐해야 할 자리였지만 나부터 긴장하고 있었으니 모두 굳어진 표정이다.

"이보게, 총장, 총장은 어느 나라 군인인가?"

하고 내가 불쑥 정일권에게 물었다. 그러자 정일권이 나를 똑바로 보았다.

"예, 대한민국 군인이올시다!"

정일권의 힘찬 목소리가 집무실을 울렸다. 벽 쪽에 붙어 서있던 비서들도 긴장하고 있다. 내가 다시 물었다.

"내가 지난번에 전화위복이라는 말을 했어. 기회를 놓치면 안 된다는 말도, 총장은 기억하는가?"

"예, 각하."

"38선에 장벽이 있던가?"

"예?"

했다가 정일권이 어금니를 물었는지 볼의 근육이 굳어졌다가 풀렸다. 내가 이제는 눈을 치켜뜨고 물었다.

"왜 돌파 안하는가? 지금 내 명령을 듣겠는가? 미군 명령을 듣겠는가?"
"명령만 내려 주십시오!"
눈을 치켜 뜬 정일권이 소리치듯 말했으므로 나는 어깨를 폈다.
"명령 하겠네, 돌파하게!"
"예, 각하!"
"국군은 즉각 북진하라!"
"예! 각하!"

이번에는 뒷쪽에 서 있던 대령들이 일제히 복창했으므로 집무실이 울렸다. 그리고 정일권은 그 길로 강릉에 주둔한 제1군단 사령부로 찾아가 군단장 김백일 준장에게 38선 돌파 지시를 한다. 그래서 3사단 23연대가 즉각 38선을 돌파하고 북진했다.

10월 1일이다. 이것은 유엔군과의 협정을 명백하게 위반한 행위였다.
38선을 넘으면 다시 소련과의 분쟁에 휘말리게 될 것을 우려한 미국 정부의 일부 기회주의자들이 분통을 터뜨릴 만 했다.

그러나 서울 수복전에 나에게 우회적으로 경고를 해주었던 맥아더는 역시 군인이었다. 전시(戰時)에는 전장의 군인이 상황 결정에 대한 책임과 권한이 있는 법이다.

맥아더는 한국군 23연대가 38선을 돌파한 다음 날 UN군의 북진 명령을 내린다. 북진이야말로 전쟁을 일찍 종결시킬 방법이라고 생각했을 것이다.

"파죽지세로 북진하고 있습니다!"
정일권의 전화를 받았을 때는 10월 3일쯤 되었다.
"인민군은 거의 무저항 상태가 되어 있습니다!"
수화구에서 울리는 목소리가 옆에 서있던 이철상에게도 들렸던 것 같다.

머리를 든 나는 이철상의 눈에서 흘러내리는 눈물을 보았다.
"우리 아이들이 잘하는구먼."
목이 메인 내가 겨우 그렇게 말했다.
그 아이들 중에는 지난번 모병장에서 만난 그 어린 학도병도 있는지 모르겠다. 신병훈련소에서 내가 준 담배를 받고 기뻐하던 30대 아이 아버지도 끼어 있을까? 제발 모두 살아서 돌아와 다오.

국군은 1950년 10월 20일, 평양을 수복(收復)했다. 평양을 점령했다는 것보다 나는 거두어서 복귀시킨다는 의미의 수복이란 표현이 적당하다고 생각한다. 평양은 본래 한민족의 땅이었으며 대한민국 헌법에 명시된 영토인 것이다.
인민군은 패주를 거듭하여 김일성은 국경의 어느 동굴로 피신했다는 소문이 났다.
"맥아더가 중국 국경까지 진격하라는 명령을 내렸습니다."
신성모가 그렇게 보고를 한 것은 10월 24일이다. 기쁜 소식을 전할 때 신성모의 두 눈은 어린애처럼 번들거린다.
"곧 통일이 될 것입니다. 각하."
비록 제 공(功)은 아니지만 내가 기뻐하리라고 믿었기 때문에 그것을 보려는 기대가 온몸에서 풍겨 나왔다. 나도 신성모가 마도로스 신, 또는 잘 울어서 낙루 장관 등으로 비아냥대는 사람들이 많다는 것을 알고 있었다.
북한의 6·25 남침을 대비하지 못한 국방장관으로서의 책임도 있을 것이다. 그러나 그때까지 나는 국방장관 신성모를 경질하지 않았다. 그때 집무실로 내무장관 조병옥이 들어섰다.
조병옥의 얼굴은 신성모와 대조적으로 굳어져 있다. 조병옥이 입을 열었다.

"각하, 인민군이 후퇴하면서 대전형무소에 수감했던 경찰관과 가족, 교사, 공무원과 가족, 운전사, 유지 등 3,500명을 대량 학살했습니다."

조병옥의 큰 눈이 붉어져 있다. 다시 조병옥의 목소리가 집무실을 울렸다.

"9월 20일부터 수감자를 100명 단위로 끌어내 고랑에 처넣어 사살했는데 살아남은 사람은 도끼로 찍어 죽였습니다. 나중에는 200명 단위로 구내에 구덩이를 파고 죽였는데 교회 지하실에서도 불에 태운 시신 3백여 구를 찾아내었고 형무소 우물에서만 건져낸 시체도 1백 구가 넘는다고 합니다."

집무실 안은 숨소리도 나지 않는다. 신성모는 석상처럼 굳어져 있고 벽쪽에 붙어선 비서들은 시선을 내린 채 움직이지 않는다. 조병옥이 서류를 펴더니 떨리는 목소리로 이어갔다.

"전라북도 고창 지역은 아직도 빨치산이 남아있는데 현재까지 처형당한 민간인이 4천명이 넘을 것이라고 합니다. 육군 중위 김광득의 증언에 의하면 김광득의 부친 김용수는 무장면 부면장이었는데 남로당원들이 김용수는 물론 김광득의 모친과 2살, 4살, 7살, 10살 13살, 15살짜리 동생 6명까지 모두 끌고 가서 죽창으로 찌르고 곡괭이로 찍어 죽였습니다. 국군 장교 가족에다 부면장 가족이라고 더 잔인하게 죽였다고 합니다."

"이놈들."

마침내 내가 손을 저어 조병옥의 말을 막고는 떨리는 목소리로 소리쳤다.

"이 공산당 놈들, 이놈들이 인간인가?"

조병옥이 가져온 서류에는 더 많은 학살 기록이 남아있었다. 전라북도 옥구군에서는 주민 373명이 집단으로 살해 되었는데 낫이나 도끼, 곡괭이로 죽였다. 또한 전남 영광 지역에서 피해가 많았는데 영광군에서만 2만여 명의 주민이 학살당한 것이다.

그 중에는 10살 미만의 어린 아이가 2,500여명이나 되었는데 실종자는 1만여 명이었으므로 피해는 더 클 것이었다. 서류를 내 앞에 내려놓은 조병옥이 잇사이로 말했다. 참지 못한 것 같다.

"다 죽였습니다. 이렇게 잔인하게 동족을 학살한 예가 없습니다. 영광군 염산리 염산교회 집사인 노병재의 가족 9명, 그리고 동생 노병인 가족 7명, 노병규 가족 7명 등 어린애까지 포함한 23명을 목에 돌을 매달아서 한꺼번에 마을 앞 설도포구 수문에 던져 몰살 시켰습니다. 교회에서 예배를 본다고 아이까지 포함한 김방호 목사의 가족 8명을 도끼로 찍어 죽였습니다 ……."

1950년 10월 29일 오전 7시 반, 나는 여의도 비행장을 출발하여 평양으로 향했다. C-47 수송기에는 신성모와 정일권, 김광섭 비서에다 김장흥 총경, 이선조 대령 등이 동승했고 프란체스카도 내 옆에 앉아 있었다.

수송기의 창밖으로 공군의 김정렬 장군이 이끄는 공군기들이 경호비행을 하면서 따르고 있다. 비행기는 금방 38선을 넘었고 내가 프란체스카에게 말했다.

"매미, 잘 봐둬, 이곳이 북쪽 땅이야."

"네, 머릿속에 넣고 있어요. 파파."

창밖에 시선을 둔 채로 프란체스카가 대답했다. 그러나 산천은 다 비슷비슷하다. 남쪽 땅은 파랗고 북쪽은 붉은 것이 아니다. 매미가 열심히 보기는 했지만 곧 어디가 어딘지 잊어먹을 것이었다.

나도 우두커니 창밖을 내다본 채 감회에 젖어 있었다. 국군은 두만강까지 닿았지만 국군이 평양을 수복한 같은 날 중국 인민지원군이 압록강을 건넜고 10월 25일에는 중국군이 한국 전선에 투입된 것이다.

아직 규모는 정확히 밝혀지지 않았지만 중국군의 참전은 내 가슴을 무겁게 짓누르고 있었다. 평양 비행장에는 평양에 제일 먼저 입성한 국군 1사단의 부사단장 최영희 준장이 기다리고 있었다.

사단장 백선엽은 영변에서 달려오는 중이라는 것이다. 나는 곧장 평양 시청으로 갔는데 이미 시청 앞 광장은 군중으로 가득 차 있었다. 연단에 선 나는 환호하는 시민들을 보면서 목이 메었다.

이곳은 평양, 한 달 전까지만 해도 조선민주주의인민공화국이라는 긴 이름의 공산당 체제가 군림하고 있었다는 감회 때문이 아니다. 나는 그 순간 공산당은 물론 김일성의 존재도 까맣게 잊고 있었다.

오직 환호하는 10만여 명의 군중들을 보면서 50여 년 전의 만민공동회가 떠올랐던 것이다. 그때 나는 청년 연사로 개혁의 사명감을 품고 군중들에게 외쳤었다. 그런데 50여년이 지난 지금, 동족상잔의 전쟁을 치루면서 이렇게 평양 시청 앞 광장에 서 있구나.

한민족의 시련은 언제 끝날 것이냐? 내 소원인 통일 대한민국의 수립은 내 생전에 이뤄질 것인가?

"친애하는 평양 시민 여러분, 그리고 이곳에 모인 사랑하는 군민 여러분."

나는 떨리지만 분명한 목소리로 연설을 시작했다. 내 나이 76세, 그 동안 수많은 교회 연설, 대중 연설을 해왔지만 평양시민 앞에서처럼 감개와 사무친 경우는 없었다.

"우리는 자유 민주주의의 세상을 살아야 됩니다. 억압 받지 않고 남녀평등하며, 열심히 일한 자는 그 가치를 인정받는 사회, 개인의 권리를 존중하고 언론의 자유를 행사하며, 통치자는 국민의 명령에 따르는 세상이 바로 자유 민주주의 세상이며 대한민국인 것입네다."

내 목소리는 쉬었지만 굵게 퍼져 나갔다. 주먹을 쥐며 올린 내 눈에 어느덧 눈물이 고여졌다. 내가 다시 소리쳤다.

"이제 여러분은 대한민국 국민이 되었습니다. 내 나이 일흔여섯, 평양이 대한민국에 수복되었으니 이제 소원을 이루었습니다. 내가 더 무엇을 바라겠습니까? 이승만은 곧 죽어 흙이 되겠지만 여러분은, 그리고 대한민국은 번영해 나갈 것입니다. 여러분, 자유 민주주의를 겪어 보십시오. 공산당이 말하는 평등한 세상은 공산당 간부 외에는 모두 노예라는 뜻이나 같습니다. 우리에 가둔 짐승처럼 똑같은 먹이를 주고 부리는 사회가 바로 공산당 사회인 것입니다."

그 때 내 머릿속에 수만 명이 학살당한 기록이 떠올랐다. 그래서 이를 악문 내가 다시 소리쳤다.

"동포 여러분, 모두 용서하고 함께 뭉쳐 나갑시다. 한민족이 함께 뭉치면 위대한 저력을 발휘할 수 있을 것입니다."

그렇다. 나는 용서하자고 했다.

그러나 1950년 10월 8일, 모택동은 중국군의 인민지원군 편성을 명령했다. 한국으로 파병하기 위해서다. 그리고 10월 9일 주은래가 소련을 방문하여 스탈린과 회담했다. 이 회담에서 주은래는 중국군의 한국전선 파병을 망설였지만 소련의 적극적인 설득으로 마음을 바꾸는 모양을 취했다고 한다. 소련으로부터 군 장비는 물론 재정원조를 더 받아내기 위한 수단으로 보인다.

주은래는 10월 11일 회담을 마쳤고 마침내 중국인민지원군은 한국 출동을 결정하고 사령관에 팽덕회(澎德懷)를 임명했다. 중국 내부에서 찬반 논쟁이 있었지만 모택동이 '한반도는 중국의 관문이며 과거에 일본이 이 관문을 통해 중국을 침공해왔다고 말하면서 중국의 관문을 미국에 내줄 수가 없다'는 논리를 내세워 파병을 결정한 것이다.

중국군이 한국 전선에 투입 된 것은 10월 25일이다. 10월 27일에 대한민국 정부가 부산에서 겨우 서울로 환도를 했던 터라 또다시 국토는 전쟁의 피바람 속으로 휩쓸려 들어갔다.

그러나 내 늙은 피를 끓게 만든 것은 전쟁 자체가 아니다. 평양에서 모인 10만 군중을 향해 나는 "용서하고 함께 뭉치자"고 소리쳤다. 그러나 나는 이런 학살자들은 결코 용서할 수가 없다.

내무장관 조병옥이 군 정보장교와 함께 들어오더니 보고했다.

"전남 무안군 복길리(卜吉里)에서 인민군이 철수했다고 만세를 불렀는데 9월 29일 남은 빨치산들이 집집마다 들어가 사람들을 끌어내어 끈으로 묶었다고 합니다. 그리고는 모두 배에 태워 바다로 나가 수장을 시켰습니다."

나는 숨을 죽였고 조병옥의 말이 이어졌다.

"그래서 복길리 사람 68명에 외지인 18명까지 합쳐 86명이 한꺼번에 수장 되었습니다."

"……."

"해제면 천장리에서 10월 3일, 22시에 빨치산들이 천장리 주민을 가족 단위로 10명에서 20명씩 묶어 가실 해안가로 끌고 가서 어른 129명은 칼, 곤봉, 죽창, 삽으로 때려죽여 바다쪽 절벽 아래로 떨어뜨렸고 10살 미만 어린이 22명은 우물 속으로 떨어뜨려 죽였습니다. 이 학살은 해제면 당책임자, 인민위원장, 민청책임자, 분주소장 등의 지시를 받았고 대상자 선정은 자위대장, 세포위원장이 했다고 합니다."

"……."

"무안군에서는 방은면에서도 80여 명, 해제면 창매리에서 30여 명 등으로 아직 학살자는 더 늘어날 것 같습니다."

내가 숨도 쉬는 것 같지 않은지 조병옥이 상반신을 굽히고 물었다.

"각하, 계속해도 되겠습니까?"

조병옥의 얼굴도 일그러져서 쓰러질 것 같다. 내가 머리만 끄덕였더니 조병옥이 옆에선 정보장교를 보았다. 이름이 기억나지 않지만 중령 계급장을 붙였다. 중령이 입을 열었다.

"전북 옥구군의 노동당 세포위원장이었던 조억연을 지난 9월 28일 영등포에서 체포했는데 소지품에서 인민군 전선 사령관 김책(金策)이 하달한 학살명령서가 있었습니다."

중령이 서류철에서 집은 서류를 들고 나를 보았다.

"각하, 읽어도 되겠습니까?"

내가 머리를 끄덕였고 중령이 읽는다.

"첫째, 인민군 후퇴는 일시적이다. 둘째, 유엔군과 국방군에 협력한 자와 그 가족은 전원 살해하라. 셋째, 살해 방법은 당에서 파견되는 지도위원과 협의, 각급 당 책임자의 책임 하에 시행하라."

읽기를 마친 중령이 머리를 들었을 때 조병옥이 말을 잇는다.

"공산당은 기독교인을 말살 시키고 있습니다. 논산시 성동면 개척리의 병촌 교회에서 신도 74명을 쇠스랑, 삽, 몽둥이로 때려 죽였습니다. 아이까지 다 죽였습니다."

통일의 기회는 무산되었다. 중공군의 남침으로 1950년 12월 5일, 수복한 지 한 달반 만에 평양을 빼앗긴 것이다. 1951년에 들어선 1월 1일, 중국군이 38선 이남으로 진격했고 나는 또다시 1월 4일, 서울을 떠나야만 했다.

나중에 들은 정보지만 왕가진 소련주재 중국 대사는 소련의 의무성차관

그로미코에게 중국군이 38선 이남으로 진격해도 되느냐고 묻자 그로미코는 '쇠는 달궈졌을 때 치는 것'이라고 했다는 것이다.

그래서 중국군은 38선 이남으로 진격했고 1월 4일, 서울을 점령하고 계속 남진했다. 의기양양해진 모택동은 스탈린에게 전문을 보내 곧 미군은 격퇴되어 한반도에서 철수하게 될 것이라고 장담했다.

이것은 결국 미국과 소련, 중국의 거대(巨大) 공산국가와의 전쟁이라는 증거였다. 제 앞가림도 못하는 애송이 꼭두각시 김일성이 중국과 소련의 등에 업혀서 저지른 동족 학살극이다.

나를 미국의 꼭두각시라고 부르는 공산당 앞잡이들이 있다. 과연 그런가? 내가 6·25 동란 동안에도 미국 정부의 암살 대상이 되어 있었다는 사실을 역사가 증명해줄 것이다. 내 인생이 제대로 밝혀졌을 때 내가 미국식 민주주의 체제를 지향했지만 미국을 철저히 이용하되 결코 굴종하지 않았다는 것을 알게 될 것이다. 내가 김일성과 같은가?

"곧 반격을 할 겁니다."

1월 중순, 나를 찾아온 맥아더가 말했다. 우리는 부산경무대 집무실에서 마주 앉아 있었는데 주위를 물리치고 단독 회담을 하는 중이다.

"중국군도 한국군 게릴라를 만나 고전하고 있습니다. 특히 개성과 사리원 일대의 한국군 게릴라는 중국군 배후를 치면서 병참로를 차단하고 있지요."

머리를 끄덕인 내가 말했다.

"국군은 다시 38선을 돌파할 겁니다."

"그래서 내가 찾아온 것인데요, 각하."

쓴웃음을 지은 맥아더가 말을 잇는다.

"이번에도 대전협정을 위반하시면 곤란합니다. 지난번 38선 돌파 명령은 내가 수습할 수 있었지만."

말을 멈춘 맥아더가 정색하고 나를 보았다. 그 뒷말은 내가 이을 수 있다. 이번에는 수습하기 힘들다는 뜻이다. 미국 정부는 다시 한국전쟁에 대한 의견이 대립되고 있다. 전쟁이 확전되어 제3차 세계대전으로 번질까 우려하는 목소리가 더 높아지는 상황이다.

"압니다. 장군."

나는 내 목소리가 떨리는 것을 들었다. 부끄럽지만 이 전쟁은 미국과 중·소 연합군의 전쟁이다. 엄밀히 말하면 남북 전쟁이 아니다. 북한도 독자적으로 남한을 침범할 능력을 갖추지 못했고 그래서 김일성이 수없이 스탈린과 모택동에게 매달려 지원 약속을 받아낸 후에 남침했다.

나는 또 누구인가? 미군과 유엔군이 없었다면 대한민국은 진즉 공산화되었다. 아마 지금쯤 수백만 명이 학살당했을 것이리라. 내가 말을 이었다.

"장군, 대한민국은 이번이 통일의 가장 좋은 기회입니다. 이번을 놓치면 또다시 일제 식민지처럼 수십 년을 기다려야 될지도 모르겠소."

그 때 내 눈앞에 해방이 되기도 전에 죽어간 안창호, 박용만 등 독립운동 동지에다 개화운동으로 옥중에서 고종으로부터 사형을 당한 혁명가들의 얼굴이 떠올랐다. 그 때 맥아더가 말했다.

"각하, 조심해 주시오. 나는 내가 존경하는 분의 안위가 걱정이 되어서 드리는 말씀입니다."

"고맙소, 장군."

나는 손을 뻗어 맥아더의 손을 잡았다. 그 때 내 나이 77세, 맥아더는 나보다 다섯 살 아래인 72세의 미육군 원수다.

1951년 1월 15일, 유엔군은 오산에서부터 전면적인 반격을 개시했다. 이제는 한국군도 전력과 전술면에서 주력군(主力軍)인 미군과 견줄 만큼 성장하고 있었다. 그리고 2월 1일, 유엔총회는 중국을 침략자로 규탄하는 성명을 채택했다. 물론 중국은 전혀 신경도 쓰지 않았다.

그러나 유엔군의 반격은 계속되어 2월 14일 다시 서울을 수복했다. 그때 이미 중공군 1만여 명이 희생 되었으며 손실은 기하급수적으로 늘어나는 중이었다.

"북진해야 돼."

내가 입버릇처럼 말했지만 1950년 7월 17일 발표된 대전협정에 의하여 한국군은 UN군 지휘 하로 소속되어 있었으므로 내 뜻대로 되는 일이 아니다.

"각하, 맥아더가 중국 본토 공격을 시사했습니다."

내 집무실로 들어온 이철상이 말했을 때는 1951년 3월 24일로 기억한다. 나는 크게 머리를 끄덕였다.

"중국군의 뿌리를 폭격해야지, 정치가하고 군인하고 다른 점이 바로 그것이야."

정치가는 전술을 알 리가 없다. 중국과 소련이 연대하여 김일성의 지원하고 있지만 중국은 신생국이다. 인적 자원은 많지만 군비에서부터 군수품 모두를 소련의 지원을 받아 싸우는 것이다.

중국군의 MIG9형 전투기가 UN군의 전투기에 계속 격추되자 소련군은 MIG13형으로 교체 해줬지만 공군력의 열세는 계속되었다. 이것이 중국군의 한계다. 맥아더는 1951년 4월 3일 UN군으로 38선을 돌파시켰다.

그러나 4월 11일, 맥아더가 UN군 사령관직에서 해임되고 그 후임으로 미8군사령관인 리지웨이 중장이 취임한다. 이때부터 UN군과 중국, 북한군을 38선에서 휴전협정을 이룰 때까지 치열한 공방을 계속하게 된다.

1951년 6월 10일 다급해진 김일성이 특별기편으로 소련을 방문하여 스탈린과 회담했다. 모택동이 그 동안의 전쟁에서 재정파탄, 작전 오류 등으로 위기에 봉착하자 김일성을 보내 휴전을 모색하려고 한 것이다.

  그러나 스탈린은 이 기회에 중국군의 현대전 경험을 습득하고 미국 체제를 뒤흔들어 연합군의 위신을 추락시킬 기회라는 것을 강조하면서 무기 제공을 약속했다. 그러나 결국 스탈린도 현 시험에서의 휴전의 타당성을 인정하고 1951년 6월 23일 말리크 소련 유엔대표를 통해 한국전의 정전교섭을 제안했다. 그러나 나는 1951년 6월 25일 소련의 휴전 제안을 공식 거부했다.

  하지만 트루먼은 같은 날 평화적 해결 방안에 찬성한다는 성명을 발표했고 중국도 말리크 성명에 찬성한 것이다. 1951년 6월 27일, 유치영이 내 집무실로 찾아와 말했다.

  "각하, 국회에서도 정전 반대 결의를 했습니다."

  나는 듣기만 했다. 당연히 전시에는 여야가 뭉쳐서 외적을 물리쳐야 한다. 다시 윤치영이 말을 이었다.

  "그런데 군에서 들었는데 유엔군 사령관 리지웨이가 휴전을 받아들인다고 합니다."

  리지웨이는 미군 장성인 것이다. 1971년 6월 30일, 리지웨이는 김일성에게 휴전 회담을 제의했다.

  그리고 7월 1일 중국군과 북한군이 개성에서의 휴전 회담을 제안했으며 7월 8일에 휴전회담 예비회담이 개성에서 열렸다. 개성에서 휴전 본회담이 시작된 것은 이틀 후인 1951년 7월 10일이다.

  "그 놈 마음대로 전쟁을 일으키고 불리하니까 중국, 소련을 끌어들여 휴전을 하잔 말이냐?"

내가 집무실에서 소리쳤지만 참 부끄러운 일이다. 휴전회담에 중국 소련이 등을 밀어주는 북한이 대표로 나왔지만 이쪽은 UN군 대표가 나온 것도 부끄럽다. 꼭두각시가 겉으로 자주국 행세를 하는 것을 모두 알 것인가?

6·25 남침 이후의 정국에 대해서는 드러난 사실을 바탕으로 역사가 평가 하리라고 믿는다. 대한민국은 자유민주주의 공화국이며 언론의 자유가 헌법에 보장되었다. 전시의 강력한 지도체제를 위해 나는 강압적으로 개헌 발췌안을 국회에서 통과시켰다. 만장일치였다.

그러나 공산당 무리가 이승만의 평가를 할 수는 없다. 아마 그런 상황이 되었다면 대한민국은 정상적인 국가가 아닐 것이다. 어찌 공산주의 사고를 가진 자가 나를 평할 수 있겠는가?

대한민국은 반역자까지 싸안고 가면 안 된다. 동포의 이름으로 학살하고 동포의 이름 뒤에 숨는 것이 공산주의자들이다. 나는 휴전회담이 시작된 1951년 7월부터 끈질기게 휴전을 반대했고 그 것이 미국의 심기를 건드렸다.

그러나 협상의 주도권을 쥔 것은 미국과 UN군이다. 대한민국 국민은 대다수가 휴전을 반대했으며 전폭적으로 나를 지지했다. 궁지에 몰린 북한과 중국 정부는 휴전을 서둘렀고 김일성은 유엔 안보리에 유엔군 측 주장을 다 받아들인다는 조건으로 조기 정전을 호소했다.

그러나 격노한 스탈린이 가로막았다. 스탈린은 김일성이 타스통신 기자를 불러 정전을 호소한 기자회견 기사도 보도금지 시켰다. 그러나 1953년 3월 5일, 스탈린이 사망하면서 휴전은 급진전된 것이다.

그러나 가장 걸림돌이 되었던 반공포로 문제가 또 협상을 가로막았다.

북한은 무조건 북송시키라고 주장했는데 돌아가면 처형 될 것은 뻔했다. 반공포로는 2만7천여 명이나 된다.
　그런데 UN군은 1953년 6월 8일, 포로교환협정을 타결시킨다. 반공포로도 중국군 포로와 같이 중립국 송환 위원회에 넘겨 포로의 운명을 결정한다는 내용의 합의를 한 것이다. 그러면 포로는 대한민국의 보호를 받지 못하고 죽는다.
　1953년 6월 17일, 집무실로 찾아온 원용덕 헌병사령관이 땀에 젖은 얼굴로 나를 보았다. 1950년 7월 17일의 대전 협정에 의거하여 나는 군 지휘권이 없다. 내가 헌병사령부와 육군특무대를 내 친위대 식으로 운용하고 있는 것도 엄밀히 말하면 대전협정 위반이다.
　내가 원용덕에게 짧게 말했다.
　"시행하게."
　원용덕은 말없이 경례만 붙이고 돌아갔다. 그리고 다음 날인 1953년 6월 18일 새벽 2시, 부산, 마산, 광주, 논산 등의 포로수용소에 수감되었던 송환 반대 반공포로 2만7천여 명이 일제히 수용소를 탈출했다.
　육군 헌병들이 난사하는 카빈총 발사음을 신호로 대탈출을 한 것이다. 수용소를 지키는 미군들이 당황하여 일부 병사가 총을 쏴 70여 명이 사살되었지만 대탈출은 성공했다. 이른바 반공포로 석방이다.
　미국 정부는 격노했다. 휴전협정에 찬물을 끼얹은 행위였다. 한국군 헌병을 동원하여 포로들을 대탈출 시킨 것은 대전법 위반이기도 했다. 그보다 더 우려스러운 것은 나, 이승만이 대단히 위험한 존재라는 사실일 것이다.
　나는 미국인 지인들이 많지만 미국 정부 정책에 한 번도 맹목이 되어 따른 적이 없다. 그만큼 알고 겪었기 때문일 것이며 김일성과 소련과의 관계와는 차원이 다르다.

"좋아, 그럼 한반도와 만주국의 국경에 완충지대를 만들어놓는 조건으로 휴전에 합의 하겠다고 전하게."

내가 1953년 7월 초순경에 유엔군 사령관인 클라크 대장에게 비서관을 보내 내 뜻을 전하도록 했다. 클라크는 말도 안 되는 조건이라고 했겠지만 결국 나는 1953년 10월 1일, 미국 아이젠하워 정부와 한미수호방위조약을 조인할 수 있었다.

1905년, 한미수호통상조약에 한줄 명기된 상호방위 문구에 매달려 '시어도어 루즈벨트'를 만난 지 48년 만이다. 이 한미수호조약은 다르다. '분명한' 조약이다. 이 조약을 방파제로 삼아 대한민국은 번영의 길로 매진해야 될 것이다.

1962년 5월 하와이에서
이승만

마지막 Lusy 이야기

　이것으로 이승만의 수기는 끝이 났다. 1962년 5월에 하와이에서 쓴 것이다. 수기 2개 장을 한 번에 읽느라고 새벽 2시가 되어 있었다.
　1962년이면 이승만이 도망치듯이 한국을 떠나 하와이에서 망명생활을 할 때이다. 1960년 4·19로 대통령직을 사임하고 이화장으로 은퇴한 후에 3개월 계획으로 프란체스카와 함께 하와이로 떠났으니 그때 이승만의 나이는 85세, 33년의 유랑생활을 마치고 1945년 귀국한지 15년 만에 다시 떠났다. 나는 고지훈이 가져다준 이승만의 연보를 보았다. 그 후로 이승만은 그토록 갈망하던 조국으로 돌아가지 못하고 1965년 7월 19일 하와이에서 사망한다. 1875년 3월 26일 생이었으니 90세로 세상을 떠났다. 참으로 파란만장한 인생을 살다가 대한국인이다. 한동안 탁자 위에 놓인 수기를 바라보던 내가 손을 뻗어 전화기를 들었다. LA는 지금 오전 9시다.
　버튼을 누르고 나서 신호음이 세 번 울리고 났을 때 사내의 목소리가 들렸다.

"여보세요."

김동기다. 나에게 수기를 전해준 남자.

"저, 루시인데요."

"아, 루시 양."

김동기의 목소리가 밝아졌다.

"기다리고 있었습니다. 그런데……."

"1953년으로 수기가 끝난 것을 말씀하시려는 것입니까?"

먼저 김동기가 물었다.

"네, 그래요."

"그 이후 4·19로 하야 하실 때까지 6년을 더 대통령직에 계셨습니다. 알고 계십니까?"

"네, 이젠 저도 압니다."

"이박사께선 1962년 5월 이후로 건강이 급속히 악화되셨습니다. 그래서 수기를 완성시키지 못하셨습니다."

"그런가요?"

"망명 2년이 되자 이박사는 귀국하려고 백방으로 노력했지만 이번에는 군사정권이 막았습니다. 이박사의 사과 선명을 요구했고 그동안의 독선자 독재를 비판하면서 입국을 저지했지요."

"……."

"이박사는 좌절했습니다. 갑자기 걷기도 힘들게 되더니 의욕을 잃으셨습니다.

"……."

"그래서 수기도 겨우 그것에서 끝낼수밖에 없었던 것입니다."

"하와이에서는 어떻게 생활을 하셨죠?"

겨우 내가 그렇게 물었더니 김동기는 한동안 입을 다물고 있다가 말했다.
"한국을 떠날 때 옷가지 몇 개와 타이프라이터 등 가방 다섯 개만 가져오셨지요."
"……."
"돈이 없어서 교민들이 생활비를 걷어 드렸다고 합니다."
"……."
"병세가 악화되어서는 친구의 주선으로 요양원에서 무료로 치료를 받으셨고 프란체스카 여사는 간호보조원 자격으로 요양원 본관 건물 뒤쪽에 있는 고용인 숙소에서 머물면서 이박사를 간병했구요."
"……."
"그래도 생활비가 부족해서 프란체스카 여사의 오스트리아 본가에서 매달 2백 달러씩을 송금해서 생활했습니다."
김동기의 목소리는 젖어 있었다.
"제 부친이 가장 원통하게 생각하시는 점이 그것이죠. 대한민국이 이박사한테 그럴수는 없다 하셨습니다."
"……."
"이박사는 결국 고국에 돌아가지 못하고 하와이서 돌아가셨습니다."
"하지만 유해는 돌아와 국립묘지에 묻히셨죠?"
내가 묻자 김동기가 다시 침묵하다가 말을 잇는다.
"예, 국립묘지에 묻히셨습니다."
"국장으로 치러졌겠죠?"
다시 말을 멈췄다. 김동기가 억눌린 목소리로 대답했다.
"가족장입니다."
이제는 나도 입을 다물었다. 창밖은 조용하다. 우리 둘은 태평양을 사이에 두고 한동안 전화기만 귀에 붙이고 있다. 그 태평양 사이에 하와이가 있구나. 이윽고 내가 입을 열었다.
"이 수기를 책으로 내겠어요."

2009년 5월 Lucy jones

이승만 연보(「우남 이승만 그는 누구인가?」 이주영 저 참조)

이승만(李承晩)

Syngman Rhee (1875~1965, 90세(만))

1875	황해도 평산 출생
1876	서울에서 성장, 한문 수학. (만 2세)
1895~1897	배재학당 영어과 졸업. (22세)
1898	매일신문, 제국신문 발간. 독립협회 총대의원. (23세)
1899~1904	반정부 활동으로 사형수가 되었으나 5년 7개월간 복역. (29세)
1904	출옥후 민영환의 의뢰를 받아 황제의 밀사가 되어 미국으로 떠남. (29세)
1905	미 국무장관, 시어도어 루즈벨트 면담. (30세)
1905~1907	조지 워싱턴대 학사. (32세)
1907~1908	하버드 석사 수료(학위 1910). (33세)
1908~1910	프린스턴 정치학 박사(우드로 윌슨 총장이 학위 수여). (35세)
1908	덴버 애국대표자회의 의장으로 선출됨. (33세)
1910	로스엔젤리스에서 『독립정신』 출간. (35세)
1910~1912	귀국후 YMCA 교장으로 교육, 계몽 활동. (37세)
1912	일제의 체포를 피해 미국으로 출국. 우드로 윌슨 대통령 등에 일제의 학정 폭로. (37세)
1913-1939	하와이를 근거지로 민족 교육과 홍보 활동. (64세)
1913-1917	주간지 〈태평양 주보〉 발간, 『한국 교회 핍박』, 『청일전기』 출간. (42세)
1917년	뉴욕 약소민족대표회의 참석. 한국 실정 알림. (42세)
1919년	3·1 운동후 서울에서 선포된 (한성) 임시정부 집정관 총재, 상해, 러시아 등

	6개 해외독립운동단체의 대통령, 주석으로 선출됨. (44세)
1920년	상해에서 임시정부 대통령직 수행. (45세)
1921년	하와이로 돌아와 대한인동지회 조직. 워싱턴 군축회의에서 한국독립 요구. (46세)
1932·1933	제네바 군축연맹 회의에 한국 대표로 참석, 한국 독립 청원. (58세)
1934년	뉴욕에서 프란체스카 도너와 결혼. (59세)
1939년	독립운동 근거지를 뉴욕으로 옮김. (64세)
1941년 7월	태평양 전쟁 5개월 전. 일본내약기(Japan inside oat)를 출간하여 일본의 미국 침략을 경고함. 당시에는 웃음거리가 되었으나 5개월후 진주만 기습이 일어남. (66세)
1942년	프랭클린 루즈벨트에게 임시정부 승인과 무기지원 요청. (67세)
1943년	핸리 스팀슨 국방장관에게 청원하여 재미 한국인을 일본인과 다르게 취급하도록 요구, 성사시킴. (68세)
1945년 9월	해방으로 귀국, 신탁통치 반대운동. (70세)
1946년	대한독립촉성국민회 총재. (71세)
1947년	좌우합작 강요하는 하지와 결별. (72세)
1948년	5·10 선거로 동대문구 제헌국회의원 당선. 국회에서 초대 대통령 당선. (73세)
1950년 6월 25일	점령리 평양 방문. (75세)
1952년	일본 어선 침범을 막기 위해 평화선 선포. (77세)
1953년	일본 방문. 독도 영유권 확인. 반공 포로 석방. 한국군의 UN군 탈퇴를 무기로 한미 상호방위조약 조인. 한미 경제협정 조인. 대만의 장개석과 반동통일전선 결성. (78세)
1954년	독도에 영토 표시 설치. 공산군의 반란으로 내전상태의 베트남에 국군 파견

	제의. (79세)
1955년	국군 40개 사단으로 군비 증감 역설. 미국의 대공산권 유화 정책 비판. (80세)
1956년	일본의 친공적 태도 비난. 미국의 공산권 유화 정책 비난. (81세)
1958년	원자력 연구 지시. 베트남 방문. 자유수호 공동 성명 발표. (83세)
1959년	일본의 재일교포 북송 비난. 약탈 문화재 반환 요구. 경제개발 3개년 계획 수립. (84세)
1960년	4·19로 대통령 사임. 이화장으로 은퇴. 3개월 계획으로 프란체스카와 하와이로 출발. (85세)
1961년	양령대군 종중에서 인수(仁秀) 씨를 양자로 천거, 입적. (86세)
1962년	귀국 청원했으나 정부의 반대로 좌절. 모리아니 요양원 입원. (87세)
1965년	7월 19일 서거. 호놀룰루 한인기독 교회에서 영결 예배후 유해를 미군용기로 김포공항에 운구. 이화장에 안치. 정동제일 교회에서 영결 예배후 국립묘지 안장. (90세)

불굴 3

1판 1쇄 인쇄 ㅣ 2011. 12. 19
1판 1쇄 발행 ㅣ 2011. 12. 27

지은이 ㅣ 이원호
펴낸이 ㅣ 박연
펴낸곳 ㅣ 스토리뱅크

등록일자 ㅣ 2009년 11월 17일
등록번호 ㅣ 제313-2009-250호
주 소 ㅣ 서울 마포구 용강동 469 하나빌딩 3층
전 화 ㅣ 02)704-3331 팩 스 ㅣ 02)704-3360

ISBN 978-89-966418-9-6 04810
ISBN 978-89-966418-6-5 (세트)

* 잘못 만들어진 책은 구입처에서 교환해 드립니다.